The Narrative of Arthur Gordon Pym of Nantucket
La narración de Arthur Gordon Pym

Edgar Allan Poe

The Narrative of
Arthur Gordon Pym of Nantucket

La narración de
Arthur Gordon Pym

Texto paralelo bilingüe
Bilingual edition

Inglés - Español
English - Spanish

texto en español, traducido del inglés por Maria Rita Marozzi

ROSETTA EDU

Título original: *The Narrative of Arthur Gordon Pym of Nantucket*

Primera publicación: 1838

Rosetta Edu Ltd.
© 2025 para la traducción al español: Maria Rita Marozzi.

Primera edición: Noviembre de 2025

Publicado por Rosetta Edu
Londres, noviembre de 2025
www.rosettaedu.com

ISBN: 978-1-83647-151-6

Rosetta Edu
Ediciones bilingües

Páginas enfrentadas
Páginas enfrentadas con la traducción y texto de origen en libros impresos.

Párrafos alineados
Los párrafos alineados entre los dos idiomas facilitan la comparación y la comprensión, ahorrando la necesidad de referirse constantemente al diccionario.

Integridad y fidelidad
Traducciones íntegras, fieles y no abreviadas del texto de origen.

Cuidado del vocabulario
Traducciones especiales para ediciones bilingües, con especial cuidado por la hegemonía de vocabulario utilizando glosarios en el proceso de traducción.

Contexto educativo
Ediciones enfocadas a estudiantes intermedios y avanzados del idioma de origen o del español en libros coleccionables y aptos para el contexto educativo.

INDICE

THE NARRATIVE

OF

ARTHUR GORDON PYM.

OF NANTUCKET.

COMPRISING THE DETAILS OF A MUTINY AND ATROCIOUS
BUTCHERY ON BOARD THE AMERICAN BRIG GRAMPUS, ON HER
WAY TO THE SOUTH SEAS, IN THE MONTH OF JUNE, 1827.

WITH AN ACCOUNT OF THE RECAPTURE OF THE VESSEL BY THE
SURVIVERS; THEIR SHIPWRECK AND SUBSEQUENT HORRIBLE
SUFFERINGS FROM FAMINE; THEIR DELIVERANCE BY MEANS OF
THE BRITISH SCHOONER JANE GUY; THE BRIEF CRUISE OF THIS
LATTER VESSEL IN THE ANTARCTIC OCEAN; HER CAPTURE, AND
THE MASSACRE OF HER CREW AMONG A GROUP OF ISLANDS IN
THE

EIGHTY-FOURTH PARALLEL OF SOUTHERN LATITUDE;

TOGETHER WITH THE INCREDIBLE ADVENTURES AND DISCOV-
ERIES

STILL FARTHER SOUTH

TO WHICH THAT DISTRESSING CALAMITY GAVE RISE.

LA NARRACIÓN

DE

ARTHUR GORDON PYM.

DE NANTUCKET.

ABARCA LOS PORMENORES DE UN MOTÍN Y DE UNA ATROZ
CARNICERÍA A BORDO DEL BERGANTÍN ESTADOUNIDENSE
GRAMPUS, DURANTE SU TRAVESÍA HACIA LOS MARES DEL SUR,
EN EL MES DE JUNIO DE 1827.

CON RELATOS DE LA RECAPTURA DEL BUQUE POR PARTE DE LOS
SOBREVIVIENTES; DE SU NAUFRAGIO Y DE LOS POSTERIORES Y
HORRIBLES PADECIMIENTOS SUFRIDOS A CAUSA DEL HAMBRE;
DE SU RESCATE GRACIAS AL BERGANTÍN BRITÁNICO JANE
GUY; DEL BREVE CRUCERO DE ESTE ÚLTIMO NAVÍO POR EL
OCÉANO ANTÁRTICO; DE SU CAPTURA Y DE LA MASACRE DE SU
TRIPULACIÓN EN MEDIO DE UN GRUPO DE ISLAS SITUADAS EN

EL PARALELO OCHENTA Y CUATRO DE LATITUD SUR;

JUNTO CON LAS INCREÍBLES AVENTURAS Y DESCUBRIMIENTOS

AÚN MÁS HACIA EL SUR

QUE DIERON ORIGEN A AQUELLA PENOSA CALAMIDAD.

PREFACE

Upon my return to the United States a few months ago, after the extraordinary series of adventure in the South Seas and elsewhere, of which an account is given in the following pages, accident threw me into the society of several gentlemen in Richmond, Va., who felt deep interest in all matters relating to the regions I had visited, and who were constantly urging it upon me, as a duty, to give my narrative to the public. I had several reasons, however, for declining to do so, some of which were of a nature altogether private, and concern no person but myself; others not so much so. One consideration which deterred me was, that, having kept no journal during a greater portion of the time in which I was absent, I feared I should not be able to write, from mere memory, a statement so minute and connected as to have the *appearance* of that truth it would really possess, barring only the natural and unavoidable exaggeration to which all of us are prone when detailing events which have had powerful influence in exciting the imaginative faculties. Another reason was, that the incidents to be narrated were of a nature so positively marvellous, that, unsupported as my assertions must necessarily be (except by the evidence of a single individual, and he a half-breed Indian), I could only hope for belief among my family, and those of my friends who have had reason, through life, to put faith in my veracity—the probability being that the public at large would regard what I should put forth as merely an impudent and ingenious fiction. A distrust in my own abilities as a writer was, nevertheless, one of the principal causes which prevented me from complying with the suggestions of my advisers.

Among those gentlemen in Virginia who expressed the greatest interest in my statement, more particularly in regard to that portion of it which related to the Antarctic Ocean, was Mr. Poe, lately editor of the Southern Literary Messenger, a monthly magazine, published by Mr. Thomas W. White, in the city of Richmond. He strongly advised me, among others, to prepare at once a full account of what I had seen and undergone, and trust to the shrewdness and common sense of the public—insisting, with great plausibility, that however roughly, as regards mere authorship, my book should be got up, its very

Tras mi regreso a los Estados Unidos hace unos poccs meses, luego de una extraordinaria serie de aventuras en los mares del Sur, y en todas partes, las cuales se cuentan en las páginas siguientes, un accidente me acercó a un grupo de varios caballeros en Richmond, Virginia, quienes sintieron un profundo interés en todo lo relacionado con las regiones que yo había visitado, y me instaban constantemente, como una obligación, a contar mi relato al público. Yo tenía varias razones, no obstante, para negarme a hacerlo, algunas de las cuales eran de una naturaleza estrictamente privada, y no le interesaba a ninguna persona más que a mí mismo; otras no tanto. Una situación que me desalentaba era que, al no haber llevado un registro durante gran parte del tiempo en el que estuve ausente, temía no ser capaz de escribir, simplemente de memoria, un relato tan minucioso como para tener la *apariencia* de aquella verdad que efectivamente poseería, exceptuando solo la exageración natural e inevitable a la que todos somos propensos cuando detallamos acontecimientos que han tenido una influencia poderosa despertando las facultades imaginativas.

Otra razón era, que los incidentes a narrar eran de una naturaleza tan absolutamente maravillosa que, infundadas como podían ser mis afirmaciones (excepto por el testimonio de un solo individuo, y él, un indio mestizo), solo podía esperar que mi familia creyese, y aquellos amigos que habían tenido razón alguna, a lo largo de sus vidas para confiar en mi autenticidad —siendo la probabilidad que el público en general considerase lo que yo presento meramente como una ficción atrevida e ingeniosa—. Una sospecha acerca de mis habilidades como escritor fue, sin embargo, una de las principales causas que me impidieron cumplir con las sugerencias de mis asesores.

Entre aquellos caballeros de Virginia, quienes expresaron el mayor interés en mi relato, más precisamente en lo que respecta a aquella parte que se refiere al Océano Atlántico, estaba el señor Poe, por estos días, editor del *Southern Literary Messenger*,[1] una revista mensual, publicada por el señor Thomas W. White, en la ciudad de Richmond. Él me aconsejó seriamente, entre otros, que prepare de inmediato una descripción completa de lo que yo había visto y experimentado, y que confíe en la

---

1 *Southern Literary Messenger: Mensajero Literario del Sur.*

uncouthness, if there were any, would give it all the better chance of being received as truth.

Notwithstanding this representation, I did not make up my mind to do as he suggested. He afterward proposed (finding that I would not stir in the matter) that I should allow him to draw up, in his own words, a narrative of the earlier portion of my adventures, from facts afforded by myself, publishing it in the Southern Messenger *under the garb of fiction.* To this, perceiving no objection, I consented, stipulating only that my real name should be retained. Two numbers of the pretended fiction appeared, consequently, in the Messenger for January and February (1837), and, in order that it might certainly be regarded as fiction, the name of Mr. Poe was affixed to the articles in the table of contents of the magazine.

The manner in which this *ruse* was received has induced me at length to undertake a regular compilation and publication of the adventures in question; for I found that, in spite of the air of fable which had been so ingeniously thrown around that portion of my statement which appeared in the Messenger (without altering or distorting a single fact), the public were still not at all disposed to receive it as fable, and several letters were sent to Mr. P.'s address distinctly expressing a conviction to the contrary. I thence concluded that the facts of my narrative would prove of such a nature as to carry with them sufficient evidence of their own authenticity, and that I had consequently little to fear on the score of popular incredulity.

This exposé being made, it will be seen at once how much of what follows I claim to be my own writing; and it will also be understood that no fact is misrepresented in the first few pages which were written by Mr. Poe. Even to those readers who have not seen the Messenger, it will be unnecessary to point out where his portion ends and my own commences; the difference in point of style will be readily perceived.

A. G. PYM.

New-York, July, 1838.

perspicacia y el sentido común del insistente público, con gran factibilidad de que por más dura que sea, en lo que a la mera autoría se refiere, mi libro debería prosperar, la falta de tacto, si la hubiera, le daría la mejor chance de ser aceptada como verdad.

Pese a esta descripción, no tomé la decisión de hacer lo que él me sugirió. Luego él me propuso (al descubrir que yo no impulsaría este asunto) que le permitiese redactar, con sus propias palabras, un relato de la primera parte de mis aventuras, a partir de hechos aportados por mí, publicándolos en el *Southern Messenger*, *bajo la apariencia de una ficción*. A esto, sin objeciones, di mi consentimiento, estableciendo solamente que se debería conservar mi nombre real. Dos números de la ficción simulada salieron, por consiguiente, en el *Messenger* de enero y febrero (1837), y para que pudiese ser considerada como ficción, el nombre del señor Poe se anexó a los artículos en el índice de la revista.

La forma en la cual esta estrategia fue recibida me ha inducido finalmente a realizar una recopilación y publicación regular de las aventuras en cuestión, porque he descubierto que, a pesar del aire de fábula que le ha sido impregnado muy ingeniosamente a parte de mi relato que apareció en el *Messenger* (sin alterar o distorsionar un solo dato), el público aún no estaba del todo dispuesto a recibirlo como fábula, y le enviaron varias cartas a la dirección del señor P., expresando claramente lo contrario. Por lo tanto llegué a la conclusión de que los hechos en mi relato mostrarían una tal naturalidad que llevarían consigo la evidencia suficiente de su propia autenticidad, y de que yo por consiguiente tenía poco que temer al puntaje de la incredulidad popular

Hecho este *exposé,*[2] se notará de inmediato cuánto de lo que sigue afirmo que es obra mía; y también se entenderá que ningún hecho está tergiversado en las primeras páginas que fueron escritas por el señor Poe. Incluso para aquellos lectores que no han visto el *Messenger,* será innecesario destacar donde termina su parte y comienza la mía; la diferencia de estilo será percibida con facilidad.

A. G. PYM.

2   *Exposé:* Exposición.

NARRATIVE OF A. GORDON PYM

CHAPTER I

My name is Arthur Gordon Pym. My father was a respectable trader in sea-stores at Nantucket, where I was born. My maternal grandfather was an attorney in good practice. He was fortunate in everything, and had speculated very successfully in stocks of the Edgarton New-Bank, as it was formerly called. By these and other means he had managed to lay by a tolerable sum of money. He was more attached to myself, I believe, than to any other person in the world, and I expected to inherit the most of his property at his death. He sent me, at six years of age, to the school of old Mr. Ricketts, a gentleman with only one arm, and of eccentric manners—he is well known to almost every person who has visited New Bedford. I stayed at his school until I was sixteen, when I left him for Mr. E. Ronald's academy on the hill. Here I became intimate with the son of Mr. Barnard, a sea captain, who generally sailed in the employ of Lloyd and Vredenburgh—Mr. Barnard is also very well known in New Bedford, and has many relations, I am certain, in Edgarton. His son was named Augustus, and he was nearly two years older than myself. He had been on a whaling voyage with his father in the John Donaldson, and was always talking to me of his adventures in the South Pacific Ocean. I used frequently to go home with him, and remain all day, and sometimes all night. We occupied the same bed, and he would be sure to keep me awake until almost light, telling me stories of the natives of the Island of Tinian, and other places he had visited in his travels. At last I could not help being interested in what he said, and by degrees I felt the greatest desire to go to sea. I owned a sail-boat called the Ariel, and worth about seventy-five dollars. She had a half-deck or cuddy, and was rigged sloop-fashion—I forget her tonnage, but she would hold ten persons without much crowding. In this boat we were in the habit of going on some of the maddest freaks in the world; and, when I now think of them, it appears to me a thousand wonders that I am alive to-day.

I will relate one of these adventures by way of introduction to a longer and more momentous narrative. One night there was a party at Mr. Barnard's, and both Augustus and myself were not a little in-

LA NARRACIÓN DE A. GORDON PYM

CAPÍTULO I

Me llamo Arthur Gordon Pym. Mi padre era un respetable comerciante de pertrechos para la marina, en Nantucket, donde yo nací. Mi abuelo materno era un procurador con buena clientela. Era un hombre afortunado en todo, y había ganado bastante dinero especulando con las acciones del Edgarton New Bank, como se llamaba antaño. Con estos y otros medios había logrado reunir un buen capital. Creo que me quería más que a nadie en el mundo, y yo esperaba heredar, a su muerte, la mayor parte de sus bienes. Al cumplir los seis años me envió a la escuela del viejo señor Ricketts, un señor manco y con costumbres excéntricas... muy conocido por casi todos los que habían visitado New Bedford. Permanecí en su colegio hasta los dieciséis años, para luego ir a la academia que el señor E. Ronald tenía en la montaña. Aquí me hice amigo íntimo del hijo del señor Barnard, un capitán de fragata, que solía navegar por cuenta de la casa Lloyd y Vredenburgh .. El señor Barnard también era muy conocido en New Bedford y estoy seguro de que tenía muchos contactos en Edgarton. Su hijo se llamaba Augustus y tenía casi dos años más que yo. Había ido a pescar ballenas con su padre a bordo del John Donaldson, y siempre me estaba hablando de sus aventuras en el océano Pacífico del Sur.

Yo solía ir a su casa con frecuencia, donde permanecía todo el día, y a veces, toda la noche. Dormíamos en la misma cama, y se las ingeniaba para mantenerme despierto casi hasta el alba, contándome historias de los nativos de la isla de Tinian y de otros lugares que había visitado en sus viajes. Al fin, no pude evitar sentirme interesado por lo que me contaba, y gradualmente fui sintiendo más ganas de salir al mar. Yo poseía un barco de vela llamado Ariel, que valdría unos setenta y cinco dólares. Tenía media cubierta o camarote, y estaba equipado como un velero... no recuerdo su tonelaje, pero cabían en él, cómodamente, diez personas. Con esta embarcación, teníamos la costumbre de cometer las locuras más temerarias del mundo; y, al recordarlas ahora me sorprendo de estar vivo.

Voy a narrar una de estas aventuras, a modo de introducción de un relato más extenso y memorable. Una noche hubo una fiesta en casa del señor Barnard, y al final de la fiesta, Augustus y yo estábamos bastante

toxicated towards the close of it. As usual, in such cases, I took part of his bed in preference to going home. He went to sleep, as I thought, very quietly (it being near one when the party broke up), and without saying a word on his favourite topic. It might have been half an hour from the time of our getting in bed, and I was just about falling into a doze, when he suddenly started up, and swore with a terrible oath that he would not go to sleep for any Arthur Pym in Christendom, when there was so glorious a breeze from the southwest. I never was so astonished in my life, not knowing what he intended, and thinking that the wines and liquors he had drunk had set him entirely beside himself. He proceeded to talk very coolly, however, saying he knew that I supposed him intoxicated, but that he was never more sober in his life. He was only tired, he added, of lying in bed on such a fine night like a dog, and was determined to get up and dress, and go out on a frolic with the boat. I can hardly tell what possessed me, but the words were no sooner out of his mouth than I felt a thrill of the greatest excitement and pleasure, and thought his mad idea one of the most delightful and most reasonable things in the world. It was blowing almost a gale, and the weather was very cold—it being late in October. I sprang out of bed, nevertheless, in a kind of ecstasy, and told him I was quite as brave as himself, and quite as tired as he was of lying in bed like a dog, and quite as ready for any fun or frolic as any Augustus Barnard in Nantucket.

We lost no time in getting on our clothes and hurrying down to the boat. She was lying at the old decayed wharf by the lumber-yard of Pankey & Co., and almost thumping her sides out against the rough logs. Augustus got into her and bailed her, for she was nearly half full of water. This being done, we hoisted jib and mainsail, kept full, and started boldly out to sea.

The wind, as I before said, blew freshly from the southwest. The night was very clear and cold. Augustus had taken the helm, and I stationed myself by the mast, on the deck of the cuddy. We flew along at a great rate—neither of us having said a word since casting loose from the wharf. I now asked my companion what course he intended to steer, and what time he thought it probable we should get back. He whistled for a few minutes, and then said crustily, "I am going to sea—you may go home if you think proper." Turning my eyes upon him, I perceived at once that, in spite of his assumed nonchalance,

ebrios. Como de costumbre, en estos casos, preferí quedarme a dormir allí en lugar de regresar a mi casa. Augustus se acostó muy tranquilo, en mi opinión, (era cerca de la una cuando terminó la reunión), y sin hablar ni una palabra de su tema favorito. Llevaríamos acostados media hora, y yo me estaba quedando dormido, cuando de repente, se levantó y, lanzó una terrible promesa, diciendo que no dormiría por ninguno de los Arthur Pym del mundo cristiano, cuando soplaba una brisa tan hermosa del sudoeste. Jamás en la vida me sentí tan sorprendido, sin saber lo que él planeaba, y pensé que el vino y los licores que él había bebido lo habían trastornado por completo. Pero continuó hablando muy serenamente, diciendo que él sabía que yo me imaginaba que él estaba borracho, pero que jamás en su vida había estado más sobrio. Y añadió que tan solo estaba cansado de estar echado en la cama como un perro en una noche tan hermosa, y que tenía decidido levantarse, vestirse, y salir a hacer una travesura con mi barco. Apenas puedo expresar lo que pasó por mi cabeza; pero, ni bien las palabras salieron de su boca, sentí gran excitación y placer, y pensé que su loca idea era una de las cosas más maravillosas y razonables del mundo. Soplaba un ventarrón y hacía mucho frío –estábamos a fines de octubre—. Salté de la cama, sin embargo, en una especie de éxtasis, y le dije que yo era tan valiente como él, y que estaba tan harto como él de estar en la cama como un perro, y que me hallaba tan dispuesto a divertirme o cometer cualquier locura como cualquier Augustus Barnard de Nantucket.

Nos vestimos sin perder tiempo y corrimos adonde estaba amarrada la barca. Se hallaba en el viejo muelle, cerca del depósito de maderas de Pankey & Co., casi golpeando de lado contra los troncos ásperos. Augustus saltó adentro y se puso a sacar el agua, porque estaba casi llena. Una vez hecho esto, izamos el foque y la vela mayor, las mantuvimos desplegadas y nos metimos decididamente mar adentro.

Como he dicho antes, soplaba un viento fresco del sudoeste. La noche estaba despejada y fría. Augustus tomó al timón y yo me ubiqué junto al mástil, sobre la cubierta del camarote. Surcábamos las aguas a gran velocidad... sin decir palabra desde que habíamos soltado las amarras en el muelle. En un momento, le pregunté a mi compañero qué dirección pensaba tomar y cuándo calculaba que estaríamos de vuelta. Se puso a silbar durante unos instantes, y luego me dijo de manera tajante:

—Yo voy al mar... tú puedes irte a casa, si así lo consideras.

he was greatly agitated. I could see him distinctly by the light of the moon—his face was paler than any marble, and his hand shook so excessively that he could scarcely retain hold of the tiller. I found that something had gone wrong, and became seriously alarmed. At this period I knew little about the management of a boat, and was now depending entirely upon the nautical skill of my friend. The wind, too, had suddenly increased, as we were fast getting out of the lee of the land—still I was ashamed to betray any trepidation, and for almost half an hour maintained a resolute silence. I could stand it no longer, however, and spoke to Augustus about the propriety of turning back. As before, it was nearly a minute before he made answer, or took any notice of my suggestion. "By-and-by," said he at length—"time enough—home by-and-by." I had expected a similar reply, but there was something in the tone of these words which filled me with an indescribable feeling of dread. I again looked at the speaker attentively. His lips were perfectly livid, and his knees shook so violently together that he seemed scarcely able to stand. "For God's sake, Augustus," I screamed, now heartily frightened, "what ails you?—what is the matter?—what are you going to do?" "Matter!" he stammered, in the greatest apparent surprise, letting go the tiller at the same moment, and falling forward into the bottom of the boat—"matter!—why, nothing is the—matter—going home—d—d—don't you see?" The whole truth now flashed upon me. I flew to him and raised him up. He was drunk—beastly drunk—he could no longer either stand, speak, or see. His eyes were perfectly glazed; and as I let him go in the extremity of my despair, he rolled like a mere log into the bilge-water from which I had lifted him. It was evident that, during the evening, he had drunk far more than I suspected, and that his conduct in bed had been the result of a highly-concentrated state of intoxication—a state which, like madness, frequently enables the victim to imitate the outward demeanour of one in perfect possession of his senses. The coolness of the night air, however, had had its usual effect—the mental energy began to yield before its influence—and the confused perception which he no doubt then had of his perilous situation had assisted in hastening the catastrophe. He was now thoroughly insensible, and there was no probability that he would be otherwise for many hours.

Al volver la vista hacia él, me di cuenta enseguida de que, a pesar de su fingida *nonchalance,*[3] estaba muy alterado. Lo veía claramente a la luz de la luna... tenía el rostro más pálido que el mármol, y le temblaban de tal manera las manos, que apenas podía controlar el timón. Comprendí que algo no andaba bien y me asusté mucho. Por aquel entonces yo sabía muy poco acerca del manejo de un barco y ahora dependía enteramente de la pericia náutica de mi amigo. Además, el viento se había intensificado repentinamente y nos íbamos alejando rápidamente de tierra... aún así sentí vergüenza de revelar mi preocupación, y durante casi media hora guardé un silencio absoluto. Sin embargo, no pude contenerme más y hablé con Augustus acerca de la conveniencia de regresar. Como antes, tardó casi un minuto en responderme o en dar muestras de haber oído mi indicación.

—En un rato —dijo finalmente—, hay tiempo suficiente... en un rato estamos en casa.

Esperaba esta respuesta; pero había algo en el tono de estas palabras que me provocó una sensación de miedo indescriptible. Volví a mirar a mi amigo con atención. Tenía los labios completamente morados, y sus rodillas temblaban tanto que apenas podía mantenerse en pie.

—Por Dios, Augustus —exclamé, ahora, realmente asustado—. ¿Qué te duele...? ¿Qué te sucede...? ¿Qué *vas* a hacer?

—¡Suceder! —dijo balbuceando, en la más evidente sorpresa, soltando al mismo tiempo el timón, y cayéndose al fondo del barco—. ¿Suceder...? ¿Por qué? Nada es el... problema... vamos a casa... ¿n... n... no lo ves?

Entonces comprendí lo que sucedía. Corrí hacia él para ayudarlo a levantarse. Estaba borracho —terriblemente borracho—. Ya no podía mantenerse en pie, ni hablar, ni ver. Tenía los ojos completamente vidriosos; y cuando lo solté, en medio de mi desesperación, rodó como un tronco en el agua sucia del fondo, de dónde acababa de levantarlo. Era evidente que, durante la noche, había bebido mucho más de lo que yo sospeché, y que su conducta en la cama había sido el resultado de un estado de embriaguez importante... un estado que, así como sucede en la demencia, muchas veces le permite a la víctima imitar el comporta-

3   *Nonchalance:* Despreocupación, indiferencia.

It is hardly possible to conceive the extremity of my terror. The fumes of the wine lately taken had evaporated, leaving me doubly timid and irresolute. I knew that I was altogether incapable of managing the boat, and that a fierce wind and strong ebb tide were hurrying us to destruction. A storm was evidently gathering behind us; we had neither compass nor provisions; and it was clear that, if we held our present course, we should be out of sight of land before daybreak. These thoughts, with a crowd of others equally fearful, flashed through my mind with a bewildering rapidity, and for some moments paralyzed me beyond the possibility of making any exertion. The boat was going through the water at a terrible rate—full before the wind—no reef in either jib or mainsail—running her bows completely under the foam. It was a thousand wonders she did not broach to—Augustus having let go the tiller, as I said before, and I being too much agitated to think of taking it myself. By good luck, however, she kept steady, and gradually I recovered some degree of presence of mind. Still the wind was increasing fearfully; and whenever we rose from a plunge forward, the sea behind fell combing over our counter, and deluged us with water. I was so utterly benumbed, too, in every limb, as to be nearly unconscious of sensation. At length I summoned up the resolution of despair, and rushing to the mainsail, let it go by the run. As might have been expected, it flew over the bows, and, getting drenched with water, carried away the mast short off by the board. This latter accident alone saved me from instant destruction. Under the jib only, I now boomed along before the wind, shipping heavy seas occasionally over the counter, but relieved from the terror of immediate death. I took the helm, and breathed with greater freedom as I found that there yet remained to us a chance of ultimate escape. Augustus still lay senseless in the bottom of the boat; and as there was imminent danger of his drowning (the water being nearly a foot deep just where he fell), I contrived to raise him partially up, and keep him in a sitting position, by passing a rope round his waist, and lashing it to a ringbolt in the deck of the cuddy. Having thus arranged

miento exterior de una persona en sus cabales. Además, el ambiente frío había producido su efecto natural... la energía mental comenzó a decaer antes de influir en su estado, y la percepción confusa que indudablemente tuvo de su peligrosa situación contribuyó a apresurar la catástrofe. Ahora se encontraba completamente inconsciente, y no había probabilidad alguna de que se recobrase por unas cuantas horas.

Tal vez sea muy difícil entender la magnitud de mi terror. Los vapores del vino se habían disipado, dejándome tímido y a la vez indeciso. Yo sabía que era incapaz de manejar el barco, y que un viento fuerte y una marea baja intensa nos precipitaban hacia la destrucción. Evidentemente, se estaba levantando una tempestad a nuestras espaldas; no teníamos brújula ni provisiones, y era claro que, si manteníamos nuestro rumbo, perderíamos de vista la tierra antes de que el día termine. Estos pensamientos, junto con muchos otros igualmente espantosos, pasaban por mi mente con una rapidez inusitada, y por unos instantes me paralizaron dejándome incapaz de hacer algo. El barco iba cortando las aguas a una velocidad terrorífica —desplegadas las velas al viento sin un rizo en el foque ni en la vela mayor—, con la proa deslizándose enteramente bajo la espuma. Fue realmente un milagro que no zozobrase, porque Augustus, como he dicho antes, había abandonado el timón y yo estaba demasiado perturbado como para pensar en tomarlo. Pero, afortunadamente, la barca se mantuvo a flote, y poco a poco yo fui recuperando algún grado de serenidad. El viento seguía arreciando espantosamente, y cada vez que salíamos a flote de un salto, sentíamos romper las olas contra nuestro casco, y nos inundaba el agua. Yo tenía los miembros tan entumecidos que casi no tenía sensibilidad. Finalmente, impulsado por la valentía que da la desesperación, corrí al mástil y largué toda la vela mayor. Como era de esperar, cayó volando por fuera de la borda, y, al empaparse de agua, arrastró consigo al mástil. Solo este accidente me salvó de la muerte inminente. Solo con el foque, navegué velozmente delante del viento, inundándonos de cuando en cuando, pero libre del temor de una muerte inmediata. Empuñé el timón y respiré con más libertad al ver que aún nos quedaba una esperanza de salvación. Augustus seguía inconsciente en el fondo del barco, y dado que corría inminente peligro de ahogarse (porque había unos treinta centímetros de agua donde él estaba), me las ingenié para levantarlo, y dejarlo sentado pasándole una cuerda por la cintura, atada a una argolla de la cubierta de la borda. En consecuencia, teniendo arregladas las cosas del mejor modo posible, en mi estado de perturbación y entumecimiento, me en-

everything as well as I could in my chilled and agitated condition, I recommended myself to God, and made up my mind to bear whatever might happen with all the fortitude in my power.

Hardly had I come to this resolution, when, suddenly, a loud and long scream or yell, as if from the throats of a thousand demons, seemed to pervade the whole atmosphere around and above the boat. Never while I live shall I forget the intense agony of terror I experienced at that moment. My hair stood erect on my head—I felt the blood congealing in my veins—my heart ceased utterly to beat, and without having once raised my eyes to learn the source of my alarm, I tumbled headlong and insensible upon the body of my fallen companion.

I found myself, upon reviving, in the cabin of a large whaling-ship (the Penguin) bound to Nantucket. Several persons were standing over me, and Augustus, paler than death, was busily occupied in chafing my hands. Upon seeing me open my eyes, his exclamations of gratitude and joy excited alternate laughter and tears from the rough-looking personages who were present. The mystery of our being in existence was now soon explained. We had been run down by the whaling-ship, which was close hauled, beating up to Nantucket with every sail she could venture to set, and consequently running almost at right angles to our own course. Several men were on the look-out forward, but did not perceive our boat until it was an impossibility to avoid coming in contact—their shouts of warning upon seeing us were what so terribly alarmed me. The huge ship, I was told, rode immediately over us with as much ease as our own little vessel would have passed over a feather, and without the least perceptible impediment to her progress. Not a scream arose from the deck of the victim—there was a slight grating sound to be heard mingling with the roar of wind and water, as the frail bark which was swallowed up rubbed for a moment along the keel of her destroyer—but this was all. Thinking our boat (which it will be remembered was dismasted) some mere shell cut adrift as useless, the captain (Captain E. T. V. Block of New London) was for proceeding on his course without troubling himself further about the matter. Luckily, there were two of the look-out who swore positively to having seen some person at our helm, and represented the possibility of yet saving him. A discussion ensued, when Block grew angry, and, after a while, said that "it was

comendé a Dios y me preparé para soportar lo que sobreviniese, con toda la fortaleza de mi voluntad.

Apenas había tomado esta decisión, de improviso, un alarido estrepitoso y prolongado, como si procediese de las gargantas de mil demonios, pareció envolver el barco por todas partes. Jamás en la vida olvidaré el terror tan angustiante e intenso que experimenté en aquel momento. Se me erizó el cabello... sentí que la sangre se congelaba en mis venas... mi corazón dejaba de latir, y sin siquiera alzar la vista para averiguar la causa de esta señal de alarma, me desplomé inconsciente sobre el cuerpo de mi compañero.

Cuando recuperé la consciencia, me hallaba en el camarote de un ballenero (el Penguin) que se dirigía a Nantucket. Varias personas se encontraban paradas frente a mí, y Augustus, más pálido que la muerte, me frotaba las manos. Al ver que yo abría los ojos, sus exclamaciones de gratitud y alegría provocaron alternadamente risa y llanto en los rudos personajes allí presentes. Entonces se nos explicó el misterio de nuestra salvación. Habíamos sido atropellados por el ballenero, que navegaba a ceñida por el viento, intentando acercarse a Nantucket con todas las velas que podía desplegar, y en consecuencia yendo casi en ángulo recto a nuestro curso. Varios hombres estaban atentos a lo que sucedía adelante, pero ninguno de ellos vio nuestra barca hasta el momento en que ya era imposible evitar el choque, y sus gritos de aviso eran los que me habían asustado de un modo tan terrible. Según me contaron, el enorme barco pasó inmediatamente sobre nosotros, con tanta facilidad como nuestra pequeña embarcación hubiese pasado por encima de una pluma, sin notar el más leve impedimento en su marcha. Ni un grito de la víctima surgió de la cubierta... solo se oyó un chillido débil y áspero mezclado con el rugir del viento y del agua, mientras el barco frágil, que se sumergía, rozó por un instante la quilla del destructor, pero eso fue todo. Creyendo que nuestra barca (que, como se recordará, estaba desmantelada) era un casco a la deriva, simple e inútil, el capitán (capitán E. T. Block, de New London) siguió su ruta sin preocuparse más por este asunto. Afortunadamente, dos de los vigías afirmaron con seguridad que habían visto a una persona en el timón, y plantearon la posibilidad de salvarla. La discusión continuó, cuando Block se enojó y, poco después, dijo que «no era asunto suyo estar vigilando constante-

no business of his to be eternally watching for egg-shells; that the ship should not put about for any such nonsense; and if there was a man run down, it was nobody's fault but his own—he might drown and be d——d," or some language to that effect. Henderson, the first mate, now took the matter up, being justly indignant, as well as the whole ship's crew, at a speech evincing so base a degree of heartless atrocity. He spoke plainly, seeing himself upheld by the men, told the captain he considered him a fit subject for the gallows, and that he would disobey his orders if he were hanged for it the moment he set his foot on shore. He strode aft, jostling Block (who turned very pale and made no answer) on one side, and seizing the helm, gave the word, in a firm voice, Hard-a-lee! The men flew to their posts, and the ship went cleverly about. All this had occupied nearly five minutes, and it was supposed to be hardly within the bounds of possibility that any individual could be saved—allowing any to have been on board the boat. Yet, as the reader has seen, both Augustus and myself were rescued; and our deliverance seemed to have been brought about by two of those almost inconceivable pieces of good fortune which are attributed by the wise and pious to the special interference of Providence.

While the ship was yet in stays, the mate lowered the jolly-boat and jumped into her with the very two men, I believe, who spoke up as having seen me at the helm. They had just left the lee of the vessel (the moon still shining brightly) when she made a long and heavy roll to windward, and Henderson, at the same moment, starting up in his seat, bawled out to his crew to back water. He would say nothing else—repeating his cry impatiently, back water! back water! The men put back as speedily as possible; but by this time the ship had gone round, and gotten fully under headway, although all hands on board were making great exertions to take in sail. In despite of the danger of the attempt, the mate clung to the main-chains as soon as they came within his reach. Another huge lurch now brought the starboard side of the vessel out of water nearly as far as her keel, when the cause of his anxiety was rendered obvious enough. The body of a man was seen to be affixed in the most singular manner to the smooth and shining bottom (the Penguin was coppered and copper-fastened), and beating violently against it with every movement of the hull. After several ineffectual efforts, made during the lurches of the ship, and at the imminent risk of swamping the boat, I was finally disen-

mente los cascarones de proa; que su barco no estaba para ocuparse de una semejante tontería; y que si había algún hombre en el agua, nadie tenía la culpa más que él mismo, y que podía ahogarse e irse al diablo», o cosa por el estilo. Henderson, el primer oficial de cubierta, se hizo cargo del asunto, en verdad, tan indignado como toda la tripulación, ante aquellas palabras que revelaban una crueldad horrenda. Sintiéndose apoyado por los marineros; habló claramente, le dijo al capitán que era digno de estar en galeras, y que desobedecería sus órdenes aunque lo ahorcasen por eso, al poner pie en tierra. Empujando a Block (que se puso pálido y no respondió nada), se dirigió a la popa, empuñó el timón y con voz firme dijo: ¡Virar a proa! La gente voló a sus puestos, y el barco viró correctamente. Todo esto había llevado casi cinco minutos, y las posibilidades de salvación eran muy escasas, admitiendo que hubiese alguien a bordo del barco. Sin embargo, como el lector ha visto, Augustus y yo fuimos rescatados; y nuestra salvación pareció deberse a dos de esas casualidades impensadas y afortunadas que los sabios y los piadosos atribuyen a la especial intervención de la Providencia.

Mientras el barco permanecía detenido, el oficial de cubierta bajó la lancha y saltó dentro de ella con los dos hombres que, creo, afirmaron haberme visto al timón. Se habían alejado del sotavento (la luna aún brillando luminosa), cuando el barco dio un violento giro hacia barlovento, y Henderson, en ese mismo instante, levantándose de su asiento, le gritó a la tripulación que retroceda. No decía nada más... repetía con impaciencia su grito:

—¡Retrocedan! ¡Retrocedan!

La tripulación cumplió la orden de retroceder lo más rápido posible, pero a esta altura el barco se había dado la vuelta, y se había puesto en marcha, a pesar de que todos los marineros se esforzaban por acortar velas. A pesar del peligro de ese intento, el oficial de cubierta se aferró a las cadenas de amarre en cuanto estuvieron a su alcance. Otro enorme tropiezo sacó fuera del agua la banda de estribor del barco casi hasta la quilla, y entonces se hizo lo suficientemente evidente el origen de su ansiedad. El cuerpo de un hombre se veía sujeto del modo más singular al casco liso y reluciente (el Penguin estaba revestido de cobre y tenía

gaged from my perilous situation and taken on board—for the body proved to be my own. It appeared that one of the timber-bolts having started and broken a passage through the copper, it had arrested my progress as I passed under the ship, and fastened me in so extraordinary a manner to her bottom. The head of the bolt had made its way through the collar of the green baize jacket I had on, and through the back part of my neck, forcing itself out between two sinews and just below the right ear. I was immediately put to bed—although life seemed to be totally extinct. There was no surgeon on board. The captain, however, treated me with every attention—to make amends, I presume, in the eyes of his crew, for his atrocious behaviour in the previous portion of the adventure.

In the meantime, Henderson had again put off from the ship, although the wind was now blowing almost a hurricane. He had not been gone many minutes when he fell in with some fragments of our boat, and shortly afterward one of the men with him asserted that he could distinguish a cry for help at intervals amid the roaring of the tempest. This induced the hardy seamen to persevere in their search for more than half an hour, although repeated signals to return were made them by Captain Block, and although every moment on the water in so frail a boat was fraught to them with the most imminent and deadly peril. Indeed, it is nearly impossible to conceive how the small jolly they were in could have escaped destruction for a single instant. She was built, however, for the whaling service, and was fitted, as I have since had reason to believe, with air-boxes, in the manner of some life-boats used on the coast of Wales.

After searching in vain for about the period of time just mentioned, it was determined to get back to the ship. They had scarcely made this resolve when a feeble cry arose from a dark object which floated rapidly by. They pursued and soon overtook it. It proved to be the entire deck of the Ariel's cuddy. Augustus was struggling near it, apparently in the last agonies. Upon getting hold of him it was found that he was attached by a rope to the floating timber. This rope, it will be remembered, I had myself tied round his waist, and made fast to

herrajes de cobre), chocando violentamente contra él a cada movimiento del barco. Luego de varios esfuerzos inútiles, realizados durante las sacudidas del barco, y ante el inminente riesgo de inundación, fui rescatado de esa situación peligrosa y fui subido a bordo —ya que aquel cuerpo era el mío—. Al parecer, uno de los pernos de madera del casco se había salido y abierto paso a través de la chapa de cobre, y había detenido mi marcha cuando yo pasaba por debajo del barco, fijándome a su fondo de un modo extraordinario. La cabeza del perno había atravesado el cuello del chaleco de lana verde que llevaba puesto, y había rasgado la parte posterior de mi cuello entre dos tendones, hasta la altura de la oreja derecha. Inmediatamente me tendieron en la cama... aunque parecía que había perdido la vida. No había ningún médico a bordo. Sin embargo, el capitán me brindó todos los cuidados... para quedar bien, supongo, ante los ojos de su tripulación, por su conducta deleznable en la parte inicial de la aventura.

Mientras tanto, Henderson se había vuelto a apartar del barco, pese a que ahora soplaba un viento casi huracanado. No habían pasado muchos minutos cuando tropezó con algunos fragmentos de nuestra barca, y poco después uno de los hombres que lo acompañaban aseguró que pudo oír un grito pidiendo auxilio, a intervalos, en medio del rugido de la tempestad. Esto indujo a los arriesgados marineros a perseverar en la búsqueda durante más de media hora, aunque el capitán Block les hacía reiteradas señales para que regresen, y aunque cada minuto que pasaban sobre las aguas en un bote tan frágil se exponían al más inminente y mortal peligro. Realmente, es casi imposible concebir cómo la diminuta embarcación en la que estaban pudo escapar de la destrucción en un instante. Pero estaba construida para el servicio ballenero y se hallaba provista, como tenía motivos para creerlo, de depósitos de aire, al modo de los botes salvavidas que se emplean en la costa de Gales.

Después de haber buscado en vano durante el espacio de tiempo mencionado, decidieron regresar al barco; pero apenas habían tomado esta resolución un grito débil surgió de un objeto oscuro que pasaba flotando rápidamente cerca de ellos. Se lanzaron en su persecución y enseguida lo alcanzaron. Resultó ser la cubierta intacta del tumbadillo del Ariel. Augustus se agitaba junto al mismo, al parecer en los últimos estertores de la agonía. Al agarrarlo, vieron que estaba atado con una cuerda a la madera flotante. Esta cuerda, como se recordará, era

a ringbolt, for the purpose of keeping him in an upright position, and my so doing, it appeared, had been ultimately the means of preserving his life. The Ariel was slightly put together, and in going down her frame naturally went to pieces; the deck of the cuddy, as might be expected, was lifted, by the force of the water rushing in, entirely from the main timbers, and floated (with other fragments, no doubt) to the surface—Augustus was buoyed up with it, and thus escaped a terrible death.

It was more than an hour after being taken on board the Penguin before he could give any account of himself, or be made to comprehend the nature of the accident which had befallen our boat. At length he became thoroughly aroused, and spoke much of his sensations while in the water. Upon his first attaining any degree of consciousness, he found himself beneath the surface, whirling round and round with inconceivable rapidity, and with a rope wrapped in three or four folds tightly about his neck. In an instant afterward he felt himself going rapidly upward, when, his head striking violently against a hard substance, he again relapsed into insensibility. Upon once more reviving he was in fuller possession of his reason—this was still, however, in the greatest degree clouded and confused. He now knew that some accident had occurred, and that he was in the water, although his mouth was above the surface, and he could breathe with some freedom. Possibly, at this period, the deck was drifting rapidly before the wind, and drawing him after it, as he floated upon his back. Of course, as long as he could have retained this position, it would have been nearly impossible that he should be drowned. Presently a surge threw him directly athwart the deck; and this post he endeavoured to maintain, screaming at intervals for help. Just before he was discovered by Mr. Henderson, he had been obliged to relax his hold through exhaustion, and, falling into the sea, had given himself up for lost. During the whole period of his struggles he had not the faintest recollection of the Ariel, nor of any matters in connexion with the source of his disaster. A vague feeling of terror and despair had taken entire possession of his faculties. When he was finally picked up, every power of his mind had failed him; and, as before said, it was nearly an hour after getting on board the Penguin before he became fully aware of his condition. In regard to myself—I was resuscitated from a state bordering very nearly upon death (and after every other means

la que yo le había echado alrededor del pecho y anudado a la argolla, para mantenerle en posición erguida y, al hacerlo así, yo había preparado, sin saberlo, el medio para conservar su vida. El Ariel era de endeble construcción y, al pasar por debajo del Penguin, su armazón saltó en pedazos, lógicamente; la cubierta del tumbadillo, como era de esperar, fue levantada por la fuerza del agua al entrar allí y, al ser separada de cuajo de las vigas maestras, quedó flotando (con otros fragmentos, sin duda) en la superficie, sosteniendo a flote a Augustus, quien escapó así de una muerte terrible.

Hasta media hora después de haber sido puesto a bordo del Penguin no pudo dar cuenta de sí, ni entender las explicaciones que le daban acerca de la naturaleza del accidente que le había sucedido a nuestra barca. Al fin, se repuso del todo y habló mucho de sus sensaciones mientras estuvo en el agua. La primera vez que recobró en algo el conocimiento se halló debajo del agua, girando con velocidad vertiginosa y atado a una cuerda que daba tres o cuatro vueltas muy apretadas cerca del cuello. Un instante después se sintió elevado súbitamente; su cabeza chocó violentamente con un cuerpo duro y volvió a sumirse en la inconsciencia. Al recobrarse de nuevo, se hallaba en plena posesión de sus sentidos, aunque estuviese confuso en grado sumo y tuviese nublada la razón. Ahora se daba cuenta de que había sucedido algún accidente y de que estaba en el agua, aunque tenía la boca por encima de la superficie y podía respirar con cierta libertad. Tal vez en aquellos momentos la cubierta iba empujada velozmente por el viento y él era arrastrado tras ella, como si flotase de espaldas. Naturalmente, mientras conservase aquella posición era casi imposible que se ahogase. De pronto, un golpe de mar lo arrojó directamente sobre el puente, donde procuró mantenerse, lanzando a intervalos gritos de socorro. Exactamente un momento antes de ser descubierto por el señor Henderson, se había visto obligado a soltar su asidero por falta de fuerzas y, al caer en el mar, se había dado por perdido. Durante todo el tiempo de su lucha no había tenido el más leve recuerdo del Ariel, ni de ninguno de los asuntos relacionados con la causa de su desastre. Un vago sentimiento de terror y de desesperación se había apoderado por completo de sus facultades. Cuando finalmente fue recogido, le habían abandonado todas sus facultades mentales; y. como dije antes, llevaba casi una hora a bordo del Penguin hasta que se dio cuenta de su situación. Por lo que se refiere a mí, fui reanimado de un estado que bordeaba casi la muerte (y después de haber probado en vano todos los demás medios durante

had been tried in vain for three hours and a half) by vigorous friction with flannels bathed in hot oil—a proceeding suggested by Augustus. The wound in my neck, although of an ugly appearance, proved of little real consequence, and I soon recovered from its effects.

The Penguin got into port about nine o'clock in the morning, after encountering one of the severest gales ever experienced off Nantucket. Both Augustus and myself managed to appear at Mr. Barnard's in time for breakfast—which, luckily, was somewhat late, owing to the party over night. I suppose all at the table were too much fatigued themselves to notice our jaded appearance—of course, it would not have borne a very rigid scrutiny. Schoolboys, however, can accomplish wonders in the way of deception, and I verily believe not one of our friends in Nantucket had the slightest suspicion that the terrible story told by some sailors in town of their having run down a vessel at sea and drowned some thirty or forty poor devils, had reference either to the Ariel, my companion, or myself. We two have since very frequently talked the matter over—but never without a shudder. In one of our conversations Augustus frankly confessed to me, that in his whole life he had at no time experienced so excruciating a sense of dismay, as when on board our little boat he first discovered the extent of his intoxication, and felt himself sinking beneath its influence.

tres horas y media) gracias a vigorosas fricciones con franelas mojadas en aceite caliente, procedimiento sugerido por Augustus. La herida de mi cuello, aunque tenía un aspecto terrible, era de poca importancia, en realidad, y me repuse pronto de sus efectos.

El Penguin entró en puerto cerca de las nueve de la mañana, después de haber capeado una de las borrascas más recias desencadenadas en Nantucket. Augustus y yo logramos llegar a la casa del señor Barnard para la hora del desayuno... que, por suerte, se había retrasado un poco, debido a una fiesta la noche anterior. Supongo que todos los que estaban sentados a la mesa se hallaban demasiado cansados como para advertir nuestro aspecto de agotamiento... porque, naturalmente, no habríamos resistido un examen demasiado estricto. Sin embargo, los colegiales pueden realizar maravillas para fingir, y creo firmemente que ninguno de nuestros amigos de Nantucket tuvo la más mínima sospecha de que la terrible historia contada por unos marineros en la ciudad —acerca de que habían sido chocados por una embarcación en el mar y de que se habían ahogado unos treinta o cuarenta pobres diablos— tenía que ver con nuestro velero Ariel, con mi compañero y conmigo mismo. Los dos hemos hablado muchas veces del asunto... pero nunca sin estremecernos. En una de nuestras conversaciones, Augustus me confesó francamente que jamás en su vida había experimentado semejante sensación de angustia como cuando a bordo de nuestra pequeña embarcación se dio cuenta del grado de embriaguez que tenía, y sintió que se estaba hundiendo bajo sus efectos.

CHAPTER II

In no affairs of mere prejudice, pro or con, do we deduce inferences with entire certainty even from the most simple data. It might be supposed that a catastrophe such as I have just related would have effectually cooled my incipient passion for the sea. On the contrary, I never experienced a more ardent longing for the wild adventures incident to the life of a navigator than within a week after our miraculous deliverance. This short period proved amply long enough to erase from my memory the shadows, and bring out in vivid light all the pleasurably exciting points of colour, all the picturesqueness of the late perilous accident. My conversations with Augustus grew daily more frequent and more intensely full of interest. He had a manner of relating his stories of the ocean (more than one half of which I now suspect to have been sheer fabrications) well adapted to have weight with one of my enthusiastic temperament, and somewhat gloomy, although glowing imagination. It is strange, too, that he most strongly enlisted my feelings in behalf of the life of a seaman, when he depicted his more terrible moments of suffering and despair. For the bright side of the painting I had a limited sympathy. My visions were of shipwreck and famine; of death or captivity among barbarian hordes; of a lifetime dragged out in sorrow and tears, upon some gray and desolate rock, in an ocean unapproachable and unknown. Such visions or desires—for they amounted to desires—are common, I have since been assured, to the whole numerous race of the melancholy among men—at the time of which I speak I regarded them only as prophetic glimpses of a destiny which I felt myself in a measure bound to fulfil. Augustus thoroughly entered into my state of mind. It is probable, indeed, that our intimate communion had resulted in a partial interchange of character.

About eighteen months after the period of the Ariel's disaster, the firm of Lloyd and Vredenburgh (a house connected in some manner with the Messieurs Enderby, I believe, of Liverpool) were engaged in repairing and fitting out the brig Grampus for a whaling voyage. She was an old hulk, and scarcely seaworthy when all was done to her that could be done. I hardly know why she was chosen in preference to other good vessels belonging to the same owners—but so it was. Mr. Barnard was appointed to command her, and Augustus was going with him. While the brig was getting ready, he frequently urged upon

Por cuestiones de mero prejuicio, ya sea en pro o en contra, solemos sacar deducciones con total certeza, aún a partir de los datos más sencillos. Se podría suponer que una catástrofe como la que acabo de relatar habría enfriado, en efecto, mi incipiente pasión por el mar. Por el contrario, nunca experimenté un deseo tan vivo por las arriesgadas aventuras de la vida del navegante como lo tuve una semana después de nuestra salvación milagrosa. Este breve periodo fue suficiente para borrar de mi memoria las sombras y para iluminar vívidamente todos los aspectos agradablemente pintorescos, todo el encanto visual de este accidente peligrosísimo. Mis conversaciones con Augustus cada día eran más frecuentes y cada vez más interesantes. Él tenía una manera de relatar las historias del océano (más de la mitad de las cuales sospecho ahora que eran inventadas) adaptándolas bien para impresionar mi temperamento entusiasta y mi imaginación algo sombría pero intensa. También es extraño que me entusiasmase más la vida marinera cuando él describía los momentos más terribles de sufrimiento y desesperación. Me interesaba menos el costado alegre del cuadro. Mis visiones eran de naufragios y de hambruna; de muerte o cautiverio entre hordas bárbaras; de una vida arrastrada entre penas y lágrimas, sobre una roca gris y desolada, en un océano inaccesible y desconocido. Tales visiones o deseos —pues tal era el carácter que tenían— son comunes, según me habían asegurado, en la numerosa cantidad de hombres melancólicos... y de la época de la cual hablo; yo las consideraba tan solo como visiones proféticas de un destino que yo sentía que se iba a cumplir. Augustus estaba totalmente identificado con mi modo de pensar. De hecho, es probable que nuestra profunda comunicación hubiese sido el resultado de un intercambio recíproco de nuestras personalidades.

Unos dieciocho meses después del desastre del Ariel, la firma Lloyd y Vredenburgh (una empresa relacionada de alguna manera con los señores Enderby, creo, de Liverpool) estaba reparando y equipando al bergantín Grampus para salir a cazar ballenas. Era un barco gigante, en malas condiciones para salir al mar, aún cuando se le hicieron todas las reparaciones que se le podían hacer. No sé porqué fue elegido en favor de otros barcos buenos, pertenecientes a los mismos dueños... pero así fue. El señor Barnard fue designado al mando y Augustus iba a acompañarlo. Mientras se preparaba el bergantín, él insistía constante-

me the excellency of the opportunity now offered for indulging my desire of travel. He found me by no means an unwilling listener—yet the matter could not be so easily arranged. My father made no direct opposition; but my mother went into hysterics at the bare mention of the design; and, more than all, my grandfather, from whom I expected much, vowed to cut me off with a shilling if I should ever broach the subject to him again. These difficulties, however, so far from abating my desire, only added fuel to the flame. I determined to go at all hazards; and, having made known my intention to Augustus, we set about arranging a plan by which it might be accomplished. In the meantime I forbore speaking to any of my relations in regard to the voyage, and, as I busied myself ostensibly with my usual studies, it was supposed that I had abandoned the design. I have since frequently examined my conduct on this occasion with sentiments of displeasure as well as of surprise. The intense hypocrisy I made use of for the furtherance of my project—an hypocrisy pervading every word and action of my life for so long a period of time—could only have been rendered tolerable to myself by the wild and burning expectation with which I looked forward to the fulfilment of my long-cherished visions of travel.

In pursuance of my scheme of deception, I was necessarily obliged to leave much to the management of Augustus, who was employed for the greater part of every day on board the Grampus, attending to some arrangements for his father in the cabin and cabin hold. At night, however, we were sure to have a conference, and talk over our hopes. After nearly a month passed in this manner, without our hitting upon any plan we thought likely to succeed, he told me at last that he had determined upon everything necessary. I had a relation living in New Bedford, a Mr. Ross, at whose house I was in the habit of spending occasionally two or three weeks at a time. The brig was to sail about the middle of June (June, 1827), and it was agreed that, a day or two before her putting to sea, my father was to receive a note, as usual, from Mr. Ross, asking me to come over and spend a fortnight with Robert and Emmet (his sons). Augustus charged himself with the enditing of this note and getting it delivered. Having set out, as supposed, for New Bedford, I was then to report myself to my companion, who would contrive a hiding-place for me in the Grampus. This hiding-place, he assured me, would be rendered sufficiently comfortable for a residence of many days, during which I was not to

mente sobre la excelente oportunidad que se me ofrecía para satisfacer mis deseos de viajar. De ningún modo encontró en mí una persona poco dispuesta a escuchar… pero el asunto no era tan fácil de solucionar. Mi padre no se oponía de manera directa; pero mi madre se ponía histérica con solo mencionar el proyecto; y, más que todo, mi abuelo, de quién yo tanto esperaba, juró que no me dejaría ni un chelín sí volvía a hablarle del asunto. Pero estas dificultades, lejos de desanimarme, no hacían más que avivar mi deseo. Decidí partir a toda costa; y, en cuanto le comuniqué mi resolución a Augustus, comenzamos a armar un plan para lograrlo. Mientras tanto, me abstuve de hablar con mis parientes acerca del viaje, y como me dedicaba ostensiblemente a mis estudios habituales, se suponía que había abandonado el proyecto. Desde entonces, he examinado a menudo mi conducta en aquella ocasión con sentimientos tanto de molestia como de sorpresa. La profunda hipocresía que utilicé para la consecución de mi proyecto —hipocresía imperante en cada palabra y acto de mi vida durante un espacio de tiempo tan prolongado—, solo pude tolerarla debido al loco y ardiente deseo de llevar a cabo mis ansiados anhelos de viajar.

Para llevar a cabo mi engañoso plan, me vi necesariamente obligado a delegar muchos de los preparativos a Augustus, que pasaba gran parte del día a bordo del Grampus, ayudando a su padre en los trabajos que se llevaban a cabo en la cámara y en la bodega. No obstante, por la noche nos reuníamos para hablar de nuestros sueños. Después de pasar casi un mes así, sin dar con un plan que nos pareciese realizable, mi amigo me dijo que finalmente ya había dispuesto todas las cosas necesarias. Yo tenía un pariente que vivía en New Bedford, un tal señor Ross, en cuya casa solía pasar dos o tres semanas de vez en cuando. El bergantín debía salir al mar hacia mediados de junio (junio, 1827), y habíamos acordado que, un par de días antes de la salida del barco, mi padre recibiría, como de costumbre, una carta del señor Ross pidiéndole que me enviase a pasar quince días con Robert y Emmet (sus hijos). Augustus se encargó de escribir la carta y hacerla llegar a destino. Y mientras se suponía que yo estaba en camino hacia New Bedford, me reuniría con mi compañero, quien tendría preparado un escondite para mí en el Grampus. Me aseguró que este escondite sería lo suficientemente cómodo como para permanecer en él muchos días, durante los cuales nadie podría verme. Cuando el bergantín estuviese tan lejos de tierra que le fuese imposible

make my appearance. When the brig had proceeded so far on her course as to make any turning back a matter out of question, I should then, he said, be formally installed in all the comforts of the cabin; and as to his father, he would only laugh heartily at the joke. Vessels enough would be met with by which a letter might be sent home explaining the adventure to my parents.

The middle of June at length arrived, and everything had been matured. The note was written and delivered, and on a Monday morning I left the house for the New Bedford packet, as supposed. I went, however, straight to Augustus, who was waiting for me at the corner of a street. It had been our original plan that I should keep out of the way until dark, and then slip on board the brig; but, as there was now a thick fog in our favour, it was agreed to lose no time in secreting me. Augustus led the way to the wharf, and I followed at a little distance, enveloped in a thick seaman's cloak, which he had brought with him, so that my person might not be easily recognised. Just as we turned the second corner, after passing Mr. Edmund's well, who should appear, standing right in front of me, and looking me full in the face, but old Mr. Peterson, my grandfather. "Why, bless my soul, Gordon," said he, after a long pause, "why, why—whose dirty cloak is that you have on?" "Sir!" I replied, assuming, as well as I could, in the exigency of the moment, an air of offended surprise, and talking in the gruffest of all imaginable tones—"sir! you are a sum'mat mistaken—my name, in the first place, bee'nt nothing at all like Goddin, and I'd want you for to know better, you blackguard, than to call my new obercoat a darty one!" For my life I could hardly refrain from screaming with laughter at the odd manner in which the old gentleman received this handsome rebuke. He started back two or three steps, turned first pale and then excessively red, threw up his spectacles, then, putting them down, ran full tilt at me, with his umbrella uplifted. He stopped short, however, in his career, as if struck with a sudden recollection; and presently, turning round, hobbled off down the street, shaking all the while with rage, and muttering between his teeth, "Won't do—new glasses—thought it was Gordon—d——d good-for-nothing salt water Long Tom."

volver atrás, entonces, me dijo, me instalaría en el camarote con todas las comodidades; y en cuanto a su padre, seguramente se reiría de la broma. En el camino encontraríamos barcos suficientes como para enviar una carta a mi casa explicándoles la aventura a mis padres.

La mitad de junio llegó finalmente, y el plan estaba perfectamente desarrollado. La nota había sido escrita y entregada, y un lunes por la mañana salí de mi casa fingiendo que iba a embarcarme en el vapor para New Bedford. Sin embargo fui al encuentro de Augustus, que me estaba esperando en una esquina. Nuestro plan inicial era que yo debía esconderme hasta que anocheciera, y luego deslizarme a bordo del bergantín subrepticiamente; pero como había una niebla muy densa que jugaba a nuestro favor, acordamos no perder tiempo escondiéndome. Augustus tomó el camino del muelle y yo lo seguí a corta distancia, envuelto en una gruesa capa de marinero, que me había traído para que no pudiese ser reconocido. Pero al doblar la segunda esquina, después de pasar el pozo del señor Edmund, quien apareció, justo frente a mí, mirándome a la cara, fue mi abuelo, el señor Peterson.

—¡Válgame Dios, Gordon! —exclamó, luego de un silencio prolongado—. ¿Por qué, por qué... de quién es esa capa tan sucia que llevas puesta?

—¡Señor! —respondí, fingiendo tanto como pude, como lo requerían las circunstancias en ese momento, un aire de gran sorpresa, y hablando en el más rudo de los tonos imaginables.

»¡Señor!, usted está equivocado... en primer lugar, no me llamo Gordon ni Gordin, ni cosa que se le parezca, y, usted, pillo, tendría que tener más confianza conmigo para llamar sucia mi capa de abrigo nueva. —Juro que no podía contener la risa al ver la extraña manera en que el anciano recibió mi magnífica respuesta. Retrocedió dos o tres pasos, primero se puso muy pálido y luego excesivamente colorado, se sacó los anteojos, luego, se los puso, echó a correr tras de mí, amenazándome con el paraguas en alto. Pero se detuvo en seguida, como si, de repente, hubiese recordado algo; y, girando, se fue rengueando por la calle, temblando de ira y murmurando entre dientes:

After this narrow escape we proceeded with greater caution, and arrived at our point of destination in safety. There were only one or two of the hands on board, and these were busy forward, doing something to the forecastle combings. Captain Barnard, we knew very well, was engaged at Lloyd and Vredenburgh's, and would remain there until late in the evening, so we had little to apprehend on his account. Augustus went first up the vessel's side, and in a short while I followed him, without being noticed by the men at work. We proceeded at once into the cabin, and found no person there. It was fitted up in the most comfortable style—a thing somewhat unusual in a whaling-vessel. There were four very excellent staterooms, with wide and convenient berths. There was also a large stove, I took notice, and a remarkably thick and valuable carpet covering the floor of both the cabin and staterooms. The ceiling was full seven feet high, and, in short, everything appeared of a more roomy and agreeable nature than I had anticipated. Augustus, however, would allow me but little time for observation, insisting upon the necessity of my concealing myself as soon as possible. He led the way into his own stateroom, which was on the starboard side of the brig, and next to the bulkheads. Upon entering, he closed the door and bolted it. I thought I had never seen a nicer little room than the one in which I now found myself. It was about ten feet long, and had only one berth, which, as I said before, was wide and convenient. In that portion of the closet nearest the bulkheads there was a space of four feet square, containing a table, a chair, and a set of hanging shelves full of books, chiefly books of voyages and travels. There were many other little comforts in the room, among which I ought not to forget a kind of safe or refrigerator, in which Augustus pointed out to me a host of delicacies, both in the eating and drinking department.

He now pressed with his knuckles upon a certain spot of the carpet in one corner of the space just mentioned, letting me know that a portion of the flooring, about sixteen inches square, had been neatly cut out and again adjusted. As he pressed, this portion rose up at one end sufficiently to allow the passage of his finger beneath. In this manner he raised the mouth of the trap (to which the carpet was still fastened by tacks), and I found that it led into the after hold. He next

—No sirven... anteojos nuevos... Habría jurado que era Gordon... maldiciones.

Luego de este tropiezo, continuamos la marcha con mayor prudencia y llegamos a nuestro punto de destino a salvo. A bordo se encontraban un par de marineros, y estaban muy ocupados haciendo algo en el castillo de proa. Sabíamos muy bien que el capitán Barnard se encontraba ocupado en Lloyd y Vredenburgh y que permanecería allí hasta el anochecer, de modo que no teníamos nada que temer al respecto. En primer lugar, Augustus se acercó al costado del barco, y poco tiempo después yo lo seguí, sin que los marineros ocupados advirtieran mi llegada. Primero nos dirigimos a la cabina, donde no encontramos a nadie. Estaba muy confortablemente arreglada, cosa rara en un ballenero. Había cuatro excelentes camarotes, con camas anchas y cómodas. Observé que también había una gran estufa, y una alfombra de buena calidad, mullida y amplia que cubría el suelo de la cabina y de los camarotes. El techo tenía unos dos metros de alto. En pocas palabras, todo parecía mucho más agradable y espacioso de lo que me había imaginado. Pero Augustus me dejó poco tiempo para observar, insistiendo en la necesidad de que me ocultase lo antes posible. Se dirigió a su camarote, que se hallaba a estribor del bergantín, junto al mamparo. Al entrar, cerró la puerta con llave. Pensé que nunca en mi vida había visto un cuarto tan bonito como ese. Tenía unos tres metros de largo, y tenía una sola cama, que como ya dije era espaciosa y cómoda. En la parte más cercana al mamparo había un espacio de algo menos de medio metro cuadrado con una mesa, una silla y una estantería llena de libros, principalmente libros de viajes y travesías. Había también otras pequeñas comodidades, entre las que no debo olvidar una especie de caja de seguridad o refrigerador, en el cual Augustus había preparado una selecta provisión de conservas y bebidas.

Augustus presionó con los nudillos cierto sector de la alfombra, que estaba en un rincón del espacio que acabo de mencionar, mostrándome que una porción del piso, de unos cien centímetros cuadrados, había sido cortada cuidadosamente y ajustada de nuevo. Mientras presionaba, esta porción se levantó en un extremo lo suficiente como para introducir su dedo. De este modo, levantó la boca de la trampa (que estaba asegurada con clavos a la alfombra), y descubrí que conducía a la

lit a small taper by means of a phosphorus match, and, placing the light in a dark lantern, descended with it through the opening, bidding me follow. I did so, and he then pulled the cover upon the hole, by means of a nail driven into the under side—the carpet, of course, resuming its original position on the floor of the stateroom, and all traces of the aperture being concealed.

The taper gave out so feeble a ray, that it was with the greatest difficulty I could grope my way through the confused mass of lumber among which I now found myself. By degrees, however, my eyes became accustomed to the gloom, and I proceeded with less trouble, holding on to the skirts of my friend's coat. He brought me, at length, after creeping and winding through innumerable narrow passages, to an iron-bound box, such as is used sometimes for packing fine earthenware. It was nearly four feet high, and full six long, but very narrow. Two large empty oil-casks lay on the top of it, and above these, again, a vast quantity of straw matting, piled up as high as the floor of the cabin. In every other direction around was wedged as closely as possible, even up to the ceiling, a complete chaos of almost every species of ship-furniture, together with a heterogeneous medley of crates, hampers, barrels, and bales, so that it seemed a matter no less than miraculous that we had discovered any passage at all to the box. I afterward found that Augustus had purposely arranged the stowage in this hold with a view to affording me a thorough concealment, having had only one assistant in the labour, a man not going out in the brig.

My companion now showed me that one of the ends of the box could be removed at pleasure. He slipped it aside and displayed the interior, at which I was excessively amused. A mattress from one of the cabin berths covered the whole of its bottom, and it contained almost every article of mere comfort which could be crowded into so small a space, allowing me, at the same time, sufficient room for my accommodation, either in a sitting position or lying at full length. Among other things, there were some books, pen, ink, and paper, three blankets, a large jug full of water, a keg of sea-biscuit, three or four immense Bologna sausages, an enormous ham, a cold leg of roast mutton, and half a dozen bottles of cordials and liqueurs. I proceeded immediately to take possession of my little apartment, and this with feelings of higher satisfaction, I am sure, than any monarch

bodega de la popa. Luego encendió una pequeña vela con un fósforo, la colocó en una linterna sorda y descendió por la abertura, invitándome a que lo siguiera. Lo hice, y luego cerró la tapa del agujero, usando un clavo que tenía en su parte de abajo... la alfombra, por supuesto, volvía a su posición inicial en el piso del camarote, ocultando todos los rastros de la abertura.

La vela daba una luz tan débil, que apenas podía seguir mi camino a través de la desconcertante cantidad de maderas en la que me encontraba ahora. Pero, poco a poco, mis ojos se fueron acostumbrando a la oscuridad y seguí adelante con menos dificultad, agarrado de los faldones de la chaqueta de mi amigo. Me llevó al fin, después de serpentear por numerosos pasillos, estrechos y tortuosos, hasta una caja reforzada con hierro, como las que suelen utilizarse para embalar porcelana fina. Tenía más de un metro de alto por casi dos de largo, pero era muy angosta. Encima de ella había dos grandes barriles de aceite vacíos, y sobre estos había una gran cantidad de esteras de paja apiladas hasta el techo. Y todo alrededor amontonado, lo más apretado posible, hasta encajar en el techo, un verdadero caos de toda clase de provisiones para barcos, junto con una mezcla heterogénea de cajones, cestas, barriles y bultos, de modo que pareció un milagro que hubiésemos encontrado un paso para llegar hasta la caja. Luego me enteré de que Augustus había dirigido expresamente la estiba de esta bodega con el propósito de procurarme un escondite, teniendo como único ayudante en su trabajo a un hombre que no pertenecía a la tripulación del bergantín.

Mi compañero me mostró que uno de los lados de la caja podía abrirse a voluntad. Lo apartó y quedó al descubierto el interior, cosa que me divirtió mucho. Un colchón de una de las camas de la cámara cubría todo el fondo, y contenía casi todos los artículos de confort del barco que podían caber en un espacio tan reducido, permitiéndome, al mismo tiempo, el lugar suficiente para acomodarme allí, sentado o completamente acostado. Había, entre otras cosas, libros, pluma, tinta y papel, tres mantas, una gran jarra con agua, un barril de galletas, tres o cuatro salamines de Boloña, un jamón enorme, una pierna de cordero asado en fiambre y media docena de botellas de licores y refrescos. Inmediatamente procedí a tomar posesión de mi reducido aposento, y esto con más satisfacción, estoy seguro, que un monarca al entrar en un palacio nuevo. Luego, Augustus me enseñó el método para cerrar el lado abierto

ever experienced upon entering a new palace. Augustus now pointed out to me the method of fastening the open end of the box, and then, holding the taper close to the deck, showed me a piece of dark whip-cord lying along it. This, he said, extended from my hiding-place throughout all the necessary windings among the lumber, to a nail which was driven into the deck of the hold, immediately beneath the trapdoor leading into his stateroom. By means of this cord I should be enabled readily to trace my way out without his guidance, provided any unlooked-for accident should render such a step necessary. He now took his departure, leaving with me the lantern, together with a copious supply of tapers and phosphorus, and promising to pay me a visit as often as he could contrive to do so without observation. This was on the seventeenth of June.

I remained three days and nights (as nearly as I could guess) in my hiding-place without getting out of it at all, except twice for the purpose of stretching my limbs by standing erect between two crates just opposite the opening. During the whole period I saw nothing of Augustus; but this occasioned me little uneasiness, as I knew the brig was expected to put to sea every hour, and in the bustle he would not easily find opportunities of coming down to me. At length I heard the trap open and shut, and presently he called in a low voice, asking if all was well, and if there was anything I wanted. "Nothing," I replied; "I am as comfortable as can be; when will the brig sail?" "She will be under weigh in less than half an hour," he answered. "I came to let you know, and for fear you should be uneasy at my absence. I shall not have a chance of coming down again for some time—perhaps for three or four days more. All is going on right aboveboard. After I go up and close the trap, do you creep along by the whipcord to where the nail is driven in. You will find my watch there—it may be useful to you, as you have no daylight to keep time by. I suppose you can't tell how long you have been buried—only three days—this is the twentieth. I would bring the watch to your box, but am afraid of being missed." With this he went up.

In about an hour after he had gone I distinctly felt the brig in motion, and congratulated myself upon having at length fairly com-

de la caja y, sosteniendo la vela junto al techo, me mostró una gruesa cuerda negra que corría a lo largo de él. Me explicó que esta iba desde mi escondite, a través de todos los recovecos necesarios entre los trastos viejos, hasta un clavo del techo de la bodega, inmediatamente debajo de la puerta de la trampa que daba a su camarote. Por medio de esta cuerda yo podía encontrar la salida fácilmente, sin su guía, en caso de que un accidente imprevisto me obligara a dar este paso. Luego se despidió, dejándome el farol, con abundante provisión de velas y fósforos, y prometió venir a verme siempre que pudiera hacerlo sin llamar la atención. Esto sucedió el 17 de junio.

Permanecí allí tres días y noches (según mis cálculos), sin salir de mi escondite excepto dos veces con el propósito de estirar mis piernas, manteniéndome de pie entre dos cajones que había exactamente frente a la abertura. Durante todo ese tiempo no supe nada de Augustus; pero esto me preocupaba poco, pues sabía que el bergantín estaba a punto de zarpar y en el ajetreo de esos momentos no era fácil que encontrase ocasión de bajar a verme. Por último, oí que la trampa se abría y se cerraba, y en seguida me llamó en voz baja preguntándome si todo estaba bien y si necesitaba algo.

—Nada —contesté—. Estoy todo lo bien que se puede estar. ¿Cuándo zarpará el bergantín?

—Levaremos anclas antes de media hora —respondió.

»Vine a decírtelo, porque tenía miedo que te alarmase mi ausencia. No podré bajar de nuevo por algún tiempo... tal vez por tres o cuatro días. A bordo todo marcha bien. Una vez que yo suba y cierre la trampa, sigue la cuerda hasta el clavo. Allí encontrarás mi reloj... puede serte útil para darte cuenta del tiempo, dado que no ves la luz del día. Apuesto a que no eres capaz de decirme cuánto tiempo llevas escondido, solo tres días, hoy es veintiuno. Yo mismo te traería el reloj, pero tengo miedo de que noten mi ausencia. —Y sin decir nada más, se retiró.

Al cabo de una hora percibí claramente que el bergantín se ponía en movimiento, y me alegró haber comenzado por fin el viaje. Satisfecho

menced a voyage. Satisfied with this idea, I determined to make my mind as easy as possible, and await the course of events until I should be permitted to exchange the box for the more roomy, although hardly more comfortable, accommodations of the cabin. My first care was to get the watch. Leaving the taper burning, I groped along in the dark, following the cord through windings innumerable, in some of which I discovered that, after toiling a long distance, I was brought back within a foot or two of a former position. At length I reached the nail, and, securing the object of my journey, returned with it in safety. I now looked over the books which had been so thoughtfully provided, and selected the expedition of Lewis and Clarke to the mouth of the Columbia. With this I amused myself for some time, when, growing sleepy, I extinguished the light with great care, and soon fell into a sound slumber.

Upon awaking I felt strangely confused in mind, and some time elapsed before I could bring to recollection all the various circumstances of my situation. By degrees, however, I remembered all. Striking a light, I looked at the watch; but it was run down, and there were, consequently, no means of determining how long I had slept. My limbs were greatly cramped, and I was forced to relieve them by standing between the crates. Presently, feeling an almost ravenous appetite, I bethought myself of the cold mutton, some of which I had eaten just before going to sleep, and found excellent. What was my astonishment at discovering it to be in a state of absolute putrefaction! This circumstance occasioned me great disquietude; for, connecting it with the disorder of mind I experienced upon awaking, I began to suppose that I must have slept for an inordinately long period of time. The close atmosphere of the hold might have had something to do with this, and might, in the end, be productive of the most serious results. My head ached excessively; I fancied that I drew every breath with difficulty; and, in short, I was oppressed with a multitude of gloomy feelings. Still I could not venture to make any disturbance by opening the trap or otherwise, and, having wound up the watch, contented myself as well as possible.

Throughout the whole of the next tedious twenty-four hours no person came to my relief, and I could not help accusing Augustus of the grossest inattention. What alarmed me chiefly was, that the water in my jug was reduced to about half a pint, and I was suffering

con esta idea, decidí tranquilizar mi espíritu en la medida de lo posible, y esperar el curso de los acontecimientos hasta que pudiese cambiar mi caja por los camarotes más espaciosos, aunque apenas más confortables. Mi primera preocupación fue obtener el reloj. Dejando la vela encendida, fui a tientas en la oscuridad, siguiendo las innumerables vueltas de la cuerda, en algunas de las cuales descubrí que, después de avanzar con esfuerzo, volvía a estar a dos pasos de mi primera posición. Por fin, llegué al clavo, y habiendo obtenido el objeto de mi viaje, regresé con él a salvo. Me puse a revisar los libros que habían sido cuidadosamente provistos, y elegí la expedición de Lewis y Clark a la desembocadura del Columbia. Con esta lectura me distraje un buen rato, y cuando sentí que me dominaba el sueño, apagué la luz con sumo cuidado y en seguida caí en un sueño profundo.

Al despertar me sentí extrañamente confundido, y transcurrió algún tiempo antes de que pudiese recordar las diversas circunstancias de mi situación. Poco a poco, fui recordando todo. Encendí la luz para ver la hora en el reloj; pero se había quedado sin cuerda y, por consiguiente, me quedé sin medio alguno de averiguar cuánto tiempo había dormido. Tenía los miembros entumecidos, y tuve que ponerme de pie entre las cajas para aliviarlos. Al sentir ahora un hambre casi devoradora, me acordé del fiambre de cordero, que había comido antes de irme a dormir, y que me pareció excelente. ¡Lo que me asombró fue descubrir que se hallaba en completo estado de putrefacción! Esta circunstancia me llenó de inquietud; porque, comparándolo con la confusión mental que había experimentado al despertarme, sospeché que había estado durmiendo durante un tiempo exageradamente largo. La atmósfera enrarecida de la bodega podría haber contribuido en algo a ello y, a la larga, podría producir efectos más serios. Me dolía mucho la cabeza; creía que respiraba con dificultad y, en una palabra, me sentía agobiado por una multitud de sentimientos melancólicos. Sin embargo, no me atrevía a abrir la trampa o hacer otra cosa y, dando cuerda a mi reloj, me sentí lo más satisfecho posible.

Durante las insoportables veinticuatro horas que siguieron, nadie vino a ayudarme, y no pude menos que acusar a Augustus de la falta de atención más grosera. Lo que me alarmaba sobre todo era que mi provisión de agua se había reducido a medio litro, y tenía muchísima

much from thirst, having eaten freely of the Bologna sausages after the loss of my mutton. I became very uneasy, and could no longer take any interest in my books. I was overpowered, too, with a desire to sleep, yet trembled at the thought of indulging it, lest there might exist some pernicious influence, like that of burning charcoal, in the confined air of the hold. In the mean time the roll of the brig told me that we were far in the main ocean, and a dull humming sound, which reached my ears as if from an immense distance, convinced me no ordinary gale was blowing. I could not imagine a reason for the absence of Augustus. We were surely far enough advanced on our voyage to allow of my going up. Some accident might have happened to him—but I could think of none which would account for his suffering me to remain so long a prisoner, except, indeed, his having suddenly died or fallen overboard, and upon this idea I could not dwell with any degree of patience. It was possible that we had been baffled by head winds, and were still in the near vicinity of Nantucket. This notion, however, I was forced to abandon; for, such being the case, the brig must have frequently gone about; and I was entirely satisfied, from her continual inclination to the larboard, that she had been sailing all along with a steady breeze on her starboard quarter. Besides, granting that we were still in the neighbourhood of the island, why should not Augustus have visited me and informed me of the circumstance? Pondering in this manner upon the difficulties of my solitary and cheerless condition, I resolved to wait yet another twenty-four hours, when, if no relief were obtained, I would make my way to the trap, and endeavour either to hold a parley with my friend, or get at least a little fresh air through the opening, and a further supply of water from his stateroom. While occupied with this thought, however, I fell, in spite of every exertion to the contrary, into a state of profound sleep, or rather stupor. My dreams were of the most terrific description. Every species of calamity and horror befell me. Among other miseries, I was smothered to death between huge pillows, by demons of the most ghastly and ferocious aspect. Immense serpents held me in their embrace, and looked earnestly in my face with their fearfully shining eyes. Then deserts, limitless, and of the most forlorn and awe-inspiring character, spread themselves out before me. Immensely tall trunks of trees, gray and leafless, rose up in endless succession as far as the eye could reach. Their roots were concealed in wide-spreading morasses, whose dreary water lay intensely black, still, and altogether terrible, beneath. And the strange

sed, porque había comido salchichas de Boloña en abundancia, luego de la pérdida del cordero. Me sentí muy inquieto, y ya no me distraían los libros. Además me dominaba el deseo de dormir, pero temblaba ante la idea de entregarme a ello, ante la idea de que pudiese existir una influencia nociva, como la de las emanaciones de la combustión del carbón, en el aire viciado de la bodega. Mientras tanto, los movimientos del bergantín me indicaban que ya estábamos en alta mar, y un zumbido sordo que llegaba a mis oídos, desde muy lejos, me convenció de que no estaba soplando ningún vendaval. No comprendía la ausencia de Augustus. Con seguridad, ya habíamos avanzado lo suficiente en nuestro viaje como para poder subir. Debía haberle sucedido algún accidente... pero por más vueltas que le daba a la idea, no encontraba ninguna razón que me explicara su indiferencia, dejándome tanto tiempo prisionero, a no ser que hubiese muerto repentinamente o se hubiese caído por la borda... y esta idea se me hacía insoportable. Era posible que el bergantín hubiese tropezado con vientos de frente y nos hallásemos aún en las cercanías de Nantucket. Pero tuve que abandonar esta idea; porque en este caso, el barco tendría que haber virado varias veces; y yo estaba plenamente convencido, a juzgar por la constante inclinación a babor, de que navegábamos con brisa firme de estribor. Además, suponiendo que nos hallásemos todavía cerca de la isla, ¿por qué no bajaba Augustus para informarme de esta circunstancia? Pensando de esta manera acerca de esta situación solitaria y triste, resolví aguardar otras veinticuatro horas, y si no recibía ninguna ayuda, me dirigiría a la trampa e intentaría hablar con mi amigo o, al menos, respirar un poco de aire fresco y renovar mi provisión de agua. Preocupado por estos pensamientos y, a pesar de todos mis esfuerzos, caí en un profundo sueño o, más exactamente, sopor. Mis sueños fueron terroríficos y me sentía abrumado por toda clase de calamidades y horrores. Entre otras penurias, me sentía asfixiado entre enormes almohadas, por enormes demonios del aspecto más feroz y siniestro. Serpientes espantosas me enroscaban entre sus anillos y me miraban intensamente con sus ojos relucientes y espantosos. Luego se extendían ante mí desiertos sin límites, y personajes de carácter triste y asombroso. Troncos de árboles inmensamente altos, secos y sin hojas, se elevaban en infinita sucesión hasta donde llegaba mi vista. Sus raíces se sumergían bajo enormes pantanos, cuyas aguas lúgubres yacían intensamente negras, quietas y totalmente siniestras. Y aquellos árboles extraños parecían dotados de energía humana, y balanceando sus esqueléticos brazos de un lado hacia otro, pedían clemencia a las aguas silenciosas, con sus agudos y

trees seemed endowed with a human vitality, and, waving to and fro their skeleton arms, were crying to the silent waters for mercy, in the shrill and piercing accents of the most acute agony and despair. The scene changed; and I stood, naked and alone, amid the burning sand-plains of Zahara. At my feet lay crouched a fierce lion of the tropics. Suddenly his wild eyes opened and fell upon me. With a convulsive bound he sprang to his feet, and laid bare his horrible teeth. In another instant there burst from his red throat a roar like the thunder of the firmament, and I fell impetuously to the earth. Stifling in a paroxysm of terror, I at last found myself partially awake. My dream, then, was not all a dream. Now, at least, I was in possession of my senses. The paws of some huge and real monster were pressing heavily upon my bosom—his hot breath was in my ear—and his white and ghastly fangs were gleaming upon me through the gloom.

Had a thousand lives hung upon the movement of a limb or the utterance of a syllable, I could have neither stirred nor spoken. The beast, whatever it was, retained his position without attempting any immediate violence, while I lay in an utterly helpless, and, I fancied, a dying condition beneath him. I felt that my powers of body and mind were fast leaving me—in a word, that I was perishing, and perishing of sheer fright. My brain swam—I grew deadly sick—my vision failed—even the glaring eyeballs above me grew dim. Making a last strong effort, I at length breathed a faint ejaculation to God, and resigned myself to die. The sound of my voice seemed to arouse all the latent fury of the animal. He precipitated himself at full length upon my body; but what was my astonishment, when, with a long and low whine, he commenced licking my face and hands with the greatest eagerness, and with the most extravagant demonstrations of affection and joy! I was bewildered, utterly lost in amazement—but I could not forget the peculiar whine of my Newfoundland dog Tiger, and the odd manner of his caresses I well knew. It was he. I experienced a sudden rush of blood to my temples—a giddy and overpowering sense of deliverance and reanimation. I rose hurriedly from the mattress upon which I had been lying, and, throwing myself upon the neck of my faithful follower and friend, relieved the long oppression of my bosom in a flood of the most passionate tears.

As upon a former occasion, my conceptions were in a state of the greatest indistinctness and confusion after leaving the mattress. For

penetrantes acentos de angustia y de desesperación. La escena cambió; y me encontré, desnudo y solo, en los arenales abrasadores del Sahara. A mis pies se hallaba agazapado un feroz león de los trópicos. De repente, abrió sus ojos salvajes y se lanzó sobre mí. Dando un salto convulsivo, se levantó sobre sus patas, dejando al descubierto sus dientes horribles. Un instante después, un rugido semejante al trueno, salió de sus fauces enrojecidas, y caí violentamente al suelo. Sofocado por el paroxismo del terror, al fin me sentí parcialmente despierto. Mi pesadilla no había sido del todo una pesadilla. Ahora, al menos controlaba mis sentidos. Las garras de un monstruo enorme y real presionaban mi pecho con fuerza... sentía su aliento cálido en mis oídos... y sus colmillos blancos y espantosos brillaban ante mí en la oscuridad.

Aunque mil vidas hubiesen dependido del movimiento de un miembro o de la articulación de una palabra, no hubiese podido moverme ni hablar. La bestia, cualquiera sea, se mantenía en su postura sin intentar ningún ataque violento de inmediato, mientras yo seguía completamente desamparado y, según creía, moribundo bajo sus garras. Sentía que las facultades físicas e intelectuales me abandonaban rápidamente... en una palabra, sentía que me moría y que moría de miedo. Mi cerebro se paralizó... me sentí muy mareado... se me nubló la vista... incluso las pupilas luminosas que me miraban me parecieron más oscuras. Haciendo un último gran esfuerzo, elevé una débil plegaria a Dios y me resigné a morir. El sonido de mi voz pareció despertar todo el furor latente del animal. Se precipitó sobre mi cuerpo; pero ¡lo que más me asombró fue cuando, lanzando un gemido sordo y prolongado, comenzó a lamerme la cara y las manos con el mayor y las más extravagantes demostraciones de alegría y cariño! Aunque estaba aturdido y perplejo... no pude olvidar el gemido particular de mi perro, Tigre, un labrador de Terranova, y las caricias que solía prodigarme. Era él. Sentí que la sangre se acumulaba en mis sienes... junto con una sensación de libertad y de vida vertiginosa y consoladora. Me levanté rápidamente del colchón en el que había estado echado y, arrojándome al cuello de mi fiel compañero y amigo, desahogué la gran opresión de mi pecho derramando un caudal de lágrimas enorme.

Como en una ocasión anterior, mis ideas eran muy indefinidas y confusas cuando me levantaba del colchón. Durante un buen rato me

a long time I found it nearly impossible to connect any ideas—but, by very slow degrees, my thinking faculties returned, and I again called to memory the several incidents of my condition. For the presence of Tiger I tried in vain to account; and after busying myself with a thousand different conjectures respecting him, was forced to content myself with rejoicing that he was with me to share my dreary solitude, and render me comfort by his caresses. Most people love their dogs—but for Tiger I had an affection far more ardent than common; and never, certainly, did any creature more truly deserve it. For seven years he had been my inseparable companion, and in a multitude of instances had given evidence of all the noble qualities for which we value the animal. I had rescued him, when a puppy, from the clutches of a malignant little villain in Nantucket, who was leading him, with a rope around his neck, to the water; and the grown dog repaid the obligation, about three years afterward, by saving me from the bludgeon of a street-robber.

Getting now hold of the watch, I found, upon applying it to my ear, that it had again run down; but at this I was not at all surprised, being convinced, from the peculiar state of my feelings, that I had slept, as before, for a very long period of time; how long, it was of course impossible to say. I was burning up with fever, and my thirst was almost intolerable. I felt about the box for my little remaining supply of water; for I had no light, the taper having burnt to the socket of the lantern, and the phosphorus-box not coming readily to hand. Upon finding the jug, however, I discovered it to be empty—Tiger, no doubt, having been tempted to drink it, as well as to devour the remnant of mutton, the bone of which lay, well picked, by the opening of the box. The spoiled meat I could well spare, but my heart sank as I thought of the water. I was feeble in the extreme—so much so that I shook all over, as with an ague, at the slightest movement or exertion. To add to my troubles, the brig was pitching and rolling with great violence, and the oil-casks which lay upon my box were in momentary danger of falling down, so as to block up the only way of ingress or egress. I felt, also, terrible sufferings from sea-sickness. These considerations determined me to make my way, at all hazards, to the trap, and obtain immediate relief, before I should be incapacitated from doing so altogether. Having come to this resolve, I again felt about for the phosphorus-box and tapers. The former I found after some little trouble; but, not discovering the tapers as soon as I had expected (for

resultó casi imposible coordinar mis pensamientos; pero, muy gradualmente, fui recobrando mis facultades mentales, y recordé nuevamente los diversos detalles de mi situación. En vano traté de explicarme la
presencia de Tigre y, después de hacer miles de conjeturas acerca de él,
me limité a alegrarme de que hubiese venido a compartir mi espantosa
soledad, y a reconfortarme con sus caricias. La mayoría de las personas
quieren a sus perros... pero yo sentía por Tigre un afecto más allá de
lo común; y por cierto, no había ningún ser que se lo mereciese más.
Durante siete años, había sido mi compañero inseparable, y en muchas
ocasiones había dado prueba de todas las nobles cualidades que apre-
ciamos en los animales. Cuando era cachorro, lo salvé de las garras de
un pequeño villano perverso y ruin de Nantucket, que lo llevaba, con
una soga al cuello, para arrojarlo al agua; y el perro me devolvió este
favor tres años después, salvándome del ataque de un ladrón en plena
calle.

Con el reloj en la mano, descubrí al acercármelo al oído que se había
quedado sin cuerda otra vez; pero no me sorprendió mucho, porque estaba convencido, a juzgar por el peculiar estado de mis sensaciones, de
que había dormido, como antes, durante un largo periodo de tiempo,
que no podía precisar. Volaba de fiebre y la sed era insoportable. Busqué
a tientas lo que me quedaba de mi provisión de agua, porque no tenía
luz, ya que la vela se había consumido por completo, y no podía encontrar la caja de fósforos. Sin embargo, cuando encontré la jarra; descubrí
que estaba vacía... Indudablemente, Tigre se había sentido tentado a tomarla, como así también había devorado el resto del cordero, cuyo hueso encontré pelado, al lado de la puerta de la caja. La carne en mal estado no me importaba, pero se me encogió el corazón al pensar en el agua.
Me encontraba tan extremadamente débil... tanto que al menor movimiento o esfuerzo temblaba sin control, como si tuviese fiebre amarilla.
Para colmo de males, el bergantín cabeceaba y se movía violentamente,
y los barriles de aceite que había encima de mi caja corrían el riesgo de
caerse en cualquier momento, y bloquear de este modo el único paso
de entrada y salida de mi escondite. Además, me sentía terriblemente
mareado. Estos hechos provocaron que me dirija hacia la trampa, a toda
costa, con el fin de pedir auxilio de inmediato, antes de quedar incapaci-
tado por completo. Una vez que tomé esta decisión, busqué a tientas la
caja de fósforos y las velas. Encontré los primeros con cierta dificultad,
pero como no encontraba las velas tan pronto como esperaba (ya que

I remembered very nearly the spot in which I had placed them), I gave up the search for the present, and bidding Tiger lie quiet, began at once my journey towards the trap.

In this attempt my great feebleness became more than ever apparent. It was with the utmost difficulty I could crawl along at all, and very frequently my limbs sank suddenly from beneath me; when, falling prostrate on my face, I would remain for some minutes in a state bordering on insensibility. Still I struggled forward by slow degrees, dreading every moment that I should swoon amid the narrow and intricate windings of the lumber, in which event I had nothing but death to expect as the result. At length, upon making a push forward with all the energy I could command, I struck my forehead violently against the sharp corner of an iron-bound crate. The accident only stunned me for a few moments; but I found, to my inexpressible grief, that the quick and violent roll of the vessel had thrown the crate entirely across my path, so as effectually to block up the passage. With my utmost exertions I could not move it a single inch from its position, it being closely wedged in among the surrounding boxes and ship-furniture. It became necessary, therefore, enfeebled as I was, either to leave the guidance of the whipcord and seek out a new passage, or to climb over the obstacle, and resume the path on the other side. The former alternative presented too many difficulties and dangers to be thought of without a shudder. In my present weak state of both mind and body, I should infallibly lose my way if I attempted it, and perish miserably amid the dismal and disgusting labyrinths of the hold. I proceeded, therefore, without hesitation, to summon up all my remaining strength and fortitude, and endeavour, as I best might, to clamber over the crate.

Upon standing erect, with this end in view, I found the undertaking even a more serious task than my fears had led me to imagine. On each side of the narrow passage arose a complete wall of various heavy lumber, which the least blunder on my part might be the means of bringing down upon my head; or, if this accident did not occur, the path might be effectually blocked up against my return by the descending mass, as it was in front by the obstacle there. The crate itself was a long and unwieldy box, upon which no foothold could be obtained. In vain I attempted, by every means in my power, to reach the top, with the hope of being thus enabled to draw myself up. Had

recordaba casi con seguridad el lugar donde las había dejado), abandoné la búsqueda en ese momento, y ordenándole a Tigre que se quedara quieto, emprendí con decisión mi camino hacia la trampa.

En este intento, mi gran debilidad se hizo más evidente que nunca. Fue con mucha dificultad que pude avanzar arrastrándome, y mis piernas se doblaban bruscamente; cuando caía de cara al piso, permanecía por espacio de varios minutos en completo estado de insensibilidad. Sin embargo, seguía esforzándome por avanzar poco a poco, temiendo por momentos desmayarme entre los recovecos intrincados y estrechos de los troncos apilados, en cuyo caso el resultado sería mi muerte. Por fin, luego de hacer un gran esfuerzo para avanzar con la poca energía que me quedaba, me golpeé la frente violentamente contra el borde afilado de una enorme caja de hierro reforzada. Este accidente me dejó aturdido solo por unos instantes; pero descubrí, con una angustia imposible de expresar, que los balanceos rápidos y violentos del barco habían arrojado la caja en mi camino, de modo que el paso quedaba definitivamente obstruido. A pesar de mis esfuerzos, no pude moverla ni un centímetro, había quedado tan encajada entre las cajas que la rodeaban y el armazón del barco. Por lo tanto, a pesar de mi debilidad, tenía que abandonar la cuerda que me servía de guía y buscar un nuevo paso, o saltar por encima del obstáculo y reanudar la marcha por el otro lado. La primera alternativa presentaba demasiadas dificultades y peligros como para considerarlos sin estremecerse. En mi situación actual de debilidad física y mental, indefectiblemente perdería mi camino si lo intentaba, y moriría miserablemente en medio de los laberintos sombríos y repugnantes de la bodega. Por lo tanto, sin vacilar, decidí juntar toda mi energía y mi voluntad para intentar, como mejor pudiera, trepar por encima de la caja.

Al ponerme en pie, con este fin, descubrí que la tarea era aún más ardua de lo que mis temores me habían hecho imaginar. A ambos lados de este pequeño paso se levantaba una muralla de troncos pesados, que ante el más mínimo error de mi parte podían caer sobre mi cabeza; o, si esto no sucedía, la senda podía quedar obstruida detrás de mí, por la caída de los troncos, dejándome encerrado entre dos obstáculos. La caja era larga y difícil de manipular, y era imposible apoyarse en ella. En vano, intenté por todos los medios que tenía a mi alcance, llegar al borde superior, con la esperanza de poder subir. Aunque lo hubiese alcanzado, es evidente que mis fuerzas no eran suficientes para la tarea que inten-

I succeeded in reaching it, it is certain that my strength would have proved utterly inadequate to the task of getting over, and it was better in every respect that I failed. At length, in a desperate effort to force the crate from its ground, I felt a strong vibration in the side next me. I thrust my hand eagerly to the edge of the planks, and found that a very large one was loose. With my pocket-knife, which luckily I had with me, I succeeded, after great labour, in prying it entirely off; and, getting through the aperture, discovered, to my exceeding joy, that there were no boards on the opposite side—in other words, that the top was wanting, it being the bottom through which I had forced my way. I now met with no important difficulty in proceeding along the line until I finally reached the nail. With a beating heart I stood erect, and with a gentle touch pressed against the cover of the trap. It did not rise as soon as I had expected, and I pressed it with somewhat more determination, still dreading lest some other person than Augustus might be in his stateroom. The door, however, to my astonishment, remained steady, and I became somewhat uneasy, for I knew that it had formerly required little or no effort to remove it. I pushed it strongly—it was nevertheless firm: with all my strength—it still did not give way: with rage, with fury, with despair—it set at defiance my utmost efforts; and it was evident, from the unyielding nature of the resistance, that the hole had either been discovered and effectually nailed up, or that some immense weight had been placed upon it, which it was useless to think of removing.

My sensations were those of extreme horror and dismay. In vain I attempted to reason on the probable cause of my being thus entombed. I could summon up no connected chain of reflection, and, sinking on the floor, gave way, unresistingly, to the most gloomy imaginings, in which the dreadful deaths of thirst, famine, suffocation, and premature interment, crowded upon me as the prominent disasters to be encountered. At length there returned to me some portion of presence of mind. I arose, and felt with my fingers for the seams or cracks of the aperture. Having found them, I examined them closely to ascertain if they emitted any light from the stateroom; but none was visible. I then forced the penblade of my knife through them, until I met with some hard obstacle. Scraping against it, I discovered it to be a solid mass of iron, which, from its peculiar wavy feel as I passed the blade along it, I concluded to be a chain-cable. The only course now left me was to retrace my way to the box, and there either

taba, así que era preferible, a este respecto, que no lo consiguiese. Finalmente, al hacer un esfuerzo desesperado para levantar la caja, sentí una fuerte vibración al lado mío. Empujé ansiosamente con mi mano el borde de los tablones y descubrí que uno, muy ancho, estaba flojo. Con la navaja que, afortunadamente, llevaba conmigo, logré, después de mucho trabajo, desclavarla por completo; y al mirar por la abertura descubrí, con gran alegría, que no tenía tablas en el lado contrario... en otras palabras, que carecía de tapa, siendo el fondo la superficie a través de la cual yo me había abierto camino. Ya no tropecé con ninguna dificultad importante al seguir a lo largo de la cuerda hasta que, finalmente, llegué al clavo. Me puse de pie con el corazón palpitante y presioné con suavidad la tapa de la trampa. Esta no se levantó con la facilidad que yo esperaba, y la empujé con más fuerza, temiendo que hubiese alguna otra persona en el camarote que no fuera mi amigo Augustus. Pero, para mi sorpresa, la puerta siguió cerrada, y comencé a inquietarme, porque desde el principio supe que hacía falta poco o ningún esfuerzo para levantarla. La empujé con más fuerza aún... pero siguió firme; empujé con todas mis fuerzas... y tampoco cedió: con furia, con rabia, con desesperación... ella desafiaba todos mis esfuerzos; y era evidente, a juzgar por la firmeza de la resistencia, que el agujero había sido descubierto y clavado, o que le habían colocado encima algún peso enorme, por lo que era inútil tratar de levantarla.

Mis sensaciones fueron de horror extremo y desaliento. En vano trataba de razonar sobre la probable causa de mi encierro definitivo. No podía coordinar una cadena de pensamientos y, al hundirme en el suelo, me asaltaron, irresistiblemente, las fantasías más lúgubres, en las que muertes espantosas por sed, hambre, asfixia y entierro prematuro me abrumaban como desastres inminentes que me sucederían. Al fin, recobré algo de serenidad. Me levanté y palpé con los dedos, buscando las grietas o ranuras de la abertura. Al encontrarlas, las examiné detenidamente, para ver si salía alguna luz del camarote; pero no se veía nada. Entonces introduje la hoja de la navaja entre ellas, hasta que di con un obstáculo duro. Al rasparlo descubrí que era una masa sólida de hierro, la cual, por su extraña ondulación al tacto cuando pasaba la hoja a lo largo de ella, deduje que era una cadena. El único recurso que me quedaba era retroceder en mi camino hasta la caja, y abandonarme allí a mi lamentable destino, o intentar tranquilizar mi mente para pensar

yield to my sad fate, or try so to tranquillize my mind as to admit of my arranging some plan of escape. I immediately set about the attempt, and succeeded, after innumerable difficulties, in getting back. As I sank, utterly exhausted, upon the mattress, Tiger threw himself at full length by my side, and seemed as if desirous, by his caresses, of consoling me in my troubles, and urging me to bear them with fortitude.

The singularity of his behaviour at length forcibly arrested my attention. After licking my face and hands for some minutes, he would suddenly cease doing so, and utter a low whine. Upon reaching out my hand towards him, I then invariably found him lying on his back, with his paws uplifted. This conduct, so frequently repeated, appeared strange, and I could in no manner account for it. As the dog seemed distressed, I concluded that he had received some injury; and, taking his paws in my hands, I examined them one by one, but found no sign of any hurt. I then supposed him hungry, and gave him a large piece of ham, which he devoured with avidity—afterward, however, resuming his extraordinary manoeuvres. I now imagined that he was suffering, like myself, the torments of thirst, and was about adopting this conclusion as the true one, when the idea occurred to me that I had as yet only examined his paws, and that there might possibly be a wound upon some portion of his body or head. The latter I felt carefully over, but found nothing. On passing my hand, however, along his back, I perceived a slight erection of the hair extending completely across it. Probing this with my finger, I discovered a string, and, tracing it up, found that it encircled the whole body. Upon a closer scrutiny, I came across a small slip of what had the feeling of letter paper, through which the string had been fastened in such a manner as to bring it immediately beneath the left shoulder of the animal.

algún plan de escape. Inmediatamente llevé a cabo el intento y logré, después de vencer innumerables dificultades, regresar a mi alojamiento. Cuando caí, completamente exhausto, en el colchón, Tigre se tendió a mi lado cuan largo era y parecía como si quisiera consolarme y darme ánimo con sus caricias, y obligándome a recibirlas con gratitud.

Pero lo extraño de su comportamiento me llamó mucho la atención. Después de lamerme la cara y las manos durante un rato, dejó bruscamente de hacerlo y emitió un gemido débil. Al extender mi mano hacia él, siempre lo hallaba acostado sobre el lomo, con las patas en alto. Esta conducta, repetida con frecuencia, me pareció extraña y no podía encontrarle explicación. Como el perro parecía angustiado, pensé que se había lastimado con algo y, agarrándole las patas con mis manos, se las examiné una por una, pero no encontré rastro de herida alguna. Entonces supuse que tendría hambre y le di un trozo de jamón, que devoró con avidez... sin embargo, luego, reanudó sus extraordinarias maniobras. Me imaginé que estaba sufriendo, como yo, los tormentos de la sed, y estaba a punto de dar por buena esta conclusión, cuando se me ocurrió la idea de que solo le había revisado las patas, y que tal vez podría estar herido en el cuerpo o en la cabeza. Le toqué esta última con cuidado, pero no encontré nada. Pero, al pasarle la mano por el lomo, noté una ligera erección del pelo a lo largo de todo su cuerpo. Palpándolo con mi dedo, descubrí una cuerda y, al tirar de ella, descubrí que le rodeaba todo el cuerpo. Al examinarla más profundamente, me encontré con una cosa que parecía un papel carta, sujeto con la cuerda de manera tal, que quedaba inmediatamente debajo de la paleta izquierda del animal.

CHAPTER III

The thought instantly occurred to me that the paper was a note from Augustus, and that some unaccountable accident having happened to prevent his relieving me from my dungeon, he had devised this method of acquainting me with the true state of affairs. Trembling with eagerness, I now commenced another search for my phosphorus matches and tapers. I had a confused recollection of having put them carefully away just before falling asleep; and, indeed, previously to my last journey to the trap, I had been able to remember the exact spot where I had deposited them. But now I endeavoured in vain to call it to mind, and busied myself for a full hour in a fruitless and vexatious search for the missing articles; never, surely, was there a more tantalizing state of anxiety and suspense. At length, while groping about, with my head close to the ballast, near the opening of the box, and outside of it, I perceived a faint glimmering of light in the direction of the steerage. Greatly surprised, I endeavoured to make my way towards it, as it appeared to be but a few feet from my position. Scarcely had I moved with this intention, when I lost sight of the glimmer entirely, and, before I could bring it into view again, was obliged to feel along by the box until I had exactly resumed my original situation. Now, moving my head with caution to and fro, I found that, by proceeding slowly, with great care, in an opposite direction to that in which I had at first started, I was enabled to draw near the light, still keeping it in view. Presently I came directly upon it (having squeezed my way through innumerable narrow windings), and found that it proceeded from some fragments of my matches lying in an empty barrel turned upon its side. I was wondering how they came in such a place, when my hand fell upon two or three pieces of taper-wax, which had been evidently mumbled by the dog. I concluded at once that he had devoured the whole of my supply of candles, and I felt hopeless of being ever able to read the note of Augustus. The small remnants of the wax were so mashed up among other rubbish in the barrel, that I despaired of deriving any service from them, and left them as they were. The phosphorus, of which there was only a speck or two, I gathered up as well as I could, and returned with it, after much difficulty, to my box, where Tiger had all the while remained.

What to do next I could not tell. The hold was so intensely dark that

Inmediatamente se me ocurrió la idea de que el papel era una nota de Augustus, y que habría sufrido algún accidente inexplicable que le impedía bajar a liberarme de mi celda, por lo que había ideado este medio para informarme de la verdadera situación de las cosas. Temblando de ansiedad, comencé de nuevo a buscar los fósforos y las velas. Tenía un vago recuerdo de haberlos guardado cuidadosamente poco antes de quedarme dormido; y, sin dudas, antes de mi última expedición a la trampa, me hallaba en perfectas condiciones de poder recordar el sitio exacto donde los había dejado. Pero ahora, en vano me esforzaba por recordarlo, y dediqué más de una hora a buscar inútilmente y con fastidio aquellos malditos objetos; nunca, por cierto, me había encontrado en un estado de ansiedad y de incertidumbre más doloroso. Por último, mientras tanteaba todo, con mi cabeza junto al lastre, cerca de la abertura de la caja, y fuera de ella, percibí un débil brillo de luz en dirección a la antecámara. Muy sorprendido, me dirigí hacia aquella luz que parecía estar a pocos pasos de mí. Apenas me moví con esta intención, perdí completamente de vista aquel brillo y, para verlo nuevamente, tuve que andar a lo largo de la caja hasta recobrar exactamente mi posición inicial. Entonces, moviendo la cabeza de un lado a otro con cuidado, vi que, caminando lentamente y con la mayor precaución, en dirección opuesta a la que había seguido al principio, podía acercarme a la luz sin perderla de vista. Enseguida llegué a ella (atravesando innumerables y angustiosos rodeos) y descubrí que la luz procedía de unos fragmentos de mis fósforos, que yacían en un barril vacío caído hacia un lado. Me preguntaba cómo habían llegado a ese lugar, cuando mi mano cayó sobre dos o tres pedazos de cera de vela, que evidentemente habían sido masticados por el perro. De inmediato comprendí que él había devorado toda mi provisión de velas, y perdí la esperanza de leer la nota de Augustus. Los restos de cera estaban tan amalgamados con otros desechos del barril, que renuncié a utilizarlos, y los dejé como estaban. Recogí los fósforos, de los que solo había unas partículas, lo mejor que pude y regresé con ellos, después de muchas dificultades, a la caja, donde Tigre había permanecido. No sabía qué hacer ahora. La oscuridad que reinaba en la bodega era tan intensa que no podía ver mis manos, aunque las acercase a mi cara. Apenas distinguía la tira blanca de papel, pero no mirándola directamente; sino volviendo hacia ella la parte externa de la retina, es decir, mirándola un poco de costado, así descubrí que llegaba a ser perceptible en cierta medida. De este modo puede comprenderse

I could not see my hand, however close I would hold it to my face. The white slip of paper could barely be discerned, and not even that when I looked at it directly; by turning the exterior portions of the retina towards it, that is to say, by surveying it slightly askance, I found that it became in some measure perceptible. Thus the gloom of my prison may be imagined, and the note of my friend, if indeed it were a note from him, seemed only likely to throw me into further trouble, by disquieting to no purpose my already enfeebled and agitated mind. In vain I revolved in my brain a multitude of absurd expedients for procuring light—such expedients precisely as a man in the perturbed sleep occasioned by opium would be apt to fall upon for a similar purpose—each and all of which appear by turns to the dreamer the most reasonable and the most preposterous of conceptions, just as the reasoning or imaginative faculties flicker, alternately, one above the other. At last an idea occurred to me which seemed rational, and which gave me cause to wonder, very justly, that I had not entertained it before. I placed the slip of paper on the back of a book, and, collecting the fragments of the phosphorus matches which I had brought from the barrel, laid them together upon the paper. I then, with the palm of my hand, rubbed the whole over quickly yet steadily. A clear light diffused itself immediately throughout the whole surface; and had there been any writing upon it, I should not have experienced the least difficulty, I am sure, in reading it. Not a syllable was there, however—nothing but a dreary and unsatisfactory blank; the illumination died away in a few seconds, and my heart died away within me as it went.

I have before stated more than once that my intellect, for some period prior to this, had been in a condition nearly bordering on idiocy. There were, to be sure, momentary intervals of perfect sanity, and, now and then, even of energy; but these were few. It must be remembered that I had been, for many days certainly, inhaling the almost pestilential atmosphere of a close hold in a whaling vessel, and a long portion of that time but scantily supplied with water. For the last fourteen or fifteen hours I had none—nor had I slept during that time. Salt provisions of the most exciting kind had been my chief, and, indeed, since the loss of the mutton, my only supply of food, with the exception of the sea-biscuit; and these latter were utterly useless to me, as they were too dry and hard to be swallowed in the swollen and parched condition of my throat. I was now in a high

la oscuridad de mi prisión, y la carta de mi amigo, si realmente era una carta de él, solo venía a aumentar mi angustia, atormentando inútilmente a mi espíritu débil y agitado. En vano, daban vueltas en mi cabeza una multitud de recursos para conseguir luz... ideas que un hombre sumido en el sueño inquieto causado por el opio hubiese discurrido con fines similares; ideas que, alternativamente, parecen las más razonables y las más absurdas, según predominen las facultades racionales imaginativas. Por último, se me ocurrió algo que me pareció razonable, sorprendiéndome, justamente, de que no se me hubiese ocurrido antes. Coloqué la hoja de papel al dorso de un libro y, reuniendo los fragmentos de los fósforos que había recogido del barril, los coloqué sobre el papel. Luego, con la palma de la mano, froté todo rápida pero sostenidamente. Una luz clara se difundió inmediatamente por toda la superficie, y si hubiese habido algo escrito en ella, seguramente no hubiese tenido la menor dificultad para leerlo. Sin embargo, no había ni una sílaba... solo una blancura triste y desoladora. La luz se extinguió a los pocos segundos, y sentí que mi corazón se apagaba con ella.

Anteriormente he afirmado más de una vez que mi intelecto, en un periodo anterior a este, se había hallado en un estado que bordeaba la imbecilidad. Es cierto que tuve intervalos de lucidez y, ocasionalmente, de vitalidad, pero estos fueron muy pocos. Cabe recordar que llevaba muchos días, por cierto, respirando la atmósfera pestilente de un agujero cerrado en un buque ballenero, y que durante buena parte de este tiempo había tenido poca provisión de agua. En las últimas catorce o quince horas no tenía más, y tampoco había dormido durante todo ese tiempo. Las provisiones saladas del tipo más estimulante habían sido mi sustento principal y, de hecho, luego de la pérdida del fiambre de cordero, habían sido mi único alimento, exceptuando las galletas; que apenas había comido, porque eran demasiado secas y duras para que mi garganta hinchada y reseca las pudiese tragar. Ahora tenía mucha

state of fever, and in every respect exceedingly ill. This will account for the fact that many miserable hours of despondency elapsed after my last adventure with the phosphorus, before the thought suggested itself that I had examined only one side of the paper. I shall not attempt to describe my feelings of rage (for I believe I was more angry than anything else) when the egregious oversight I had committed flashed suddenly upon my perception. The blunder itself would have been unimportant, had not my own folly and impetuosity rendered it otherwise—in my disappointment at not finding some words upon the slip, I had childishly torn it in pieces and thrown it away, it was impossible to say where.

From the worst part of this dilemma I was relieved by the sagacity of Tiger. Having got, after a long search, a small piece of the note, I put it to the dog's nose, and endeavoured to make him understand that he must bring me the rest of it. To my astonishment (for I had taught him none of the usual tricks for which his breed are famous), he seemed to enter at once into my meaning, and, rummaging about for a few moments, soon found another considerable portion. Bringing me this, he paused a while, and, rubbing his nose against my hand, appeared to be waiting for my approval of what he had done. I patted him on the head, when he immediately made off again. It was now some minutes before he came back—but when he did come, he brought with him a large slip, which proved to be all the paper missing—it having been torn, it seems, only into three pieces. Luckily, I had no trouble in finding what few fragments of the phosphorus were left—being guided by the indistinct glow one or two of the particles still emitted. My difficulties had taught me the necessity of caution, and I now took time to reflect upon what I was about to do. It was very probable, I considered, that some words were written upon that side of the paper which had not been examined—but which side was that? Fitting the pieces together gave me no clew in this respect, although it assured me that the words (if there were any) would be found all on one side, and connected in a proper manner, as written. There was the greater necessity of ascertaining the point in question beyond a doubt, as the phosphorus remaining would be altogether insufficient for a third attempt, should I fail in the one I was now about to make. I placed the paper on a book as before, and sat for some minutes thoughtfully revolving the matter over in my mind. At last I thought it barely possible that the written side might

fiebre, y me sentía sumamente mal. Esto explica por qué transcurrieron tantas horas de abatimiento y de angustia desde mi última aventura con los fósforos, antes de que se me ocurriera que había examinado solo una cara del papel. No describiré mis sentimientos de rabia (ya que creía que estaba más enojado que cualquier otra cosa) cuando me di cuenta del tremendo error que había cometido. Dicho error no hubiese sido tan importante si mi propia insensatez y vehemencia no lo hubiera hecho casi irreparable; en mi desaliento al no hallar ni una sola palabra en el papel, lo desgarré de manera infantil y arrojé sus pedazos, siendo imposible decir dónde.

La parte más difícil del problema pude resolverla mediante la sagacidad de Tigre. Habiendo encontrado, tras una larga búsqueda, un pedazo de la nota, se la di a oler al perro, esforzándome en hacerle comprender que debía traerme el resto de ella. Para mi sorpresa (porque yo no le había enseñado ninguna de las habilidades que dan fama a su raza), pareció entenderme en el acto y, hurgando durante unos momentos, pronto encontró otro pedazo bastante grande. Me lo trajo, esperó un rato y, rozando su hocico contra mi mano, parecía esperar mi aprobación por lo que había hecho. Le di una cariñosa palmada en la cabeza, e inmediatamente se marchó otra vez. Pasaron ahora unos minutos antes de que volviese... pero cuando lo hizo, traía consigo una larga tira que completaba el papel perdido... al parecer, yo solo lo había roto en tres pedazos. Afortunadamente, encontré sin dificultad los escasos fragmentos de fósforos que quedaban, guiado por el brillo que una o dos de las partículas aún emitían. Las dificultades me habían enseñado cuán necesario era la prudencia, y me tomé tiempo para reflexionar acerca de lo que debía hacer. Consideré que era muy probable que hubiese algunas palabras escritas en la cara del papel que no había examinado... pero ¿cuál de las caras era? La unión de los pedazos no me daba ninguna pista en este sentido, aunque me aseguraba que las palabras (si había alguna) se hallaban todas en una de las caras, y unidas correctamente, tal como habían sido escritas. Tenía la imperiosa necesidad de averiguar esta cuestión sin lugar a dudas, porque el fósforo que quedaba sería totalmente insuficiente para un tercer intento si fallaba el que iba a hacer ahora. Coloqué el papel sobre un libro, como lo había hecho antes, y me senté unos minutos a pensar seriamente acerca de la resolución de este asunto. Finalmente, pensé que era casi imposible que el lado escrito presentase alguna imperfección en su superficie, que el delicado sen-

have some unevenness on its surface, which a delicate sense of feeling might enable me to detect. I determined to make the experiment, and passed my finger very carefully over the side which first presented itself—nothing, however, was perceptible, and I turned the paper, adjusting it on the book. I now again carried my forefinger cautiously along, when I was aware of an exceedingly slight, but still discernible glow, which followed as it proceeded. This, I knew, must arise from some very minute remaining particles of the phosphorus with which I had covered the paper in my previous attempt. The other, or under side, then, was that on which lay the writing, if writing there should finally prove to be. Again I turned the note, and went to work as I had previously done. Having rubbed in the phosphorus, a brilliancy ensued as before—but this time several lines of MS. in a large hand, and apparently in red ink, became distinctly visible. The glimmer, although sufficiently bright, was but momentary. Still, had I not been too greatly excited, there would have been ample time enough for me to peruse the whole three sentences before me—for I saw there were three. In my anxiety, however, to read all at once, I succeeded only in reading the seven concluding words, which thus appeared: "blood—your life depends upon lying close."

Had I been able to ascertain the entire contents of the note—the full meaning of the admonition which my friend had thus attempted to convey, that admonition, even although it should have revealed a story of disaster the most unspeakable, could not, I am firmly convinced, have imbued my mind with one tithe of the harrowing and yet indefinable horror with which I was inspired by the fragmentary warning thus received. And "blood" too, that word of all words—so rife at all times with mystery, and suffering, and terror—how trebly full of import did it now appear—how chillily and heavily (disjointed, as it thus was, from any foregoing words to qualify or render it distinct) did its vague syllables fall, amid the deep gloom of my prison, into the innermost recesses of my soul!

Augustus had, undoubtedly, good reasons for wishing me to remain concealed, and I formed a thousand surmises as to what they could be—but I could think of nothing affording a satisfactory solution of the mystery. Just after returning from my last journey to the trap, and before my attention had been otherwise directed by the singular conduct of Tiger, I had come to the resolution of making my-

tido del tacto me permitiese detectarlo. Decidí hacer el experimento, e hice deslizar mis dedos cuidadosamente sobre la cara que estaba hacia arriba. Pero no percibí nada, y volví a colocar el papel sobre el libro. Pasé otra vez el dedo índice con suma precaución, cuando descubrí un brillo muy débil, pero aún perceptible, que seguía el paso de mi dedo. Pensé que el brillo debía provenir de algunas pequeñas partículas del fósforo con las que había cubierto el papel en la prueba anterior. Por lo tanto, la otra cara, la de abajo, era la que estaba escrita, si finalmente había algo escrito. Giré de nuevo la nota y comencé a trabajar como lo había hecho previamente. En cuanto froté el fósforo, surgió un resplandor, como antes... pero esta vez se distinguían varias líneas manuscritas, con letras grandes y aparentemente en tinta roja. El destello, aunque suficientemente brillante, duró solo un instante. Pero, si yo no hubiese estado tan emocionado, hubiese tenido tiempo de sobra para repasar por completo las tres frases que aparecieron ante mí... porque vi que eran tres. Sin embargo, ansioso por leer todo de una vez, solo conseguí leer las siete últimas palabras, que decían: «sangre... tu vida depende de permanecer oculto».

Si hubiese podido saber el contenido de toda la nota... el sentido completo de la alerta que mi amigo había intentado enviarme, estoy convencido de que esa advertencia, aunque me hubiese revelado la historia del desastre más inexplicable, no me habría causado ni una pizca del horror atroz e inexpresable que me provocó la advertencia parcial recibida de aquel modo. Y, además, la palabra «sangre», esa palabra suprema —tan rica siempre en misterios, sufrimientos y terror—. ¡Cuán peligrosa parecía ahora!, ¡qué frías y fuertes cayeron sus vagas sílabas (aisladas, como estaban, de las palabras precedentes para calificarla y darle precisión) en medio de aquella sombría prisión, dentro de lo más recóndito de mi alma!

Indudablemente, Augustus había tenido sus buenas razones para desearme que siguiese escondido, y forjé mil conjeturas acerca de lo que habría sucedido; sin dar con ninguna solución satisfactoria del misterio. Ni bien regresé de mi última expedición a la trampa, y antes de que mi atención se viese atraída por la extraña conducta de Tigre, yo había tomado la decisión de hacerme oír, a toda costa, por aquellos que

self heard at all events by those on board, or, if I could not succeed in this directly, of trying to cut my way through the orlop deck. The half certainty which I felt of being able to accomplish one of these two purposes in the last emergency, had given me courage (which I should not otherwise have had) to endure the evils of my situation. The few words I had been able to read, however, had cut me off from these final resources, and I now, for the first time, felt all the misery of my fate. In a paroxysm of despair I threw myself again upon the mattress, where, for about the period of a day and night, I lay in a kind of stupor, relieved only by momentary intervals of reason and recollection.

At length I once more arose, and busied myself in reflection upon the horrors which encompassed me. For another twenty-four hours it was barely possible that I might exist without water—for a longer time I could not do so. During the first portion of my imprisonment I had made free use of the cordials with which Augustus had supplied me, but they only served to excite fever, without in the least degree assuaging my thirst. I had now only about a gill left, and this was of a species of strong peach liqueur at which my stomach revolted. The sausages were entirely consumed; of the ham nothing remained but a small piece of the skin; and all the biscuit, except a few fragments of one, had been eaten by Tiger. To add to my troubles, I found that my headache was increasing momentarily, and with it the species of delirium which had distressed me more or less since my first falling asleep. For some hours past it had been with the greatest difficulty I could breathe at all, and now each attempt at so doing was attended with the most distressing spasmodic action of the chest. But there was still another and very different source of disquietude, and one, indeed, whose harassing terrors had been the chief means of arousing me to exertion from my stupor on the mattress. It arose from the demeanour of the dog.

I first observed an alteration in his conduct while rubbing in the phosphorus on the paper in my last attempt. As I rubbed, he ran his nose against my hand with a slight snarl; but I was too greatly excited at the time to pay much attention to the circumstance. Soon afterward, it will be remembered, I threw myself on the mattress, and fell into a species of lethargy. Presently I became aware of a singular hissing sound close at my ears, and discovered it to proceed from Ti-

estaban a bordo o, si esto no era posible, tratar de abrirme paso por la cubierta de popa. La seguridad que sentía de ser capaz de realizar uno de estos dos propósitos, en último caso, me había dado el coraje (que de otro modo no hubiese tenido) para soportar mi siniestra situación. Sin embargo las pocas palabras que había podido leer me quitaban estos últimos recursos, y ahora, por primera vez, sentí lo desgraciado que era mi destino. En un ataque de desesperación, me arrojé nuevamente sobre el colchón donde, por espacio de un día y una noche, permanecí en una especie de sopor, aliviado tan solo por intervalos momentáneos de sensatez y de recuerdos.

Volví a levantarme al fin, y me puse a reflexionar sobre los horrores que me acorralaban. Apenas sería posible vivir veinticuatro horas más sin agua; porque desde luego no podía pasar más tiempo sin beber nada. Durante la primera parte de mi encierro había consumido libremente los licores que Augustus me había suministrado; pero solo sirvieron para aumentar la fiebre, sin aplacar en lo más mínimo mi sed. Solo me quedaba un cuarto de pinta, y era una clase de licor de durazno muy fuerte, que me revolvía el estómago. Las salchichas se habían acabado; y del jamón quedaba tan solo un pequeño trozo de corteza; todas las galletas se las había comido Tigre, excepto algunos trozos de una de ellas. Para colmo de males, el dolor de cabeza aumentaba por momentos, sumiéndome en una especie de delirio que me afligía más o menos desde que caí dormido la primera vez. Llevaba ya varias horas respirando con mayor dificultad; pero ahora cada vez que intentaba hacerlo sentía un efecto espasmódico profundamente doloroso en el pecho. Pero existía aún otra causa de inquietud de índole muy distinta, cuyos terrores acosadores habían sido el principal motor para que decida salir de mi letargo en el colchón. Surgió del comportamiento del perro.

Primero observé una alteración en su conducta cuando yo frotaba el fósforo sobre el papel en mi último intento. Mientras frotaba el papel, acercó su nariz a mi mano gruñendo ligeramente; pero yo estaba demasiado exaltado en ese momento como para prestar atención a tal circunstancia. Poco después, como se recordará, me acosté en el colchón y caí en una especie de letargo. Luego sentí como un silbido extraño en mis oídos, y descubrí que procedía de Tigre, que jadeaba y se

ger, who was panting and wheezing in a state of the greatest apparent excitement, his eyeballs flashing fiercely through the gloom. I spoke to him, when he replied with a low growl, and then remained quiet. Presently I relapsed into my stupor, from which I was again awakened in a similar manner. This was repeated three or four times, until finally his behaviour inspired me with so great a degree of fear that I became fully aroused. He was now lying close by the door of the box, snarling fearfully, although in a kind of under tone, and grinding his teeth as if strongly convulsed. I had no doubt whatever that the want of water or the confined atmosphere of the hold had driven him mad, and I was at a loss what course to pursue. I could not endure the thought of killing him, yet it seemed absolutely necessary for my own safety. I could distinctly perceive his eyes fastened upon me with an expression of the most deadly animosity, and I expected every instant that he would attack me. At last I could endure my terrible situation no longer, and determined to make my way from the box at all hazards, and despatch him, if his opposition should render it necessary for me to do so. To get out, I had to pass directly over his body, and he already seemed to anticipate my design—raising himself upon his fore legs (as I perceived by the altered position of his eyes), and displaying the whole of his white fangs, which were easily discernible. I took the remains of the ham-skin, and the bottle containing the liqueur, and secured them about my person, together with a large carving-knife which Augustus had left me—then, folding my cloak as closely around me as possible, I made a movement towards the mouth of the box. No sooner did I do this than the dog sprang with a loud growl towards my throat. The whole weight of his body struck me on the right shoulder, and I fell violently to the left, while the enraged animal passed entirely over me. I had fallen upon my knees, with my head buried among the blankets, and these protected me from a second furious assault, during which I felt the sharp teeth pressing vigorously upon the woollen which enveloped my neck—yet, luckily, without being able to penetrate all the folds. I was now beneath the dog, and a few moments would place me completely in his power. Despair gave me strength, and I rose bodily up, shaking him from me by main force, and dragging with me the blankets from the mattress. These I now threw over him, and before he could extricate himself I had got through the door and closed it effectually against his pursuit. In this struggle, however, I had been forced to drop the morsel of ham-skin, and I now found my whole stock of provisions

estremecía en un estado de gran excitación, con los ojos parpadeando de manera intermitente en plena oscuridad. Le hablé, él respondió con un gemido sordo y luego se quedó quieto. Enseguida volví a caer en mi sopor, del cual desperté de la misma manera. Esto se repitió tres o cuatro veces, hasta que, al final, su conducta me provocó un temor tan grande, que me despabilé por completo. Ahora, Tigre estaba echado junto a la puerta de la caja, gruñendo terriblemente, aunque en un tono más bajo, y rechinando los dientes como si estuviese teniendo convulsiones. No había duda alguna de que la falta de agua o la atmósfera viciada de la bodega lo habían vuelto rabioso, y yo no sabía qué hacer con él. No soportaba la idea de matarlo, a pesar de que parecía absolutamente necesaria por mi propia seguridad. Veía claramente sus ojos fijos en mí con una expresión de hostilidad fatídica, y a cada instante suponía que me atacaría. Finalmente, no pude soportar más aquella terrible situación, y decidí salir de la caja a toda costa, y matarlo si su resistencia lo hacía necesario. Para salir tenía que pasar precisamente por encima de su cuerpo, y él ya se había anticipado a mi propósito... levantándose sobre las patas delanteras (como percibí por el cambio de posición de sus ojos) y enseñándome sus colmillos blancos, que eran fácilmente visibles. Levanté los restos de la corteza del jamón y la botella que contenía el licor, los aseguré muy bien contra mi cuerpo, junto con un gran cuchillo de trinchar que Augustus me había dejado; luego, envolviéndome lo mejor que pude en mi chaquetón, hice un movimiento de avance hacia la boca de la caja. Ni bien terminé de hacer esto, el perro saltó a mi garganta emitiendo un fuerte gruñido. Todo el peso de su cuerpo cayó sobre mi hombro derecho, y rodé violentamente hacia la izquierda, mientras el animal enfurecido pasaba por encima de mí. Caí de rodillas, quedando con la cabeza escondida entre las mantas, lo que me libró de un segundo y furioso ataque, durante el cual sentí los agudos colmillos oprimiendo vigorosamente la lana que envolvía mi cuello; sin que, por fortuna, pudiese atravesar todos sus pliegues. Ahora me encontraba debajo del perro, y en unos instantes me hallaría completamente a su merced. La desesperación me dio valor, y levantándome decididamente, me deshice de él sacudiéndolo con fuerza y arrastrando conmigo las mantas del colchón. De inmediato se las arrojé encima, y antes de que él pudiese librarse de ellas, atravesé la puerta y la cerré, dejándolo adentro. Sin embargo, en esta lucha, no había tenido más remedio que dejar caer el trozo de corteza de jamón, y todas mis provisiones quedaron, entonces, reducidas a unos tragos de licor. Cuando me di cuenta de esta situación, me sentí movido por uno de esos ataques de obstinación que es de su-

reduced to a single gill of liqueur. As this reflection crossed my mind, I felt myself actuated by one of those fits of perverseness which might be supposed to influence a spoiled child in similar circumstances, and, raising the bottle to my lips, I drained it to the last drop, and dashed it furiously upon the floor.

Scarcely had the echo of the crash died away, when I heard my name pronounced in an eager but subdued voice, issuing from the direction of the steerage. So unexpected was anything of the kind, and so intense was the emotion excited within me by the sound, that I endeavoured in vain to reply. My powers of speech totally failed, and, in an agony of terror lest my friend should conclude me dead, and return without attempting to reach me, I stood up between the crates near the door of the box, trembling convulsively, and gasping and struggling for utterance. Had a thousand worlds depended upon a syllable, I could not have spoken it. There was a slight movement now audible among the lumber somewhere forward of my station. The sound presently grew less distinct, then again less so, and still less. Shall I ever forget my feelings at this moment? He was going—my friend—my companion, from whom I had a right to expect so much— he was going—he would abandon me—he was gone! He would leave me to perish miserably, to expire in the most horrible and loathsome of dungeons—and one word—one little syllable would save me—yet that single syllable I could not utter! I felt, I am sure, more than ten thousand times the agonies of death itself. My brain reeled, and I fell, deadly sick, against the end of the box.

As I fell, the carving-knife was shaken out from the waistband of my pantaloons, and dropped with a rattling sound to the floor. Never did any strain of the richest melody come so sweetly to my ears! With the intensest anxiety I listened to ascertain the effect of the noise upon Augustus—for I knew that the person who called my name could be no one but himself. All was silent for some moments. At length I again heard the word Arthur! repeated in a low tone, and one full of hesitation. Reviving hope loosened at once my powers of speech, and I now screamed, at the top of my voice, "Augustus! oh Augustus!" "Hush—for God's sake be silent!" he replied, in a voice trembling with agitation; "I will be with you immediately—as soon as I can make my way through the hold." For a long time I heard him moving among the

poner le hubiesen dado, en circunstancias similares, a un niño malcriado, y llevándome la botella a la boca, me bebí hasta la última gota y la arrojé con rabia contra el suelo.

Apenas había desaparecido el eco del impacto, oí que pronunciaban mi nombre con voz impaciente, pero sigilosa, y que venía de la dirección de proa. Fue tan inesperado algo semejante y tan intensa la emoción que me produjo el sonido, que en vano intenté contestar. Había perdido por completo la facultad del habla, y la angustia que me producía el terror de que mi amigo me creyese muerto y se retirase sin intentar acercarse a mí hizo que me levante entre las cajas que había junto a la puerta de la trampa, temblando convulsivamente, jadeando y luchando por expresarme. Aunque mil mundos hubiesen dependido de una palabra mía, no habría podido articularla. Sentí de pronto un ligero movimiento entre el montón de maderas, un poco más allá de donde yo estaba. Enseguida el ruido se fue debilitando cada vez más, haciéndose más tenue, más lejano... ¿Podré olvidar algún día los sentimientos que experimenté en aquel momento? Se iba alejando... mi amigo, mi compañero, de quien esperaba tanto... se iba alejando... me abandonaba... ¡Se había ido! Me dejaría morir miserablemente, me dejaría perecer en el más horrible y siniestro de los calabozos... y una sola palabra, una sola sílaba me hubiese salvado... ¡aunque esa única sílaba no pude pronunciarla! Estoy seguro de que en aquellos instantes sentí la angustia de la muerte misma mil veces. Me empezó a dar vueltas la cabeza y caí, gravemente enfermo, contra el extremo de la caja.

Al caerme, se me desprendió el cuchillo del cinturón y rodó, produciendo un ruido metálico en el suelo. ¡Jamás habían llegado a mis oídos los compases de una melodía tan dulce! Escuché, con gran ansiedad, para asegurarme del efecto que el ruido produciría en Augustus... porque sabía que la única persona que podría haberme llamado por mi nombre debía de ser él. Todo permaneció en silencio durante unos momentos. Por fin, volví a oír la palabra «¡Arthur!», repetida en voz baja, vacilante. Al revivir la esperanza perdida, recobré de inmediato el habla y grité con toda la fuerza de mi voz:

—¡Augustus! ¡Oh, Augustus...!

lumber, and every moment seemed to me an age. At length I felt his hand upon my shoulder, and he placed at the same moment a bottle of water to my lips. Those only who have been suddenly redeemed from the jaws of the tomb, or who have known the insufferable torments of thirst under circumstances as aggravated as those which encompassed me in my dreary prison, can form any idea of the unutterable transports which that one long draught of the richest of all physical luxuries afforded.

When I had in some degree satisfied my thirst, Augustus produced from his pocket three or four cold boiled potatoes, which I devoured with the greatest avidity. He had brought with him a light in a dark lantern, and the grateful rays afforded me scarcely less comfort than the food and drink. But I was impatient to learn the cause of his protracted absence, and he proceeded to recount what had happened on board during my incarceration.

—¡Silencio! ¡Cállate, por Dios! —me contestó con voz trémula y agitada—. Estaré contigo inmediatamente... en cuanto pueda abrirme camino a través de la bodega.

Durante un buen rato escuché cómo se movía entre la estiba, y cada momento me parecía un siglo. Finalmente, sentí su mano sobre mi hombro y, en el mismo instante, apoyó una botella de agua en mis labios. Solamente aquellos que han sido rescatados repentinamente de las sombras de la tumba o quienes hayan conocido los insoportables tormentos de la sed bajo circunstancias tan agravadas como las que me rodeaban a mí en esa espantosa prisión pueden darse una idea del indescriptible trance que proporciona un buen trago, el más exquisito de todos los placeres que pueda gozar el hombre.

Cuando hube satisfecho en cierto grado la sed, Augustus sacó del bolsillo tres o cuatro papas cocidas, que devoré con gran avidez. Traía una linterna sorda, y los rayos de su luz me causaban apenas menos gusto que la comida y la bebida, Pero yo estaba impaciente por saber la causa de su prolongada ausencia, y comenzó a contarme lo que había sucedido a bordo durante mi encierro.

CHAPTER IV

The brig put to sea, as I had supposed, in about an hour after he had left the watch. This was on the twentieth of June. It will be remembered that I had then been in the hold for three days; and, during this period, there was so constant a bustle on board, and so much running to and fro, especially in the cabin and staterooms, that he had had no chance of visiting me without the risk of having the secret of the trap discovered. When at length he did come, I had assured him that I was doing as well as possible; and, therefore, for the two next days he felt but little uneasiness on my account—still, however, watching an opportunity of going down. It was not until the fourth day that he found one. Several times during this interval he had made up his mind to let his father know of the adventure, and have me come up at once; but we were still within reaching distance of Nantucket, and it was doubtful, from some expressions which had escaped Captain Barnard, whether he would not immediately put back if he discovered me to be on board. Besides, upon thinking the matter over, Augustus, so he told me, could not imagine that I was in immediate want, or that I would hesitate, in such case, to make myself heard at the trap. When, therefore, he considered everything, he concluded to let me stay until he could meet with an opportunity of visiting me unobserved. This, as I said before, did not occur until the fourth day after his bringing me the watch, and the seventh since I had first entered the hold. He then went down without taking with him any water or provisions, intending in the first place merely to call my attention, and get me to come from the box to the trap—when he would go up to the stateroom and thence hand me down a supply. When he descended for this purpose he found that I was asleep, for it seems that I was snoring very loudly. From all the calculations I can make on the subject, this must have been the slumber into which I fell just after my return from the trap with the watch, and which, consequently, must have lasted for more than three entire days and nights at the very least. Latterly, I have had reason, both from my own experience and the assurance of others, to be acquainted with the strong soporific effects of the stench arising from old fish-oil when closely confined; and when I think of the condition of the hold in which I was imprisoned, and the long period during which the brig had been used as a whaling vessel, I am more inclined to wonder that I awoke at all, after once falling asleep, than that I should have slept uninterruptedly for

El bergantín zarpó, como lo había imaginado, aproximadamente una hora después de que Augustus me dejase el reloj. Esto sucedió el 20 de junio. Cabe recordar que por entonces yo llevaba tres días en la bodega; y, durante este periodo, hubo un ajetreo tan incesante a bordo, y tantas corridas de aquí para allá, especialmente en la cabina y en los camarotes, que mi amigo no tuvo tiempo de visitarme sin riesgo de que se descubriese el secreto de la trampa. Cuando finalmente pudo venir, le aseguré que todo iba lo mejor posible; y, por lo tanto no se inquietó mucho por mi situación durante los dos días siguientes, aunque, sin embargo, buscaba siempre una ocasión para bajar. Y el cuarto día, la encontró. Varias veces, durante dicho intervalo de tiempo, él había pensado contarle a su padre la aventura, para que yo pudiera subir enseguida; pero nos hallábamos aún a corta distancia de Nantucket y, por ciertas expresiones que se le habían escapado al capitán Barnard, era probable que me devolviese a tierra si se enteraba de que yo iba a bordo. Además, pensando en esto, según me dijo, Augustus no imaginaba que yo tuviera gran urgencia, o intentara, en tal caso, acercarme a la trampa para que me escuchen. Cuando, entonces, tomó en consideración todo esto, decidió dejarme allí hasta que tuviera oportunidad de visitarme sin que lo advirtieran. Esto, como dije antes, no ocurrió hasta el cuarto día después de traerme el reloj, y el séptimo desde que entré por vez primera en la bodega. Luego, bajó sin traer agua ni provisiones, porque solo tenía la intención de llamar mi atención para que fuese desde la caja hasta la trampa, mientras él subía al camarote y desde allí me tiraba unas provisiones. Cuando bajó con este propósito me encontró dormido, roncando estrepitosamente. Por los cálculos que hice sobre este punto, este debe haber sido el sopor en que caí ni bien regresé de la trampa con el reloj, el cual, por consiguiente, debe haber durado al menos más de tres días y tres noches enteras. Posteriormente he tenido la oportunidad tanto por mi propia experiencia, como por el testimonio de los demás, de conocer los poderosos efectos soporíferos del hedor que despide el aceite de pescado rancio en sitios cerrados; y cuando pienso en el estado de la bodega en que me hallaba encerrado, y el largo periodo durante el cual el bergantín había sido utilizado como ballenero, me inclino a maravillarme que me desperté, en realidad, luego de haber dormido un rato, y no haber dormido ininterrumpidamente durante el periodo mencionado.

the period specified above.

Augustus called to me at first in a low voice and without closing the trap—but I made him no reply. He then shut the trap, and spoke to me in a louder, and finally in a very loud tone—still I continued to snore. He was now at a loss what to do. It would take him some time to make his way through the lumber to my box, and in the mean while his absence would be noticed by Captain Barnard, who had occasion for his services every minute, in arranging and copying papers connected with the business of the voyage. He determined, therefore, upon reflection, to ascend, and await another opportunity of visiting me. He was the more easily induced to this resolve, as my slumber appeared to be of the most tranquil nature, and he could not suppose that I had undergone any inconvenience from my incarceration. He had just made up his mind on these points when his attention was arrested by an unusual bustle, the sound of which proceeded apparently from the cabin. He sprang through the trap as quickly as possible, closed it, and threw open the door of his stateroom. No sooner had he put his foot over the threshold than a pistol flashed in his face, and he was knocked down, at the same moment, by a blow from a handspike.

A strong hand held him on the cabin floor, with a tight grasp upon his throat—still he was able to see what was going on around him. His father was tied hand and foot, and lying along the steps of the companion-way with his head down, and a deep wound in the forehead, from which the blood was flowing in a continued stream. He spoke not a word, and was apparently dying. Over him stood the first mate, eying him with an expression of fiendish derision, and deliberately searching his pockets, from which he presently drew forth a large wallet and a chronometer. Seven of the crew (among whom was the cook, a negro) were rummaging the staterooms on the larboard for arms, where they soon equipped themselves with muskets and ammunition. Besides Augustus and Captain Barnard, there were nine men altogether in the cabin, and these among the most ruffianly of the brig's company. The villains now went upon deck, taking my friend with them, after having secured his arms behind his back. They proceeded straight to the forecastle, which was fastened down—two of the mutineers standing by it with axes—two also at the main hatch. The mate called out in a loud voice, "Do you hear there below? tumble up with you—one by one, now, mark that—and no

Al principio, Augustus me llamó en voz baja y sin cerrar la trampa; pero no le contesté. Entonces cerró la trampa, y me llamó en un tono más alto y, finalmente, en un tono mucho más fuerte; pero yo seguía roncando. Ahora, él no sabía qué hacer. Le llevaría un tiempo abrirse camino a través de la estiba hasta mi caja, y mientras tanto el capitán Barnard, quien necesitaba de sus servicios a cada momento, para arreglar y copiar papeles relacionados con los negocios del viaje, notaría su ausencia. Por lo tanto, luego de pensarlo, decidió subir y esperar otra ocasión para visitarme. Se sintió fácilmente inducido a tomar esta decisión porque mi sueño parecía ser más tranquilo, y no pensaba que yo pudiera tener algún inconveniente. Había acabado de tomar estas decisiones, cuando le llamó la atención un extraño bullicio, que parecía proceder de la cámara. Saltó a través de la trampa lo más rápidamente posible, la cerró y abrió la puerta de su camarote. Ni bien puso los pies en el umbral, una pistola le disparó en la cara y cayó derribado, además, por el golpe de un espeque.

Una mano vigorosa lo sujetaba contra el piso del camarote, oprimiéndole la garganta con fuerza; pero pudo ver lo que estaba sucediendo a su alrededor. Su padre estaba atado de pies y manos, y yacía tendido a lo largo de los peldaños de la escalera de la cámara, cabeza abajo, con una profunda herida en la frente, de la que brotaba un chorro continuo de sangre. No dijo una palabra y, aparentemente, estaba moribundo. Sobre él se inclinaba el primer oficial, mirándolo con una expresión de burla diabólica, mientras registraba detenidamente sus bolsillos, de los que sacó una billetera grande y un cronómetro. Siete de los miembros de la tripulación (el cocinero negro, entre ellos) registraban los camarotes de babor en busca de armas, y pronto estaban equipados con fusiles y municiones. Además de Augustus y del capitán Barnard, había en total nueve hombres en la cámara, entre los cuales se hallaban los más rufianes de la tripulación del bergantín. Los villanos subieron a cubierta, llevándose a mi amigo con ellos, con las manos atadas en la espalda. Se dirigieron directamente al castillo de proa, que estaba vigilado —dos de los amotinados apostados allí, con sus hachas, y otros dos, en la escotilla principal—. El oficial gritó en voz alta:

grumbling." It was some minutes before any one appeared: at last an Englishman, who had shipped as a raw hand, came up, weeping piteously, and entreating the mate in the most humble manner to spare his life. The only reply was a blow on the forehead from an axe. The poor fellow fell to the deck without a groan, and the black cook lifted him up in his arms as he would a child, and tossed him deliberately into the sea. Hearing the blow and the plunge of the body, the men below could now be induced to venture on deck neither by threats nor promises, until a proposition was made to smoke them out. A general rush then ensued, and for a moment it seemed possible that the brig might be retaken. The mutineers, however, succeeded at last in closing the forecastle effectually before more than six of their opponents could get up. These six, finding themselves so greatly outnumbered and without arms, submitted after a brief struggle. The mate gave them fair words—no doubt with a view of inducing those below to yield, for they had no difficulty in hearing all that was said on deck. The result proved his sagacity, no less than his diabolical villany. All in the forecastle presently signified their intention of submitting, and, ascending one by one, were pinioned and thrown on their backs together with the first six—there being in all, of the crew who were not concerned in the mutiny, twenty-seven.

A scene of the most horrible butchery ensued. The bound seamen were dragged to the gangway. Here the cook stood with an axe, striking each victim on the head as he was forced over the side of the vessel by the other mutineers. In this manner twenty-two perished, and Augustus had given himself up for lost, expecting every moment his own turn to come next. But it seemed that the villains were now either weary, or in some measure disgusted with their bloody labour; for the four remaining prisoners, together with my friend, who had been thrown on the deck with the rest, were respited while the mate sent below for rum, and the whole murderous party held a drunken carouse, which lasted until sunset. They now fell to disputing in regard to the fate of the survivers, who lay not more than four paces off, and could distinguish every word said. Upon some of the mutineers the liquor appeared to have a softening effect, for several voices were heard in favour of releasing the captives altogether, on condition of joining the mutiny and sharing the profits. The black cook, however

—¡Eh, me escuchan ahí abajo...! ¡Arriba todos, uno por uno...! ¡Y sin protestas! —Pasaron unos minutos sin que apareciese nadie; finalmente, un inglés, que se había enrolado como aprendiz, apareció llorando desconsoladamente, y le suplicaba al oficial, de la manera más humilde, que no lo mate. La única respuesta fue un hachazo en la cabeza. El pobre hombre cayó sobre la cubierta sin lanzar un gemido, y el cocinero negro lo levantó en brazos como si fuera un niño, y lo arrojo al mar. Al oír el golpe y la caída del cuerpo, los que estaban abajo no se atrevían a subir a la cubierta ni con promesas ni con amenazas, hasta que alguien propuso que se les obligase a salir echándoles humo. Se produjo, entonces, una lucha general, y por un momento creímos que el bergantín podría ser recuperado; sin embargo, los amotinados finalmente lograron cerrar el castillo antes de que pudiesen salir más de seis de sus oponentes. Estos seis, al encontrarse ante un número tan superior de enemigos y sin armas, se entregaron después de una breve lucha. El oficial les dijo unas buenas palabras; sin duda para lograr que los que estaban abajo se rindiesen, ya que ellos podían oír perfectamente lo que se decía en cubierta. El resultado no solo demostró su sagacidad, sino también su maldad diabólica. Al rato, todos los que estaban en el castillo de proa manifestaron su intención de rendirse y, al subir uno por uno, fueron maniatados y obligados a acostarse boca arriba, junto con los otros seis; siendo en total veintisiete los marineros que no habían tomado parte en el motín.

Luego se produjo la escena más horrible que uno pueda imaginar. Los marineros maniatados fueron arrastrados hasta la pasarela. Allí estaba el cocinero con un hacha golpeando a cada víctima en la cabeza mientras era arrojada al mar por los demás amotinados. De este modo perecieron veintidós, y Augustus ya se había dado por vencido, esperando a cada momento que le tocara el turno. Pero parece que los asesinos se cansaron, o que no les gustó, en cierta medida, su sangrienta labor; puesto que hubo una tregua para los cuatro prisioneros restantes, junto con mi amigo, que había sido llevado a cubierta con los demás, mientras el oficial los enviaba abajo por ron y toda la partida de criminales se entregaba a una fiesta que duró hasta la puesta del sol. Luego comenzaron a discutir sobre el destino de los sobrevivientes, que estaban a menos de cuatro pasos de distancia, y oían todo lo que decían. El licor pareció haber aplacado la sed de sangre de algunos de los amotinados, porque se oyeron varias voces en favor de que liberaran a los cautivos, con la condición de que se unieran al motín y participaran de sus beneficios.

(who in all respects was a perfect demon, and who seemed to exert as much influence, if not more, than the mate himself), would listen to no proposition of the kind, and rose repeatedly for the purpose of resuming his work at the gangway. Fortunately, he was so far overcome by intoxication as to be easily restrained by the less bloodthirsty of the party, among whom was a line-manager, who went by the name of Dirk Peters. This man was the son of an Indian squaw of the tribe of Upsarokas, who live among the fastnesses of the Black Hills near the source of the Missouri. His father was a fur-trader, I believe, or at least connected in some manner with the Indian trading-posts on Lewis river. Peters himself was one of the most purely ferocious-looking men I ever beheld. He was short in stature—not more than four feet eight inches high—but his limbs were of the most Herculean mould. His hands, especially, were so enormously thick and broad as hardly to retain a human shape. His arms, as well as legs, were bowed in the most singular manner, and appeared to possess no flexibility whatever. His head was equally deformed, being of immense size, with an indentation on the crown (like that on the head of most negroes), and entirely bald. To conceal this latter deficiency, which did not proceed from old age, he usually wore a wig formed of any hair-like material which presented itself—occasionally the skin of a Spanish dog or American grizzly bear. At the time spoken of he had on a portion of one of these bearskins; and it added no little to the natural ferocity of his countenance, which betook of the Upsaroka character. The mouth extended nearly from ear to ear; the lips were thin, and seemed, like some other portions of his frame, to be devoid of natural pliancy, so that the ruling expression never varied under the influence of any emotion whatever. This ruling expression may be conceived when it is considered that the teeth were exceedingly long and protruding, and never even partially covered, in any instance, by the lips. To pass this man with a casual glance, one might imagine him to be convulsed with laughter—but a second look would induce a shuddering acknowledgment, that if such an expression were indicative of merriment, the merriment must be that of a demon. Of this singular being many anecdotes were prevalent among the seafaring men of Nantucket. These anecdotes went to prove his prodigious strength when under excitement, and some of them had given rise to a doubt of his sanity. But on board the Grampus, it seems, he was regarded at the time of the mutiny with feelings more of derision than of anything else. I have been thus particular in speaking of Dirk Peters,

Pero el cocinero negro (que, en todos los aspectos, era un verdadero demonio, y parecía tener tanta influencia si no más que el oficial mismo) no quería escuchar proposiciones de tal índole, y se levantó repetidas veces con el propósito de reanudar su tarea junto a la pasarela. Afortunadamente, estaba tan borracho, que fue detenido fácilmente por los menos sanguinarios del grupo, entre los cuales se encontraba un encargado de línea, llamado Dirk Peters. Este hombre era hijo de una india de la tribu de los Upsarokas, que viven en los refugios naturales de las Colinas Negras, cerca del curso del río Missouri. Su padre era un comerciante de pieles, creo, o al menos relacionado en cierto modo con los establecimientos comerciales de los indios en el río Lewis. Peters era uno de los hombres de aspecto más feroz que jamás he visto. Era de estatura baja, no medía más que metro y medio, tenía manos y piernas dignas de Hércules. Sus manos, especialmente, eran tan enormemente gruesas y anchas que apenas tenían forma humana. Sus brazos, así como sus piernas, estaban arqueados de un modo muy extraño y parecía que no poseían ninguna flexibilidad. Su cabeza era igualmente deforme, de tamaño inmenso, con una depresión en la coronilla (como la que suelen tener la mayoría de los negros) y completamente calva. Para ocultar esta última deficiencia, que no era producto de la edad, solía llevar una peluca de cualquier material peludo que encontrara a mano, a veces la piel de un perro lanudo o la de un oso gris americano. En el momento a que me refiero llevaba puesta una de estas pieles de oso, lo que contribuía a aumentar la natural ferocidad de su aspecto, el cual representaba el tipo característico del indio Upsaroka. La boca le llegaba casi de oreja a oreja; sus labios eran finos y, como otras partes de su cuerpo, parecían desprovistos de la flexibilidad natural, de modo que su expresión no variaba nunca sea cual fuere la emoción. Se puede concebir cuál era la expresión imperante teniendo en cuenta que tenía los dientes excesivamente largos y prominentes, tanto que los labios no alcanzaban a cubrirlos del todo. Mirado a simple vista, uno podría imaginar que su rostro esta contraído por la risa; pero una mirada más detenida nos daría la escalofriante impresión de que, si aquella expresión era de regocijo, este regocijo debía de ser el de un demonio. Alrededor de este singular personaje circulaban muchas anécdotas entre la gente de mar de Nantucket. Estas anécdotas demostraban su fuerza prodigiosa cuando se hallaba exaltado, y algunas de ellas ponían en duda su cordura. Pero, al parecer, a bordo del Grampus, en la época del motín, era visto con más sentimientos de burla que de cualquier otra cosa. He hablado, en particular, de Dirk Peters porque, feroz como parecía, él fue el prin-

because, ferocious as he appeared, he proved the main instrument in preserving the life of Augustus, and because I shall have frequent occasion to mention him hereafter in the course of my narrative—a narrative, let me here say, which, in its latter portions, will be found to include incidents of a nature so entirely out of the range of human experience, and for this reason so far beyond the limits of human credulity, that I proceed in utter hopelessness of obtaining credence for all that I shall tell, yet confidently trusting in time and progressing science to verify some of the most important and most improbable of my statements.

After much indecision and two or three violent quarrels, it was determined at last that all the prisoners (with the exception of Augustus, whom Peters insisted in a jocular manner upon keeping as his clerk) should be set adrift in one of the smallest whaleboats. The mate went down into the cabin to see if Captain Barnard was still living—for, it will be remembered, he was left below when the mutineers came up. Presently the two made their appearance, the captain pale as death, but somewhat recovered from the effects of his wound. He spoke to the men in a voice hardly articulate, entreated them not to set him adrift, but to return to their duty, and promising to land them wherever they chose, and to take no steps for bringing them to justice. He might as well have spoken to the winds. Two of the ruffians seized him by the arms and hurled him over the brig's side into the boat, which had been lowered while the mate went below. The four men who were lying on the deck were then untied and ordered to follow, which they did without attempting any resistance—Augustus being still left in his painful position, although he struggled and prayed only for the poor satisfaction of being permitted to bid his father farewell. A handful of sea-biscuit and a jug of water were now handed down; but neither mast, sail, oar, nor compass. The boat was towed astern for a few minutes, during which the mutineers held another consultation—it was then finally cut adrift. By this time night had come on—there were neither moon nor stars visible—and a short and ugly sea was running, although there was no great deal of wind. The boat was instantly out of sight, and little hope could be entertained for the unfortunate sufferers who were in it. This event happened, however, in latitude 35° 30' north, longitude 61° 20' west, and consequently at no very great distance from the Bermuda Islands. Augustus therefore endeavoured to console himself with the idea that the

cipal instrumento de salvación de la vida de Augustus y porque tendré muchas oportunidades de mencionarlo en el curso de mi relato; relato que, permítanme que lo diga, en sus últimas partes, figuran incidentes de naturaleza tan completamente ajenas a la experiencia humana y por esta razón tan completamente fuera de los límites de la credulidad humana, que sigo escribiéndolo sin esperanza de que den crédito a todo lo que diré, aunque confío en que el tiempo y los progresos de la ciencia comprueben un día las más importantes e improbables de mis afirmaciones.

Después de mucha indecisión y de dos o tres disputas violentas, se resolvió que todos los prisioneros (con excepción de Augustus, a quien Peters decidió conservar como asistente de una manera jocosa) debían ser dejados a la deriva en uno de los botes balleneros más pequeños. El oficial bajó a la cámara a ver si el capitán Barnard todavía estaba vivo, porque, como se recordará, quedó abajo cuando los amotinados subieron. Al rato reaparecieron los dos, el capitán, pálido como la muerte, pero en cierto modo recuperado de los efectos de su herida. Les habló a los marineros con voz apenas perceptible, pidiéndoles que no lo dejasen en el bote, y que volviesen a sus deberes, prometiendo que los harían desembarcar donde ellos quisieran, y sin dar ningún paso para entregarlos a la justicia. Era como si le hubiese hablado al viento. Dos de los rufianes lo tomaron por los brazos y lo arrojaron al bote, que estaba al lado del bergantín, y que había sido arriado mientras el oficial se hallaba en la cámara. Los otros cuatro prisioneros que yacían sobre la cubierta fueron desatados y se les ordenó que siguiesen al capitán, lo cual hicieron sin oponer la menor resistencia; mientras que a Augustus lo dejaron en esa posición dolorosa, a pesar de que solo forcejeaba e imploraba que le permitiesen el triste consuelo de decirle adiós a su padre. Les dieron un puñado de galletas y una jarra de agua; pero no les dieron mástil, vela, remos ni brújula. El bote fue remolcado unos minutos, durante los cuales los amotinados celebraron otra reunión; y luego lo dejaron a la deriva. Mientras tanto se había hecho de noche —no había luna ni brillaba ninguna estrella— y el mar estaba agitado y oscuro, aunque no había mucho viento. En un instante, el bote se perdió de vista, y existían pocas posibilidades de rescatar a los infortunados que iban en él. Sin embargo, este hecho sucedió a 35° 30' de latitud norte y a 61° 20' de longitud oeste y, por consiguiente, a poca distancia de las islas Bermudas. Por lo tanto, Augustus intentó consolarse con la idea de que el

boat might either succeed in reaching the land, or come sufficiently near to be fallen in with by vessels off the coast.

All sail was now put upon the brig, and she continued her original course to the southwest—the mutineers being bent upon some piratical expedition, in which, from all that could be understood, a ship was to be intercepted on her way from the Cape Verd Islands to Porto Rico. No attention was paid to Augustus, who was untied and suffered to go about anywhere forward of the cabin companion-way. Dirk Peters treated him with some degree of kindness, and on one occasion saved him from the brutality of the cook. His situation was still one of the most precarious, as the men were continually intoxicated, and there was no relying upon their continued good-humour or carelessness in regard to himself. His anxiety on my account he represented, however, as the most distressing result of his condition; and, indeed, I had never reason to doubt the sincerity of his friendship. More than once he had resolved to acquaint the mutineers with the secret of my being on board, but was restrained from so doing, partly through recollection of the atrocities he had already beheld, and partly through a hope of being able soon to bring me relief. For the latter purpose he was constantly on the watch; but, in spite of the most constant vigilance, three days elapsed after the boat was cut adrift before any chance occurred. At length, on the night of the third day, there came on a heavy blow from the eastward, and all hands were called up to take in sail. During the confusion which ensued, he made his way below unobserved, and into the stateroom. What was his grief and horror in discovering that the latter had been rendered a place of deposite for a variety of sea-stores and ship-furniture, and that several fathoms of old chain-cable, which had been stowed away beneath the companion-ladder, had been dragged thence to make room for a chest, and were now lying immediately upon the trap! To remove it without discovery was impossible, and he returned on deck as quickly as he could. As he came up the mate seized him by the throat, and demanding what he had been doing in the cabin, was about flinging him over the larboard bulwark, when his life was again preserved through the interference of Dirk Peters. Augustus was now put in handcuffs (of which there were several pairs on board), and his feet lashed tightly together. He was then taken into the steerage, and thrown into a lower berth next to the forecastle bulkheads, with the assurance that he should never put his foot on deck again "until

bote podía llegar a alcanzar tierra o llegar suficientemente cerca de ella para ser recogido por algún barco costero.

El bergantín largó todas sus velas, y siguió su rumbo inicial hacia el sudoeste; los amotinados habían resuelto emprender una expedición de piratería, en la que, según se pudo deducir, intentarían interceptar el paso de un barco que iba de las islas de Cabo Verde a Puerto Rico. Augustus fue desatado, sin que nadie le prestase atención alguna, y quedó en libertad para acercarse a la escalera de la cámara. Dirk Peters lo trataba con cierta amabilidad, y en una ocasión lo salvó de la brutalidad del cocinero. Pero su situación seguía siendo muy precaria, porque los marineros se emborrachaban continuamente, y él no podía confiar en el buen humor ni en la despreocupación respecto de él. Sin embargo, la preocupación que sentía por mí era lo más triste de la situación y, por cierto, jamás he tenido motivos para dudar de la sinceridad de su afecto. Más de una vez él había pensado revelar el secreto de mi presencia a bordo a los amotinados, pero no se atrevió a hacerlo, en parte por el recuerdo de las atrocidades que ya había visto, y en parte por la esperanza de poder venir a auxiliarme pronto. Para la realización de esto último, estaba constantemente al acecho; pero, a pesar de su vigilancia constante, transcurrieron tres días desde que el bote había sido dejado a merced de las olas, sin que se presentase ninguna posibilidad. Por fin, durante la noche del tercer día, empezó a soplar un fuerte viento del este, y todos los marineros estaban ocupados recogiendo las velas. En medio de la confusión que se produjo, él bajó sin que lo viesen y entró en el camarote. ¡Gran horror y pesar sintió al descubrir que lo habían convertido en almacén de provisiones y depósito de materiales, y que cadenas viejas, que habían sido guardadas debajo de la escalerilla, habían sido sacadas de allí para hacer lugar para un baúl, y estaban colocadas precisamente encima de la trampa! Apartarlas sin que lo notaran era imposible, por lo tanto regresó a cubierta lo más rápidamente que pudo. Al llegar arriba, el oficial lo tomó del cuello y, preguntándole qué había estado haciendo en la cámara, se disponía a arrojarlo al mar por la banda de babor, cuando su vida fue salvada una vez más por la intervención de Dirk Peters. Augustus fue esposado (había varios pares de esposas a bordo) y le ataron fuertemente los pies. Luego lo llevaron a la cámara de proa y lo arrojaron en una de las literas bajas, cerca de los mamparos de proa, asegurándole que no volvería a poner los pies en la cubierta «hasta que el bergantín dejase de serlo». Esta fue la expresión del cocinero que lo arrojó en la litera; y es difícil precisar lo que quería

the brig was no longer a brig." This was the expression of the cook, who threw him into the berth—it is hardly possible to say what precise meaning was intended by the phrase. The whole affair, however, proved the ultimate means of my relief, as will presently appear.

decir con esta frase. Sin embargo, todo el asunto fue, al final de cuentas, favorable para mi salvación, como se verá a continuación.

CHAPTER V

For some minutes after the cook had left the forecastle, Augustus abandoned himself to despair, never hoping to leave the berth alive. He now came to the resolution of acquainting the first of the men who should come down with my situation, thinking it better to let me take my chance with the mutineers than perish of thirst in the hold—for it had been ten days since I was first imprisoned, and my jug of water was not a plentiful supply even for four. As he was thinking on this subject, the idea came all at once into his head that it might be possible to communicate with me by the way of the main hold. In any other circumstances, the difficulty and hazard of the undertaking would have prevented him from attempting it; but now he had, at all events, little prospect of life, and consequently little to lose—he bent his whole mind, therefore, upon the task.

His handcuffs were the first consideration. At first he saw no method of removing them, and feared that he should thus be baffled in the very outset; but, upon a closer scrutiny, he discovered that the irons could be slipped off and on at pleasure with very little effort or inconvenience, merely by squeezing his hands through them—this species of manacle being altogether ineffectual in confining young persons, in whom the smaller bones readily yield to pressure. He now untied his feet, and, leaving the cord in such a manner that it could easily be readjusted in the event of any person's coming down, proceeded to examine the bulkhead where it joined the berth. The partition here was of soft pine board, an inch thick, and he saw that he should have little trouble in cutting his way through. A voice was now heard at the forecastle companion-way, and he had just time to put his right hand into its handcuff (the left had not been removed), and to draw the rope in a slipknot around his ankle, when Dirk Peters came below, followed by Tiger, who immediately leaped into the berth and lay down. The dog had been brought on board by Augustus, who knew my attachment to the animal, and thought it would give me pleasure to have him with me during the voyage. He went up to our house for him immediately after first taking me into the hold, but did not think of mentioning the circumstance upon his bringing the watch. Since the mutiny, Augustus had not seen him before his appearance with Dirk Peters, and had given him up for lost, supposing him to have been thrown overboard by some of the malignant villains belonging

Algunos minutos después de que el cocinero hubiese abandonado el castillo de proa, Augustus se hundió en la desesperación, pensando que no saldría vivo de aquella litera. Entonces tomó la decisión de revelar mi situación al primer hombre que se le acercase, pensando que era preferible dejarme librado a mi propia suerte con los amotinados que perecer de sed en la bodega; ya que hacía diez días que yo estaba encerrado y mi jarra de agua contenía una provisión para apenas cuatro días. Mientras él pensaba en esto, se le ocurrió que podría ser posible comunicarse conmigo a través de la bodega principal. En cualquier otra circunstancia, la dificultad y el riesgo de la tarea le hubieran impedido intentarlo; pero ahora le quedaban muy pocas esperanzas de vida y, por consiguiente, poco que perder; en consecuencia, puso toda su alma en la tarea.

Las esposas eran la primera preocupación. Al principio no encontró la forma de quitárselas, y temía fracasar al intentarlo; pero al realizar un examen más exhaustivo descubrió que los hierros entraban y salían fácilmente, con muy poco esfuerzo o inconveniente simplemente encogiendo las manos; porque ese tipo de esposas eran poco eficaces para sujetar a personas jóvenes, cuyos huesos, más pequeños, ceden fácilmente a la presión. Luego se desató los pies y, dejando la cuerda de manera tal que pudiera ajustarse de nuevo fácilmente en caso de que bajase alguien, se puso a examinar el mamparo en el lugar donde se unía con la litera. La separación aquí era de tablas de pino blando, de unos centímetros de espesor, y vio que le costaría muy poco trabajo abrirse camino a través de ellas. En aquel momento se oyó una voz en la escalera del castillo de proa, y tuvo el tiempo justo para ponerse la esposa de la mano derecha (porque aún no se había quitado la de la izquierda) y ajustarse el nudo corredizo de la cuerda a los tobillos, cuando bajó Dirk Peters, seguido de Tigre, que inmediatamente saltó a la litera y se acostó en ella. El perro había sido traído a bordo por Augustus, quien sabía el cariño que yo le tenía al animal y pensó que me agradaría tenerlo conmigo durante el viaje. Había ido a buscarlo a mi casa inmediatamente después de dejarme en la bodega, pero no se había acordado de decírmelo cuando me trajo el reloj. Desde el comienzo del amotinamiento, Augustus no había vuelto a verlo hasta que apareció con Dirk Peters, y lo había dado por perdido, suponiendo que lo habría echado por la borda alguno de los miserables villanos de la pandilla del oficial. Al parecer

to the mate's gang. It appeared afterward that he had crawled into a hole beneath a whaleboat, from which, not having room to turn round, he could not extricate himself. Peters at last let him out, and with a species of good feeling which my friend knew well how to appreciate, had now brought him to him in the forecastle as a companion, leaving at the same time some salt junk and potatoes, with a can of water; he then went on deck, promising to come down with something more to eat on the next day.

When he had gone, Augustus freed both hands from the manacles and unfastened his feet. He then turned down the head of the mattress on which he had been lying, and with his penknife (for the ruffians had not thought it worth while to search him) commenced cutting vigorously across one of the partition planks, as closely as possible to the floor of the berth. He chose to cut here, because, if suddenly interrupted, he would be able to conceal what had been done by letting the head of the mattress fall into its proper position. For the remainder of the day, however, no disturbance occurred, and by night he had completely divided the plank. It should here be observed, that none of the crew occupied the forecastle as a sleeping-place, living altogether in the cabin since the mutiny, drinking the wines, and feasting on the sea stores of Captain Barnard, and giving no more heed than was absolutely necessary to the navigation of the brig. These circumstances proved fortunate both for myself and Augustus; for, had matters been otherwise, he would have found it impossible to reach me. As it was, he proceeded with confidence in his design. It was near daybreak, however, before he completed the second division of the board (which was about a foot above the first cut), thus making an aperture quite large enough to admit his passage through with facility to the main orlop deck. Having got here, he made his way with but little trouble to the lower main hatch, although in so doing he had to scramble over tiers of oil-casks piled nearly as high as the upper deck, there being barely room enough left for his body. Upon reaching the hatch, he found that Tiger had followed him below, squeezing between two rows of the casks. It was now too late, however, to attempt getting to me before dawn, as the chief difficulty lay in passing through the close stowage in the lower hold. He therefore resolved to return, and wait till the next night. With this design he proceeded to loosen the hatch, so that he might have as little detention as possible when he should come again. No sooner had he

se había escondido en un agujero debajo del bote ballenero, de donde no podía salir por falta de espacio para darse vuelta. Finalmente, Peters lo había sacado y por una especie de sentimiento bondadoso que mi amigo supo apreciar muy bien, se lo llevó al castillo de proa para que lo acompañase, dejándole al mismo tiempo algo de comida chatarra y patatas cocidas, con una lata de agua. Luego subió a cubierta, y prometió volver al día siguiente con más comida.

Cuando se fue, Augustus se liberó de las esposas de ambas manos y se desató los pies. Luego levantó la cabeza de la colchoneta en la que había estado echado y, con su cortaplumas (porque los rufianes no lo habían revisado) comenzó a cortar con fuerza una de las tablas de la separación lo más cerca posible al fondo de la litera. Eligió ese lugar porque, si tenía que interrumpirlo bruscamente, podía ocultar lo que estaba haciendo dejando caer la cabecera de la colchoneta en la posición adecuada. Pero durante el resto del día nadie lo molestó, y por la noche había cortado toda la tabla. Debe observarse aquí que ninguno de los marineros de la tripulación ocupaba el castillo de proa como dormitorio, porque desde el inicio del motín vivían todos juntos en la cámara, bebiendo los vinos y comiendo los víveres del almacén del capitán Barnard, sin ocuparse, excepto lo estrictamente necesario, de la navegación del bergantín. Estas circunstancias nos favorecieron tanto a mí como a Augustus; porque, si las cosas hubiesen sucedido de otro modo, le hubiera sido imposible llegar hasta mí, mientras que así pudo realizar con confianza su propósito. Amanecía ya, y todavía no había podido completar el segundo corte de la tabla (que estaba aproximadamente a unos treinta centímetros por encima del primero), dejando así una abertura suficientemente ancha como para pasar con facilidad a la cubierta principal del entrepuente. Una vez aquí, se dirigió sin mucha dificultad a la escotilla principal inferior, aunque para ello tenía que trepar sobre pilas de barriles de aceite, que llegaban casi hasta debajo de la cubierta, donde apenas quedaba espacio suficiente para su cuerpo. Al llegar a la escotilla se encontró con que Tigre lo había seguido, deslizándose entre dos filas de barriles. Sin embargo, ya era demasiado tarde para intentar llegar hasta mí antes del amanecer, dado que la mayor dificultad era atravesar la estiba apretada en la bodega inferior. Por eso, decidió volver y esperar a la noche siguiente. Para ello, se puso a aflojar la tapa de la escotilla, de modo que se detuviese lo menos posible cuando volviese de nuevo. Ni bien terminó de aflojarla, Tigre saltó ansioso hacia la pequeña abertura que se había

loosened it than Tiger sprang eagerly to the small opening produced, snuffed for a moment, and then uttered a long whine, scratching at the same time, as if anxious to remove the covering with his paws. There could be no doubt, from his behaviour, that he was aware of my being in the hold, and Augustus thought it possible that he would be able to get to me if he put him down. He now hit upon the expedient of sending the note, as it was especially desirable that I should make no attempt at forcing my way out, at least under existing circumstances, and there could be no certainty of his getting to me himself on the morrow as he intended. After events proved how fortunate it was that the idea occurred to him as it did: for, had it not been for the receipt of the note, I should undoubtedly have fallen upon some plan, however desperate, of alarming the crew, and both our lives would most probably have been sacrificed in consequence.

Having concluded to write, the difficulty was now to procure the materials for so doing. An old toothpick was soon made into a pen; and this by means of feeling altogether, for the between-decks were as dark as pitch. Paper enough was obtained from the back of a letter—a duplicate of the forged letter from Mr. Ross. This had been the original draught; but the handwriting not being sufficiently well imitated, Augustus had written another, thrusting the first, by good fortune, into his coat-pocket, where it was now most opportunely discovered. Ink alone was thus wanting, and a substitute was immediately found for this by means of a slight incision with the penknife on the back of a finger just above the nail—a copious flow of blood ensuing, as usual from wounds in that vicinity. The note was now written, as well as it could be in the dark and under the circumstances. It briefly explained that a mutiny had taken place; that Captain Barnard was set adrift; and that I might expect immediate relief as far as provisions were concerned, but must not venture upon making any disturbance. It concluded with these words, "I have scrawled this with blood—your life depends upon lying close."

The slip of paper being tied upon the dog, he was now put down the hatchway, and Augustus made the best of his way back to the forecastle, where he found no reason to believe that any of the crew had been in his absence. To conceal the hole in the partition, he drove his knife in just above it, and hung up a pea-jacket which he found in the

formado, olfateó un momento, y lanzó un gemido prolongado, al mismo tiempo que se ponía a escarbar como si quisiera apartar la tapa con sus patas. Su comportamiento no ofrecía ninguna duda, se daba cuenta de que yo estaba en la bodega y Augustus pensó que era posible que me encontrase si lo dejaba bajar. Al mismo tiempo se le ocurrió enviarme una nota, porque era muy posible que yo no hiciese ningún intento por mi parte para salir de mi escondite, al menos bajo aquellas circunstancias, ya que no existía ninguna certeza de que él llegase a mí hasta el día siguiente, como se proponía. Los acontecimientos posteriores demostraron lo afortunado de esta decisión; ya que, si no hubiera recibido la nota, habría caído indudablemente en algún plan, por desesperado que fuese, para llamar la atención de la tripulación y, en ese caso, probablemente nos hubiesen matado a los dos.

Una vez que decidió escribir, la dificultad estaba en encontrar los materiales para hacerlo. Un mondadientes viejo se convirtió rápidamente en pluma; y esto a tientas, porque las entrecubiertas estaban más negras que el betún. El papel lo obtuvo arrancando el dorso de la hoja de una carta... el duplicado de la carta falsificada para el señor Ross. Este había sido el borrador original; pero como la imitación de la letra no le parecía bien hecha, Augustus había escrito otra, guardando, afortunadamente, la primera en el bolsillo de su chaqueta, donde acababa de encontrarla oportunamente. Solo faltaba la tinta, pero el sustituto lo encontró enseguida por medio de una ligera incisión con el cortaplumas en la yema de un dedo, justamente por encima de la uña, de donde salió un copioso chorro de sangre, como suele suceder en ese tipo de heridas. La nota fue escrita lo mejor posible, dada la oscuridad y las circunstancias. En ella explicaba brevemente que se había producido un motín, que el capitán Barnard había sido abandonado en un bote y que yo podría esperar auxilio inmediato en lo que se refería a las provisiones, pero que no debía aventurarme a ningún movimiento. La carta concluía con estas palabras: «He garabateado esto con sangre. Tu vida depende de permanecer oculto».

Después de atar la tira de papel al perro, Augustus lo echó por la escotilla y él regresó enseguida al castillo de proa, donde no encontró ningún indicio de que hubiera bajado nadie de la tripulación durante su ausencia. Para ocultar el hueco de la abertura, clavó su navaja por encima y colgó un piloto de marinero que encontró en la litera. Luego

berth. His handcuffs were then replaced, and also the rope around his ankles.

These arrangements were scarcely completed when Dirk Peters came below, very drunk, but in excellent humour, and bringing with him my friend's allowance of provision for the day. This consisted of a dozen large Irish potatoes roasted, and a pitcher of water. He sat for some time on a chest by the berth, and talked freely about the mate, and the general concerns of the brig. His demeanour was exceedingly capricious and even grotesque. At one time Augustus was much alarmed by his odd conduct. At last, however, he went on deck, muttering a promise to bring his prisoner a good dinner on the morrow. During the day two of the crew (harpooners) came down, accompanied by the cook, all three in nearly the last stage of intoxication. Like Peters, they made no scruple of talking unreservedly about their plans. It appeared that they were much divided among themselves as to their ultimate course, agreeing in no point except the attack on the ship from the Cape Verd Islands, with which they were in hourly expectation of meeting. As far as could be ascertained, the mutiny had not been brought about altogether for the sake of booty; a private pique of the chief mate's against Captain Barnard having been the main instigation. There now seemed to be two principal factions among the crew—one headed by the mate, the other by the cook. The former party were for seizing the first suitable vessel which should present itself, and equipping it at some of the West India Islands for a piratical cruise. The latter division, however, which was the stronger, and included Dirk Peters among its partisans, were bent upon pursuing the course originally laid out for the brig into the South Pacific; there either to take whale, or act otherwise, as circumstances should suggest. The representations of Peters, who had frequently visited these regions, had great weight, apparently, with the mutineers, wavering as they were between half-engendered notions of profit and pleasure. He dwelt on the world of novelty and amusement to be found among the innumerable islands of the Pacific, on the perfect security and freedom from all restraint to be enjoyed, but, more particularly, on the deliciousness of the climate, on the abundant means of good living, and on the voluptuous beauty of the women. As yet, nothing had been absolutely determined upon; but the pictures of the hybrid line-manager were taking strong hold upon the ardent imaginations of the seamen, and there was every probability that his

volvió a ponerse las esposas y a atarse la cuerda alrededor de los tobillos. Ni bien terminó los preparativos, bajó Dirk Peters, muy borracho, pero de un excelente humor, trayendo provisiones para mi amigo. Estas consistían en una docena de patatas irlandesas asadas grandes y una jarra de agua. Se sentó un rato en un baúl, junto a la litera, charlando libremente acerca del oficial y de los asuntos generales del bergantín. Su comportamiento era excesivamente caprichoso, y hasta grotesco. Hubo un momento en que Augustus se alarmó mucho por su extraña conducta. Pero, al fin, subió a cubierta expresando la promesa de traer una buena comida para su prisionero a la mañana siguiente. Durante el día bajaron dos marineros de la tripulación (arponeros), acompañados por el cocinero, los tres en gran estado de embriaguez. Al igual que Peters, no se abstuvieron de hablar sin reservas acerca de sus planes. Al parecer estaban muy divididos entre sí en lo referente al curso final, no estaban de acuerdo en ningún punto, excepto en el ataque al barco que venía de las islas de Cabo Verde, el cual esperaban encontrar de un momento a otro. Por lo que se podía deducir de sus palabras, el motín no había estallado por cuestiones de piratería; la causa principal habría sido una ofensa personal del primer piloto contra el capitán Barnard. Ahora parecía haber dos bandos principales entre la tripulación: uno capitaneado por el oficial, y el otro, por el cocinero. El primer bando quería apoderarse del primer barco que pasara y equiparlo en alguna de las islas de las Antillas para que se dedique a la piratería. Pero el otro bando, que era el más fuerte y entre cuyos partidarios se encontraba Dirk Peters, quería proseguir el recorrido primitivo del bergantín en el Pacífico del Sur, para dedicarse a la pesca de la ballena o a lo que aconsejasen las circunstancias. Las manifestaciones de Peters, que había visitado con frecuencia aquellas regiones, tenían gran peso, aparentemente, entre los amotinados, dubitativos, entre sus confusas nociones de lucro y placer. Peters les hablaba de un mundo de novedades y diversión en las innumerables islas del Pacífico, de la seguridad perfecta y de la libertad sin trabas que podían disfrutar allí, pero particularmente de las bondades del clima, de los medios de vida abundantes y de la voluptuosa belleza de sus mujeres. Aún, no se había resuelto nada; pero las escenas que pintaba el marinero mestizo iban quedando grabadas en la imaginación fervorosa de los marineros, y era muy posible que sus intenciones finalmente tuvieran su efecto.

intentions would be finally carried into effect.

The three men went away in about an hour, and no one else entered the forecastle all day. Augustus lay quiet until nearly night. He then freed himself from the rope and irons, and prepared for his attempt. A bottle was found in one of the berths, and this he filled with water from the pitcher left by Peters, storing his pockets at the same time with cold potatoes. To his great joy he also came across a lantern, with a small piece of tallow candle in it. This he could light at any moment, as he had in his possession a box of phosphorus matches. When it was quite dark, he got through the hole in the bulkhead, having taken the precaution to arrange the bedclothes in the berth so as to convey the idea of a person covered up. When through, he hung up the pea-jacket on his knife, as before, to conceal the aperture—this manoeuvre being easily effected, as he did not readjust the piece of plank taken out until afterward. He was now on the main orlop deck, and proceeded to make his way, as before, between the upper deck and the oil-casks to the main hatchway. Having reached this, he lit the piece of candle, and descended, groping with extreme difficulty among the compact stowage of the hold. In a few moments he became alarmed at the insufferable stench and the closeness of the atmosphere. He could not think it possible that I had survived my confinement for so long a period breathing so oppressive an air. He called my name repeatedly, but I made him no reply, and his apprehensions seemed thus to be confirmed. The brig was rolling violently, and there was so much noise in consequence, that it was useless to listen for any weak sound, such as those of my breathing or snoring. He threw open the lantern, and held it as high as possible, whenever an opportunity occurred, in order that, by observing the light, I might, if alive, be aware that succour was approaching. Still nothing was heard from me, and the supposition of my death began to assume the character of certainty. He determined, nevertheless, to force a passage, if possible, to the box, and at least ascertain beyond a doubt the truth of his surmises. He pushed on for some time in a most pitiable state of anxiety, until, at length, he found the pathway utterly blocked up, and that there was no possibility of making any farther way by the course in which he had set out. Overcome now by his feelings, he threw himself among the lumber in despair, and wept like a child. It was at this period that he heard the crash occasioned by the bottle which I had thrown down. Fortunate, indeed,

Los tres hombres se marcharon al cabo de una hora, y nadie más entró en el castillo de proa durante el resto del día. Augustus no se movió hasta que llegó la noche. Luego se liberó de los hierros y de la cuerda, y se preparó para su intento. Encontró una botella en una de las literas y la llenó con agua de la jarra que le había dejado Peters, mientras se llenaba los bolsillos de patatas frías. Para alegría suya, encontró una linterna con un pequeño cabo de vela, que podía encender cuando quisiera, porque tenía en su poder una caja de fósforos. Cuando se volvió más oscuro, se deslizó por el agujero del mamparo, teniendo la precaución de arreglar las mantas de la litera de modo que simularan el bulto de una persona acostada. Cuando pasó por el agujero colgó de nuevo la chaqueta en su cuchillo, como antes, para ocultar la abertura, maniobra que era fácil de ejecutar, porque no reajustó la tabla que había sacado hacia afuera. Se halló luego en el entrepuente, y continuó su camino, como antes, entre los barriles de aceite y la parte inferior de la cubierta, hasta la escotilla principal. Al llegar allí, encendió el trozo de vela y bajó con gran dificultad entre la compacta estiba de la caja. Por unos instantes se asustó al advertir el hedor insoportable y denso de la atmósfera. Creyó que no era posible que yo hubiese sobrevivido a tan largo encierro, respirando un aire tan insano. Me llamó varias veces por mi nombre sin obtener respuesta alguna, y sus temores parecían confirmarse. El bergantín se balanceaba violentamente, y había tanto ruido, que era imposible escuchar un ruido tan débil como el de mi respiración o el de mi ronquido. Abrió la linterna y la levantaba tan alto como podía cada vez que encontraba espacio suficiente, para que, al ver la luz, yo pudiese comprender, si estaba vivo, que se acercaba el auxilio. Sin embargo, no recibía ninguna reacción de mi parte, y la suposición de que yo había muerto comenzó a tener carácter de certeza para Augustus. No obstante, decidió abrirse camino, si le era posible, hasta la caja, para sacarse la duda respecto a la veracidad de sus temores. Caminó durante algún tiempo en un lamentable estado de ansiedad, hasta que encontró, por fin, el paso completamente obstruido y no había ninguna posibilidad de seguir adelante. Vencido por la desesperación, se dejó caer sobre un montón de tablas y empezó a llorar como un niño. Fue en aquel momento cuando oyó el ruido de la botella que yo había tirado. Afortunadamente, de hecho, de aquel incidente, por más trivial que parezca, dependía mi destino. Sin embargo, pasaron muchos años antes de que yo tuviera conocimiento de este hecho. Cierta vergüenza natural y el

was it that the incident occurred—for, upon this incident, trivial as it appears, the thread of my destiny depended. Many years elapsed, however, before I was aware of this fact. A natural shame and regret for his weakness and indecision prevented Augustus from confiding to me at once what a more intimate and unreserved communion afterward induced him to reveal. Upon finding his further progress in the hold impeded by obstacles which he could not overcome, he had resolved to abandon his attempt at reaching me, and return at once to the forecastle. Before condemning him entirely on this head, the harassing circumstances which embarrassed him should be taken into consideration. The night was fast wearing away, and his absence from the forecastle might be discovered; and, indeed, would necessarily be so, if he should fail to get back to the berth by daybreak. His candle was expiring in the socket, and there would be the greatest difficulty in retracing his way to the hatchway in the dark. It must be allowed, too, that he had every good reason to believe me dead; in which event no benefit could result to me from his reaching the box, and a world of danger would be encountered to no purpose by himself. He had repeatedly called, and I had made him no answer. I had been now eleven days and nights with no more water than that contained in the jug which he had left with me, a supply which it was not at all probable I had hoarded in the beginning of my confinement, as I had had every cause to expect a speedy release. The atmosphere of the hold, too, must have appeared to him, coming from the comparatively open air of the steerage, of a nature absolutely poisonous, and by far more intolerable than it had seemed to me upon my first taking up my quarters in the box—the hatchways at that time having been constantly open for many months previous. Add to these considerations that of the scene of bloodshed and terror so lately witnessed by my friend; his confinement, privations, and narrow escapes from death; together with the frail and equivocal tenure by which he still existed—circumstances all so well calculated to prostrate every energy of mind—and the reader will be easily brought, as I have been, to regard his apparent falling off in friendship and in faith with sentiments rather of sorrow than of anger.

The crash of the bottle was distinctly heard, yet Augustus was not sure that it proceeded from the hold. The doubt, however, was sufficient inducement to persevere. He clambered up nearly to the orlop deck by means of the stowage, and then watching for a lull in the

remordimiento por su debilidad e indecisión le impidieron a Augustus manifestarme enseguida lo que decidió contarme más tarde cuando logramos una intimidad más profunda y sincera. Al encontrar obstruido su camino por múltiples obstáculos, que no pudo vencer, decidió abandonar su intento de encontrarme, y resolvió regresar al castillo de proa. Antes de condenarlo por esta decisión, deben tenerse en cuenta las terribles circunstancias que lo rodearon. La noche iba desapareciendo y su ausencia podría ser descubierta; esto sucedería inevitablemente si no se hallaba en su litera al comienzo del día. La vela se estaba agotando y le sería muy difícil encontrar en la oscuridad el camino hacia la escotilla. También debe recordarse que tenía buenas razones para creerme muerto; en cuyo caso no le traería ningún beneficio llegar hasta la caja, y, en cambio, tropezaría con un mundo de peligros innecesariamente. Me había llamado varias veces y no le había contestado, yo llevaba once días y noches solo con el agua que contenía el jarro que él me había dejado al comienzo; provisión que probablemente no hubiese ahorrado al comienzo de mi encierro, ya que esperaba una pronta liberación. Viniendo desde una zona de aire relativamente puro como la de la antecámara, la atmósfera debió parecerle letal, mucho más intolerable de lo que me había parecido a mí al tomar posesión de mi refugio, porque en aquel momento, el aire era más puro porque la escotilla había estado siempre abierta durante muchos meses. Cabe agregar a estas consideraciones las escenas de sangre y terror que mi amigo había presenciado últimamente; su encierro, sus privaciones y sus milagrosas escapadas de la muerte, junto con la situación frágil y ambigua en que se hallaba su vida —todas ellas, circunstancias capaces de quitar las energías al más fuerte— y el lector entenderá fácilmente, como yo lo he hecho, esta aparente falta de amistad, en realidad, entenderá con sentimientos de dolor más que de enojo.

El chasquido de la botella se oyó claramente, pero Augustus no estaba seguro de si procedía de la bodega. Sin embargo, la duda fue motivo suficiente para que continúe. Trepó por los objetos amontonados casi hasta el techo y luego, esperando un momento de calma en los balan-

pitchings of the vessel, he called out to me in as loud a tone as he could command—regardless, for the moment, of the danger of being overheard by the crew. It will be remembered that on this occasion the voice reached me, but I was so entirely overcome by violent agitation as to be incapable of reply. Confident, now, that his worst apprehensions were well founded, he descended, with a view of getting back to the forecastle without loss of time. In his haste some small boxes were thrown down, the noise occasioned by which I heard, as will be recollected. He had made considerable progress on his return when the fall of the knife again caused him to hesitate. He retraced his steps immediately, and, clambering up the stowage a second time, called out my name, loudly as before, having watched for a lull. This time I found voice to answer. Overjoyed at discovering me to be still alive, he now resolved to brave every difficulty and danger in reaching me. Having extricated himself as quickly as possible from the labyrinth of lumber by which he was hemmed in, he at length struck into an opening which promised better, and finally, after a series of struggles, arrived at the box in a state of utter exhaustion.

ceos del barco, me llamó lo más fuerte que pudo, sin preocuparse de que la tripulación pudiese escucharlo. Cabe recordar que en esta ocasión oí su voz, pero yo estaba tan abrumado por el nerviosismo; que no fui capaz de contestarle. Convencido, ahora, de que sus peores temores estaban bien fundados, descendió, con ánimo de volverse al castillo de proa sin perder tiempo. Al apresurarse, derribó algunas pequeñas cajas cuyo ruido oí por casualidad. Ya había avanzado mucho en su retirada, cuando el ruido del cuchillo lo hizo dudar nuevamente. Volvió sobre sus pasos inmediatamente y, trepando a lo alto de la estiba por segunda vez, me llamó por mi nombre, tan fuerte como antes, en un momento de calma del barco. Esta vez pude contestarle. Lleno de alegría al descubrir que estaba vivo, resolvió vencer todas las dificultades y peligros para llegar hasta mí. Sorteando lo más rápidamente posible el laberinto de la estiba por el que estaba rodeado, halló al fin un hueco que le ofrecía un camino mejor, y finalmente, luego de una serie de dificultades, llegó a la caja completamente extenuado.

The leading particulars of this narration were all that Augustus communicated to me while we remained near the box. It was not until afterward that he entered fully into all the details. He was apprehensive of being missed, and I was wild with impatience to leave my detested place of confinement. We resolved to make our way at once to the hole in the bulkhead, near which I was to remain for the present, while he went through to reconnoitre. To leave Tiger in the box was what neither of us could endure to think of; yet, how to act otherwise was the question. He now seemed to be perfectly quiet, and we could not even distinguish the sound of his breathing upon applying our ears closely to the box. I was convinced that he was dead, and determined to open the door. We found him lying at full length, apparently in a deep stupor, yet still alive. No time was to be lost, yet I could not bring myself to abandon an animal who had now been twice instrumental in saving my life, without some attempt at preserving him. We therefore dragged him along with us as well as we could, although with the greatest difficulty and fatigue; Augustus, during part of the time, being forced to clamber over the impediments in our way with the huge dog in his arms—a feat to which the feebleness of my frame rendered me totally inadequate. At length we succeeded in reaching the hole, when Augustus got through, and Tiger was pushed in afterward. All was found to be safe, and we did not fail to return sincere thanks to God for our deliverance from the imminent danger we had escaped. For the present it was agreed that I should remain near the opening, through which my companion could readily supply me with a part of his daily provision, and where I could have the advantages of breathing an atmosphere comparatively pure.

In explanation of some portions of this narrative wherein I have spoken of the stowage of the brig, and which may appear ambiguous to some of my readers who may have seen a proper or regular stowage, I must here state that the manner in which this most important duty had been performed on board the Grampus was a most shameful piece of neglect on the part of Captain Barnard, who was by no means as careful or as experienced a seaman as the hazardous nature of the service on which he was employed would seem necessarily to demand. A proper stowage cannot be accomplished in a careless manner, and many most disastrous accidents, even within the limits

CAPÍTULO VI

Mientras permanecimos junto a la caja, Augustus me comunicó los puntos principales de esta narración. Fue más tarde que me enteré por completo de todos los detalles. Él tenía mucho miedo de que lo echasen de menos y yo estaba muy impaciente por salir de aquella cárcel detestable. Decidimos dirigirnos de inmediato hacia el agujero del mamparo, junto al cual yo debía permanecer por el momento, mientras Augustus salía a hacer un reconocimiento. Dejar a Tigre en la caja era algo que ninguno de los dos podíamos soportar; pero, por otra parte, no sabíamos qué hacer. El animal parecía estar ahora completamente tranquilo, y ni siquiera percibíamos el ruido de su respiración al acercar el oído a la caja. Yo estaba convencido de que estaba muerto, y decidí abrir la puerta. Lo encontramos tendido cuan largo era, aparentemente sumido en un profundo letargo, pero vivo todavía. No había tiempo para perder, pero yo no me atrevía a abandonar a un animal que, dos veces, había sido el instrumento para salvar mi vida sin intentar algo para salvar la suya. Por eso, lo arrastramos lo mejor que pudimos, aunque con grandes dificultades y cansancio; Augustus, a veces, tenía que trepar con el enorme perro en brazos por encima de los obstáculos que aparecían en nuestro camino, cosa que a mí me era totalmente imposible realizar por la debilidad que tenía. Por fin, llegamos al agujero y cuando Augustus salió, pasamos a Tigre. No había sucedido ninguna novedad, y dimos gracias a Dios por habernos librado del inminente peligro que acabábamos de correr. Por el momento, acordamos que yo me quedaría cerca del agujero, a través del cual mi compañero podría facilitarme parte de su provisión diaria, y porque allí tenía la ventaja de respirar una atmósfera relativamente pura.

Como explicación de algunos puntos de este relato, en el que he hablado tanto de la estiba o colocación del cargamento del bergantín, y que pueden parecer oscuros para aquellos de mis lectores que no hayan visto cargar un barco, debo decir aquí que la forma en el que se había hecho tan importante trabajo a bordo del Grampus era un vergonzoso ejemplo de negligencia por parte del capitán Barnard, quien no era ciertamente un marino tan cuidadoso y experimentado como lo exigía imperiosamente la arriesgada índole del servicio que se le había encomendado. Una estiba adecuada no puede realizarse de una manera descuidada, y muchos accidentes desastrosos, incluso dentro de los lí-

of my own experience, have arisen from neglect or ignorance in this particular. Coasting vessels, in the frequent hurry and bustle attendant upon taking in or discharging cargo, are the most liable to mishap from the want of a proper attention to stowage. The great point is to allow no possibility of the cargo or ballast's shifting position even in the most violent rollings of the vessel. With this end, great attention must be paid, not only to the bulk taken in, but to the nature of the bulk, and whether there be a full or only a partial cargo. In most kinds of freight the stowage is accomplished by means of a screw. Thus, in a load of tobacco or flour, the whole is screwed so tightly into the hold of the vessel that the barrels or hogsheads upon discharging are found to be completely flattened, and take some time to regain their original shape. This screwing, however, is resorted to principally with a view of obtaining more room in the hold; for in a full load of any such commodities as flour or tobacco, there can be no danger of any shifting whatever, at least none from which inconvenience can result. There have been instances, indeed, where this method of screwing has resulted in the most lamentable consequences, arising from a cause altogether distinct from the danger attendant upon a shifting of cargo. A load of cotton, for example, tightly screwed while in certain conditions, has been known, through the expansion of its bulk, to rend a vessel asunder at sea. There can be no doubt, either, that the same result would ensue in the case of tobacco, while undergoing its usual course of fermentation, were it not for the interstices consequent upon the rotundity of the hogsheads.

It is when a partial cargo is received that danger is chiefly to be apprehended from shifting, and that precautions should be always taken to guard against such misfortune. Only those who have encountered a violent gale of wind, or, rather, who have experienced the rolling of a vessel in a sudden calm after the gale, can form an idea of the tremendous force of the plunges, and of the consequent terrible impetus given to all loose articles in the vessel. It is then that the necessity of a cautious stowage, when there is a partial cargo, becomes obvious. When lying to (especially with a small head sail), a vessel which is not properly modelled in the bows is frequently thrown upon her beam-ends; this occurring even every fifteen or twenty minutes upon an average, yet without any serious consequences resulting, provided there be a proper stowage. If this, however, has not been strictly attended to, in the first of these heavy lurches the whole

mites de mi propia experiencia, se deben a la ignorancia o negligencia en este aspecto. Los barcos costeros, que suelen cargar y descargar de prisa y atropelladamente, son los más expuestos a desgracias por no prestar la debida atención a la estiba. Lo más importante es que no haya ninguna posibilidad de que ni el cargamento ni el lastre cambien de posición por violentos que puedan ser los balanceos del barco. Para ello, hay que prestar mucha atención no solo al bulto que se carga, sino a su naturaleza, y si el cargamento es solo parcial o total. En la mayoría de los casos la estiba se realiza por medio de una grúa; de este modo, un cargamento de tabaco o de harina queda tan oprimido por la presión de la grúa en la bodega del barco, que los barriles o toneles, al descargarlos, están completamente aplastados y tardan algún tiempo en recobrar su aspecto original. Sin embargo, se recurre a la grúa principalmente para obtener más espacio en la bodega; ya que un cargamento completo de cualquier clase de mercancías, tal como el tabaco o la harina, no corre peligro alguno de desplazamiento o, al menos, no ocasiona perjuicios. Se han dado casos, por cierto, en que este sistema de grúas ha acarreado lamentables consecuencias, por causas completamente distintas a las del peligro de desplazamiento de los fardos. Por ejemplo, un cargamento de algodón, fuertemente comprimido en determinadas condiciones, se ha dilatado luego hasta el punto de abrir el casco del buque. Y no hay ninguna duda de que lo mismo sucedería en el caso de un cargamento de tabaco, cuando sufre su fase usual de fermentación, si no fuera por los intersticios que quedan entre la redondez de los toneles.

Cuando se trata de un cargamento parcial, el peligro reside principalmente en el desplazamiento de los bultos, y siempre se deben tomar precauciones para evitar semejante contratiempo. Solo aquellos que han capeado un violento temporal o, más bien, quienes han experimentado el balanceo del barco en una calma repentina después de una tempestad, pueden tener idea de la tremenda fuerza de los embates del mar, y del consiguiente impulso terrible que le da a todas las mercancías sueltas que van a bordo. Por eso es obvia la necesidad de una estiba cuidadosa cuando el cargamento es parcial. Estando al pairo (especialmente con una pequeña vela de proa), un barco que no tenga bien modelados los costados se inclina a menudo sobre una banda o sobre la otra; esto suele suceder en promedio cada quince o veinte minutos, sin que ocasione consecuencias serias, siempre que la estiba esté bien hecha. Pero si esta se ha amontonado descuidadamente, al primero de

of the cargo tumbles over to the side of the vessel which lies upon the water, and, being thus prevented from regaining her equilibrium, as she would otherwise necessarily do, she is certain to fill in a few seconds and go down. It is not too much to say that at least one half of the instances in which vessels have foundered in heavy gales at sea may be attributed to a shifting of cargo or of ballast.

When a partial cargo of any kind is taken on board, the whole, after being first stowed as compactly as may be, should be covered with a layer of stout shifting-boards, extending completely across the vessel. Upon these boards strong temporary stanchions should be erected, reaching to the timbers above, and thus securing everything in its place. In cargoes consisting of grain, or any similar matter, additional precautions are requisite. A hold filled entirely with grain upon leaving port will be found not more than three fourths full upon leaching its destination—this, too, although the freight, when measured bushel by bushel by the consignee, will overrun by a vast deal (on account of the swelling of the grain) the quantity consigned. This result is occasioned by settling during the voyage, and is the more perceptible in proportion to the roughness of the weather experienced. If grain loosely thrown in a vessel, then, is ever so well secured by shifting-boards and stanchions, it will be liable to shift in a long passage so greatly as to bring about the most distressing calamities. To prevent these, every method should be employed before leaving port to settle the cargo as much as possible; and for this there are many contrivances, among which may be mentioned the driving of wedges into the grain. Even after all this is done, and unusual pains taken to secure the shifting-boards, no seaman who knows what he is about will feel altogether secure in a gale of any violence with a cargo of grain on board, and, least of all, with a partial cargo. Yet there are hundreds of our coasting vessels, and, it is likely, many more from the ports of Europe, which sail daily with partial cargoes, even of the most dangerous species, and without any precautions whatever. The wonder is that no more accidents occur than do actually happen. A lamentable instance of this heedlessness occurred to my knowledge in the case of Captain Joel Rice of the schooner Firefly, which sailed from Richmond, Virginia, to Madeira, with a cargo of corn, in the year 1825. The captain had gone many voyages without serious accident, although he was in the habit of paying no attention whatever to his stowage, more than to secure it in the ordinary manner. He had nev-

estos balanceos violentos, toda la carga cae del lado del barco que se inclina hacia el agua, impidiéndole recobrar el equilibrio como debiera hacerlo, por lo que se llena de agua en pocos instantes y se hunde. No es exagerado decir que al menos la mitad de los naufragios que ocurren durante los fuertes temporales pueden atribuirse a desplazamiento de la carga o del lastre.

Cuando se embarca un cargamento parcial de cualquier tipo, luego de ser estibado lo más compactamente posible, debe ser cubierto con una capa de tablones reforzados extendidos de lado a lado del barco, fuertemente apuntalados con estacas que llegan hasta las tablas de arriba, asegurando así cada cosa en su lugar. Cuando el cargamento es de granos o de mercancías similares, se precisan, además, otras precauciones Una bodega completamente llena de granos al salir del puerto, solo contiene tres cuartas partes al llegar a su destino; aunque cuando el consignatario lo mide, barril por barril, sobrepase mucho (a causa de la hinchazón del grano) la cantidad consignada. Esto se debe a que se asienta durante la travesía, y se hace mucho más visible cuando las condiciones del tiempo han sido peores. Aunque el grano embarcado a granel vaya bien asegurado con tablones y puntales, si el viaje es largo, puede desplazarse y provocar las calamidades más terribles. Para impedir esto se recurre a muchos sistemas antes de salir del puerto para asentar lo más posible el cargamento; y para esto se conocen diversas invenciones, entre las cuales puede mencionarse la que consiste en meter cuñas en el grano. Incluso luego de haber hecho todo esto, y de tomar toda clase de precauciones para asegurar los tablones, ningún marinero que conozca su oficio se sentirá totalmente seguro durante un temporal algo violento con cargamento de grano a bordo, y mucho menos si el cargamento es parcial. Sin embargo, hay centenares de barcos de cabotaje en nuestras costas y, al parecer, muchos más en los puertos de Europa, que navegan a diario con cargamentos parciales, incluso de las especies más peligrosas, sin tomar precaución alguna. Lo asombroso es que no sucedan más desastres de los que ocurren. Un ejemplo lamentable de descuido que yo conozco fue el caso del capitán Joel Rice, de la goleta Firefly, que salió al mar en Richmond, Virginia, hacia Madeira, con un cargamento de maíz, en el año 1825. El capitán había hecho muchos viajes sin accidentes graves, aunque tenía la costumbre de no prestar atención a la estiba, sino de asegurarla solamente de la manera habitual. Nunca había navegado con cargamento de granos y, en esta ocasión, cargó el maíz a granel, llenando poco más de la mitad de la bodega. Durante la

er before sailed with a cargo of grain, and on this occasion had the corn thrown on board loosely, when it did not much more than half fill the vessel. For the first portion of the voyage he met with nothing more than light breezes; but when within a day's sail of Madeira there came on a strong gale from the N. N. E. which forced him to lie to. He brought the schooner to the wind under a double-reefed foresail alone, when she rode as well as any vessel could be expected to do, and shipped not a drop of water. Towards night the gale somewhat abated, and she rolled with more unsteadiness than before, but still did very well, until a heavy lurch threw her upon her beam-ends to starboard. The corn was then heard to shift bodily, the force of the movement bursting open the main hatchway. The vessel went down like a shot. This happened within hail of a small sloop from Madeira, which picked up one of the crew (the only person saved), and which rode out the gale in perfect security, as indeed a jollyboat might have done under proper management.

The stowage on board the Grampus was most clumsily done, if stowage that could be called which was little better than a promiscuous huddling together of oil-casks[1] and ship furniture. I have already spoken of the condition of articles in the hold. On the orlop deck there was space enough for my body (as I have stated) between the oil-casks and the upper deck; a space was left open around the main hatchway; and several other large spaces were left in the stowage. Near the hole cut through the bulkhead by Augustus there was room enough for an entire cask, and in this space I found myself comfortably situated for the present.

By the time my friend had got safely into the berth, and readjusted his handcuffs and the rope, it was broad daylight. We had made a narrow escape indeed; for scarcely had he arranged all matters, when the mate came below, with Dirk Peters and the cook. They talked for some time about the vessel from the Cape Verds, and seemed to be excessively anxious for her appearance. At length the cook came to the berth in which Augustus was lying, and seated himself in it near the head. I could see and hear everything from my hiding-place, for the piece cut out had not been put back, and I was in momentary

---

1   Whaling vessels are usually fitted with iron oil-tanks—why the Grampus was not I have never been able to ascertain.

primera parte del viaje se encontró solo con brisas ligeras; pero cuando se hallaba a un día de llegar a Madeira se levantó un fuerte ventarrón del NNE, que lo obligó a ponerse al pairo. Dejó la goleta al viento solo con el trinquete con dos rizos, y navegó como se esperaba que lo hiciera cualquier barco, sin que se filtre ni una gota de agua. Pero al anochecer el viento amainó y la goleta comenzó a balancearse con más inestabilidad que antes, pero aún marchaba bien, hasta que un fuerte balanceo la tumbó sobre el costado de estribor. Entonces se oyó que el maíz se desplazaba pesadamente y con la fuerza del embate rompió la escotilla principal. El barco se fue a pique como un rayo. Esto sucedió en medio de una granizada, a la vista de un pequeño balandro de Madeira, que recogió a uno de los tripulantes (la única persona rescatada), y que sorteó la tempestad con total seguridad, como lo hubiera hecho un chinchorro bien comandado.

La estiba a bordo del Grampus se había hecho con mucha torpeza, si se puede llamar estiba a lo que era poco más que un confuso amontonamiento de barriles de aceite[4] y elementos del barco. Ya he hablado de la clase de artículos que había en la bodega. En el entrepuente quedaba espacio suficiente para mi cuerpo (como ya lo he dicho) entre los barriles y el techo; alrededor de la escotilla principal quedaba un espacio vacío, y varios otros espacios bastante amplios quedaban en la estiba. Cerca del agujero que Augustus había abierto a través del mamparo había espacio suficiente para un barril entero, y en este espacio me sentí cómodo por el momento.

En el momento en que mi amigo llegó sano y salvo a la litera y se volvió a poner las esposas y la cuerda, ya era completamente de día. Verdaderamente nos salvamos por un pelo; dado que apenas acababa de arreglar todas las cosas, cuando bajó el oficial con Dirk Peters y el cocinero. Estuvieron hablando durante un rato acerca del barco de Cabo Verde, y parecían estar muy impacientes por su aparición. Luego el cocinero se acercó a la litera donde estaba Augustus, y se sentó cerca de la cabecera. Desde mi escondite podía verlo y oírlo todo, porque el trozo de madera cortado no había sido puesto en su lugar, y yo temía a cada

---

4   Los barcos balleneros están equipados habitualmente con tanques de aceite. Nunca pude saber porqué el Grampus no contaba con ellos.

expectation that the negro would fall against the pea-jacket, which was hung up to conceal the aperture, in which case all would have been discovered, and our lives would, no doubt, have been instantly sacrificed. Our good fortune prevailed, however; and although he frequently touched it as the vessel rolled, he never pressed against it sufficiently to bring about a discovery. The bottom of the jacket had been carefully fastened to the bulkhead, so that the hole might not be seen by its swinging to one side. All this time Tiger was lying in the foot of the berth, and appeared to have recovered in some measure his faculties, for I could see him occasionally open his eyes and draw a long breath.

After a few minutes the mate and cook went above, leaving Dirk Peters behind, who, as soon as they were gone, came and sat himself down in the place just occupied by the mate. He began to talk very sociably with Augustus, and we could now see that the greater part of his apparent intoxication, while the two others were with him, was a feint. He answered all my companion's questions with perfect freedom; told him that he had no doubt of his father's having been picked up, as there were no less than five sail in sight just before sundown on the day he was cut adrift; and used other language of a consolatory nature, which occasioned me no less surprise than pleasure. Indeed, I began to entertain hopes, that through the instrumentality of Peters we might be finally enabled to regain possession of the brig, and this idea I mentioned to Augustus as soon as I found an opportunity. He thought the matter possible, but urged the necessity of the greatest caution in making the attempt, as the conduct of the hybrid appeared to be instigated by the most arbitrary caprice alone; and, indeed, it was difficult to say if he was at any moment of sound mind. Peters went upon deck in about an hour, and did not return again until noon, when he brought Augustus a plentiful supply of junk beef and pudding. Of this, when we were left alone, I partook heartily, without returning through the hole. No one else came down into the forecastle during the day, and at night I got into Augustus's berth, where I slept soundly and sweetly until nearly daybreak, when he awakened me upon hearing a stir upon deck, and I regained my hiding-place as quickly as possible. When the day was fully broke, we found that Tiger had recovered his strength almost entirely, and gave no indications of hydrophobia, drinking a little water that was offered him with great apparent eagerness. During the day he regained all his former

momento que el negro se apoyase contra el chaquetón, que estaba colgado para ocultar la abertura, en cuyo caso se habría descubierto todo y seguramente nos hubieran matado de inmediato. Pero tuvimos suerte, y, aunque la rozó con frecuencia cuando el barco se balanceaba, nunca se apoyó lo suficiente para llegar a descubrirnos. La parte inferior del chaquetón había sido cuidadosamente ajustada al mamparo, de modo que el agujero no se podía ver por su balanceo a uno y otro lado. Durante todo este tiempo, Tigre permanecía a los pies de la litera, y parecía haber recobrado en cierta medida sus facultades, porque yo lo vi abrir de tanto en tanto los ojos y lanzar un largo resoplido.

Luego de unos minutos, el oficial y el cocinero subieron, dejando solo a Dirk Peters, quien, tan pronto como ellos se marcharon, fue a sentarse en el mismo sitio que había ocupado el oficial. Comenzó a hablar muy amablemente con Augustus, y pudimos ver que su borrachera, cuando se hallaba delante de los otros dos, era fingida. Respondió a todas las preguntas de mi amigo con entera libertad; le dijo que no tenía ninguna duda de que su padre había sido rescatado porque había no menos de cinco velas a la vista, antes de ponerse el sol, el día que lo habían abandonado en el bote; y utilizó un lenguaje reconfortante, lo cual me produjo tanta sorpresa como satisfacción. Realmente, comenzaba a tener esperanzas de que por intermedio de Peters llegaríamos a tomar posesión nuevamente del bergantín, y le manifesté esta idea a Augustus ni bien tuve una oportunidad. Él creyó que sería posible, pero insistió en la necesidad de obrar con la mayor cautela al intentarlo, pues la conducta del mestizo parecía inspirada tan solo por el capricho más arbitrario, y realmente, era muy difícil saber si en algún momento estaba en sus cabales. Peters subió a cubierta al cabo de una hora, y no volvió hasta la tarde, para traerle a Augustus una buena ración de carne salada y budín. Todo esto, cuando nos dejó solos, lo compartí de corazón, sin volver a meterme en el agujero. No bajó nadie más al castillo de proa durante el resto del día, y por la noche me metí en la litera de Augustus, donde dormí tranquilo y profundamente hasta el amanecer, cuando unos ruidos que se sentían en la cubierta me despertaron, y regresé lo más rápido posible a mi escondite. Cuando se hizo de día, vimos que Tigre había recobrado sus fuerzas casi por completo, y no tuvo ningún síntoma de hidrofobia; bebió con ganas un poco de agua que Augustus le ofreció. Durante el día recuperó todo su vigor y apetito. Su conducta extraña se había debido, sin duda, a la naturaleza nociva de la atmósfera

vigour and appetite. His strange conduct had been brought on, no doubt, by the deleterious quality of the air of the hold, and had no connexion with canine madness. I could not sufficiently rejoice that I had persisted in bringing him with me from the box. This day was the thirtieth of June, and the thirteenth since the Grampus made sail from Nantucket.

On the second of July the mate came below, drunk as usual, and in an excessively good-humour. He came to Augustus's berth, and, giving him a slap on the back, asked him if he thought he could behave himself if he let him loose, and whether he would promise not to be going into the cabin again. To this, of course, my friend answered in the affirmative, when the ruffian set him at liberty, after making him drink from a flask of rum which he drew from his coat-pocket. Both now went on deck, and I did not see Augustus for about three hours. He then came below with the good news that he had obtained permission to go about the brig as he pleased anywhere forward of the mainmast, and that he had been ordered to sleep, as usual, in the forecastle. He brought me, too, a good dinner, and a plentiful supply of water. The brig was still cruising for the vessel from the Cape Verds, and a sail was now in sight which was thought to be the one in question. As the events of the ensuing eight days were of little importance, and had no direct bearing upon the main incidents of my narrative, I will here throw them into the form of a journal, as I do not wish to omit them altogether.

July 3. Augustus furnished me with three blankets, with which I contrived a comfortable bed in my hiding-place. No one came below, except my companion, during the day. Tiger took his station in the berth just by the aperture, and slept heavily, as if not yet entirely recovered from the effects of his sickness. Towards night a flaw of wind struck the brig before sail could be taken in, and very nearly capsized her. The puff died away immediately, however, and no damage was done beyond the splitting of the foretopsail. Dirk Peters treated Augustus all this day with great kindness, and entered into a long conversation with him respecting the Pacific Ocean, and the islands he had visited in that region. He asked him whether he would not like to go with the mutineers on a kind of exploring and pleasure voyage in those quarters, and said that the men were gradually coming over to the mate's views. To this Augustus thought it best to reply that he

de la bodega, ya que no tenía relación con la rabia canina. No dejaba de alegrarme por haber insistido en traerlo conmigo de la caja. Era 30 de junio, y hacía trece días que el Grampus había zarpado de Nantucket.

El 2 de julio bajó el oficial, borracho como de costumbre, pero de muy buen humor. Se dirigió a la litera de Augustus y, dándole una palmada en la espalda, le preguntó si se portaría bien si lo dejaba suelto y si prometería que no volvería más a la cámara. Naturalmente, mi amigo le contestó de manera afirmativa, entonces el rufián lo dejó libre, después de hacerle beber un trago de ron de un frasco que sacó del bolsillo de su chaqueta. Luego subieron los dos a la cubierta, y no volví a ver a Augustus durante unas tres horas. Luego bajó con la buena noticia de que había obtenido permiso para merodear por el bergantín a su gusto, desde el mástil principal, y que le habían ordenado que durmiese, como de costumbre, en el castillo de proa. Me trajo también una buena comida y abundante provisión de agua. El bergantín seguía navegando aún hacia el barco que venía de Cabo Verde, y se encontraba a la vista una vela que creían ser la que andaban buscando. Como los acontecimientos de los ocho días siguientes fueron de poca importancia, y no tienen relación directa alguna con los principales incidentes de mi relato, los transcribiré en forma de diario, pues no quiero omitirlos por completo.

3 de julio. Augustus me trajo tres mantas, con las que armé una cama confortable en mi escondite. No bajó nadie durante el día, excepto mi amigo. Tigre se acomodó en la litera junto a la abertura, y durmió profundamente, como si no estuviese aún completamente restablecido de los efectos de su enfermedad. Al anochecer, una ráfaga de viento sorprendió al bergantín antes de que hubiese tiempo de arriar velas, y casi lo tumba. La ráfaga pasó inmediatamente, sin provocar más daño que la desgarradura de la vela de trinquete. Dirk Peters trató a Augustus muy amablemente durante todo el día, y tuvo una larga conversación con él respecto al océano Pacífico y a las islas que había visitado en dicha región. Le preguntó si no le gustaría más ir con los amotinados a una especie de viaje de exploración y de paseo por aquellas zonas, pero le dijo que los marineros se inclinaban gradualmente en favor de las ideas del oficial. Ante esto, Augustus creyó oportuno responder que le gusta-

would be glad to go on such an adventure, since nothing better could be done, and that anything was preferable to a piratical life.

July 4th. The vessel in sight proved to be a small brig from Liverpool, and was allowed to pass unmolested. Augustus spent most of his time on deck, with a view of obtaining all the information in his power respecting the intentions of the mutineers. They had frequent and violent quarrels among themselves, in one of which a harpooner, Jim Bonner, was thrown overboard. The party of the mate was gaining ground. Jim Bonner belonged to the cook's gang, of which Peters was a partisan.

July 5th. About daybreak there came on a stiff breeze from the west, which at noon freshened into a gale, so that the brig could carry nothing more than her trysail and foresail. In taking in the foretopsail, Simms, one of the common hands, and belonging also to the cook's gang, fell overboard, being very much in liquor, and was drowned—no attempt being made to save him. The whole number of persons on board was now thirteen, to wit: Dirk Peters; Seymour, the black cook; —— Jones; —— Greely; Hartman Rogers; and William Allen, of the cook's party; the mate, whose name I never learned; Absalom Hicks; —— Wilson; John Hunt; and Richard Parker, of the mate's party—besides Augustus and myself.

July 6th. The gale lasted all this day, blowing in heavy squalls, accompanied with rain. The brig took in a good deal of water through her seams, and one of the pumps was kept continually going, Augustus being forced to take his turn. Just at twilight a large ship passed close by us, without having been discovered until within hail. This ship was supposed to be the one for which the mutineers were on the look-out. The mate hailed her, but the reply was drowned in the roaring of the gale. At eleven, a sea was shipped amid-ships, which tore away a great portion of the larboard bulwarks, and did some other slight damage. Towards morning the weather moderated, and at sunrise there was very little wind.

July 7th. There was a heavy swell running all this day, during which the brig, being light, rolled excessively, and many articles broke loose in the hold, as I could hear distinctly from my hiding-place. I suffered

ría mucho esa aventura, puesto que no podía hacer nada mejor, y que prefería cualquier cosa a la vida de piratería.

4 de julio. El barco que se hallaba a la vista resultó ser un pequeño bergantín que venía de Liverpool, y lo dejaron pasar sin molestarlo. Augustus se pasó casi todo el día sobre cubierta, a fin de obtener toda la información que pudiese respecto a las intenciones de los amotinados. Estos tenían frecuentes y violentas peleas entre sí, en una de las cuales un arponero, Jim Bonner, fue arrojado por la borda. La banda del oficial iba ganando terreno. Jim Bonner pertenecía a la pandilla del cocinero, de la cual era partidario Peters.

5 de julio. Al amanecer se levantó una brisa fuerte del oeste, que al mediodía se convirtió en huracán, de modo que el bergantín tuvo que reducir todo el velamen a la vela mayor de capa y al trinquete. Al arriar la vela de prueba, Simms, uno de los marineros que pertenecía a la banda del cocinero, cayó al mar; como estaba muy borracho, se ahogó, sin que nadie hiciese el menor esfuerzo por salvarlo. El número total de personas a bordo quedó reducido a trece, a saber: Dirk Peters; Seymour; el cocinero negro; Jones; Greely; Hartman Rogers y William Allen, del bando del cocinero; el oficial, cuyo nombre nunca supe; Absalom Hicks; Wilson; John Hunty Richard Parker, del bando del oficial; además de Augustus y yo.

6 de julio. La tempestad duró todo el día, soplaban fuertes ráfagas acompañadas de lluvia. El bergantín embolsó gran cantidad de agua por las costuras de sus tablones, y se mantuvo una de las bombas funcionando en forma continua, obligando a Augustus a cumplir con su turno también. Justamente al atardecer, un gran buque pasó muy cerca de nosotros, sin que fuese descubierto hasta que estuvo al alcance de la voz. Se suponía que el barco era aquel que los amotinados estaban buscando. El oficial habló, pero la respuesta se ahogó en medio de la tempestad. A las once, una ola embistió al buque en su parte media, arrancó buena parte de la banda de babor y nos causó otros daños leves. Hacia el amanecer, la tempestad había amainado, y al salir el sol casi no había viento.

7 de julio. Hubo un fuerte oleaje durante todo el día, durante el cual el bergantín, que es ligero, se balanceó excesivamente, por lo que muchos objetos rodaron sueltos por la bodega, tal como pude escuchar clara-

a great deal from sea-sickness. Peters had a long conversation this day with Augustus, and told him that two of his gang, Greely and Allen, had gone over to the mate, and were resolved to turn pirates. He put several questions to Augustus which he did not then exactly understand. During a part of this evening the leak gained upon the vessel; and little could be done to remedy it, as it was occasioned by the brig's straining, and taking in the water through her seams. A sail was thrummed, and got under the bows, which aided us in some measure, so that we began to gain upon the leak.

July 8th. A light breeze sprung up at sunrise from the eastward, when the mate headed the brig to the southwest, with the intention of making some of the West India islands, in pursuance of his piratical designs. No opposition was made by Peters or the cook; at least none in the hearing of Augustus. All idea of taking the vessel from the Cape Verds was abandoned. The leak was now easily kept under by one pump going every three quarters of an hour. The sail was drawn from beneath the bows. Spoke two small schooners during the day.

July 9th. Fine weather. All hands employed in repairing bulwarks. Peters had again a long conversation with Augustus, and spoke more plainly than he had done heretofore. He said nothing should induce him to come into the mate's views, and even hinted his intention of taking the brig out of his hands. He asked my friend if he could depend upon his aid in such case, to which Augustus said, "Yes," without hesitation. Peters then said he would sound the others of his party upon the subject, and went away. During the remainder of the day Augustus had no opportunity of speaking with him privately.

mente desde mi escondite. Sufrí mucho los mareos. Peters mantuvo una larga conversación con Augustus, y le dijo que dos marineros de su bando, Greely y Allen, se habían pasado al bando del oficial, decididos a volverse piratas. Le hizo varias preguntas a Augustus, quien en ese momento no comprendió exactamente. Durante parte de la tarde se filtró mucha agua en el buque, y poco se podía hacer para remediarlo; esto era ocasionado por la tensión del bergantín, y el agua entraba a través de sus costuras. Con la lona de una vela, que colocamos en la parte de abajo de la proa, conseguimos detener el ingreso de agua.

8 de julio. Al salir el sol se había levantado una ligera brisa del este, cuando el piloto ordenó poner rumbo al sudoeste, con la intención de dirigirse a alguna de las islas de las Antillas para poner en práctica sus proyectos de piratería. Ni Peters ni el cocinero presentaron oposición alguna, al menos ninguna que llegase a oídos de Augustus. Se abandonó toda idea de apoderarse del barco que venía de Cabo Verde. La filtración de agua se reducía fácilmente, gracias al trabajo de una bomba que funcionaba cada tres cuartos de hora. Se quitó la vela de debajo de la proa. Se habló con dos pequeñas goletas durante el día.

9 de julio. Buen tiempo. Todos los hombres están ocupados en reparar la proa. Peters tuvo nuevamente una larga conversación con Augustus, explicándole con más claridad que antes. Le dijo que nada lo convencería de colaborar en los proyectos del oficial, e incluso le dejó entrever su intención de quitarle el mando del bergantín. Le preguntó a mi amigo si, en tal caso, podía contar con su ayuda, a lo que Augustus le contestó «sí», sin dudar. Entonces Peters le dijo que sondearía a los demás hombres de su bando sobre este asunto, y se fue. Durante el resto del día, Augustus no tuvo ninguna oportunidad de hablar con él en forma privada.

CHAPTER VII

July 10. Spoke a brig from Rio, bound to Norfolk. Weather hazy, with a light baffling wind from the eastward. To-day Hartman Rogers died, having been attacked on the eighth with spasms after drinking a glass of grog. This man was of the cook's party, and one upon whom Peters placed his main reliance. He told Augustus that he believed the mate had poisoned him, and that he expected, if he did not be on the look-out, his own turn would come shortly. There were now only himself, Jones, and the cook belonging to his own gang—on the other side there were five. He had spoken to Jones about taking the command from the mate; but the project having been coolly received, he had been deterred from pressing the matter any further, or from saying anything to the cook. It was well, as it happened, that he was so prudent, for in the afternoon the cook expressed his determination of siding with the mate, and went over formally to that party; while Jones took an opportunity of quarrelling with Peters, and hinted that he would let the mate know of the plan in agitation. There was now, evidently, no time to be lost, and Peters expressed his determination of attempting to take the vessel at all hazards, provided Augustus would lend him his aid. My friend at once assured him of his willingness to enter into any plan for that purpose, and, thinking the opportunity a favourable one, made known the fact of my being on board. At this the hybrid was not more astonished than delighted, as he had no reliance whatever upon Jones, whom he already considered as belonging to the party of the mate. They went below immediately, when Augustus called to me by name, and Peters and myself were soon made acquainted. It was agreed that we should attempt to retake the vessel upon the first good opportunity, leaving Jones altogether out of our councils. In the event of success we were to run the brig into the first port that offered, and deliver her up. The desertion of his party had frustrated Peters's design of going into the Pacific—an adventure which could not be accomplished without a crew, and he depended upon either getting acquitted upon trial on the score of insanity (which he solemnly averred had actuated him in lending his aid to the mutiny), or upon obtaining a pardon, if found guilty, through the representations of Augustus and myself. Our deliberations were interrupted for the present by the cry of "All hands take in sail," and Peters and Augustus ran up on deck.

CAPÍTULO VII

10 de julio. Se habló con un bergantín que venía de Río, con destino a Norfolk. Clima brumoso, con un viento ligero proveniente del este. Hoy murió Hartman Rogers, hace ocho días que estaba enfermo, con espasmos después de haber bebido un vaso de ron. Este marinero era de la banda del cocinero, y uno de los que más confianza inspiraba a Peters. Le dijo a Augustus que creía que el oficial lo había envenenado, y que, si no estaba atento, él correría la misma suerte dentro de poco. Ahora ya no quedaban en su bando más que él mismo, Jones y el cocinero, mientras que en el otro bando eran cinco. Había hablado con Jones acerca de arrebatarle el mando al oficial; pero el proyecto había sido recibido con frialdad, por lo que había desistido de profundizar en el asunto, o decirle algo al cocinero. Por lo que sucedió, hizo bien en ser tan prudente, ya que, por la tarde el cocinero expresó su determinación de pasarse al bando del oficial, y se fue formalmente al otro bando; mientras tanto, Jones aprovechó una oportunidad para discutir con Peters, y le insinuó que podría informar al oficial sobre el plan que estaba tramando. Evidentemente no había tiempo para perder, y Peters expresó su determinación de jugarse el todo por el todo para intentar apoderarse del barco, siempre que Augustus quisiera prestarle su ayuda. Mi amigo le aseguró de inmediato su deseo de formar parte de cualquier plan para tal fin, y pensando que era una ocasión favorable, le reveló mi presencia a bordo. A esto, el mestizo se quedó tan atónito como satisfecho, porque no confiaba para nada en Jones, a quien ya lo consideraba como perteneciente al bando del oficial. Bajaron inmediatamente, Augustus me llamó por mi nombre y Peters y yo nos hicimos amigos rápidamente. Acordamos que intentaríamos apoderarnos del barco ni bien se presentara la oportunidad, dejando a Jones al margen de nuestras deliberaciones por completo. En caso de éxito, llevaríamos el bergantín al primer puerto que se presentase, y lo entregaríamos a las autoridades. La deserción de su bando había frustrado el deseo de Peters de ir al Pacífico, aventura que no se podía realizar sin tripulación, y confiaba en salir absuelto del juicio alegando locura (dado que afirmaría solemnemente haber estado loco cuando se prestó a ayudar al motín), o que, si lo declaraban culpable, sería perdonado por las declaraciones que hiciésemos Augustus y yo. Nuestras deliberaciones fueron interrumpidas por el grito de: «¡Todos a sus puestos!», por lo que Peters y Augustus subieron corriendo a cubierta.

As usual, the crew were nearly all drunk; and, before sail could be properly taken in, a violent squall laid the brig on her beam-ends. By keeping her away, however, she righted, having shipped a good deal of water. Scarcely was everything secure, when another squall took the vessel, and immediately afterward another—no damage being done. There was every appearance of a gale of wind, which, indeed, shortly came on, with great fury, from the northward and westward. All was made as snug as possible, and we laid to, as usual, under a close-reefed foresail. As night drew on, the wind increased in violence, with a remarkably heavy sea. Peters now came into the forecastle with Augustus, and we resumed our deliberations.

We agreed that no opportunity could be more favourable than the present for carrying our design into effect, as an attempt at such a moment would never be anticipated. As the brig was snugly laid to, there would be no necessity of manoeuvring her until good weather, when, if we succeeded in our attempt, we might liberate one, or perhaps two of the men, to aid us in taking her into port. The main difficulty was the great disproportion in our forces. There were only three of us, and in the cabin there were nine. All the arms on board, too, were in their possession, with the exception of a pair of small pistols which Peters had concealed about his person, and the large seaman's knife which he always wore in the waistband of his pantaloons. From certain indications, too, such, for example, as there being no such thing as an axe or a handspike lying in their customary places, we began to fear that the mate had his suspicions, at least in regard to Peters, and that he would let slip no opportunity of getting rid of him. It was clear, indeed, that what we should determine to do could not be done too soon. Still the odds were too much against us to allow of our proceeding without the greatest caution.

Peters proposed that he should go up on deck, and enter into conversation with the watch (Allen), when he would be able to throw him into the sea without trouble, and without making any disturbance, by seizing a good opportunity; that Augustus and myself should then come up, and endeavour to provide ourselves with some kind of weapons from the deck; and that we should then make a rush together, and secure the companion-way before any opposition could

Como de costumbre, la tripulación estaba casi completamente ebria; y antes de que se arriasen las velas debidamente, una violenta ráfaga tumbó el bergantín hacia un costado. Sin embargo, consiguieron retenerlo y enderezarlo, no sin haber embolsado una gran cantidad de agua. Ni bien estuvo en posición segura, el barco fue azotado por otra ráfaga, e inmediatamente después por otra más, sin causarle ningún daño. Aquello tenía todas las apariencias de un huracán, que, efectivamente, sobrevino poco después con gran furia del norte y del oeste. Se aparejaron todas las cosas de la mejor manera posible, poniéndonos al pairo, como es usual, con el trinquete muy rizado. Al caer la noche, el viento aumentó en intensidad, con un mar excepcionalmente pesado. Peters volvió al castillo de proa con Augustus, y reanudamos nuestras deliberaciones.

Estuvimos de acuerdo en que no podía presentarse ocasión más favorable que aquella para poner en práctica nuestro plan, porque nadie podía esperar un ataque en aquellos momentos. Como el bergantín estaba ajustado al pairo, no había necesidad alguna de maniobrar hasta que volviese el buen tiempo, entonces, si salíamos triunfantes de nuestro intento, podíamos soltar uno, o acaso dos marineros, para que nos ayudasen a llevar el bergantín a puerto. La mayor dificultad era la gran desproporción de nuestras fuerzas. Éramos solo tres, y en la cámara había nueve. Además, tenían en su poder todas las armas que había a bordo, excepto dos pequeñas pistolas que Peters llevaba escondidas entre la ropa, y un cuchillo largo de marinero que llevaba siempre en el cinto. Además, dado ciertos indicios, como por ejemplo, el hecho de no haya en los sitios habituales ni un hacha ni una palanca, empezamos a temer que el oficial tuviese sus sospechas, al menos respecto a Peters, y que no perdería ocasión para quitárselo de encima. Era, entonces, evidente que lo que estábamos decididos a hacer teníamos que hacerlo cuanto antes. Sin embargo, las dificultades estaban muy en nuestra contra como para permitirnos obrar sin la mayor precaución.

Peters se ofreció a subir a cubierta, y entablar una conversación con el guardia (Allen), y si surgía una buena oportunidad, arrojarlo al mar sin pelear y sin provocar ningún disturbio; para que luego, Augustus y yo subiéramos, e intentáramos apoderarnos de algunas de las armas que se hallaran en cubierta; y luego los tres intentaríamos apoderarnos de la escalera de la cámara en un ataque repentino, antes de que pudieran ofrecernos resistencia. Yo me opuse al plan, porque no podía

be offered. I objected to this, because I could not believe that the mate (who was a cunning fellow in all matters which did not affect his superstitious prejudices) would suffer himself to be so easily entrapped. The very fact of there being a watch on deck at all was sufficient proof that he was upon the alert—it not being usual, except in vessels where discipline is most rigidly enforced, to station a watch on deck when a vessel is lying to in a gale of wind. As I address myself principally, if not altogether, to persons who have never been to sea, it may be as well to state the exact condition of a vessel under such circumstances. Lying to, or, in sea-parlance "laying to," is a measure resorted to for various purposes, and effected in various manners. In moderate weather, it is frequently done with a view of merely bringing the vessel to a stand-still, to wait for another vessel, or any similar object. If the vessel which lies to is under full sail, the manoeuvre is usually accomplished by throwing round some portion of her sails so as to let the wind take them aback, when she becomes stationary. But we are now speaking of lying to in a gale of wind. This is done when the wind is ahead, and too violent to admit of carrying sail without danger of capsizing; and sometimes even when the wind is fair, but the sea too heavy for the vessel to be put before it. If a vessel be suffered to scud before the wind in a very heavy sea, much damage is usually done her by the shipping of water over her stern, and sometimes by the violent plunges she makes forward. This manoeuvre, then, is seldom resorted to in such case, unless through necessity. When the vessel is in a leaky condition, she is often put before the wind even in the heaviest seas; for, when lying to, her seams are sure to be greatly opened by her violent straining, and it is not so much the case when scudding. Often, too, it becomes necessary to scud a vessel, either when the blast is so exceedingly furious as to tear in pieces the sail which is employed with a view of bringing her head to the wind, or when, through the false modelling of the frame or other causes, this main object cannot be effected.

Vessels in a gale of wind are laid to in different manners, according to their peculiar construction. Some lie to best under a foresail, and this, I believe, is the sail most usually employed. Large square-rigged vessels have sails for the express purpose, called storm-stay-sails. But the jib is occasionally employed by itself—sometimes the jib and foresail, or a double-reefed foresail, and not unfrequently the after-sails, are made use of. Foretopsails are very often found to an-

creer que el oficial (que era muy astuto en todos los asuntos que no afectasen a sus prejuicios supersticiosos) se dejase atrapar tan fácilmente. El mismo hecho de que hubiese un guardia sobre cubierta era prueba más que suficiente de que estaba alerta, porque solo en barcos de disciplina muy rígida se suele poner vigilancia sobre cubierta cuando el barco está al pairo de un viento fuerte. Como me dirijo en especial, casi exclusivamente, a las personas que no han navegado nunca, tal vez sea conveniente describir la exacta condición de un barco en semejantes circunstancias. Ponerse al pairo o a la capa, como se dice en el lenguaje náutico, es una medida que se toma para diversos propósitos y que se efectúa de distintas maneras. Cuando reina el tiempo moderado, es frecuente hacerlo con el mero propósito de detener el barco, de esperar a otro barco o con cualquier finalidad similar. Si el barco que se pone al pairo lleva todas las velas desplegadas, la maniobra se suele realizar de forma que redondee algunas partes de sus velas, de modo que cuando el viento llegue, el barco se encuentre parado. Pero ahora estamos hablando del pairo con viento huracanado. Se recurre a él cuando el viento sopla de proa y es demasiado violento para navegar a la vela sin peligro de volcar, y a veces incluso cuando sopla buen viento, pero el mar está demasiado embravecido como para poner el barco ante él. Si un barco navega viento en popa, con mar muy denso, le pueden causar muchos daños porque entra agua por la popa, y a veces se bambolea hacia adelante. En estos casos rara vez se recurre a dicha maniobra, a menos que sea de imperiosa necesidad. Si el barco hace agua, se le deja correr viento en popa por más que el mar esté picado; porque, si se lo deja al pairo, se corre el peligro de que se ensanchen las costuras a causa de los fuertes tirones, cosa que no ocurre cuando se va huyendo del viento. A menudo, también es necesario que un barco navegue rápidamente, tanto cuando las bocanadas son muy violentas y desgarran las velas que se emplean con el fin de hacerlo virar contra el viento, o cuando, por una mala construcción del casco u otras causas, no se puede realizar el objetivo principal.

Durante los huracanes, los barcos se ponen al pairo de modos diferentes, según su construcción específica. Algunos se mantienen mejor con el trinquete desplegado, porque creo que es la vela que más se suele emplear. Los barcos de grandes aparejos cuentan con velas especiales para este propósito, llamadas velas de capa o de temporal. Pero ocasionalmente se emplea el pescante en sí mismo; otras el pescante y el trinquete, o un trinquete de doble rizo, y no pocas veces las velas traseras.

swer the purpose better than any other species of sail. The Grampus was generally laid to under a close-reefed foresail.

When a vessel is to be laid to, her head is brought up to the wind just so nearly as to fill the sail under which she lies, when hauled flat aft, that is, when brought diagonally across the vessel. This being done, the bows point within a few degrees of the direction from which the wind issues, and the windward bow of course receives the shock of the waves. In this situation a good vessel will ride out a very heavy gale of wind without shipping a drop of water, and without any further attention being requisite on the part of the crew. The helm is usually lashed down, but this is altogether unnecessary (except on account of the noise it makes when loose), for the rudder has no effect upon the vessel when lying to. Indeed, the helm had far better be left loose than lashed very fast, for the rudder is apt to be torn off by heavy seas if there be no room for the helm to play. As long as the sail holds, a well-modelled vessel will maintain her situation, and ride every sea, as if instinct with life and reason. If the violence of the wind, however, should tear the sail into pieces (a feat which it requires a perfect hurricane to accomplish under ordinary circumstances), there is then imminent danger. The vessel falls off from the wind, and, coming broadside to the sea, is completely at its mercy: the only resource in this case is to put her quickly before the wind, letting her scud until some other sail can be set. Some vessels will lie to under no sail whatever, but such are not to be trusted at sea.

But to return from this digression. It had never been customary with the mate to have any watch on deck when lying to in a gale of wind, and the fact that he had now one, coupled with the circumstance of the missing axes and handspikes, fully convinced us that the crew were too well on the watch to be taken by surprise in the manner Peters had suggested. Something, however, was to be done, and that with as little delay as practicable, for there could be no doubt that a suspicion having been once entertained against Peters, he would be sacrificed upon the earliest occasion, and one would certainly be either found or made upon the breaking of the gale.

Augustus now suggested that if Peters could contrive to remove, under any pretext, the piece of chain-cable which lay over the trap

Los foques mayores del trinquete suelen resultar velas más apropiadas que de cualquier otra clase. El Grampus se ponía al pairo generalmente con el trinquete muy rizado.

Cuando un barco se ha de poner al pairo, se lo coloca de proa al viento de manera que despliegue la vela tan pronto como esta se encuentra colocada en forma diagonal al barco. Hecho esto, la proa se encuentra inclinada unos grados respecto a la dirección del viento, y el arco de barlovento recibe naturalmente el choque de las olas. En estas condiciones un buen barco puede resistir una tempestad muy recia sin embolsar ni una gota de agua y sin que requiera más atención por parte de la tripulación. El timón se suele amarrar, pero no es absolutamente necesario (excepto a causa del ruido que hace al estar suelto), ya que el timón no surte efecto alguno cuando el barco está al pairo. En efecto, es preferible dejarlo suelto que atarlo muy firme, porque corre el riesgo de que se rompa por los golpes del mar si no se le deja al timón alguna holgura. Mientras la vela resista, un barco bien construido mantendrá su posición y navegará por todo el mar, como si estuviera dotado de vida y raciocinio. Pero si la violencia del viento desgarra la vela (hecho que, en circunstancias ordinarias, requiere la fuerza de un huracán), sobreviene un peligro inminente. El barco se inclina empujado por la fuerza del viento, y al quedar al costado a las olas, queda completamente a merced de ellas: en este caso, la única opción es ponerse tranquilamente a favor del viento, dejándose deslizar hasta que se pueda colocar otra vela. Algunos barcos se ponen al pairo sin vela desplegada, pero uno no puede fiarse de esto en el mar.

Pero para volver de esta digresión. El oficial nunca había tenido la costumbre de poner un vigilante en cubierta cuando el barco estaba al pairo con tempestad, y haberlo hecho ahora, unido a la circunstancia de la desaparición de las hachas y palancas, nos convenció plenamente de que la tripulación estaba demasiado alerta para tomarla por sorpresa de la manera que Peters había propuesto. Sin embargo, había que hacer algo, y esto sin la menor dilación, ya que era indudable que si se abrigaban sospechas contra Peters, sería sacrificado ni bien se diera la oportunidad, y esta la encontrarían o la provocarían cuando terminara la tempestad.

Augustus sugirió entonces que si Peters podía sacar, con cualquier pretexto, el trozo de cadena que estaba sobre la trampa del camarote,

in the stateroom, we might possibly be able to come upon them unawares by means of the hold; but a little reflection convinced us that the vessel rolled and pitched too violently for any attempt of that nature.

By good fortune I at length hit upon the idea of working upon the superstitious terrors and guilty conscience of the mate. It will be remembered that one of the crew, Hartman Rogers, had died during the morning, having been attacked two days before with spasms after drinking some spirits and water. Peters had expressed to us his opinion that this man had been poisoned by the mate, and for this belief he had reasons, so he said, which were incontrovertible, but which he could not be prevailed upon to explain to us—this wayward refusal being only in keeping with other points of his singular character. But whether or not he had any better grounds for suspecting the mate than we had ourselves, we were easily led to fall in with his suspicion, and determined to act accordingly.

Rogers had died about eleven in the forenoon, in violent convulsions; and the corpse presented in a few minutes after death one of the most horrid and loathsome spectacles I ever remember to have seen. The stomach was swollen immensely, like that of a man who has been drowned and lain under water for many weeks. The hands were in the same condition, while the face was shrunken, shrivelled, and of a chalky whiteness, except where relieved by two or three glaring red splotches, like those occasioned by the erysipelas: one of these splotches extended diagonally across the face, completely covering up an eye as if with a band of red velvet. In this disgusting condition the body had been brought up from the cabin at noon to be thrown overboard, when the mate getting a glimpse of it (for he now saw it for the first time), and being either touched with remorse for his crime or struck with terror at so horrible a sight, ordered the men to sew the body up in its hammock, and allow it the usual rites of sea-burial. Having given these directions he went below, as if to avoid any further sight of his victim. While preparations were making to obey his orders, the gale came on with great fury, and the design was abandoned for the present. The corpse, left to itself, was washed into the larboard scuppers, where it still lay at the time of which I speak, floundering about with the furious lurches of the brig.

podríamos sorprenderlos penetrando por el camarote; pero al reflexionar nos convencimos de que el bergantín se balanceaba y cabeceaba con demasiada violencia como para intentar una cosa de tal naturaleza.

Por fortuna, se me ocurrió la idea de explotar los terrores supersticiosos y la conciencia de culpabilidad del oficial. Cabe recordar que uno de los marineros de la tripulación, Hartman Rogers, había muerto durante la mañana, habiendo transcurrido dos días con convulsiones luego de beber agua con licores. Peters nos había expresado su opinión de que este hombre había sido envenenado por el oficial, y fundamentaba su opinión en razones que eran irrefutables, según nos dijo, pero que había decidido no revelarlas, ya que su carácter reservado era una de sus particularidades. Pero aunque él tuviese mejores razones que nosotros para desconfiar del piloto, estábamos de acuerdo con sus sospechas y dispuestos a obrar en consecuencia.

Rogers había muerto cerca de las once de la mañana, a causa de violentas convulsiones; y el cadáver presentaba, a los pocos minutos de su muerte, el aspecto más horrible y repugnante que jamás haya visto en mi vida. El estómago estaba exageradamente hinchado, como quien ha muerto ahogado y ha permanecido varias semanas bajo el agua. Las manos se hallaban en las mismas condiciones, mientras que el rostro aparecía encogido y arrugado, con una palidez de yeso, solo interrumpida por dos o tres manchas rojas muy vivas, como las que produce la erisipela. Una de estas manchas se extendía diagonalmente a través de la cara, cubriéndole completamente un ojo como si fuera una banda de terciopelo rojo. En tan desagradable situación, el cuerpo fue subido a cubierta desde la cámara al mediodía, para arrojarlo al mar, cuando el oficial, echándole un vistazo (pues lo veía en ese instante por primera vez), y sintiendo remordimientos por su crimen o atemorizado por tan horrendo espectáculo, ordenó que lo cosiesen a su hamaca y se hiciesen los rituales habituales de un entierro en el mar. Luego de dar estas instrucciones, se retiró, para así evitar tener que ver nuevamente a su víctima. Mientras se hacían los preparativos para cumplir sus órdenes, se desencadenó la tempestad con gran furia, y el entierro se suspendió por el momento. El cadáver, abandonado a sí mismo, quedó junto a los imbornales de babor, donde yacía aún en el momento en que yo estaba hablando, bañado por las aguas y agitándose a los violentos vaivenes

Having arranged our plan, we set about putting it in execution as speedily as possible. Peters went upon deck, and, as he had anticipated, was immediately accosted by Allen, who appeared to be stationed more as a watch upon the forecastle than for any other purpose. The fate of this villain, however, was speedily and silently decided; for Peters, approaching him in a careless manner, as if about to address him, seized him by the throat, and, before he could utter a single cry, tossed him over the bulwarks. He then called to us, and we came up. Our first precaution was to look about for something with which to arm ourselves, and in doing this we had to proceed with great care, for it was impossible to stand on deck an instant without holding fast, and violent seas broke over the vessel at every plunge forward. It was indispensable, too, that we should be quick in our operations, for every minute we expected the mate to be up to set the pumps going, as it was evident the brig must be taking in water very fast. After searching about for some time, we could find nothing more fit for our purpose than the two pump-handles, one of which Augustus took, and I the other. Having secured these, we stripped off the shirt of the corpse and dropped the body overboard. Peters and myself then went below, leaving Augustus to watch upon deck, where he took his station just where Allen had been placed, and with his back to the cabin companion-way, so that, if any one of the mate's gang should come up, he might suppose it was the watch.

As soon as I got below I commenced disguising myself so as to represent the corpse of Rogers. The shirt which we had taken from the body aided us very much, for it was of a singular form and character, and easily recognisable—a kind of smock, which the deceased wore over his other clothing. It was a blue stockinett, with large white stripes running across. Having put this on, I proceeded to equip myself with a false stomach, in imitation of the horrible deformity of the swollen corpse. This was soon effected by means of stuffing with some bedclothes. I then gave the same appearance to my hands by drawing on a pair of white woollen mittens, and filling them in with any kind of rags that offered themselves. Peters then arranged my face, first rubbing it well over with white chalk, and afterward splotching it with blood, which he took from a cut in his finger. The streak across the eye was not forgotten, and presented a most shocking appearance.

del bergantín.

Una vez establecido nuestro plan, nos dispusimos a llevarlo a la práctica lo más rápidamente posible. Peters subió a cubierta y, tal como estaba previsto, Allen lo saludó inmediatamente, quien parecía hallarse allí más para vigilar lo que pasaba en el castillo de proa que para otra cosa. Pero la suerte del rufián quedó decidida rápida y silenciosamente; porque Peters, acercándose de un modo despreocupado, como si fuera a hablarle, lo tomó por la garganta y, antes de que pudiera dar un solo grito, lo tiró por la borda. Luego nos llamó y subimos. Nuestra primera preocupación fue buscar algo con que armarnos, y al hacer esto teníamos que andar con sumo cuidado, pues era imposible permanecer sobre cubierta un instante sin agarrarse firmemente, ya que olas violentas irrumpían sobre el barco en cada vaivén. Era indispensable, también, que hiciésemos de prisa nuestras operaciones, porque en todo momento esperábamos que apareciese el oficial para poner las bombas en funcionamiento, dado que era evidente que el Grampus estaba haciendo agua muy rápidamente. Después de buscar durante un buen rato, no logramos encontrar nada más adecuado para nuestro propósito que los dos brazos de las bombas, uno de los cuales agarró Augustus y yo, el otro. Hecho esto, le quitamos la camisa al cadáver y lo arrojamos al mar. Peters y yo nos fuimos abajo, dejando a Augustus para vigilar la cubierta, en el mismo sitio donde se había ubicado Allen, y de espaldas a la escalera de la cámara, de modo que, si subía alguno de los de la banda del oficial, pensara que era el vigilante.

Tan pronto como llegué abajo, comencé a disfrazarme para representar el cadáver de Rogers. La camisa que le había quitado nos sirvió de mucho, pues era de forma y dibujo singulares, y fácilmente reconocibles: una especie de blusa que el difunto llevaba sobre el resto de su ropa. Era de color azul, con elástico, y franjas blancas anchas transversales. Después de ponérmela, procedí a equiparme con un estómago postizo, imitando la horrible deformidad del cadáver hinchado. Esto lo conseguí rápidamente por medio de ropa de cama. Luego le di el mismo aspecto a mis manos, poniéndome unos mitones de lana blanca, que rellené con algunos trapos. Luego Peters me arregló la cara, primero frotándola bien con tiza blanca y luego manchándomela con sangre, que se sacó dándose un corte en un dedo. No nos olvidamos de la mancha en medio del ojo, que presentaba un aspecto aún más espantoso.

CHAPTER VIII

As I viewed myself in a fragment of looking-glass which hung up in the cabin, and by the dim light of a kind of battle-lantern, I was so impressed with a sense of vague awe at my appearance, and at the recollection of the terrific reality which I was thus representing, that I was seized with a violent tremour, and could scarcely summon resolution to go on with my part. It was necessary, however, to act with decision, and Peters and myself went upon deck.

We there found everything safe, and, keeping close to the bulwarks, the three of us crept to the cabin companion-way. It was only partially closed, precautions having been taken to prevent its being suddenly pushed to from without, by means of placing billets of wood on the upper step so as to interfere with the shutting. We found no difficulty in getting a full view of the interior of the cabin through the cracks where the hinges were placed. It now proved to have been very fortunate for us that we had not attempted to take them by surprise, for they were evidently on the alert. Only one was asleep, and he lying just at the foot of the companion-ladder, with a musket by his side. The rest were seated on several mattresses, which had been taken from the berths and thrown on the floor. They were engaged in earnest conversation; and although they had been carousing, as appeared from two empty jugs, with some tin tumblers which lay about, they were not as much intoxicated as usual. All had knives, one or two of them pistols, and a great many muskets were lying in a berth close at hand.

We listened to their conversation for some time before we could make up our minds how to act, having as yet resolved on nothing determinate, except that we would attempt to paralyze their exertions, when we should attack them, by means of the apparition of Rogers. They were discussing their piratical plans, in which all we could hear distinctly was, that they would unite with the crew of a schooner Hornet, and, if possible, get the schooner herself into their possession preparatory to some attempt on a large scale, the particulars of which could not be made out by either of us.

One of the men spoke of Peters, when the mate replied to him in a low voice which could not be distinguished, and afterward added

CAPÍTULO VIII

Cuando me vi a mí mismo en un trozo de espejo que estaba colgado en la cámara, bajo la tenue luz de una linterna de combate, quedé tan impresionado por la sensación de terror que reflejaba mi rostro y el recuerdo de la tremenda realidad que estaba representando, que se apoderó de mí un violento temblor, y apenas me quedó ánimo para seguir adelante con mi papel. Sin embargo era necesario obrar con determinación, y Peters y yo subimos a cubierta.

Allí encontramos todo bien y, manteniéndonos arrimados a las bandas, los tres trepamos a la escalera de la cámara. Estaba parcialmente cerrada, se habían tomado precauciones para evitar que la abriesen repentinamente de un empujón desde afuera, por medio de palancas de madera colocados en el peldaño superior de modo que le impedían cerrarse. No hallamos dificultad alguna en echar un vistazo al interior de la cámara a través de las hendiduras donde estaban colocadas las bisagras. Pudimos comprobar que habíamos sido afortunados al no haber intentado tomarlos por sorpresa, ya que, evidentemente estaban en alerta. Solo uno de ellos estaba dormido, y yacía al pie de la escalera con un fusil a su lado. Los demás estaban sentados en varias colchonetas, tiradas en el suelo, que habían sacado de los camarotes. Estaban enfrascados en una conversación seria; y aunque habían estado de jarana, como se deducía por dos jarros vacíos, y unos vasos de hojalata que había por allí, no estaban tan borrachos como de costumbre. Todos llevaban cuchillos, un par de ellos pistolas, y numerosos fusiles yacían en la cama al alcance de la mano.

Estuvimos escuchando su conversación durante un rato antes de decidir cómo proceder, porque no habíamos resuelto nada en concreto, excepto que intentaríamos paralizarlos, cuando los atacásemos, por medio de la aparición de Rogers. Estaban discutiendo sus planes de piratería, y lo que pudimos escuchar claramente fue que proponían unirse a la tripulación de una goleta, «Hornet», y, si les era posible, apoderarse de ella como paso preparatorio para otra tentativa de mayor escala, de cuyos detalles no pudimos enterarnos.

Uno de los marineros habló de Peters, y el oficial le contestó en voz baja, sin que pudiéramos oír, y luego añadió, en tono más alto, que «no

more loudly, that "he could not understand his being so much forward with the captain's brat in the forecastle, and he thought the sooner both of them were overboard the better." To this no answer was made, but we could easily perceive that the hint was well received by the whole party, and more particularly by Jones. At this period I was excessively agitated, the more so as I could see that neither Augustus nor Peters could determine how to act. I made up my mind, however, to sell my life as dearly as possible, and not to suffer myself to be overcome by any feelings of trepidation.

The tremendous noise made by the roaring of the wind in the rigging and the washing of the sea over the deck prevented us from hearing what was said except during momentary lulls. In one of these we all distinctly heard the mate tell one of the men to "go forward, and order the d——d lubbers to come into the cabin, where he could have an eye upon them, for he wanted no such secret doings on board the brig." It was well for us that the pitching of the vessel at this moment was so violent as to prevent this order from being carried into instant execution. The cook got up from his mattress to go for us, when a tremendous lurch, which I thought would carry away the masts, threw him headlong against one of the larboard stateroom doors, bursting it open, and creating a good deal of other confusion. Luckily, neither of our party was thrown from his position, and we had time to make a precipitate retreat to the forecastle, and arrange a hurried plan of action before the messenger made his appearance, or rather before he put his head out of the companion-hatch, for he did not come on deck. From this station he could not notice the absence of Allen, and he accordingly bawled out as if to him, repeating the orders of the mate. Peters cried out, "Ay, ay," in a disguised voice, and the cook immediately went below, without entertaining a suspicion that all was not right.

My two companions now proceeded boldly aft and down into the cabin, Peters closing the door after him in the same manner he had found it. The mate received them with feigned cordiality, and told Augustus that, since he had behaved himself so well of late, he might take up his quarters in the cabin, and be one of them for the future. He then poured him out a tumbler half full of rum, and made him drink it. All this I saw and heard, for I followed my friends to the cabin as soon as the door was shut, and took up my old point of observa-

podía entender que estuviese tanto tiempo con el hijo del capitán en el castillo de proa, y creía que cuanto antes pudiesen arrojar a ambos al mar sería mejor». A estas palabras no hubo respuesta alguna, pero nosotros comprendimos fácilmente que la insinuación había sido bien recibida por toda la banda, y en especial por Jones. En este momento yo estaba demasiado agitado, pero vi que ni Augustus ni Peters sabían cómo obrar. Por lo tanto decidí vender mi vida antes que dejarme dominar por el miedo.

El ruido espantoso del rugir del viento en el aparejo y el fuerte oleaje sobre cubierta nos impedían oír lo que se decía, excepto durante pausas momentáneas. En una de estas, los tres oímos claramente al oficial decirle a uno de sus hombres «vete a proa y vigila a esos marineros, ya que no quiero que haya secretos a bordo del bergantín...». Afortunadamente para nosotros, el balanceo del barco en aquel momento era tan violento, que la orden no pudo ejecutarse inmediatamente. El cocinero se levantó de su colchoneta para ir a buscarnos, cuando un tremendo sacudón, que pensé que arrasaría los mástiles, lo hizo caer de cabeza contra una de las puertas del camarote de babor, abriéndola de golpe y aumentando aún más la confusión. Afortunadamente, ninguno de nosotros fuimos despedidos fuera de nuestra posición, y tuvimos tiempo de retirarnos rápidamente hacia el castillo de proa, y preparar con prisa un plan de acción antes de que el mensajero apareciese, o más bien antes de que asomara la cabeza por la cubierta de escotilla, ya que no se molestó en subir a cubierta. Desde el sitio en que él se encontraba no podía advertir la ausencia de Allen, y repitió a gritos, como si fuese él, las órdenes del oficial. Peters exclamó «¡Sí, sí!», alterando la voz, y el cocinero bajó inmediatamente, sin sospechar que algo no andaba bien.

Luego mis dos compañeros se dirigieron con valentía hacia la popa y bajaron a la cámara, cerrando Peters la puerta tras de sí tal como la había encontrado. El oficial los recibió con cierta cordialidad falsa y le dijo a Augustus que, dado que se había comportado tan bien últimamente, podía instalarse en la cámara y considerarse como uno más de ellos en el futuro. Luego le sirvió medio vaso de ron y se lo hizo beber. Yo veía y oía todo esto, porque seguí a mis amigos hasta la cámara tan pronto como Peters cerró la puerta, y me ubiqué en mi viejo punto de observa-

tion. I had brought with me the two pump-handles, one of which I secured near the companion-way, to be ready for use when required.

I now steadied myself as well as possible so as to have a good view of all that was passing within, and endeavoured to nerve myself to the task of descending among the mutineers when Peters should make a signal to me as agreed upon. Presently he contrived to turn the conversation upon the bloody deeds of the mutiny, and, by degrees, led the men to talk of the thousand superstitions which are so universally current among seamen. I could not make out all that was said, but I could plainly see the effects of the conversation in the countenances of those present. The mate was evidently much agitated, and presently, when some one mentioned the terrific appearance of Rogers's corpse, I thought he was upon the point of swooning. Peters now asked him if he did not think it would be better to have the body thrown overboard at once, as it was too horrible a sight to see it floundering about in the scuppers. At this the villain absolutely gasped for breath, and turned his head slowly round upon his companions, as if imploring some one to go up and perform the task. No one, however, stirred, and it was quite evident that the whole party were wound up to the highest pitch of nervous excitement. Peters now made me the signal. I immediately threw open the door of the companion-way, and, descending without uttering a syllable, stood erect in the midst of the party.

The intense effect produced by this sudden apparition is not at all to be wondered at when the various circumstances are taken into consideration. Usually, in cases of a similar nature, there is left in the mind of the spectator some glimmering of doubt as to the reality of the vision before his eyes; a degree of hope, however feeble, that he is the victim of chicanery, and that the apparition is not actually a visitant from the world of shadows. It is not too much to say that such remnants of doubt have been at the bottom of almost every such visitation, and that the appalling horror which has sometimes been brought about, is to be attributed, even in the cases most in point, and where most suffering has been experienced, more to a kind of anticipative horror, lest the apparition might possibly be real, than to an unwavering belief in its reality. But, in the present instance, it will be seen immediately, that in the minds of the mutineers there

ción. Llevaba conmigo las dos palancas, una de las cuales coloqué cerca de la escalera de la cámara, para tenerla al alcance de la mano cuando fuese necesario.

Tuve cuidado de no perderme nada de lo que estaba pasando allí dentro, y me armé de valor para presentarme ante los amotinados cuando Peters me hiciese la señal que habíamos acordado. Ahora, él procuraba llevar la conversación hacia los sangrientos episodios del motín, y gradualmente llevó a los marineros a hablar acerca de las mil supersticiones que son tan universalmente corrientes entre la gente de mar. Yo no podía oír todo lo que se decía, pero sí veía claramente el efecto de la conversación en la fisonomía de los allí presentes. El oficial estaba evidentemente muy alterado, y poco después, cuando uno de ellos mencionó el terrorífico aspecto del cadáver de Rogers, creí que estaba a punto de desmayarse. Peters le preguntó entonces si no creía que sería mejor arrojar el cuerpo por la borda rápidamente, puesto que era demasiado horrible verlo dando tumbos por los imbornales. Ante esto el villano no dejaba de jadear, giró lentamente su cabeza para mirar a sus compañeros, como suplicando que alguno de ellos subiera a realizar aquella tarea. Pero nadie se movió. Era evidente que toda la banda se hallaba en el grado más alto de excitación nerviosa. Entonces Peters me hizo la señal. Abrí inmediatamente, de un empujón, la puerta de la escalera de la cámara y bajé, sin pronunciar una palabra, manteniéndome erguido en medio de la banda.

El efecto profundo generado por esta repentina aparición no sorprenderá del todo si se toman en consideración diversas circunstancias. Por lo general, en casos similares, queda en el espíritu del espectador cierto indicio de duda sobre la realidad de la visión que se presenta ante sus ojos; cierta esperanza, aunque débil, de que se es víctima de un engaño y de que el fantasma no es realmente un visitante que venga del lejano mundo de las sombras. No es demasiado afirmar que semejantes restos de duda se hallan en el fondo de casi toda aparición, y que el horror espantoso que a veces han originado, deba atribuirse, incluso en los casos más relevantes, y en los que más sufrimiento se ha experimentado, más a una especie de horror anticipado, por miedo de que la aparición sea posiblemente real, que a una firme creencia en su realidad. Pero en el caso presente, se verá inmediatamente que en el espíritu de los amotinados no existía ni siquiera la sombra de un fundamento sobre el cual

was not even the shadow of a basis upon which to rest a doubt that the apparition of Rogers was indeed a revivification of his disgusting corpse, or at least its spiritual image. The isolated situation of the brig, with its entire inaccessibility on account of the gale, confined the apparently possible means of deception within such narrow and definite limits, that they must have thought themselves enabled to survey them all at a glance. They had now been at sea twenty-four days, without holding more than a speaking communication with any vessel whatever. The whole of the crew, too, at least all whom they had the most remote reason for suspecting to be on board, were assembled in the cabin, with the exception of Allen, the watch; and his gigantic stature (he was six feet six inches high) was too familiar in their eyes to permit the notion that he was the apparition before them to enter their minds even for an instant. Add to these considerations the awe-inspiring nature of the tempest, and that of the conversation brought about by Peters; the deep impression which the loathsomeness of the actual corpse had made in the morning upon the imaginations of the men; the excellence of the imitation in my person; and the uncertain and wavering light in which they beheld me, as the glare of the cabin lantern, swinging violently to and fro, fell dubiously and fitfully upon my figure, and there will be no reason to wonder that the deception had even more than the entire effect which we had anticipated. The mate sprang up from the mattress on which he was lying, and, without uttering a syllable, fell back, stone dead, upon the cabin floor, and was hurled to the leeward like a log by a heavy roll of the brig. Of the remaining seven there were but three who had at first any degree of presence of mind. The four others sat for some time rooted apparently to the floor, the most pitiable objects of horror and utter despair my eyes ever encountered. The only opposition we experienced at all was from the cook, John Hunt, and Richard Parker; but they made but a feeble and irresolute defence. The two former were shot instantly by Peters, and I felled Parker with a blow on the head from the pump-handle which I had brought with me. In the mean time Augustus seized one of the muskets lying on the floor, and shot another mutineer (—— Wilson) through the breast. There were now but three remaining; but by this time they had become aroused from their lethargy, and perhaps began to see that a deception had been practised upon them, for they fought with great resolution and fury, and, but for the immense muscular strength of Peters, might have ultimately got the better of us. These three men were —— Jones,

mantener la duda de que la aparición de Rogers fuese, en verdad, una re-sucitación de su espantoso cadáver o, al menos, de su imagen espiritual. La situación del bergantín, aislado en el mar, con total inaccesibilidad debido a la tempestad, reducía los medios aparentemente posibles de trampa a límites tan escasos y definidos, que debieron pensar que era capaz de vigilarlos a todos con solo una mirada. Hacía veinticuatro días que se hallaban en el mar, sin haber mantenido más que una comunicación de palabra con un barco cualquiera. Además, toda la tripulación (los marineros estaban muy lejos de sospechar que hubiese algún otro individuo a bordo) estaba reunida en la cámara, a excepción de Allen, el vigilante, y su estatura gigantesca (medía casi dos metros de altura) era demasiado familiar a sus ojos como para creer, ni por un solo instante, que fuese él la aparición que tenían ante ellos. Añádanse a estas consideraciones la índole aterradora de la tempestad, y la de la conversación suscitada por Peters; la profunda impresión que el aborrecible cadáver había causado en la imaginación de los marineros durante la mañana; la perfección de mi disfraz, y la luz incierta y vacilante bajo la que me contemplaban, el resplandor de la linterna de la cámara, agitándose violentamente de acá para allá, cayendo de lleno o indecisamente sobre mi cara, y no habría razón para dudar que la farsa había tenido aún más incidencia de la que habíamos anticipado. El oficial se levantó de un salto de la colchoneta en que estaba recostado y, sin pronunciar una palabra, cayó de espaldas, completamente muerto, sobre el suelo de la cámara, y fue arrojado a sotavento como un tronco por un fuerte balanceo del bergantín. De los siete restantes, solo tres conservaron al principio cierta entereza; los otros cuatro se quedaron por un rato como si hubieran echado raíces en el suelo, dibujándose en sus rostros el horror más penoso y la desesperación más extrema que jamás vieron mis ojos. La única oposición que encontramos fue por parte del cocinero, John Hunt y Richard Parker; pero fue una defensa muy débil y vacilante. A los dos primeros los mató Peters a tiros instantáneamente, y yo derribé a Parker de un golpe en la cabeza con el brazo de la bomba que llevaba conmigo. Mientras tanto, Augustus se apoderó de uno de los fusiles que había en el suelo y le disparó en el pecho a Wilson, otro amotinado. Ahora solo quedaban tres; pero estos ya habían salido de su letargo, y quizás empezaban a ver que habían sido engañados, porque luchaban con mucha decisión y furia, y si no hubiese sido por la tremenda fuerza muscular de Peters, tal vez al final nos hubieran vencido. Estos tres hombres eran Jones, Greely y Absalom Hicks. Jones empujó a Augustus al suelo, le dio varias puñaladas en el brazo derecho, y seguramente hubie-

—— Greely, and Absalom Hicks. Jones had thrown Augustus on the floor, stabbed him in several places along the right arm, and would no doubt have soon despatched him (as neither Peters nor myself could immediately get rid of our own antagonists), had it not been for the timely aid of a friend upon whose assistance we surely had never depended. This friend was no other than Tiger. With a low growl he bounded into the cabin, at a most critical moment for Augustus, and throwing himself upon Jones, pinned him to the floor in an instant. My friend, however, was now too much injured to render us any aid whatever, and I was so encumbered with my disguise that I could do but little. The dog would not leave his hold upon the throat of Jones—Peters, nevertheless, was far more than a match for the two men who remained, and would, no doubt, have despatched them sooner, had it not been for the narrow space in which he had to act, and the tremendous lurches of the vessel. Presently he was enabled to get hold of a heavy stool, several of which lay about the floor. With this he beat out the brains of Greely as he was in the act of discharging a musket at me, and immediately afterward a roll of the brig throwing him in contact with Hicks, he seized him by the throat, and, by dint of sheer strength, strangled him instantaneously. Thus, in far less time than I have taken to tell it, we found ourselves masters of the brig.

The only person of our opponents who was left alive was Richard Parker. This man, it will be remembered, I had knocked down with a blow from the pump-handle at the commencement of the attack. He now lay motionless by the door of the shattered stateroom; but, upon Peters touching him with his foot, he spoke, and entreated for mercy. His head was only slightly cut, and otherwise he had received no injury, having been merely stunned by the blow. He now got up, and, for the present, we secured his hands behind his back. The dog was still growling over Jones; but, upon examination, we found him completely dead, the blood issuing in a stream from a deep wound in the throat, inflicted, no doubt, by the sharp teeth of the animal.

It was now about one o'clock in the morning, and the wind was still blowing tremendously. The brig evidently laboured much more than usual, and it became absolutely necessary that something should be done with a view of easing her in some measure. At almost every roll to leeward she shipped a sea, several of which came partially down into the cabin during our scuffle, the hatchway having been left open

ra acabado con él (porque ni Peters ni yo podíamos desembarazarnos inmediatamente de nuestros contrincantes) si no hubiese sido por la oportuna ayuda de un amigo, con el que ninguno de nosotros habíamos contado. Este amigo no era otro que Tigre. Dando un sordo ladrido, saltó a la cámara, en el momento más crítico para Augustus, y abalanzándose sobre Jones, lo mantuvo sujeto al suelo por un instante. Pero mi amigo estaba demasiado maltrecho para poder prestarnos alguna ayuda y yo, disfrazado, poco podía hacer. El perro no quería soltar a Jones, a quien tenía preso por la garganta. Sin embargo, Peters era bastante más fuerte que los dos hombres que quedaban y, sin duda, los hubiera despachado más pronto de lo que lo hizo si no hubiera sido por el poco espacio que tenía para luchar y por los tremendos balanceos del bergantín. Pronto pudo agarrar una banqueta muy pesada de las varias que había por el suelo y con ella le aplastó los sesos a Greely en el momento en que se disponía a descargar su fusil contra mí, e inmediatamente después de que un bamboleo del barco lo arrojase contra Hicks, tomó a este por la garganta y lo estranguló con fuerza.

Así, en menos tiempo de lo que he tardado en contarlo, nos hicimos dueños del bergantín.

El único de nuestros enemigos que quedaba vivo era Richard Parker. A este, como se recordará, yo lo había derribado de un golpe con el brazo de la bomba al comienzo de la pelea. Ahora yacía inmóvil junto a la puerta hecha astillas del camarote; pero cuando Peters lo tocó con el pie, habló pidiéndole clemencia. Solo tenía un pequeño corte en la cabeza, y si había perdido el conocimiento era debido a la contusión. Se puso en pie, y, por lo pronto, le atamos las manos a la espalda. El perro seguía gruñendo encima de Jones; pero, después de examinarlo, vimos que estaba muerto, y un chorro de sangre manaba de una profunda herida en la garganta, producida por los agudos colmillos del animal.

Era alrededor de la una de la madrugada, y el viento seguía soplando tremendamente fuerte. Evidentemente, el bergantín trabajaba más de lo habitual, y era absolutamente necesario hacer algo para corregir esa situación. A cada balanceo a sotavento, embolsaba una ola, varias de las cuales llegaron parcialmente hasta la cámara durante nuestra contienda, ya que al bajar yo había dejado abierta la escotilla. Toda la obra de

by myself when I descended. The entire range of bulwarks to larboard had been swept away, as well as the caboose, together with the jollyboat from the counter. The creaking and working of the mainmast, too, gave indication that it was nearly sprung. To make room for more stowage in the after hold, the heel of this mast had been stepped between decks (a very reprehensible practice, occasionally resorted to by ignorant ship-builders), so that it was in imminent danger of working from its step. But, to crown all our difficulties, we plummed the well, and found no less than seven feet water.

Leaving the bodies of the crew lying in the cabin, we got to work immediately at the pumps—Parker, of course, being set at liberty to assist us in the labour. Augustus's arm was bound up as well as we could effect it, and he did what he could, but that was not much. However, we found that we could just manage to keep the leak from gaining upon us by having one pump constantly going. As there were only four of us, this was severe labour; but we endeavoured to keep up our spirits, and looked anxiously for daybreak, when we hoped to lighten the brig by cutting away the mainmast.

In this manner we passed a night of terrible anxiety and fatigue, and, when the day at length broke, the gale had neither abated in the least, nor were there any signs of its abating. We now dragged the bodies on deck and threw them overboard. Our next care was to get rid of the mainmast. The necessary preparations having been made, Peters cut away at the mast (having found axes in the cabin), while the rest of us stood by the stays and lanyards. As the brig gave a tremendous lee-lurch, the word was given to cut away the weather-lanyards, which being done, the whole mass of wood and rigging plunged into the sea, clear of the brig, and without doing any material injury. We now found that the vessel did not labour quite as much as before, but our situation was still exceedingly precarious, and, in spite of the utmost exertions, we could not gain upon the leak without the aid of both pumps. The little assistance which Augustus could render us was not really of any importance. To add to our distress, a heavy sea, striking the brig to windward, threw her off several points from the wind, and, before she could regain her position, another broke completely over her, and hurled her full upon her beam-ends. The ballast now shifted in a mass to leeward (the stowage had been knocking

babor había sido arrastrada por el mar, así como el fogón, junto con el bote que estaba encima de la bovedilla. Los crujidos y las vibraciones del mástil principal también indicaban que estaba próximo a romperse. A fin de hacer lugar para la estiba en la bodega de popa, el pie de este mástil se había fijado en la cubierta (práctica reprochable a la que a veces recurrían los constructores de barcos por ignorancia), de modo que corría un peligro inminente de que fuera arrancado. Y para coronar todas nuestras dificultades, revisamos la caja de bombas y vimos que tenía no menos de dos metros de agua.

Una vez que dejamos los cadáveres que yacían en la cámara, nos pusimos a trabajar inmediatamente con las bombas, a Parker, naturalmente, lo dejamos en libertad para que nos ayudara en la tarea. Vendamos el brazo de Augustus lo mejor que pudimos, y él hacía lo que podía, que no era mucho. Sin embargo, descubrimos que podíamos impedir que el agua subiese de nivel manteniendo constantemente una bomba en funcionamiento. Como solo éramos cuatro, el trabajo resultaba excesivo; pero tratábamos de conservar el ánimo, y esperábamos con ansiedad el amanecer, porque teníamos la idea de aligerar el bergantín cortando el palo mayor.

De este modo, pasamos una noche de terrible cansancio y ansiedad, y cuando por fin amaneció, la tempestad no había amainado ni daba muestras de querer amainar. Arrastramos los cadáveres hacia la cubierta y los arrojamos por la borda. Luego nos ocupamos del palo mayor. Una vez hechos los preparativos necesarios, Peters cortó el mástil (habíamos encontrado hachas en la cámara), mientras los demás manteníamos tensos los cables y los aparejos. Como el bergantín se bamboleó muy fuerte a sotavento, se ordenó cortar los acolladores de barlovento, con lo cual toda la masa de maderas y aparejos cayó al mar, liberando al bergantín sin causarle ningún daño. Vimos que el barco no trabajaba tanto como antes, pero nuestra situación seguía siendo precaria y, a pesar de nuestros denodados esfuerzos, no lográbamos achicar el agua sin el uso de las dos bombas. La ayuda que Augustus podía prestarnos era realmente poca. Para peor, una ola enorme se descargó sobre el costado de barlovento, apartó al bergantín varios puntos del viento y, antes de que pudiera recobrar su posición, otra ola rompió sobre él y lo tumbó completamente de costado. El lastre se desplazó en masa sobre el costado de sotavento (la estiba llevaba ya un rato desplazándose a un lado y a otro) y por unos momentos creímos que nada evitaría que nos hun-

about perfectly at random for some time), and for a few moments we thought nothing could save us from capsizing. Presently, however, we partially righted; but the ballast still retaining its place to larboard, we lay so much along that it was useless to think of working the pumps, which indeed we could not have done much longer in any case, as our hands were entirely raw with the excessive labour we had undergone, and were bleeding in the most horrible manner.

Contrary to Parker's advice, we now proceeded to cut away the foremast, and at length accomplished it after much difficulty, owing to the position in which we lay. In going overboard the wreck took with it the bowsprit, and left us a complete hulk.

So far we had had reason to rejoice in the escape of our longboat, which had received no damage from any of the huge seas which had come on board. But we had not long to congratulate ourselves; for the foremast having gone, and, of course, the foresail with it, by which the brig had been steadied, every sea now made a complete breach over us, and in five minutes our deck was swept from stem to stern, the longboat and starboard bulwarks torn off, and even the windlass shattered into fragments. It was, indeed, hardly possible for us to be in a more pitiable condition.

At noon there seemed to be some slight appearance of the gale's abating, but in this we were sadly disappointed, for it only lulled for a few minutes to blow with redoubled fury. About four in the afternoon it was utterly impossible to stand up against the violence of the blast; and, as the night closed in upon us, I had not a shadow of hope that the vessel would hold together until morning.

By midnight we had settled very deep in the water, which was now up to the orlop deck. The rudder went soon afterward, the sea which tore it away lifting the after portion of the brig entirely from the water, against which she thumped in her descent with such a concussion as would be occasioned by going ashore. We had all calculated that the rudder would hold its own to the last, as it was unusually strong, being rigged as I have never seen one rigged either before or since. Down its main timber there ran a succession of stout iron hooks, and others in the same manner down the stern-post. Through these

diésemos. Sin embargo, el barco se enderezó en parte, aunque el lastre seguía retenido a babor, por lo que era inútil pensar en hacer funcionar las bombas, las cuales hubieran hecho realmente poco, porque teníamos las manos en carne viva por el exceso de trabajo y nos sangraban de la manera más horrible.

Contrariamente a lo que Parker había sugerido, nos pusimos a cortar el palo de trinquete, y al fin lo logramos con mucha dificultad, debido a la posición en que nos encontrábamos. Cuando el mar retrocedió, se llevó el bauprés y dejó al bergantín completamente convertido en un cascarón.

Por lo tanto, podíamos alegrarnos de que nuestro bote no se lo había llevado el mar, porque no había sufrido ninguna avería a pesar de las enormes olas que habían entrado a bordo. Pero esta alegría no nos duró mucho, pues por falta de trinquete y por ende su vela, que había mantenido firme al bergantín, el mar descargaba de lleno sobre nosotros y en cinco minutos nuestra cubierta fue barrida de popa a proa, el bote y sus amuras de estribor destrozadas, e incluso el cabestrante pequeño hecho astillas. Realmente la situación no podía ser más deplorable para nosotros.

Al mediodía parecía que la tempestad cesaría, pero nos llevamos una sorpresa desagradable porque, a pesar de que hubo un momento de calma, luego se desató con una furia más intensa. Hacia las cuatro de la tarde era completamente imposible mantenerse de pie de cara al viento, y al cerrar la noche no nos quedaba ni una sombra de esperanza de que el barco resistiese hasta la mañana.

Para la medianoche nos habíamos hundido bastante en el agua, de forma que llegaba ahora hasta el entrepuente. Poco después, un golpe de mar arrancó el timón y se llevó toda la parte de popa que estaba fuera del agua, sufriendo un gran golpe al caer, en su bamboleo, como si se hubiese encallado. No habíamos previsto que el timón nos faltase tan pronto, ya que era inusitadamente fuerte y estaba colocado de tal modo como no había visto nunca antes ni he visto después. Debajo de su pieza de madera principal había una serie de fuertes abrazaderas de hierro, y otras abrazaderas del mismo metal sujetaban el codaste. A través de es-

hooks there extended a very thick wrought-iron rod, the rudder being thus held to the stern-post, and swinging freely on the rod. The
tremendous force of the sea which tore it off may be estimated by
the fact, that the hooks in the stern-post, which ran entirely through
it, being clinched on the inside, were drawn every one of them completely out of the solid wood.

We had scarcely time to draw breath after the violence of this shock,
when one of the most tremendous waves I had then ever known broke
right on board of us, sweeping the companion-way clear off, bursting
in the hatchways, and filling every inch of the vessel with water.

tas abrazaderas pasaba una barra de hierro forjado, muy gruesa, que fijaba el timón con firmeza y girando libremente sobre la barra. Se podía calcular la fuerza terrible de las olas por el hecho de que las abrazaderas del codaste, que corrían a lo largo de él, y estaban clavadas y remachadas, fueron separadas por completo de la madera sólida.

Apenas tuvimos tiempo para respirar, luego de la violencia de este choque, cuando una de las olas más tremendas que he visto en mi vida rompió a bordo directamente sobre nosotros, barriendo la escalera de la cámara, reventando en las escotillas e inundando de agua hasta el último rincón del bergantín.

CHAPTER IX

Luckily, just before night, all four of us had lashed ourselves firmly to the fragments of the windlass, lying in this manner as flat upon the deck as possible. This precaution alone saved us from destruction. As it was, we were all more or less stunned by the immense weight of water which tumbled upon us, and which did not roll from above us until we were nearly exhausted. As soon as I could recover breath, I called aloud to my companions. Augustus alone replied, saying, "It is all over with us, and may God have mercy upon our souls." By-and-by both the others were enabled to speak, when they exhorted us to take courage, as there was still hope; it being impossible, from the nature of the cargo, that the brig could go down, and there being every chance that the gale would blow over by the morning. These words inspired me with new life; for, strange as it may seem, although it was obvious that a vessel with a cargo of empty oil-casks would not sink, I had been hitherto so confused in mind as to have overlooked this consideration altogether; and the danger which I had for some time regarded as the most imminent was that of foundering. As hope revived within me, I made use of every opportunity to strengthen the lashings which held me to the remains of the windlass, and in this occupation I soon discovered that my companions were also busy. The night was as dark as it could possibly be, and the horrible shrieking din and confusion which surrounded us it is useless to attempt describing. Our deck lay level with the sea, or rather we were encircled with a towering ridge of foam, a portion of which swept over us every instant. It is not too much to say that our heads were not fairly out of water more than one second in three. Although we lay close together, no one of us could see the other, or, indeed, any portion of the brig itself, upon which we were so tempestuously hurled about. At intervals we called one to the other, thus endeavouring to keep alive hope, and render consolation and encouragement to such of us as stood most in need of it. The feeble condition of Augustus made him an object of solicitude with us all; and as, from the lacerated condition of his right arm, it must have been impossible for him to secure his lashings with any degree of firmness, we were in momentary expectation of finding that he had gone overboard—yet to render him aid was a thing altogether out of the question. Fortunately, his station was more secure than that of any of the rest of us; for the upper part of his body lying just beneath a portion of the shattered windlass, the seas, as

Afortunadamente, poco antes del anochecer, los cuatro nos amarramos firmemente a los restos del cabrestante, tumbándonos de esta forma sobre la cubierta lo más horizontalmente posible. Esta precaución fue lo único que nos salvó de la muerte. De todas maneras, estábamos un tanto aturdidos por el inmenso peso del agua que nos cayó encima, y que nos arrastró hasta que quedamos casi exhaustos. Tan pronto como pude recobrar el aliento, llamé en voz alta a mis compañeros. Pero solo contestó Augustus, diciendo: «¡Todo se ha acabado para nosotros, y Dios tenga misericordia de nuestras almas!». Poco a poco, los otros dos fueron recobrando el habla, y nos exhortaron a tener coraje, ya que aún había esperanzas, sabiendo que era imposible que el bergantín se hundiese, debido a la naturaleza del cargamento, y porque además, parecía probable que la tempestad se calmara por la mañana. Estas palabras me reanimaron; porque, por extraño que parezca, aunque era obvio que un barco cargado de barriles de aceite vacíos no podía sumergirse, yo había tenido tan confusa la mente hasta ese momento, que no me había dado cuenta; y el peligro que más había temido durante aquellas horas era el de que nos hundiésemos. Cuando mi corazón recuperó la esperanza, aproveché todas las ocasiones para afianzar las ligaduras que me sujetaban a los restos del cabrestante, y en esta tarea no tardé en descubrir que mis compañeros también estaban ocupados en lo mismo. La noche era demasiado oscura, y no intento describir el caos y el estruendo horrible y lúgubre que nos rodeaba. La cubierta se hallaba al nivel del agua, o más bien estábamos rodeados de altas crestas de espuma, parte de las cuales rompían sobre nosotros a cada instante. No sería exagerado decir que no teníamos la cabeza fuera del agua más que un segundo de cada tres. Aunque estábamos muy juntos, ninguno de nosotros podía ver ni al otro, ni tampoco ninguna parte del bergantín, que nos bamboleaba tempestuosamente. Cada tanto, nos llamábamos unos a otros, intentando mantener viva la esperanza y dar consuelo y valor a quien más lo necesitaba. La frágil situación de Augustus nos movilizaba a todos nosotros; y como suponíamos que la herida en el brazo derecho había de imposibilitarlo para sujetar sólidamente su amarra, nos imaginábamos a cada instante que iba a ser arrastrado por las olas, y prestarle ayuda era algo absolutamente imposible. Afortunadamente, se encontraba en el sitio más seguro, ya que la parte superior de su cuerpo estaba cubierta con un trozo de cabrestante roto, y las aguas, antes de caerle encima, perdían gran parte de fuerza. En cualquier otra posición

they tumbled in upon him, were greatly broken in their violence. In any other situation than this (into which he had been accidentally thrown after having lashed himself in a very exposed spot) he must inevitably have perished before morning. Owing to the brig's lying so much along, we were all less liable to be washed off than otherwise would have been the case. The heel, as I have before stated, was to larboard, about one half of the deck being constantly under water. The seas, therefore, which struck us to starboard were much broken by the vessel's side, only reaching us in fragments as we lay flat on our faces; while those which came from larboard, being what are called back-water seas, and obtaining little hold upon us on account of our posture, had not sufficient force to drag us from our fastenings.

In this frightful situation we lay until the day broke so as to show us more fully the horrors which surrounded us. The brig was a mere log, rolling about at the mercy of every wave; the gale was upon the increase, if anything, blowing indeed a complete hurricane, and there appeared to us no earthly prospect of deliverance. For several hours we held on in silence, expecting every moment that our lashings would either give way, that the remains of the windlass would go by the board, or that some of the huge seas, which roared in every direction around us and above us, would drive the hulk so far beneath the water that we should be drowned before it could regain the surface. By the mercy of God, however, we were preserved from these imminent dangers, and about midday were cheered by the light of the blessed sun. Shortly afterward we could perceive a sensible diminution in the force of the wind, when, now for the first time since the latter part of the evening before, Augustus spoke, asking Peters, who lay closest to him, if he thought there was any possibility of our being saved. As no reply was at first made to this question, we all concluded that the hybrid had been drowned where he lay; but presently, to our great joy, he spoke, although very feebly, saying that he was in great pain, being so cut by the tightness of his lashings across the stomach, that he must either find means of loosening them or perish, as it was impossible that he could endure his misery much longer. This occasioned us great distress, as it was altogether useless to think of aiding him in any manner while the sea continued washing over us as it did. We exhorted him to bear his sufferings with fortitude, and promised to seize the first opportunity which should offer itself to re-

que no fuese esa (en la que había quedado accidentalmente después de haberse atado él mismo en un sitio muy expuesto), hubiese perecido inevitablemente antes del amanecer. Dado que el bergantín se hallaba muy inclinado hacia la banda, estábamos menos expuestos a ser arrebatados por las olas, como hubiese sucedido en otro caso. Como he dicho antes, el barco se inclinaba hacia babor, pero la mitad de la cubierta estaba constantemente bajo el agua. Por eso las olas, que entrechocaban por estribor, rompían contra el costado del barco, alcanzándonos solamente algunas rociadas de agua, mientras yacíamos tendidos boca abajo; por el contrario, las que venían por babor, las que se llaman olas de remanso, porque caen por la espalda no podían alcanzarnos con bastante ímpetu, a causa de nuestra posición, ya que no tenían fuerza suficiente para soltarnos de nuestras amarras.

En esta situación espantosa permanecimos hasta que amaneció, mostrándonos con todo detalle los horrores que nos rodeaban. El bergantín era un simple tronco que rodaba a merced de las olas; la tempestad no había cedido sino que tenía la fuerza de un huracán, y parecía que no podíamos esperar salvación terrenal alguna. Durante varias horas nos quedamos en silencio, esperando a cada momento que se rompieran nuestras amarras, que los restos del cabrestante se fueran por la borda, o que algunas de las enormes olas que rugían en todas direcciones alrededor y por encima de nosotros sumergiese de tal modo el casco que nos ahogásemos antes de volver a la superficie. Pero, por la gracia de Dios, nos libramos de estos peligros inminentes, y cerca del mediodía nos reanimamos, recibiendo como una bendición los rayos del sol. Poco después notamos una sensible disminución de la fuerza del viento; entonces, por primera vez desde la noche anterior, Augustus habló, preguntándole a Peters, que era el que estaba más cerca de él, si creía que había alguna posibilidad de salvación. Como no le dio ninguna respuesta a esta pregunta, todos creímos que el mestizo se había ahogado; pero en seguida, empezó a hablar, aunque muy débilmente, diciendo que sentía grandes dolores debido al corte que la presión de las ligaduras le habían hecho en el estómago, que debía encontrar el medio de aflojarlas o moriría, pues era imposible que pudiese soportar por más tiempo aquella situación. Esto nos causó gran disgusto, porque era inútil pensar en ayudarlo mientras el mar siguiera azotándonos como hasta entonces. Lo exhortamos a que soporte sus sufrimientos con paciencia, y le prometimos aprovechar la primera oportunidad que se presentase para aliviarlo. El mestizo replicó que sería demasiado tarde,

lieve him. He replied that it would soon be too late; that it would be all over with him before we could help him; and then, after moaning for some minutes, lay silent, when we concluded that he had perished.

As the evening drew on, the sea had fallen so much that scarcely more than one wave broke over the hulk from windward in the course of five minutes, and the wind had abated a great deal, although still blowing a severe gale. I had not heard any of my companions speak for hours, and now called to Augustus. He replied, although very feebly, so that I could not distinguish what he said. I then spoke to Peters and to Parker, neither of whom returned any answer.

Shortly after this period I fell into a state of partial insensibility, during which the most pleasing images floated in my imagination; such as green trees, waving meadows of ripe grain, processions of dancing girls, troops of cavalry, and other phantasies. I now remember that, in all which passed before my mind's eye, motion was a predominant idea. Thus, I never fancied any stationary object, such as a house, a mountain, or anything of that kind; but windmills, ships, large birds, balloons, people on horseback, carriages driving furiously, and similar moving objects, presented themselves in endless succession. When I recovered from this state, the sun was, as near as I could guess, an hour high. I had the greatest difficulty in bringing to recollection the various circumstances connected with my situation, and for some time remained firmly convinced that I was still in the hold of the brig, near the box, and that the body of Parker was that of Tiger.

When I at length completely came to my senses, I found that the wind blew no more than a moderate breeze, and that the sea was comparatively calm; so much so that it only washed over the brig amidships. My left arm had broken loose from its lashings, and was much cut about the elbow; my right was entirely benumbed, and the hand and wrist swollen prodigiously by the pressure of the rope, which had worked from the shoulder downward. I was also in great pain from another rope which went about my waist, and had been drawn to an insufferable degree of tightness. Looking round upon my companions, I saw that Peters still lived, although a thick line was pulled so forcibly around his loins as to give him the appearance of

que todo se acabaría para él antes de que pudiésemos hacerlo, y luego, después de quejarse durante unos minutos, se quedó en silencio, con lo cual dedujimos que había fallecido.

Al caer la tarde, el mar se calmó, hasta el punto de que apenas rompía una ola contra el casco del lado de barlovento cada cinco minutos, y el viento había amainado bastante, aunque todavía había tormenta fuerte. Hacía varias horas que no había oído hablar a ninguno de mis compañeros, entonces llamé a Augustus. Pero me contestó con tanta debilidad que no pude entender lo que me dijo. Luego llamé a Peters y a Parker, pero no recibí respuesta de ninguno de los dos.

Poco después caí en un estado de insensibilidad parcial, durante el cual vagaban por mi mente las imágenes más placenteras, como árboles de follaje muy verde, praderas onduladas de granos maduros, procesiones de bailarinas, tropas de caballería, y otras fantasías. Recuerdo ahora que, en todas las visiones que pasaron ante los ojos de mi imaginación, el movimiento era la idea predominante. Por eso, nunca imaginé ningún objeto estático, tal como una casa, una montaña, o algo por el estilo; sino que veía molinos de viento, barcos, grandes aves, globos, gentes a caballo, o conduciendo carruajes a gran velocidad, y otros objetos similares que se movían y aparecían en una sucesión interminable. Cuando salí de este estado, hasta donde podía adivinar, hacía ya una hora que brillaba el sol. Tuve mucha dificultad para recordar las diversas circunstancias relacionadas con mi situación y por un tiempo permanecí firmemente convencido de que aún me hallaba en la bodega del bergantín, junto a la caja, y pensé que el cuerpo de Parker era el de Tigre.

Cuando recobré por completo la conciencia, vi que el viento era solo una brisa moderada, y que el mar se hallaba en aparente calma, de modo que el bergantín solo embolsaba agua por el centro de la cubierta. Mi brazo izquierdo se había desprendido de sus ataduras, y estaba muy lastimado en el codo; mi brazo derecho estaba completamente entumecido y mi mano y mi muñeca muy hinchados por la presión de la cuerda, que se había corrido desde el hombro hacia abajo. También me hacía mucho daño otra cuerda que rodeaba mi cintura y que se había puesto tirante hasta un grado insufrible de presión. Al mirar a mis compañeros observé que Peters vivía aún, aunque tenía atada a la cintura una cuerda gruesa, tan apretada, que parecía como si lo hu-

being cut nearly in two; as I stirred, he made a feeble motion to me with his hand, pointing to the rope. Augustus gave no indication of life whatever, and was bent nearly double across a splinter of the windlass. Parker spoke to me when he saw me moving, and asked me if I had not sufficient strength to release him from his situation; saying, that if I would summon up what spirits I could, and contrive to untie him, we might yet save our lives; but that otherwise we must all perish. I told him to take courage, and I would endeavour to free him. Feeling in my pantaloons' pocket, I got hold of my penknife, and, after several ineffectual attempts, at length succeeded in opening it. I then, with my left hand, managed to free my right from its fastenings, and afterward cut the other ropes which held me. Upon attempting, however, to move from my position, I found that my legs failed me altogether, and that I could not get up; neither could I move my right arm in any direction. Upon mentioning this to Parker, he advised me to lie quiet for a few minutes, holding on to the windlass with my left hand, so as to allow time for the blood to circulate. Doing this, the numbness presently began to die away, so that I could move first one of my legs, and then the other; and, shortly afterward, I regained the partial use of my right arm. I now crawled with great caution towards Parker, without getting on my legs, and soon cut loose all the lashings about him, when, after a short delay, he also recovered the partial use of his limbs. We now lost no time in getting loose the rope from Peters. It had cut a deep gash through the waistband of his woollen pantaloons, and through two shirts, and made its way into his groin, from which the blood flowed out copiously as we removed the cordage. No sooner had we removed it, however, than he spoke, and seemed to experience instant relief—being able to move with much greater ease than either Parker or myself—this was no doubt owing to the discharge of blood.

We had little hope that Augustus would recover, as he evinced no signs of life; but, upon getting to him, we discovered that he had merely swooned from loss of blood, the bandages we had placed around his wounded arm having been torn off by the water; none of the ropes which held him to the windlass were drawn sufficiently tight to occasion his death. Having relieved him from the fastenings, and got him clear of the broken wood about the windlass, we secured him in a dry place to windward, with his head somewhat lower than his body, and all three of us busied ourselves in chafing his limbs. In

biesen cortado en dos; cuando me moví, él me hizo una señal débil con la mano, apuntando a la cuerda. Augustus no daba señales de vida, y estaba inclinado casi hasta doblarse sobre una astilla del cabrestante. Parker me habló cuando vio que me movía, y me preguntó si aún tenía fuerzas suficientes para soltarlo, asegurándome que si yo lo conseguía reuniendo las energías que me quedasen, quizá pudiéramos salvarnos; de lo contrario todos moriríamos. Le dije que se armara de valor, porque intentaría quitarle las ataduras. Palpando el bolsillo de mi pantalón, encontré el cortaplumas y, tras varios intentos infructuosos, conseguí abrirlo. Luego, con la mano izquierda, logré soltar mi mano derecha y después corté las cuerdas que me sujetaban. Pero al intentar cambiar de postura sentí que se me doblaban las piernas y que no podía levantarme, ni mover mi brazo en ninguna dirección. Cuando le dije a Parker lo que me sucedía, me aconsejó que me quedase quieto por unos momentos, agarrándome del cabrestante con la mano izquierda, para que de este modo se restableciese la circulación de la sangre. Al hacerlo esto, empezó a desaparecer el entumecimiento y pude mover primero una pierna y luego la otra, y poco después recobré parcialmente el uso del brazo derecho. Entonces, me arrastré con mucha precaución, hacia donde estaba Parker, sin conseguir sostenerme sobre mis piernas, le corté al instante las ataduras, y en poco tiempo, él también recuperó el uso parcial de sus piernas. Sin perder tiempo le soltamos la cuerda a Peter. A través de la pretina de su pantalón de lana y dos de sus camisetas, vimos que tenía una profunda herida que le llegaba hasta la ingle, y al quitarle la cuerda, sangraba mucho. Pero tan pronto como se sintió libre, nos dijo que había experimentado un alivio instantáneo, siendo capaz de moverse con mayor facilidad que Parker y que yo; sin duda, esto era debido a la descarga de la sangre.

Teníamos pocas esperanzas de que Augustus se recuperara, ya que no daba señales de vida; pero al acercarnos a él, vimos que simplemente estaba desmayado por la pérdida de sangre, pues las vendas que le habíamos puesto en el brazo herido habían sido arrancadas por el agua; ninguna de las cuerdas que lo sujetaban al cabrestante estaba suficientemente apretada para ocasionarle la muerte. Después de haberle quitado las ataduras, conseguimos apartarle del trozo de madera que estaba cerca del cabrestante, lo pusimos a buen resguardo en un sitio a barlovento, con la cabeza un poco más baja que el cuerpo, dedicándo-

about half an hour he came to himself, although it was not until the next morning that he gave signs of recognising any of us, or had sufficient strength to speak. By the time we had thus got clear of our lashings it was quite dark, and it began to cloud up, so that we were again in the greatest agony lest it should come on to blow hard, in which event nothing could have saved us from perishing, exhausted as we were. By good fortune it continued very moderate during the night, the sea subsiding every minute, which gave us great hopes of ultimate preservation. A gentle breeze still blew from the N. W., but the weather was not at all cold. Augustus was lashed carefully to windward in such a manner as to prevent him from slipping overboard with the rolls of the vessel, as he was still too weak to hold on at all. For ourselves there was no such necessity. We sat close together, supporting each other with the aid of the broken ropes about the windlass, and devising methods of escape from our frightful situation. We derived much comfort from taking off our clothes and wringing the water from them. When we put them on after this, they felt remarkably warm and pleasant, and served to invigorate us in no little degree. We helped Augustus off with his, and wrung them for him, when he experienced the same comfort.

Our chief sufferings were now those of hunger and thirst, and, when we looked forward to the means of relief in this respect, our hearts sunk within us, and we were induced to regret that we had escaped the less dreadful perils of the sea. We endeavoured, however, to console ourselves with the hope of being speedily picked up by some vessel, and encouraged each other to bear with fortitude the evils that might happen.

The morning of the fourteenth at length dawned, and the weather still continued clear and pleasant, with a steady but very light breeze from the N. W. The sea was now quite smooth, and as, from some cause which we could not determine, the brig did not lie so much along as she had done before, the deck was comparatively dry, and we could move about with freedom. We had now been better than three entire days and nights without either food or drink, and it became absolutely necessary that we should make an attempt to get up something from below. As the brig was completely full of water, we went to this work despondingly, and with but little expectation of being able to obtain anything. We made a kind of drag by driving some

nos los tres a darle fricciones en los miembros. Al cabo de media hora volvió en sí, aunque recién a la mañana siguiente dio muestras de reconocernos, y tuvo suficientes fuerzas para hablar. Cuando terminamos de quitarnos las ataduras ya era completamente de noche, y comenzaba a nublarse, lo cual nos angustió profundamente, porque temíamos que volviese a soplar viento fuerte, en cuyo caso nada nos salvaría de morir, dado que estábamos extenuados. Por suerte, el viento continuó muy moderado durante la noche, el mar se iba calmando a cada minuto, lo que nos dio grandes esperanzas de salvación. Soplaba una ligera brisa del noroeste, pero no hacía nada de frío. Augustus fue atado cuidadosamente del lado de barlovento, de manera que no pudiera deslizarse con los balanceos del barco, ya que estaba demasiado débil para sostenerse solo. Nosotros no teníamos ya necesidad de atarnos. Permanecimos sentados muy juntos, protegiéndonos unos a otros con la ayuda de las cuerdas rotas en torno al cabrestante, mientras hacíamos planes para escapar de esta espantosa situación. Sentimos mucho alivio al quitarnos la ropa y retorcerla para que soltase el agua. Cuando nos vestimos de nuevo sentimos un calor agradable y eso sirvió para revitalizarnos. Ayudamos a Augustus a quitarse la ropa, se la retorcimos y también experimentó la misma sensación placentera.

Ahora nuestros principales sufrimientos eran el hambre y la sed y, cuando empezamos a buscar algún alivio en este sentido, se nos estrujó el corazón, y casi lamentamos haber escapado de los peligros menos temibles del mar. Sin embargo, procuramos consolarnos con la esperanza de que, en breve, algún barco nos recogiese, y nos animamos mutuamente para soportar con entereza los infortunios que pudieran sucedernos.

Al fin despuntó la mañana del día catorce, y el tiempo se mantenía despejado y tranquilo, con brisa firme pero ligera del noroeste. El mar estaba bastante calmo y como, por alguna causa que no podíamos determinar, el bergantín no se inclinaba tanto sobre la banda como antes, la cubierta estaba relativamente seca y podíamos movernos con libertad. Llevábamos ya más de tres días y tres noches sin comer ni beber, por lo que se nos hizo absolutamente necesario intentar subir algo de abajo. Como el bergantín estaba lleno de agua, nos dispusimos a hacer esta tarea un tanto desanimados, y con muy pocas esperanzas de llegar a conseguir algo. Construimos una especie de draga valiéndonos de unos clavos que arrancamos de los restos de la cubierta de escotilla y los

nails which we broke out from the remains of the companion-hatch into two pieces of wood. Tying these across each other, and fastening them to the end of a rope, we threw them into the cabin, and dragged them to and fro, in the faint hope of being thus able to entangle some article which might be of use to us for food, or which might at least render us assistance in getting it. We spent the greater part of the morning in this labour without effect, fishing up nothing more than a few bedclothes, which were readily caught by the nails. Indeed, our contrivance was so very clumsy, that any greater success was hardly to be anticipated.

We now tried the forecastle, but equally in vain, and were upon the brink of despair, when Peters proposed that we should fasten a rope to his body, and let him make an attempt to get up something by diving into the cabin. This proposition we hailed with all the delight which reviving hope could inspire. He proceeded immediately to strip off his clothes with the exception of his pantaloons; and a strong rope was then carefully fastened around his middle, being brought up over his shoulders in such a manner that there was no possibility of its slipping. The undertaking was one of great difficulty and danger; for, as we could hardly expect to find much, if any provision in the cabin itself, it was necessary that the diver, after letting himself down, should make a turn to the right, and proceed under water a distance of ten or twelve feet, in a narrow passage, to the storeroom, and return, without drawing breath.

Everything being ready, Peters now descended into the cabin, going down the companion-ladder until the water reached his chin. He then plunged in, head first, turning to the right as he plunged, and endeavouring to make his way to the storeroom. In this first attempt, however, he was altogether unsuccessful. In less than half a minute after his going down we felt the rope jerked violently (the signal we had agreed upon when he desired to be drawn up). We accordingly drew him up instantly, but so incautiously as to bruise him badly against the ladder. He had brought nothing with him, and had been unable to penetrate more than a very little way into the passage, owing to the constant exertions he found it necessary to make in order to keep himself from floating up against the deck. Upon getting out he was very much exhausted, and had to rest full fifteen minutes before he could again venture to descend.

clavamos en dos trozos de madera. Ligándolos en forma de cruz, los atamos al extremo de una cuerda, y los arrojamos a la cámara, arrastrándolos de un lado para otro, con la leve esperanza de enganchar así algún artículo que nos sirviera de alimento, o que al menos nos proporcionara el medio de obtenerlo. Pasamos la mayor parte de la mañana dedicados a esta tarea, sin pescar nada más que unas ropas de cama que se engancharon enseguida en los clavos. En verdad, nuestro invento era tan burdo, que no se podía esperar mayor éxito.

Luego probamos en el castillo de proa, pero igualmente fue en vano y, ya estábamos al borde de la desesperación, cuando Peters propuso que le atásemos una cuerda al cuerpo y lo dejásemos intentar subir algo, buceando en la cámara. La proposición fue recibida con todo el entusiasmo que la esperanza renovada podía inspirarnos. Inmediatamente se despojó de sus ropas, con excepción de los pantalones y le atamos cuidadosamente una cuerda gruesa a la cintura, haciéndosela pasar por encima de sus hombros, de modo que no hubiese ninguna posibilidad de que se le saliese. La tarea fue dificultosa y peligrosa; porque, como esperábamos encontrar poca cosa, si hallábamos alguna provisión en la cámara, era necesario que el buceador, tras permanecer abajo, tenía que dar una vuelta hacia la derecha y seguir bajo el agua a una distancia de tres o tres metros y medio, por un pasillo estrecho, hasta el almacén, y volver sin haber respirado.

Una vez que preparamos todo, Peter descendió a la cámara, bajando por la escala de acceso, hasta que el agua le llegó a la barbilla. Entonces se zambulló de cabeza, girando hacia la derecha mientras se sumergía, tratando de llegar al almacén. Pero esta primera tentativa fue totalmente infructuosa. En menos de medio minuto, sentimos un fuerte tirón en la cuerda (era la señal convenida para cuando desease que lo subiéramos). Por lo tanto, lo subimos inmediatamente, pero con tanto descuido, que le dimos un fuerte golpe contra la escalera. No traía nada, pues había podido penetrar muy poco en el pasillo, debido a los constantes esfuerzos que tuvo que hacer para no subir flotando hasta el techo. Al salir estaba muy cansado y tuvo que descansar un largo cuarto de hora antes de atreverse a descender de nuevo.

The second attempt met with even worse success; for he remained so long under water without giving the signal, that, becoming alarmed for his safety, we drew him out without it, and found that he was almost at the last gasp, having, as he said, repeatedly jerked at the rope without our feeling it. This was probably owing to a portion of it having become entangled in the balustrade at the foot of the ladder. This balustrade was, indeed, so much in the way, that we determined to remove it, if possible, before proceeding with our design. As we had no means of getting it away except by main force, we all descended into the water as far as we could on the ladder, and, giving a pull against it with our united strength, succeeded in breaking it down.

The third attempt was equally unsuccessful with the two first, and it now became evident that nothing could be done in this manner without the aid of some weight with which the diver might steady himself, and keep to the floor of the cabin while making his search. For a long time we looked about in vain for something which might answer this purpose; but at length, to our great joy, we discovered one of the weather-forechains so loose that we had not the least difficulty in wrenching it off. Having fastened this securely to one of his ancles, Peters now made his fourth descent into the cabin, and this time succeeded in making his way to the door of the steward's room. To his inexpressible grief, however, he found it locked, and was obliged to return without effecting an entrance, as, with the greatest exertion, he could remain under water not more, at the utmost extent, than a single minute. Our affairs now looked gloomy indeed, and neither Augustus nor myself could refrain from bursting into tears, as we thought of the host of difficulties which encompassed us, and the slight probability which existed of our finally making an escape. But this weakness was not of long duration. Throwing ourselves on our knees to God, we implored his aid in the many dangers which beset us; and arose with renewed hope and vigour to think what could yet be done by mortal means towards accomplishing our deliverance.

La segunda tentativa dio peores resultados aún; porque permaneció tanto tiempo debajo del agua sin dar la señal para subirlo que, alarmados por su seguridad, lo sacamos y vimos que estaba casi asfixiado, dado que, según nos dijo, había tirado repetidas veces de la cuerda sin que lo notásemos. Probablemente, esto sucedió porque una parte de la cuerda se había enredado en la balaustrada, al pie de la escalera. La balaustrada era verdaderamente un estorbo tan grande, que decidimos quitarla, si era posible, antes de proseguir con nuestro propósito. Como no teníamos medio de sacarla sin ejercer mucha fuerza, nos metimos los cuatro en el agua hasta donde nos fue posible, bajando por la escalera y dando un fuerte tirón con todas nuestras fuerzas unidas, logramos tirarla abajo.

La tercera tentativa fue tan infructuosa como las dos anteriores, y nos convencimos de que no podríamos hacer nada sin la ayuda de algún peso que asegurase al buceador y lo mantuviese en el fondo de la cámara mientras realizaba la búsqueda. Durante un buen rato estuvimos buscando en vano algo que pudiera servirnos para nuestros fines; y al fin, con gran alegría, descubrimos que una de las cadenas del barco estaba tan suelta, que se podía arrancar con facilidad. Atada a uno de sus tobillos, Peters hizo su cuarto descenso a la cámara, y esta vez consiguió llegar a la despensa. Pero, con gran pesar, la encontró cerrada, y tuvo que volver sin haber entrado, porque ni con los mayores esfuerzos podía permanecer bajo el agua más de un minuto, como máximo. Realmente la cosa tomaba un cariz siniestro, y ni Augustus ni yo pudimos contenernos y nos pusimos a llorar, pensando en el cúmulo de dificultades que surgían y las pocas posibilidades que teníamos de salvarnos. Pero esta debilidad no duró mucho. Postrándonos de rodillas, rezamos a Dios implorando su ayuda en los infinitos peligros que nos amenazaban, y nos alzamos con esperanza y ánimos renovados para pensar en lo que aún podía hacerse con medios humanos para conseguir nuestra salvación.

CHAPTER X

Shortly afterward an incident occurred which I am induced to look upon as more intensely productive of emotion, as far more replete with the extremes first of delight and then of horror, than even any of the thousand chances which afterward befell me in nine long years, crowded with events of the most startling, and, in many cases, of the most unconceived and unconceivable character. We were lying on the deck near the companion-way, and debating the possibility of yet making our way into the storeroom, when, looking towards Augustus, who lay fronting myself, I perceived that he had become all at once deadly pale, and that his lips were quivering in the most singular and unaccountable manner. Greatly alarmed, I spoke to him, but he made me no reply, and I was beginning to think that he was suddenly taken ill, when I took notice of his eyes, which were glaring apparently at some object behind me. I turned my head, and shall never forget the ecstatic joy which thrilled through every particle of my frame, when I perceived a large brig bearing down upon us, and not more than a couple of miles off. I sprung to my feet as if a musket bullet had suddenly struck me to the heart; and, stretching out my arms in the direction of the vessel, stood in this manner, motionless, and unable to articulate a syllable. Peters and Parker were equally affected, although in different ways. The former danced about the deck like a madman, uttering the most extravagant rhodomontades, intermingled with howls and imprecations, while the latter burst into tears, and continued for many minutes weeping like a child.

The vessel in sight was a large hermaphrodite brig, of a Dutch build, and painted black, with a tawdry gilt figurehead. She had evidently seen a good deal of rough weather, and, we supposed, had suffered much in the gale which had proved so disastrous to ourselves; for her foretopmast was gone, and some of her starboard bulwarks. When we first saw her, she was, as I have already said, about two miles off and to windward, bearing down upon us. The breeze was very gentle, and what astonished us chiefly was, that she had no other sails set than her foresail and mainsail, with a flying jib—of course she came down but slowly, and our impatience amounted nearly to phrensy. The awkward manner in which she steered, too, was remarked by all of us, even excited as we were. She yawed about so considerably, that once or twice we thought it impossible she could see us, or imagined

CAPÍTULO X

Poco después ocurrió un incidente que me induce a pensar que fue el más emocionante, en principio, el más colmado de extremos, primero, de placer y luego de terror, hasta puntos que jamás he experimentado en nueve largos años, llenos de los acontecimientos por demás sorprendentes y, en muchos casos, de la índole más extraña e inconcebible. Estábamos tendidos sobre cubierta, cerca de la escalera de la cámara, discutiendo la posibilidad de llegar hasta la despensa, cuando, al mirar a Augustus, que estaba tirado frente a mí, noté que, de pronto, se ponía intensamente pálido y que le temblaban los labios de un modo singular e inexplicable. Muy asustado, le pregunté qué le sucedía, pero no me contestó, y yo empezaba a creer que se había descompuesto cuando, de repente, advertí que sus ojos se fijaban aparentemente en un objeto que estaba detrás de mí. Giré la cabeza, y jamás olvidaré la alegría que sentí, al ver un gran bergantín que se dirigía hacia nosotros y que no estaba más que a un par de millas. Me puse de pie de un salto, como si de pronto me hubiesen pegado un tiro en el corazón, y extendiendo los brazos en dirección al barco, permanecí de este modo, inmóvil e incapaz de articular una sola palabra. Peters y Parker estaban igualmente emocionados, aunque con distintas reacciones. El primero bailaba por la cubierta como un loco, haciendo las fanfarronadas más extravagantes, mezcladas con aullidos y maldiciones, mientras que el último estalló en lágrimas y estuvo durante varios minutos llorando como un niño.

El barco que teníamos a la vista era un gran bergantín goleta, de construcción holandesa, pintado de negro y con un mascarón de proa dorado y reluciente. Evidentemente había atravesado por muchísimos temporales y supusimos que había sufrido mucho con la tempestad que había resultado tan desastrosa para nosotros; ya que había perdido el mástil de proa, y parte de los baluartes de estribor. Cuando lo vimos por primera vez, estaba, como ya he dicho, a unas dos millas y con viento en contra; se dirigía hacia nosotros. La brisa era muy suave, y lo que más nos sorprendió fue que no trajese más velas desplegadas que la vela mayor y el trinquete, con un cuarto foque, por lo que, naturalmente, navegaba con gran lentitud, aumentando nuestra impaciencia hasta llegar al frenesí. También observamos, a pesar de lo excitados que estábamos, su extraña manera de navegar. Maniobraba de modo tal que, en una o

that, having seen us, and discovered no person on board, she was about to tack and make off in another direction. Upon each of these occasions we screamed and shouted at the top of our voices, when the stranger would appear to change for a moment her intention, and again hold on towards us—this singular conduct being repeated two or three times, so that at last we could think of no other manner of accounting for it than by supposing the helmsman to be in liquor.

No person was seen upon her decks until she arrived within about a quarter of a mile of us. We then saw three seamen, whom by their dress we took to be Hollanders. Two of these were lying on some old sails near the forecastle, and the third, who appeared to be looking at us with great curiosity, was leaning over the starboard bow near the bowsprit. This last was a stout and tall man, with a very dark skin. He seemed by his manner to be encouraging us to have patience, nodding to us in a cheerful although rather odd way, and smiling constantly so as to display a set of the most brilliantly white teeth. As his vessel drew nearer, we saw a red flannel cap which he had on fall from his head into the water; but of this he took little or no notice, continuing his odd smiles and gesticulations. I relate these things and circumstances minutely, and I relate them, it must be understood, precisely as they *appeared* to us.

The brig came on slowly, and now more steadily than before, and—I cannot speak calmly of this event—our hearts leaped up wildly within us, and we poured out our whole souls in shouts and thanksgiving to God for the complete, unexpected, and glorious deliverance that was so palpably at hand. Of a sudden, and all at once, there came wafted over the ocean from the strange vessel (which was now close upon us) a smell, a stench, such as the whole world has no name for—no conception of—hellish—utterly suffocating—insufferable, inconceivable. I gasped for breath, and, turning to my companions, perceived that they were paler than marble. But we had now no time left for question or surmise—the brig was within fifty feet of us, and it seemed to be her intention to run under our counter, that we might board her without her putting out a boat. We rushed aft, when, suddenly, a wide yaw threw her off full five or six points from the course she had been

dos ocasiones, pensamos que era imposible que pudiese vernos, o supusimos que, habiéndonos visto, pero no pudiendo ver a nadie a bordo del bergantín sumergido, viraba a bordo para tomar otra dirección. En cada una de estas ocasiones nos desgañitábamos y gritábamos con toda la fuerza de nuestros pulmones, cuando parecía que el buque desconocido iba a cambiar por un momento de intención y que de nuevo se dirigía hacia nosotros, pero repetía esa singular conducta dos o tres veces, por lo que al fin pensamos que no había ningún otro modo de explicarnos el caso sin suponer que el capitán estaba borracho.

No vimos ninguna persona sobre las cubiertas hasta que se acercó a un cuarto de milla de nosotros. Entonces vimos tres marineros, que por sus trajes pensamos que eran holandeses. Dos de ellos estaban acostados sobre unas velas viejas, cerca del castillo de proa, y el tercero, que parecía contemplarnos con gran curiosidad, se inclinaba sobre la borda de estribor, cerca del bauprés. Este, era un hombre alto y fornido, de piel muy oscura. Por su actitud, parecía estar animándonos a tener paciencia, inclinándose hacia nosotros de un modo alegre, aunque más bien extraño y sonriendo constantemente, dejando al descubierto una blanca y reluciente dentadura. Cuando el buque se acercó más, vimos que el gorro de franela rojo que tenía puesto se le caía al agua; pero él le prestó poca o ninguna atención a esto, mientras seguía con sus extrañas sonrisas y gesticulaciones. Relato estos hechos y circunstancias minuciosamente, y debe tenerse en cuenta que las relato precisamente tal como se *manifestaron* ante nosotros.

El bergantín se acercó lentamente, y ahora con más firmeza que antes, y —no puedo hablar con calma sobre este acontecimiento— nuestros corazones se nos salieron del pecho, y de nuestras almas salían expresiones de agradecimiento a Dios por la definitiva, inesperada y afortunada salvación, que ya dábamos por hecha. De repente, y simultáneamente, desde el misterioso barco (que ahora estaba muy cerca de nosotros) llegaba flotando sobre el océano un olor, una pestilencia tal, que no hay palabra en el mundo para describirla —ni es posible formarse idea alguna del hedor infernal, asfixiante, insufrible e inconcebible—. Abrí la boca para respirar y, volviéndome hacia mis compañeros, advertí que estaban más pálidos que el mármol. Pero no teníamos tiempo para preguntas ni conjeturas; el bergantín estaba a unos quince metros de nosotros, y parecía tener intención de abordarnos por la proa, para que pudiéramos pasar a él sin necesidad de lanzar ningún bote al agua.

running, and, as she passed under our stern at the distance of about twenty feet, we had a full view of her decks. Shall I ever forget the triple horror of that spectacle? Twenty-five or thirty human bodies, among whom were several females, lay scattered about between the counter and the galley, in the last and most loathsome state of putrefaction! We plainly saw that not a soul lived in that fated vessel! Yet we could not help shouting to the dead for help! Yes, long and loudly did we beg, in the agony of the moment, that those silent and disgusting images would stay for us, would not abandon us to become like them, would receive us among their goodly company! We were raving with horror and despair—thoroughly mad through the anguish of our grievous disappointment.

As our first loud yell of terror broke forth, it was replied to by something, from near the bowsprit of the stranger, so closely resembling the scream of a human voice that the nicest ear might have been startled and deceived. At this instant another sudden yaw brought the region of the forecastle for a moment into view, and we beheld at once the origin of the sound. We saw the tall stout figure still leaning on the bulwark, and still nodding his head to and fro, but his face was now turned from us so that we could not behold it. His arms were extended over the rail, and the palms of his hands fell outward. His knees were lodged upon a stout rope, tightly stretched, and reaching from the heel of the bowsprit to a cathead. On his back, from which a portion of the shirt had been torn, leaving it bare, there sat a huge seagull, busily gorging itself with the horrible flesh, its bill and talons deep buried, and its white plumage spattered all over with blood. As the brig moved further round so as to bring us close in view, the bird, with much apparent difficulty, drew out its crimsoned head, and, after eying us for a moment as if stupified, arose lazily from the body upon which it had been feasting, and, flying directly above our deck, hovered there a while with a portion of clotted and liver-like substance in its beak. The horrid morsel dropped at length with a sullen splash immediately at the feet of Parker. May God forgive me, but now, for the first time, there flashed through my mind a thought, a thought which I will not mention, and I felt myself making a step towards the ensanguined spot. I looked upward, and the eyes of Augustus met my own with a degree of intense and eager meaning which

Corrimos hacia la popa, cuando, de repente, un gran viraje lo apartó cinco o seis puntos del curso que llevaba y, cuando pasaba a unos cinco metros de nuestra popa, vimos perfectamente sus cubiertas. ¿Podré olvidar algún día el triple horror de aquel espectáculo? Veinticinco o treinta cuerpos humanos, entre los cuales había varias mujeres, yacían esparcidos entre la popa y la cocina, en un repugnante estado de putrefacción. ¡Y vimos claramente que no había ningún ser vivo a bordo de aquel barco fatídico! ¡Y, sin embargo, no dejábamos de gritar pidiendo auxilio! ¡Sí; le rogábamos desesperadamente y a los gritos, en ese momento tan angustiante, a aquellas figuras silenciosas y desagradables que permaneciesen con nosotros, que no nos abandonaran hasta llegar a ser como ellas, que nos acogiesen en su grata compañía! Estábamos locos de horror y desesperación; completamente locos por la angustia, por la decepción sufrida.

Tras nuestro primer alarido de terror, algo nos contestó, cerca del bauprés del extraño barco, algo tan parecido al grito de una voz humana que hubiera engañado y sobresaltado aun al oído más fino. En este instante otro giro repentino puso, por un momento, ante nuestra vista, la parte del castillo de proa, y comprendimos al instante el origen del sonido. Vimos la alta y robusta figura que aún seguía inclinada sobre la borda, con la cabeza caída y moviéndose de un lado a otro; pero ahora tenía la cara dada vuelta y no podíamos ver su rostro. Tenía los brazos extendidos sobre el pasamano, con las palmas de las manos colgando hacia afuera. Sus rodillas se apoyaban sobre una cuerda gruesa, muy tirante, que iba desde el pie del bauprés hasta una serviola. Sobre su espalda desnuda, sin camisa porque se la habían arrancado, se posaba una gaviota enorme, que se alimentaba ávidamente de esa carne horrible, con su pico y sus garras profundamente hundidos en ella, y su plumaje blanco todo manchado de sangre. Mientras el bergantín viraba como para vernos mejor, el ave levantó su cabeza enrojecida, con dificultad, y, después de mirarnos un momento estupefacta, se elevó perezosamente del cuerpo sobre el que estaba comiendo y, echándose a volar en línea recta hacia nuestra cubierta, sobre nosotros, lo hacía con un trozo de carne, semejante al hígado, en el pico. Ese trozo horrible cayó al fin, junto a los pies de Parker, salpicándolo. Que Dios me perdone, pero entonces, por primera vez, pasó por mi mente un pensamiento, un pensamiento que no mencionaré, y me vi, a mí mismo, dando un paso hacia el despojo sanguinolento. Levanté la vista, y la mirada de Augustus se cruzó con la mía con un grado de intensidad tan enérgico y penetran-

immediately brought me to my senses. I sprang forward quickly, and, with a deep shudder, threw the frightful thing into the sea.

The body from which it had been taken, resting as it did upon the rope, had been easily swayed to and fro by the exertions of the carnivorous bird, and it was this motion which had at first impressed us with the belief of its being alive. As the gull relieved it of its weight, it swung round and fell partially over, so that the face was fully discovered. Never, surely, was any object so terribly full of awe! The eyes were gone, and the whole flesh around the mouth, leaving the teeth utterly naked. This, then, was the smile which had cheered us on to hope! this the—but I forbear. The brig, as I have already told, passed under our stern, and made its way slowly but steadily to leeward. With her and with her terrible crew went all our gay visions of deliverance and joy. Deliberately as she went by, we might possibly have found means of boarding her, had not our sudden disappointment, and the appalling nature of the discovery which accompanied it, laid entirely prostrate every active faculty of mind and body. We had seen and felt, but we could neither think nor act, until, alas, too late. How much our intellects had been weakened by this incident may be estimated by the fact, that, when the vessel had proceeded so far that we could perceive no more than the half of her hull, the proposition was seriously entertained of attempting to overtake her by swimming!

I have, since this period, vainly endeavoured to obtain some clew to the hideous uncertainty which enveloped the fate of the stranger. Her build and general appearance, as I have before stated, led us to the belief that she was a Dutch trader, and the dresses of the crew also sustained this opinion. We might have easily seen the name upon her stern, and, indeed, taken other observations which would have guided us in making out her character; but the intense excitement of the moment blinded us to everything of that nature. From the saffron-like hue of such of the corpses as were not entirely decayed, we concluded that the whole of her company had perished by the yellow fever, or some other virulent disease of the same fearful kind. If such were the case (and I know not what else to imagine), death, to judge from the positions of the bodies, must have come upon them in a

te, que en el acto recobré mis sentidos. Me lancé hacia adelante rápidamente y, estremeciéndome hasta la médula, arrojé aquel espantoso pedazo de carne al mar.

El cuerpo del cual había sido arrancado, apoyado como estaba sobre la cuerda, se balanceaba con facilidad de un lado a otro, bajo los picotazos de ese pájaro carnívoro, y este era el movimiento que nos había hecho creer, al principio, que se trataba de un ser vivo. Pero cuando la gaviota quitó su peso de su cuerpo, él giró sobre sí mismo y cayó parcialmente hacia arriba, de modo que la cara quedó por completo al descubierto. ¡Jamás vi algo tan horrible! Los ojos habían desaparecido, como así también toda la carne de alrededor de la boca, dejando su dentadura totalmente al aire. ¡Y esta era la sonrisa que nos había colmado de esperanza! ¡Aquella era... pero no, me contengo! El bergantín, como ya dije, pasó por nuestra popa y siguió lenta pero invariablemente hacia sotavento. Con él y con su terrible tripulación se fueron todas nuestras visiones esperanzadoras de salvación y de júbilo. Al haber pasado tan pausadamente cerca de nosotros, nos hubiera sido fácil encontrar medios de abordarlo; pero nuestra repentina decepción y la naturaleza atroz del descubrimiento que la acompañó, anularon por completo todas nuestras facultades mentales y corporales. Habíamos visto y sentido, pero no pudimos pensar ni actuar, hasta que —¡por desgracia!— fue demasiado tarde. ¡Hasta qué punto este incidente había debilitado nuestros cerebros puede juzgarse por el hecho de que, cuando el bergantín estaba tan lejos que ya no veíamos más que la mitad de su casco, discutimos seriamente la proposición de alcanzarlo a nado!

Posteriormente he intentado, en vano, obtener alguna pista que aclarara la horrible incertidumbre que envolvía el destino del barco desconocido. Su construcción y su aspecto general, como ya he afirmado, nos invitaba a pensar que era un buque mercante holandés, y la ropa de la tripulación confirmaba esta suposición. Podríamos haber visto fácilmente el nombre del buque en la popa, así como hacer otras observaciones que nos hubieran orientado para aclararnos su origen; pero la intensa agitación del momento nos impidió realizar todas las indagaciones de esta índole. Por el color azafranado de los cadáveres que no estaban totalmente descompuestos dedujimos que toda la tripulación había perecido de fiebre amarilla, o de alguna otra enfermedad contagiosa similar. Si este era el caso (y no sé qué otra cosa imaginar), la muerte, a juzgar por las posiciones de los cadáveres, debía de haberlos

manner awfully sudden and overwhelming, in a way totally distinct from that which generally characterizes even the most deadly pestilences with which mankind are acquainted. It is possible, indeed, that poison, accidentally introduced into some of their sea-stores, may have brought about the disaster; or that the eating some unknown venomous species of fish, or other marine animal, or oceanic bird, might have induced it—but it is utterly useless to form conjectures where all is involved, and will, no doubt, remain for ever involved, in the most appalling and unfathomable mystery.

sorprendido de una manera tremendamente repentina y abrumadora, de un modo totalmente distinto del que suele caracterizar incluso a las pestes más mortíferas conocidas por la humanidad. Es posible, también, que un veneno, accidentalmente introducido en algunos de sus almacenes, hubiese originado aquel desastre; o que hubieran comido alguna especie de pescado desconocido y venenoso, o algún otro animal marino o ave oceánica. Pero es inútil, desde todo punto de vista, hacer conjeturas cuando todo está envuelto, y lo seguirá estando seguramente para siempre, en el misterio más terrible e insondable.

CHAPTER XI

We spent the remainder of the day in a condition of stupid lethargy, gazing after the retreating vessel until the darkness, hiding her from our sight, recalled us in some measure to our senses. The pangs of hunger and thirst then returned, absorbing all other cares and considerations. Nothing, however, could be done until the morning, and, securing ourselves as well as possible, we endeavoured to snatch a little repose. In this I succeeded beyond my expectation, sleeping until my companions, who had not been so fortunate, aroused me at daybreak to renew our attempts at getting up provision from the hull.

It was now a dead calm, with the sea as smooth as I have ever known it—the weather warm and pleasant. The brig was out of sight. We commenced our operations by wrenching off, with some trouble, another of the forechains; and having fastened both to Peters's feet, he again made an endeavour to reach the door of the storeroom, thinking it possible that he might be able to force it open, provided he could get at it in sufficient time; and this he hoped to do, as the hulk lay much more steadily than before.

He succeeded very quickly in reaching the door, when, loosening one of the chains from his ankle, he made every exertion to force a passage with it, but in vain, the framework of the room being far stronger than was anticipated. He was quite exhausted with his long stay under water, and it became absolutely necessary that some other one of us should take his place. For this service Parker immediately volunteered; but, after making three ineffectual efforts, found that he could never even succeed in getting near the door. The condition of Augustus's wounded arm rendered it useless for him to attempt going down, as he would be unable to force the room open should he reach it, and it accordingly now devolved upon me to exert myself for our common deliverance.

Peters had left one of the chains in the passage, and I found, upon plunging in, that I had not sufficient ballast to keep me firmly down. I determined, therefore, to attempt no more, in my first effort, than merely to recover the other chain. In groping along the floor of the passage for this I felt a hard substance, which I immediately grasped,

Pasamos el resto del día en un estado de apatía absurda, y contemplar cómo el barco se alejaba hacía que la oscuridad, ocultándolo de nuestra visión, nos devuelva en cierta medida los sentidos. Retornaron entonces los ataques de hambre y sed, dejando de lado todos los demás cuidados y preocupaciones. Sin embargo, no se podía hacer nada hasta la mañana siguiente y, protegiéndonos lo mejor posible, intentamos descansar un poco. En esto yo fui más allá de mis expectativas, porque dormí hasta que mis compañeros, menos afortunados que yo, me despertaron al romper el día para reanudar nuestras tentativas de sacar provisiones del barco.

Reinaba ahora una calma total, con un mar tan manso como jamás lo había visto, y el clima era cálido y agradable. El bergantín había desaparecido de nuestra vista. Comenzamos nuestras operaciones arrancando, con cierta dificultad, otra de las cadenas, y atando ambas a los pies de Peters, quien intentó de nuevo llegar a la puerta de la despensa, creyendo que podría abrirla por la fuerza, siempre que pudiese llegar a ella con tiempo suficiente; cosa que esperaba conseguir, dado que el barco se mantenía más quieto que antes.

Logró llegar muy rápidamente a la puerta y, quitándose una de las cadenas de su tobillo, se esforzó por abrir un paso con ellas; pero fue en vano, porque el armazón del cuarto era más sólido de lo previsto. Estaba demasiado exhausto por su larga permanencia bajo el agua, por lo que fue absolutamente necesario que otro de nosotros cumpliese su cometido. Para este intento Parker se ofreció inmediatamente; pero luego de tres infructuosos intentos, no consiguió ni siquiera acercarse a la puerta. El estado de la herida que Augustus tenía en el brazo le impedía intentar hacerlo, porque hubiera sido incapaz de forzar la puerta aunque hubiese llegado hasta ella y, por lo tanto, recayó sobre mí trabajar por nuestra salvación común.

Peters había dejado una de las cadenas en el pasillo, y noté, al sumergirme, que no tenía suficiente contrapeso para mantenerme en el fondo. Entonces, decidí solamente intentar recoger la otra cadena. Mientras andaba a tientas a lo largo del piso del pasillo, sentí una cosa dura, que agarré inmediatamente y, como no tenía tiempo de comprobar qué

not having time to ascertain what it was, but returning and ascending instantly to the surface. The prize proved to be a bottle, and our joy may be conceived when I say that it was found to be full of Port wine. Giving thanks to God for this timely and cheering assistance, we immediately drew the cork with my penknife, and, each taking a moderate sup, felt the most indescribable comfort from the warmth, strength, and spirits with which it inspired us. We then carefully re-corked the bottle, and, by means of a handkerchief, swung it in such a manner that there was no possibility of its getting broken.

Having rested a while after this fortunate discovery, I again descended, and now recovered the chain, with which I instantly came up. I then fastened it on and went down for the third time, when I became fully satisfied that no exertions whatever, in that situation, would enable me to force open the door of the storeroom. I therefore returned in despair.

There seemed now to be no longer any room for hope, and I could perceive in the countenances of my companions that they had made up their minds to perish. The wine had evidently produced in them a species of delirium, which, perhaps, I had been prevented from feeling by the immersion I had undergone since drinking it. They talked incoherently, and about matters unconnected with our condition, Peters repeatedly asking me questions about Nantucket. Augustus, too, I remember, approached me with a serious air, and requested me to lend him a pocket-comb, as his hair was full of fish scales, and he wished to get them out before going on shore. Parker appeared somewhat less affected, and urged me to dive at random into the cabin, and bring up any article which might come to hand. To this I consented, and, in the first attempt, after staying under a full minute, brought up a small leather trunk belonging to Captain Barnard. This was immediately opened in the faint hope that it might contain something to eat or drink. We found nothing, however, except a box of razors and two linen shirts. I now went down again, and returned without any success. As my head came above water I heard a crash on deck, and, upon getting up, saw that my companions had ungratefully taken advantage of my absence to drink the remainder of the wine, having let the bottle fall in the endeavour to replace it before I saw them. I remonstrated with them on the heartlessness of their conduct, when Augustus burst into tears. The other two endeavoured

era, me volví y subí de inmediato a la superficie. La presa resultó ser una botella, y es de imaginar nuestra alegría cuando dije que estaba llena de vino de Oporto. Dando gracias a Dios por esta ayuda oportuna y reconfortante, la descorchamos inmediatamente con mi cortaplumas y, tomando un sorbo moderado cada uno, sentimos el más indescriptible alivio con el calor, la fuerza y el ánimo que nos dio la bebida. Luego tapamos la botella cuidadosamente y, con un pañuelo, la colgamos de tal modo que no había posibilidad alguna de que se rompiese.

Luego de haber descansado un rato tras este feliz descubrimiento, descendí de nuevo y recuperé la cadena, con la que volví a subir rápidamente. Poco después me la até y bajé por tercera vez, sintiéndome completamente convencido de que, por muchos esfuerzos que hiciese, en tales condiciones, no sería capaz de forzar la puerta de la despensa. Por lo tanto regresé a la superficie desesperado.

Parecía que ya no había lugar para esperanza alguna, y pude notar en el semblante de mis compañeros que se habían resignado a morir. El vino les había producido, evidentemente, una especie de delirio, del cual yo me había librado, tal vez, por las inmersiones que había realizado después de beberlo. Ellos hablaban sin coherencia alguna, de cuestiones que no tenían ninguna relación con nuestra situación, Peters me hacía preguntas repetidas acerca de Nantucket. Recuerdo que Augustus también se me acercó con aire muy serio, y me pidió que le prestase un peine de bolsillo, porque tenía el pelo lleno de escamas de pescado y quería sacárselas antes de desembarcar. Parker parecía algo menos afectado por la bebida, pero me apuraba para que me dirigiese a tientas a la cámara, para subir el primer artículo que se encontrase a mano. Accedí y, al primer intento, después de estar bajo el agua un minuto largo, subí con un pequeño baúl de cuero, que pertenecía al capitán Barnard. Lo abrimos de inmediato con la leve esperanza de que hubiese algo para comer o para beber, pero solo encontramos una caja de navajas de afeitar y dos camisas de lienzo. Bajé de nuevo y regresé sin éxito alguno. Al sacar la cabeza fuera del agua oí un chasquido sobre cubierta y, al asomarme, vi que mis compañeros, desagradecidos, se habían aprovechado de mi ausencia para beber el resto del vino, dejando caer la botella al intentar colocarla antes de que yo los viese. Cuando me quejé por la falta de compasión que habían tenido conmigo, Augustus se echó a llorar. Los otros dos lo tomaron como un chiste; pero deseo no volver a ser jamás

to laugh the matter off as a joke, but I hope never again to behold laughter of such a species: the distortion of countenance was absolutely frightful. Indeed, it was apparent that the stimulus, in the empty state of their stomachs, had taken instant and violent effect, and that they were all exceedingly intoxicated. With great difficulty I prevailed upon them to lie down, when they fell very soon into a heavy slumber, accompanied with loud stertorous breathing.

I now found myself, as it were, alone in the brig, and my reflections, to be sure, were of the most fearful and gloomy nature. No prospect offered itself to my view but a lingering death by famine, or, at the best, by being overwhelmed in the first gale which should spring up, for in our present exhausted condition we could have no hope of living through another.

The gnawing hunger which I now experienced was nearly insupportable, and I felt myself capable of going to any lengths in order to appease it. With my knife I cut off a small portion of the leather trunk, and endeavoured to eat it, but found it utterly impossible to swallow a single morsel, although I fancied that some little alleviation of my suffering was obtained by chewing small pieces of it and spitting them out. Towards night my companions awoke, one by one, each in an indescribable state of weakness and horror, brought on by the wine, whose fumes had now evaporated. They shook as if with a violent ague, and uttered the most lamentable cries for water. Their condition affected me in the most lively degree, at the same time causing me to rejoice in the fortunate train of circumstances which had prevented me from indulging in the wine, and consequently from sharing their melancholy and most distressing sensations. Their conduct, however, gave me great uneasiness and alarm; for it was evident that, unless some favourable change took place, they could afford me no assistance in providing for our common safety. I had not yet abandoned all idea of being able to get up something from below; but the attempt could not possibly be resumed until some one of them was sufficiently master of himself to aid me by holding the end of the rope while I went down. Parker appeared to be somewhat more in possession of his senses than the others, and I endeavoured, by every means in my power, to arouse him. Thinking that a plunge in the sea-water might have a beneficial effect, I contrived to fasten the end of a rope around his body, and then, leading him to the companion-way

testigo de una risa como la suya: la distorsión de su rostro era absolutamente horrible. Era evidente que el estímulo del vino, en sus estómagos vacíos, había generado un efecto rápido y violento, y estaban completamente ebrios. Con grandes dificultades, logré convencerlos para que se recostaran, y cayeron inmediatamente en un profundo sueño, acompañado de estrepitosos ronquidos.

En aquel momento me encontré realmente solo en el bergantín, y mis reflexiones fueron, sin duda, de lo más siniestras y espantosas. Ninguna perspectiva aparecía a la vista, excepto, una muerte lenta por hambre o, en el mejor de los casos, ser arrollados por la primera tempestad que se levantase, ya que, en el estado de agotamiento en el que nos encontrábamos, no había esperanza alguna de que resistiéramos otro temporal.

El hambre constante que sufría ahora era casi insoportable, y me sentí capaz de hacer cualquier cosa para aplacarla. Corté, con mi cortaplumas, un pequeño trozo de cuero del baúl e intenté comerlo, pero me fue totalmente imposible tragar un solo bocado, aunque sentí que mis sufrimientos se aliviaban un poco masticando trocitos de cuero y escupiéndolos después. Al anochecer mis compañeros se despertaron, uno tras otro, en un indescriptible estado de debilidad y horror, producido por el vino, cuyos vapores ya se habían disipado. Temblaban como si estuviesen volando de fiebre, y lanzaban gritos desgarradores pidiendo agua. El estado en el que ellos se encontraban me afectó muchísimo, pero me alegró, al mismo tiempo, el hecho de que una serie de circunstancias afortunadas me hayan impedido beber más vino y, en consecuencia, no participar de su melancolía y sus angustias. Sin embargo, su conducta me alarmaba e inquietaba mucho, porque era obvio que, si ningún cambio favorable ocurría, ellos no podrían proporcionarme ninguna ayuda en vistas a nuestra salvación común. Yo no había renunciado todavía a la idea de ser capaz de sacar algo de la despensa, pero no podía hacer otra tentativa hasta que alguno de ellos tuviese la suficiente entereza para ayudarme a sostener el extremo de la cuerda mientras yo descendía. Parker parecía estar algo más despabilado que los otros; entonces, traté por todos los medios de animarlo. Al creer que una zambullida en el agua del mar le produciría efectos beneficiosos, conseguí atarle alrededor de su cuerpo el extremo de una cuerda, y luego, llevándolo a la escalera de la cámara (permanecía completamente pasivo mientras tanto), lo empujé e inmediatamente lo saqué. Tenía buenas razones

(he remaining quite passive all the while), pushed him in, and immediately drew him out. I had good reason to congratulate myself upon having made this experiment; for he appeared much revived and invigorated, and, upon getting out, asked me, in a rational manner, why I had so served him. Having explained my object, he expressed himself indebted to me, and said that he felt greatly better from the immersion, afterward conversing sensibly upon our situation. We then resolved to treat Augustus and Peters in the same way, which we immediately did, when they both experienced much benefit from the shock. This idea of sudden immersion had been suggested to me by reading in some medical work the good effect of the shower-bath in a case where the patient was suffering from mania à potu.

Finding that I could now trust my companions to hold the end of the rope, I again made three or four plunges into the cabin, although it was now quite dark, and a gentle but long swell from the northward rendered the hulk somewhat unsteady. In the course of these attempts I succeeded in bringing up two case-knives, a three-gallon jug, empty, and a blanket, but nothing which could serve us for food. I continued my efforts, after getting these articles, until I was completely exhausted, but brought up nothing else. During the night Parker and Peters occupied themselves by turns in the same manner; but nothing coming to hand, we now gave up this attempt in despair, concluding that we were exhausting ourselves in vain.

We passed the remainder of this night in a state of the most intense mental and bodily anguish that can possibly be imagined. The morning of the sixteenth at length dawned, and we looked eagerly around the horizon for relief, but to no purpose. The sea was still smooth, with only a long swell from the northward, as on yesterday. This was the sixth day since we had tasted either food or drink, with the exception of the bottle of Port wine, and it was clear that we could hold out but a very little while longer unless something could be obtained. I never saw before, nor wish to see again, human beings so utterly emaciated as Peters and Augustus. Had I met them on shore in their present condition I should not have had the slightest suspicion that I had ever beheld them. Their countenances were totally changed in character, so that I could not bring myself to believe them really the same individuals with whom I had been in company but a few days before. Parker, although sadly reduced, and so feeble that he could

para alegrarme por haber llevado a cabo el experimento, porque parecía estar más animado y con más fuerzas. Al sacarlo del agua me preguntó, con mucha sensatez, por qué le había dado aquel baño. Cuando le expliqué el motivo, me lo agradeció, y me dijo que se sentía mucho mejor después de la inmersión, y luego conversamos con prudencia acerca de nuestra situación. Resolvimos entonces, tratar a Peters y a Augustus de la misma manera, cosa que hicimos inmediatamente, y ambos experimentaron resultados muy beneficiosos con dicho baño. Esta idea de la inmersión repentina surgió por el recuerdo de la lectura de algún libro de medicina en el que se hablaba del buen resultado de la ducha en los casos en que el paciente sufre de *mania a potu.*

Ahora podía confiar en que mis compañeros sujetasen el extremo de la cuerda, entonces, volví a sumergirme tres o cuatro veces más hasta la cámara, aunque ya era completamente de noche y un oleaje suave pero prolongado volvía inestable al bergantín. En el curso de estos intentos conseguí sacar dos navajas, un jarro vacío y una manta, pero nada que pudiera servirnos para alimentarnos. Después de recoger estas cosas, continué esforzándome, hasta que me sentí completamente exhausto, pero no traje nada más. Durante la noche Peters y Parker se ocuparon de la misma tarea por turnos; pero tampoco dieron con nada, y abandonamos la búsqueda desolados, convencidos de que nos habíamos agotado en vano.

Pasamos el resto de la noche en un estado de angustia mental y física intensa, como es fácil imaginar. Al fin amaneció el decimosexto día, y buscamos alivio en el horizonte, con ansiedad pero sin hallar ningún indicio de salvación. El mar seguía tranquilo, con oleaje hacia el norte, como el día anterior. Este era el sexto día que no habíamos probado bocado ni bebido más que la botella de vino de Oporto, y era evidente que podríamos sostenernos por muy poco tiempo, a menos que encontrásemos algo. Jamás he visto, ni deseo ver de nuevo, a seres humanos tan demacrados como Peters y Augustus. Si me los hubiese encontrado en tierra en aquel estado, no hubiera tenido la más leve sospecha de que fueran ellos. Sus rostros habían cambiado de aspecto por completo, de modo que no podía creer que fuesen realmente los mismos individuos que me acompañaban días atrás. Parker, aunque se encontraba triste y tan débil que casi no podía levantar la cabeza del pecho, no estaba tan mal como los otros dos. Sufría pacientemente, sin quejarse y tratando

not raise his head from his bosom, was not so far gone as the other two. He suffered with great patience, making no complaint, and endeavouring to inspire us with hope in every manner he could devise. For myself, although at the commencement of the voyage I had been in bad health, and was at all times of a delicate constitution, I suffered less than any of us, being much less reduced in frame, and retaining my powers of mind in a surprising degree, while the rest were completely prostrated in intellect, and seemed to be brought to a species of second childhood, generally simpering in their expressions, with idiotic smiles, and uttering the most absurd platitudes. At intervals, however, they would appear to revive suddenly, as if inspired all at once with a consciousness of their condition, when they would spring upon their feet in a momentary flash of vigour, and speak, for a short period, of their prospects, in a manner altogether rational, although full of the most intense despair. It is possible, however, that my companions may have entertained the same opinion of their own condition as I did of mine, and that I may have unwittingly been guilty of the same extravagances and imbecilities as themselves—this is a matter which cannot be determined.

About noon Parker declared that he saw land off the larboard quarter, and it was with the utmost difficulty I could restrain him from plunging into the sea with the view of swimming towards it. Peters and Augustus took little notice of what he said, being apparently wrapped up in moody contemplation. Upon looking in the direction pointed out I could not perceive the faintest appearance of the shore—indeed, I was too well aware that we were far from any land to indulge in a hope of that nature. It was a long time, nevertheless, before I could convince Parker of his mistake. He then burst into a flood of tears, weeping like a child, with loud cries and sobs, for two or three hours, when, becoming exhausted, he fell asleep.

Peters and Augustus now made several ineffectual efforts to swallow portions of the leather. I advised them to chew it and spit it out; but they were too excessively debilitated to be able to follow my advice. I continued to chew pieces of it at intervals, and found some relief from so doing; my chief distress was for water, and I was only prevented from taking a draught from the sea by remembering the horrible consequences which thus have resulted to others who were similarly situated with ourselves.

de inspirarnos confianza por todos los medios que le era posible imaginar. En cuanto a mí, aunque al comienzo del viaje había estado bastante mal, y siempre había sido delicado de salud, sufría menos que ellos, estaba mucho menos delgado y conservaba, sorprendentemente, mis facultades mentales, mientras que el resto de mis compañeros las tenían completamente agotadas y parecían haber vuelto a una especie de segunda infancia, acompañando sus expresiones de sonrisas imbéciles y diciendo las estupideces más absurdas. Pero por momentos, parecían reanimarse de repente, como impulsados por la conciencia de su situación, poniéndose entonces de pie de un salto, con un envión brusco y vigoroso, y hablando, durante un rato, de sus esperanzas, de un modo completamente racional, aunque sumidos en la desesperación más intensa. Es posible, sin embargo, que mis compañeros creyesen que se hallaban en buenas condiciones, y que viesen en mí las mismas extravagancias e imbecilidades que yo observaba en ellos. Aunque este es asunto que no se puede determinar.

Hacia el mediodía, Parker expresó que veía tierra al costado de babor, y me costó mucho impedir que se arrojase al mar para alcanzarla a nado. Peters y Augustus apenas le hicieron caso, entregados aparentemente a una contemplación melancólica. Cuando miré hacia la dirección indicada, yo no pude advertir la más leve presencia de tierra, y además sabía que nos hallábamos muy lejos de tierra para abrigar una esperanza de tal magnitud. Sin embargo, me costó mucho tiempo convencer a Parker de su error. Entonces se largó a llorar, como un niño, dando grandes gritos y sollozos durante dos o tres horas, y cuando se sintió agotado, cayó dormido.

Peters y Augustus hicieron varias tentativas infructuosas para tragar trocitos de cuero. Yo les aconsejé que lo masticaran y después lo escupiesen, pero estaban demasiado débiles para seguir mi consejo. Yo seguía masticando trozos de vez en cuando, y sentía cierto alivio; mi principal sufrimiento era la falta de agua, y si logré dominarme para no beber un sorbo de agua de mar fue porque recordaba las terribles consecuencias que esto le había acarreado a otros náufragos en situaciones similares a la nuestra.

The day wore on in this manner, when I suddenly discovered a sail to the eastward, and on our larboard bow. She appeared to be a large ship, and was coming nearly athwart us, being probably twelve or fifteen miles distant. None of my companions had as yet discovered her, and I forbore to tell them of her for the present, lest we might again be disappointed of relief. At length, upon her getting nearer, I saw distinctly that she was heading immediately for us, with her light sails filled. I could now contain myself no longer, and pointed her out to my fellow-sufferers. They immediately sprang to their feet, again indulging in the most extravagant demonstrations of joy, weeping, laughing in an idiotic manner, jumping, stamping upon the deck, tearing their hair, and praying and cursing by turns. I was so affected by their conduct, as well as by what I now considered a sure prospect of deliverance, that I could not refrain from joining in with their madness, and gave way to the impulses of my gratitude and ecstasy by lying and rolling on the deck, clapping my hands, shouting, and other similar acts, until I was suddenly called to my recollection, and once more to the extreme of human misery and despair, by perceiving the ship all at once with her stern fully presented towards us, and steering in a direction nearly opposite to that in which I had at first perceived her.

It was some time before I could induce my poor companions to believe that this sad reverse in our prospects had actually taken place. They replied to all my assertions with a stare and a gesture implying that they were not to be deceived by such misrepresentations. The conduct of Augustus most sensibly affected me. In spite of all I could say or do to the contrary, he persisted in saying that the ship was rapidly nearing us, and in making preparations to go on board of her. Some seaweed floating by the brig, he maintained that it was the ship's boat, and endeavoured to throw himself upon it, howling and shrieking in the most heartrending manner, when I forcibly restrained him from thus casting himself into the sea.

Having become in some degree pacified, we continued to watch the ship until we finally lost sight of her, the weather becoming hazy, with a light breeze springing up. As soon as she was entirely gone, Parker turned suddenly towards me with an expression of countenance which made me shudder. There was about him an air of self-possession which I had not noticed in him until now, and before he opened

El día transcurría de esa manera, cuando de repente descubrí una vela hacia el este, por nuestro costado de babor. Parecía ser un barco grande, seguía un rumbo que casi se cruzaba con el nuestro, y se encontraba probablemente a doce o quince millas de distancia. Ninguno de mis compañeros lo había visto aún, y no quise contárselo en ese momento, por si nos volvía a suceder lo mismo que con el anterior. Finalmente, cuando estuvo más cerca, vi claramente que venía hacia nosotros, con las velas ligeras desplegadas. Entonces, no pude contenerme más y se lo señalé a mis compañeros de infortunio. Inmediatamente se pusieron en pie de un brinco, expresando nuevamente las más extravagantes demostraciones de alegría, llorando, riendo como idiotas, saltando, dando patadas en la cubierta, tirándose de los pelos, rezando y blasfemando alternativamente. Yo estaba tan impresionado por su comportamiento, así como por lo que ahora consideraba una perspectiva de salvación segura, que no pude evitar unirme a sus locuras, y di rienda suelta a mis impulsos de gratitud y éxtasis echándome a rodar por la cubierta, aplaudiendo, gritando, y realizando otros actos similares, hasta que de repente me calmé, y caí una vez más en un estado de extrema desesperación y miseria humana, al ver que el barco nos presentaba de lleno su popa, y que navegaba en dirección casi opuesta a la que al principio traía.

Pasó algún tiempo antes de que pudiese convencer a mis pobres compañeros del triste revés que nuestras esperanzas habían sufrido. Todas mis palabras eran respondidas con gestos y miradas de asombro que implicaban que no se dejarían engañar por semejantes embustes. La conducta de Augustus fue la que más me afectó. A pesar de todo lo que yo decía o hacía, él insistía en que el barco se acercaba rápidamente a nosotros, y hacía preparativos para trasladarse a él. Se empeñaba en creer que unas algas que flotaban cerca del bergantín eran el bote del barco, e intentó arrojarse a él, gritando y lamentándose del modo más desgarrador, cuando le impedí por la fuerza arrojarse al mar.

Cuando todo se calmó un poco continuamos observando el barco hasta que finalmente lo perdimos de vista, dado que el tiempo empezó a ponerse brumoso y al mismo tiempo soplaba una brisa ligera. Tan pronto como desapareció del todo, Parker se volvió hacia mí con una expresión en su semblante que me produjo escalofríos. Había en él un aire de calma que yo no había advertido en él hasta ahora, y antes de

his lips my heart told me what he would say. He proposed, in a few words, that one of us should die to preserve the existence of the others.

que abriese la boca, mi corazón advirtió lo que iba a decirme. Propuso, en pocas palabras, que uno de nosotros debía morir para salvar la vida de los otros.

CHAPTER XII

I had, for some time past, dwelt upon the prospect of our being reduced to this last horrible extremity, and had secretly made up my mind to suffer death in any shape or under any circumstances rather than resort to such a course. Nor was this resolution in any degree weakened by the present intensity of hunger under which I laboured. The proposition had not been heard by either Peters or Augustus. I therefore took Parker aside; and mentally praying to God for power to dissuade him from the horrible purpose he entertained, I expostulated with him for a long time and in the most supplicating manner, begging him in the name of everything which he held sacred, and urging him by every species of argument which the extremity of the case suggested, to abandon the idea, and not to mention it to either of the other two.

He heard all I said without attempting to controvert any of my arguments, and I had begun to hope that he would be prevailed upon to do as I desired. But when I had ceased speaking, he said that he knew very well all I had said was true, and that to resort to such a course was the most horrible alternative which could enter into the mind of man; but that he had now held out as long as human nature could be sustained; that it was unnecessary for all to perish, when, by the death of one, it was possible, and even probable, that the rest might be finally preserved; adding that I might save myself the trouble of trying to turn him from his purpose, his mind having been thoroughly made up on the subject even before the appearance of the ship, and that only her heaving in sight had prevented him from mentioning his intention at an earlier period.

I now begged him, if he would not be prevailed upon to abandon his design, at least to defer it for another day, when some vessel might come to our relief; again reiterating every argument I could devise, and which I thought likely to have influence with one of his rough nature. He said, in reply, that he had not spoken until the very last possible moment; that he could exist no longer without sustenance of some kind; and that therefore in another day his suggestion would be too late, as regarded himself at least.

Finding that he was not to be moved by anything I could say in a

Desde hacía algún tiempo, yo sospechaba que tendríamos que llegar a este último y terrible extremo, y había resuelto interiormente aceptar la muerte de cualquier manera y bajo cualquier circunstancia antes que utilizar tal recurso. Mi decisión no se había debilitado en modo alguno por la intensidad del hambre que padecía. La proposición no había sido oída por Peters ni por Augustus. Por eso, llevé a Parker a un lado; y pidiéndole mentalmente a Dios suficiente poder para disuadirlo del horrible propósito que abrigaba, debatí con él durante largo rato, rogándole en nombre de todo lo que él consideraba sagrado y, proporcionándole todos los argumentos que lo extremado del caso requería, que abandonase la idea y no se la comentara a ninguno de los otros dos.

Escuchó todo lo que le dije sin intentar rebatir ninguno de mis argumentos, y yo empezaba a creer que lo había convencido. Pero cuando dejé de hablar, me dijo que sabía muy bien que todo lo que yo le había dicho era verdad, que recurrir a tal extremo era la alternativa más horrible que podía concebir la mente humana; pero que él había soportado hasta donde la naturaleza humana puede resistir; y que era innecesario que pereciesen todos, cuando con la muerte de uno era posible, e incluso probable, que al fin se salvaran los demás; añadió que yo podía evitarme el trabajo de intentar que cambie de opinión, porque ya lo tenía decidido aun antes de la aparición del barco, y que solo el barco que tuvo a la vista le había impedido hablar del asunto con anterioridad.

Entonces le rogué que, ya que no quería abandonar su propósito, lo postergara al menos para otro día, para ver si entre tanto aparecía algún otro barco que pudiera salvarnos; reiterando nuevamente cuanto argumento se me cruzó como el más adecuado para conmover la dureza de su naturaleza. Me contestó que no hablaría con nadie hasta el último momento, pero que no podía vivir más tiempo sin alimentarse de alguna forma, y que por eso, otro día más sería demasiado tarde, ya que al día siguiente se habría muerto.

Viendo que no podía conmoverlo con nada de lo que le decía en tono

mild tone, I now assumed a different demeanour, and told him that he must be aware I had suffered less than any of us from our calamities; that my health and strength, consequently, were at that moment far better than his own, or than that either of Peters or Augustus; in short, that I was in a condition to have my own way by force if I found it necessary; and that, if he attempted in any manner to acquaint the others with his bloody and cannibal designs, I would not hesitate to throw him into the sea. Upon this he immediately seized me by the throat, and drawing a knife, made several ineffectual efforts to stab me in the stomach; an atrocity which his excessive debility alone prevented him from accomplishing. In the mean time, being roused to a high pitch of anger, I forced him to the vessel's side, with the full intention of throwing him overboard. He was saved from this fate, however, by the interference of Peters, who now approached and separated us, asking the cause of the disturbance. This Parker told before I could find means in any manner to prevent him.

The effect of his words was even more terrible than what I had anticipated. Both Augustus and Peters, who, it seems, had long secretly entertained the same fearful idea which Parker had been merely the first to broach, joined with him in his design, and insisted upon its being immediately carried into effect. I had calculated that one at least of the two former would be found still possessed of sufficient strength of mind to side with myself in resisting any attempt to execute so dreadful a purpose; and, with the aid of either one of them, I had no fear of being able to prevent its accomplishment. Being disappointed in this expectation, it became absolutely necessary that I should attend to my own safety, as a further resistance on my part might possibly be considered by men in their frightful condition a sufficient excuse for refusing me fair play in the tragedy that I knew would speedily be enacted.

I now told them I was willing to submit to the proposal, merely requesting a delay of about one hour, in order that the fog which had gathered around us might have an opportunity of lifting, when it was possible that the ship we had seen might be again in sight. After great difficulty I obtained from them a promise to wait thus long; and, as I had anticipated (a breeze rapidly coming in), the fog lifted before the hour had expired, when, no vessel appearing in sight, we prepared to draw lots.

suave, cambié de actitud y le dije que tuviese presente que, de todos, yo era el que menos había sufrido las consecuencia de nuestras desgracias; que, por consiguiente, mi salud y mis fuerzas se habían conservado hasta el momento mucho mejor que las de Augustus o Peters y que las suyas propias; en una palabra, que estaba en condiciones de imponerle mi voluntad por la fuerza si era necesario, y que si trataba de dar a conocer a los demás de algún modo, su designio sanguinario y caníbal, no vacilaría en arrojarlo al mar. Al oír estas palabras, me agarró del cuello y, sacando una navaja, hizo varios esfuerzos infructuosos para clavármela en el estómago; atrocidad que solo su excesiva debilidad le impidió llevar a cabo. Mientras tanto, yo, excitado por la ira, lo fui empujando hacia el costado del barco, con la clara intención de arrojarlo por la borda. Pero se salvó de su destino por la intervención de Peters, que se acercó y nos separó, preguntándonos la causa de nuestra discusión, cosa que Parker le explicó antes de que yo tuviera oportunidad de impedir que lo hiciese.

El efecto de sus palabras fue aún más terrible de lo que me había imaginado. Tanto Augustus como Peters, quienes al parecer venían meditando desde hacía tiempo la misma espantosa idea que Parker, quien había sido sencillamente el primero en expresarla, se unieron a su propósito, insistiendo en que se llevase a cabo de inmediato. Yo había calculado que por lo menos uno de los dos primeros conservaría la suficiente fuerza de voluntad para ponerse de mi lado para resistir cualquier tentativa de realizar tan espantoso propósito y, con la ayuda de uno de ellos, no tenía miedo de impedir su consumación. Al extinguirse mis esperanzas, me vi obligado a cuidar mi propia seguridad, pues una mayor resistencia por mi parte podía ser considerada, por aquellos hombres hambrientos, causa suficiente para prescindir de jugar limpio en la tragedia que, sin duda, se desarrollaría rápidamente.

Les dije que estaba dispuesto a someterme al plan, rogándoles simplemente que lo retrasen por una hora, a efectos de que la niebla que se había levantado en torno nuestro desapareciese, y ver si era posible volver a divisar el barco que habíamos visto. Con grandes dificultades obtuve la promesa de aguardar durante este tiempo y, como había calculado (pues una brisa se aproximaba rápidamente), la niebla se disipó antes de que hubiese expirado la hora; pero, como no aparecía ningún barco a la vista, nos preparamos para el sorteo.

It is with extreme reluctance that I dwell upon the appalling scene which ensued; a scene which, with its minutest details, no after events have been able to efface in the slightest degree from my memory, and whose stern recollection will imbitter every future moment of my existence. Let me run over this portion of my narrative with as much haste as the nature of the events to be spoken of will permit. The only method we could devise for the terrific lottery, in which we were to take each a chance, was that of drawing straws. Small splinters of wood were made to answer our purpose, and it was agreed that I should be the holder. I retired to one end of the hulk, while my poor companions silently took up their station in the other with their backs turned towards me. The bitterest anxiety which I endured at any period of this fearful drama was while I occupied myself in the arrangement of the lots. There are few conditions into which man can possibly fall where he will not feel a deep interest in the preservation of his existence; an interest momentarily increasing with the frailness of the tenure by which that existence may be held. But now that the silent, definite, and stern nature of the business in which I was engaged (so different from the tumultuous dangers of the storm or the gradually approaching horrors of famine) allowed me to reflect on the few chances I had of escaping the most appalling of deaths—a death for the most appalling of purposes—every particle of that energy which had so long buoyed me up departed like feathers before the wind, leaving me a helpless prey to the most abject and pitiable terror. I could not, at first, even summon up sufficient strength to tear and fit together the small splinters of wood, my fingers absolutely refusing their office, and my knees knocking violently against each other. My mind ran over rapidly a thousand absurd projects by which to avoid becoming a partner in the awful speculation. I thought of falling on my knees to my companions, and entreating them to let me escape this necessity; of suddenly rushing upon them, and, by putting one of them to death, of rendering the decision by lot useless—in short, of everything but of going through with the matter I had in hand. At last, after wasting a long time in this imbecile conduct, I was recalled to my senses by the voice of Parker, who urged me to relieve them at once from the terrible anxiety they were enduring. Even then I could not bring myself to arrange the splinters upon the spot, but thought over every species of finesse by which I could trick some one of my fellow-sufferers to draw the short straw, as it had been agreed that whoever drew the shortest of four splinters from my hand was to

Con extrema renuencia me detengo a relatar la espantosa escena que siguió, escena que, con sus más minuciosos detalles, ningún acontecimiento posterior ha podido borrar de mi memoria en lo más mínimo, y cuyo horrendo recuerdo amargará todos los momentos futuros de mi existencia. Permítanme, entonces, contar esta parte de mi relato con la máxima rapidez permitida por la naturaleza de los acontecimientos de los cuales tengo que hablar. El único medio que se nos ocurrió para la terrorífica lotería, en la que íbamos a tomar parte, consistió en sacar palitos. Cortamos pequeñas astillas de madera, y acordamos que fuera yo quien las sostenga. Me retiré hacia uno de los extremos del barco, mientras mis pobres compañeros silenciosamente se ubicaron en el extremo opuesto, de espaldas hacia mí. El peor momento de ansiedad que experimenté durante este drama horrible fue mientras me ocupé de acomodar las astillas. Existen pocas ocasiones en las que el hombre deja de sentir el más profundo interés por la conservación de su vida; y ese interés aumenta momentáneamente cuanto más frágil resulta aferrarse a la vida. Pero ahora que el silencioso, definitivo y grave asunto en el que estaba comprometido (tan distinto de los tumultuosos peligros de la tempestad, de los gradualmente próximos horrores del hambre) me permitió reflexionar sobre las pocas probabilidades que tenía de librarme de la más espantosa de las muertes —una muerte para el más espantoso de los fines—; todas las partículas que conformaban mi energía volaron como plumas en el viento, dejándome desamparado y preso del terror más abyecto y penoso. Al principio, no tuve ni siquiera fuerzas suficientes para reunir las pequeñas astillas de madera, ya que mis dedos se negaban por completo a cumplir su función y mis rodillas chocaban entre sí con violencia. Por mi cabeza pasaron rápidamente miles de proyectos absurdos para evitar tener que participar en la terrible lotería. Pensé dejarme caer de rodillas ante mis compañeros, suplicándoles que me permitiesen librarme de aquella exigencia; lanzarme de repente sobre ellos y, matando a uno, hacer inútil la decisión mediante la suerte; en una palabra, hacer todo lo que fuera necesario menos seguir adelante con lo que tenía que hacer. Por último, luego de perder mucho tiempo en esta actitud estúpida, volví a la realidad al escuchar la voz de Parker, quien me apremiaba para que les sacase a ellos de la terrrible angustia que estaban sufriendo. Aun así, no pude colocar las astillas en mi mano, dado que solo pensaba en toda clase de astucias para que a cualquiera de mis amigos le tocase el palo corto, porque habíamos acordado que quien sacaba la más corta de las cuatro astillas de mi mano moriría para la salvación de los demás. Antes de que cualquiera intente

die for the preservation of the rest. Before any one condemn me for this apparent heartlessness, let him be placed in a situation precisely similar to my own.

At length delay was no longer possible, and, with a heart almost bursting from my bosom, I advanced to the region of the forecastle, where my companions were awaiting me. I held out my hand with the splinters, and Peters immediately drew. He was free—his, at least, was not the shortest; and there was now another chance against my escape. I summoned up all my strength, and passed the lots to Augustus. He also drew immediately, and he also was free; and now, whether I should live or die, the chances were no more than precisely even. At this moment all the fierceness of the tiger possessed my bosom, and I felt towards my poor fellow-creature, Parker, the most intense, the most diabolical hatred. But the feeling did not last; and, at length, with a convulsive shudder and closed eyes, I held out the two remaining splinters towards him. It was full five minutes before he could summon resolution to draw, during which period of heartrending suspense I never once opened my eyes. Presently one of the two lots was quickly drawn from my hand. The decision was then over, yet I knew not whether it was for me or against me. No one spoke, and still I dared not satisfy myself by looking at the splinter I held. Peters at length took me by the hand, and I forced myself to look up, when I immediately saw by the countenance of Parker that I was safe, and that he it was who had been doomed to suffer. Gasping for breath, I fell senseless to the deck.

I recovered from my swoon in time to behold the consummation of the tragedy in the death of him who had been chiefly instrumental in bringing it about. He made no resistance whatever, and was stabbed in the back by Peters, when he fell instantly dead. I must not dwell upon the fearful repast which immediately ensued. Such things may be imagined, but words have no power to impress the mind with the exquisite horror of their reality. Let it suffice to say that, having in some measure appeased the raging thirst which consumed us by the blood of the victim, and having by common consent taken off the hands, feet, and head, throwing them, together with the entrails, into the sea, we devoured the rest of the body, piecemeal, during the four ever memorable days of the seventeenth, eighteenth, nineteenth, and twentieth of the month.

condenarme por esta aparente crueldad, debe ponerse en mi lugar.

Finalmente ya no era posible dilatarlo más y, con el corazón en la boca, avancé hacia la parte del castillo de proa, donde me estaban esperando mis compañeros. Tendí la mano con las astillas, y Peters sacó de inmediato una de ellas. Se había salvado... porque su astilla no era la más corta; y ahora había otra posibilidad más en mi contra. Junté todas mis fuerzas, y le ofrecí las astillas a Augustus. También sacó rápidamente una, y también se salvó; y ahora, yo tenía las mismas probabilidades tanto de morir como de vivir. En aquel momento toda la furia de un tigre se apoderó de mi alma, y me dirigí hacia mi pobre compañero Parker, con el odio más intenso y diabólico. Pero este sentimiento no duró mucho y, al final, con un temblor espasmódico y cerrando los ojos, le acerqué las dos astillas que quedaban. Tardó más de cinco minutos en decidir cuál sacar, y durante este tiempo de suspenso que partía el corazón no abrí ni una sola vez los ojos. Por fin, una de las dos astillas fue rápidamente arrancada de mi mano. La decisión estaba tomada, pero yo no sabía si era a mi favor o en mi contra. Nadie habló, y yo no me atreví a mirar la astilla que tenía en la mano. Peters me tomó del brazo y me obligó a abrir los ojos, y vi, de inmediato, en la mirada de Parker, que yo me había salvado y que él era el condenado. Sin aliento, caí inconsciente sobre la cubierta.

Me recuperé del desmayo a tiempo para ver la consumación de la tragedia, con la muerte de quien había sido el instrumento principal para que se cumpliese. Sin embargo, él no opuso resistencia, y cayó muerto en el acto por la puñalada en la espalda que Peters le propinó. No debería detenerme a relatar la horrible comida que siguió a continuación. Tales sucesos deben imaginarse, porque no existen palabras que describan el tremendo horror de esa realidad. Basta decir que, habiendo apaciguado en cierta medida la sed rabiosa que nos consumía, gracias a la sangre de la víctima, y habiendo desechado, de común acuerdo, las manos, los pies y la cabeza, arrojándolas al mar junto con las entrañas, devoramos el resto del cuerpo, en pedazos, durante los cuatro eternamente memorables días del diecisiete, dieciocho, diecinueve y veinte de aquel mes.

On the nineteenth, there coming on a smart shower which lasted fifteen or twenty minutes, we contrived to catch some water by means of a sheet which had been fished up from the cabin by our drag just after the gale. The quantity we took in all did not amount to more than half a gallon; but even this scanty allowance supplied us with comparative strength and hope.

On the twenty-first we were again reduced to the last necessity. The weather still remained warm and pleasant, with occasional fogs and light breezes, most usually from N. to W.

On the twenty-second, as we were sitting close huddled together, gloomily revolving over our lamentable condition, there flashed through my mind all at once an idea which inspired me with a bright gleam of hope. I remembered that, when the foremast had been cut away, Peters, being in the windward chains, passed one of the axes into my hand, requesting me to put it, if possible, in a place of security, and that a few minutes before the last heavy sea struck the brig and filled her I had taken this axe into the forecastle, and laid it in one of the larboard berths. I now thought it possible that, by getting at this axe, we might cut through the deck over the storeroom, and thus readily supply ourselves with provisions.

When I communicated this project to my companions, they uttered a feeble shout of joy, and we all proceeded forthwith to the forecastle. The difficulty of descending here was greater than that of going down in the cabin, the opening being much smaller, for it will be remembered that the whole framework about the cabin companion-hatch had been carried away, whereas the forecastle-way, being a simple hatch of only about three feet square, had remained uninjured. I did not hesitate, however, to attempt the descent; and, a rope being fastened round my body as before, I plunged boldly in, feet foremost, made my way quickly to the berth, and, at the very first attempt, brought up the axe. It was hailed with the most ecstatic joy and triumph, and the ease with which it had been obtained was regarded as an omen of our ultimate preservation.

We now commenced cutting at the deck with all the energy of rekindled hope, Peters and myself taking the axe by turns, Augustus's wounded arm not permitting him to aid us in any degree. As we were

El día diecinueve cayó un chubasco que duró quince o veinte minutos, y pudimos recoger cierta cantidad de agua con ayuda de la manta que habíamos pescado en la cámara al dragarla después de la tempestad. La cantidad que recogimos no pasaba de unos dos litros; pero incluso con tan escasa provisión recobramos fuerza y esperanza.

El día veintiuno estábamos nuevamente ante la más extrema necesidad. El tiempo todavía seguía cálido y apacible, con niebla de vez en cuando y brisas ligeras, generalmente de norte a oeste.

El día veintidós, mientras estábamos sentados todos juntos, meditando sobre nuestra lamentable situación, se me ocurrió, de repente, una idea que brilló como un rayo de esperanza. Recordé que, cuando se cortó el trinquete, Peters me entregó una de las hachas encargándome que la pusiese en el sitio más seguro posible, y que pocos minutos antes de que la última ola fuerte rompiese contra el bergantín, llenándolo de agua, yo había dejado el hacha en el castillo de proa en una de las camas de babor. Ahora, pensé que con la ayuda del hacha podíamos abrir un boquete en la cubierta sobre la despensa y de este modo sacar fácilmente las provisiones.

Cuando le conté esta idea a mis compañeros, lanzaron un débil grito de alegría y nos dirigimos todos al castillo de proa. La dificultad para bajar allí era mayor que la que tuvimos para bajar a la cámara, porque la abertura era mucho más pequeña; como se recordará, el mar había arrancado todo el armazón de la escotilla de la cámara, mientras que la escotilla del castillo de proa, no siendo más que un simple hueco de menos de medio metro cuadrado, había permanecido intacta. Sin embargo, no vacilé en intentar el descenso; y atándome una cuerda al cuerpo como en las anteriores ocasiones, me sumergí, de pie, y me dirigí con rapidez a la litera y al primer intento me apoderé del hacha. Esta fue acogida con las mayores aclamaciones de alegría y triunfo, y la facilidad con que lo había conseguido fue considerada como un buen augurio para nuestra salvación definitiva.

Comenzamos, entonces, a abrir un boquete en la cubierta con toda la energía de nuestra esperanza renovada. Peters y yo manejábamos el hacha por turnos, porque Augustus no podía ayudarnos de ningún modo,

still so feeble as to be scarcely able to stand unsupported, and could consequently work but a minute or two without resting, it soon became evident that many long hours would be requisite to accomplish our task—that is, to cut an opening sufficiently large to admit of a free access to the storeroom. This consideration, however, did not discourage us; and, working all night by the light of the moon, we succeeded in effecting our purpose by daybreak on the morning of the twenty-third.

Peters now volunteered to go down; and, having made all arrangements as before, he descended, and soon returned, bringing up with him a small jar, which, to our great joy, proved to be full of olives. Having shared these among us, and devoured them with the greatest avidity, we proceeded to let him down again. This time he succeeded beyond our utmost expectations, returning instantly with a large ham and a bottle of Madeira wine. Of the latter we each took a moderate sup, having learned by experience the pernicious consequences of indulging too freely. The ham, except about two pounds near the bone, was not in a condition to be eaten, having been entirely spoiled by the salt water. The sound part was divided among us. Peters and Augustus, not being able to restrain their appetite, swallowed theirs upon the instant; but I was more cautious, and ate but a small portion of mine, dreading the thirst which I knew would ensue. We now rested a while from our labours, which had been intolerably severe.

By noon, feeling somewhat strengthened and refreshed, we again renewed our attempt at getting up provision, Peters and myself going down alternately, and always with more or less success, until sundown. During this interval we had the good fortune to bring up, altogether, four more small jars of olives, another ham, a carboy containing nearly three gallons of excellent Cape Madeira wine, and, what gave us still more delight, a small tortoise of the Gallipago breed, several of which had been taken on board by Captain Barnard, as the Grampus was leaving port, from the schooner Mary Pitts, just returned from a sealing voyage in the Pacific.

In a subsequent portion of this narrative I shall have frequent occasion to mention this species of tortoise. It is found principally, as most of my readers may know, in the group of islands called the Gallipagos, which, indeed, derive their name from the animal—the

debido a su brazo herido. Incluso nosotros, tan débiles como estábamos, apenas podíamos sostenernos sin apoyarnos, y no pudiendo trabajar más de un par de minutos sin descansar, nos convencimos pronto de que serían necesarias muchas horas para realizar nuestra tarea, es decir, abrir un boquete lo suficientemente amplio para dejar paso libre a la despensa. Pero esta situación no nos desalentó y, trabajando toda la noche a la luz de la luna, conseguimos llevar a cabo nuestro propósito al amanecer del día veintitrés.

Peters se ofreció a bajar y, una vez hechos los preparativos, descendió, volviendo enseguida con un pequeño tarro que, para alegría nuestra, resultó estar lleno de aceitunas. Después de repartírnoslas y devorarlas con la mayor avidez, lo dejamos bajar de nuevo. Esta vez el resultado fue más allá de nuestras esperanzas, ya que regresó con un gran jamón y una botella de vino de Madeira. Bebimos un trago moderado, porque sabíamos, por experiencia propia, las consecuencias negativas de los excesos. El jamón, excepto por un kilogramo cerca del hueso, no estaba en condiciones para comerlo, se había echado a perder por el agua del mar. Nos repartimos la parte sana. Augustus y Peters, que no podían dominar su apetito, comieron su parte al instante; pero yo fui más prudente y solo comí una pequeña porción de la mía, por temor a la sed que me iba a provocar. Luego descansamos un rato de nuestra tarea, que había sido terriblemente dura.

Al mediodía, como nos sentíamos algo repuestos y fortalecidos, reanudamos nuestra tentativa en busca de provisiones, bajando alternativamente Peters y yo, y siempre con más o menos éxito, hasta que se puso el sol. Durante este intervalo tuvimos la buena suerte de reunir en total cuatro tarritos más de aceitunas, otro jamón, un bidón que contenía cerca de quince litros de excelente vino de Madeira y, lo que más nos alegró fue, una pequeña tortuga de las islas Galápagos, varias de las cuales había llevado a bordo el capitán Barnard, cuando el Grampus abandonó el puerto, tomándolas de la goleta Mary Pitts, recién llegada de su viaje al Pacífico.

Más adelante tendré oportunidad de hablar de esta especie de tortugas. Se encuentran principalmente, como la mayoría de mis lectores saben, en el grupo de las islas llamadas Galápagos, que viene del nombre de este animal —la palabra española galápago significa tortuga de agua

Spanish word Gallipago meaning a fresh-water terapin. From the peculiarity of their shape and action they have been sometimes called the elephant tortoise. They are frequently found of an enormous size. I have myself seen several which would weigh from twelve to fifteen hundred pounds, although I do not remember that any navigator speaks of having seen them weighing more than eight hundred. Their appearance is singular, and even disgusting. Their steps are very slow, measured, and heavy, their bodies being carried about a foot from the ground. Their neck is long, and exceedingly slender; from eighteen inches to two feet is a very common length, and I killed one, where the distance from the shoulder to the extremity of the head was no less than three feet ten inches. The head has a striking resemblance to that of a serpent. They can exist without food for an almost incredible length of time, instances having been known where they have been thrown into the hold of a vessel and lain two years without nourishment of any kind—being as fat, and, in every respect, in as good order at the expiration of the time as when they were first put in. In one particular these extraordinary animals bear a resemblance to the dromedary, or camel of the desert. In a bag at the root of the neck they carry with them a constant supply of water. In some instances, upon killing them after a full year's deprivation of all nourishment, as much as three gallons of perfectly sweet and fresh water have been found in their bags. Their food is chiefly wild parsley and celery, with purslain, sea-kelp, and prickly pears, upon which latter vegetable they thrive wonderfully, a great quantity of it being usually found on the hillsides near the shore wherever the animal itself is discovered. They are excellent and highly nutritious food, and have, no doubt, been the means of preserving the lives of thousands of seamen employed in the whale-fishery and other pursuits in the Pacific.

The one which we had the good fortune to bring up from the store-room was not of a large size, weighing probably sixty-five or seventy pounds. It was a female, and in excellent condition, being exceedingly fat, and having more than a quart of limpid and sweet water in its bag. This was indeed a treasure; and, falling on our knees with one accord, we returned fervent thanks to God for so seasonable a relief.

We had great difficulty in getting the animal up through the opening, as its struggles were fierce and its strength prodigious. It was

dulce—. Por su forma peculiar y sus movimientos, se les ha dado a veces el nombre de tortuga-elefante. A menudo, son de un tamaño enorme. Yo he visto algunas que pesaban entre seiscientos y setecientos cincuenta kilogramos, aunque no recuerdo ningún navegante que hable de haber visto alguna de más de cuatrocientos kilogramos de peso. Tienen un aspecto extraño y hasta repugnante. Su marcha es muy lenta, acompasada y pesada, y su cuerpo apenas se eleva treinta centímetros del suelo. Su cuello es largo y excesivamente delgado; su longitud normalmente oscila de cuarenta y cinco a sesenta centímetros, y yo he matado una, cuya distancia del hombro a la extremidad de la cabeza no bajaba de un metro. La cabeza tiene un sorprendente parecido con la de la serpiente. Pueden vivir sin comer durante un tiempo increíblemente largo, habiéndose conocido casos en que siendo arrojadas a la bodega de un barco han permanecido en ella dos años sin alimento alguno, y al cabo de este tiempo se las ha encontrado tan gordas y tan sanas como el primer día. Por una particularidad de su organismo, estos animales se asemejan al dromedario, o camello del desierto. En una bolsa situada en el nacimiento de su cuello llevan constantemente una provisión de agua. En algunos casos, al matarlas después de haberlos privado durante un año de todo alimento, se han encontrado en sus bolsas hasta unos doce litros de agua fresca y potable. Sus principales alimentos son perejil silvestre y apio, además de verdolaga, algas marinas, higos, y otros vegetales que abundan en las vertientes de las colinas cerca de la costa donde vive este animal. Son un alimento sustancioso y nutritivo y, sin duda, han servido para conservar la vida de miles de marineros empleados en la pesca de la ballena y en otros menesteres en el Pacífico.

La que tuvimos la suerte de sacar de la despensa no era de gran tamaño, y pesaba probablemente unos treinta y cinco kilogramos. Era hembra, se encontraba en excelente estado, quizá excesivamente gorda y guardaba en la bolsa del cuello más de un litro de agua fresca y limpia. Esto era, ciertamente, un tesoro para nosotros; y cayendo de rodillas todos a la vez, dimos gracias a Dios por tan oportuno auxilio.

Nos costó mucho trabajo sacar al animal por el boquete, porque se resistía con furia y su fuerza era asombrosa. Estaba a punto de escapar-

upon the point of making its escape from Peters's grasp, and slipping back into the water, when Augustus, throwing a rope with a slip-knot around its throat, held it up in this manner until I jumped into the hole by the side of Peters, and assisted him in lifting it out.

The water we drew carefully from the bag into the jug, which, it will be remembered, had been brought up before from the cabin. Having done this, we broke off the neck of a bottle so as to form, with the cork, a kind of glass, holding not quite half a gill. We then each drank one of these measures full, and resolved to limit ourselves to this quantity per day as long as it should hold out.

During the last two or three days, the weather having been dry and pleasant, the bedding we had obtained from the cabin, as well as our clothing, had become thoroughly dry, so that we passed this night (that of the twenty-third) in comparative comfort, enjoying a tranquil repose, after having supped plentifully on olives and ham, with a small allowance of the wine. Being afraid of losing some of our stores overboard during the night, in the event of a breeze springing up, we secured them as well as possible with cordage to the fragments of the windlass. Our tortoise, which we were anxious to preserve alive as long as we could, we threw on his back, and otherwise carefully fastened.

se de las manos de Peters y caer de nuevo en el agua, cuando Augustus le puso una cuerda con un nudo corredizo en el cuello, reteniéndola de este modo hasta que yo salté dentro del agujero y, al ponerme al lado de Peters, le ayudé a subirla.

Trasladamos cuidadosamente el agua de la bolsa a la jarra que, como recordarán, habíamos sacado antes de la cámara. Una vez hecho esto, rompimos el cuello de una botella de modo que junto con el corcho formase una especie de vaso, cuya capacidad no llegaba a la media pinta. Bebimos cada uno una de estas medidas llena, y decidimos limitarnos a esta cantidad por día durante tanto tiempo como durara la provisión.

Como el tiempo había sido seco y agradable durante los dos o tres últimos días, las mantas que habíamos sacado de la cámara, así como nuestras ropas, se habían secado por completo, de modo que pasamos esa noche (la del veintitrés) con relativo bienestar, gozando de un descanso tranquilo, después de haber cenado aceitunas con jamón, y un trago de vino moderado. Temiendo que durante la noche perdiésemos algunas de nuestras provisiones, en el caso de que se levantara brisa, las aseguramos lo mejor posible con una cuerda a los restos del cabrestante. En cuanto a nuestra tortuga, que deseábamos a toda costa conservar viva mientras pudiésemos, la pusimos boca arriba y también la atamos cuidadosamente.

CHAPTER XIII

July 24. This morning saw us wonderfully recruited in spirits and strength. Notwithstanding the perilous situation in which we were still placed, ignorant of our position, although certainly at a great distance from land, without more food than would last us for a fortnight even with great care, almost entirely without water, and floating about at the mercy of every wind and wave, on the merest wreck in the world, still the infinitely more terrible distresses and dangers from which we had so lately and so providentially been delivered caused us to regard what we now endured as but little more than an ordinary evil—so strictly comparative is either good or ill.

At sunrise we were preparing to renew our attempts at getting up something from the storeroom, when, a smart shower coming on, with some lightning, we turned our attention to the catching of water by means of the sheet we had used before for this purpose. We had no other means of collecting the rain than by holding the sheet spread out with one of the forechain-plates in the middle of it. The water, thus conducted to the centre, was drained through into our jug. We had nearly filled it in this manner, when, a heavy squall coming on from the northward, obliged us to desist, as the hulk began once more to roll so violently that we could no longer keep our feet. We now went forward, and, lashing ourselves securely to the remnant of the windlass as before, awaited the event with far more calmness than could have been anticipated, or would have been imagined possible under the circumstances. At noon the wind had freshened into a two-reef breeze, and by night into a stiff gale, accompanied with a tremendously heavy swell. Experience having taught us, however, the best method of arranging our lashings, we weathered this dreary night in tolerable security, although thoroughly drenched at almost every instant by the sea, and in momentary dread of being washed off. Fortunately, the weather was so warm as to render the water rather grateful than otherwise.

July 25. This morning the gale had diminished to a mere ten-knot breeze, and the sea had gone down with it so considerably that we were able to keep ourselves dry upon the deck. To our great grief, however, we found that two jars of our olives, as well as the whole of our ham, had been washed overboard, in spite of the careful manner

CAPÍTULO XIII

24 de julio. La mañana nos encontró extraordinariamente recuperados, física y moralmente. A pesar de la peligrosa situación en la que nos encontrábamos, ignorando nuestra posición, aunque seguramente a gran distancia de tierra, con provisiones solo para quince días, casi sin agua y flotando a merced de los vientos y de las olas en el naufragio más simple del mundo, los peligros y las angustias más terribles de los que milagrosamente acabábamos de escapar hacían que consideremos nuestro sufrimiento actual como un mal menor; tan cierto como que la felicidad y la desgracia son completamente relativas.

Al amanecer nos preparamos para reanudar nuestros intentos para sacar algo de la despensa, cuando una copiosa lluvia, con algún relámpago, nos obligó a preocuparnos por recoger agua por medio del paño que ya habíamos utilizado antes para ese propósito. No teníamos otro medio para recoger el agua que tendiendo la sábana, colocando en su centro uno de los herrajes del trinquete de la cadena de proa. El agua, conducida de este modo hacia el centro, desagotaba en nuestra fuente. Casi la habíamos llenado mediante este procedimiento, cuando una tormenta feroz, procedente del norte, nos obligó a abandonar, porque el barco comenzó a balancearse tan violentamente que no podíamos mantenernos en pie. Entonces nos dirigimos a proa y, amarrándonos con firmeza a los restos del cabrestante como antes, transitamos este acontecimiento con más calma de la que suponíamos o de la que se podía imaginar en aquellas circunstancias. Al mediodía calmó el viento, y por la noche se convirtió en un fuerte vendaval, acompañado de un tremendo oleaje. La experiencia nos había enseñado, sin embargo, la mejor manera de arreglar nuestras amarras, y aquella noche capeamos el temporal con relativa seguridad, a pesar de que a cada instante nos veíamos inundados y en peligro de ser barridos por el mar. Por fortuna, el tiempo era tan cálido que el contacto con el agua era agradable.

25 de julio. Al amanecer, la tempestad se había convertido en una simple brisa de diez nudos por hora, y el mar había bajado tanto que casi podíamos andar secos por la cubierta. Pero, para nuestro pesar, descubrimos que las olas se habían llevado dos tarros de aceitunas y todo el jamón, aunque los habíamos atado cuidadosamente. Decidimos no

in which they had been fastened. We determined not to kill the tortoise as yet, and contented ourselves for the present with a breakfast on a few of the olives, and a measure of water each, which latter we mixed, half and half, with wine, finding great relief and strength from the mixture, without the distressing intoxication which had ensued upon drinking the Port. The sea was still far too rough for the renewal of our efforts at getting up provision from the storeroom. Several articles, of no importance to us in our present situation, floated up through the opening during the day, and were immediately washed overboard. We also now observed that the hulk lay more along than ever, so that we could not stand an instant without lashing ourselves. On this account we passed a gloomy and uncomfortable day. At noon the sun appeared to be nearly vertical, and we had no doubt that we had been driven down by the long succession of northward and northwesterly winds into the near vicinity of the equator. Towards evening saw several sharks, and were somewhat alarmed by the audacious manner in which an enormously large one approached us. At one time, a lurch throwing the deck very far beneath the water, the monster actually swam in upon us, floundering for some moments just over the companion-hatch, and striking Peters violently with his tail. A heavy sea at length hurled him overboard, much to our relief. In moderate weather we might have easily captured him.

July 26. This morning, the wind having greatly abated, and the sea not being very rough, we determined to renew our exertions in the storeroom. After a great deal of hard labour during the whole day, we found that nothing further was to be expected from this quarter, the partitions of the room having been stove during the night, and its contents swept into the hold. This discovery, as may be supposed, filled us with despair.

July 27. The sea nearly smooth, with a light wind, and still from the northward and westward. The sun coming out hotly in the afternoon, we occupied ourselves in drying our clothes. Found great relief from thirst, and much comfort otherwise, by bathing in the sea; in this, however, we were forced to use great caution, being afraid of sharks, several of which were seen swimming around the brig during the day.

July 28. Good weather still. The brig now began to lie along so

matar a la tortuga todavía, y nos conformamos, por el momento, con un desayuno compuesto por unas cuantas aceitunas y una medida de agua cada uno, mezclada a partes iguales con vino. Esta bebida nos dio ánimo y fuerza, sin sumirnos en la embriaguez que nos había producido el vino de Oporto. El mar seguía demasiado movido como para repetir nuestros esfuerzos en busca de provisiones de la despensa. Varios artículos, que no nos interesaban demasiado en esta situación, subieron a través del boquete a lo largo del día, siendo inmediatamente barridos por las olas. También observamos que el casco estaba aún más inclinado, de modo que no podíamos permanecer de pie ni un instante sin atarnos. Por este motivo, pasamos un día sombrío e incómodo. Al mediodía, el sol caía casi verticalmente, y no tuvimos dudas de que habíamos sido arrastrados, en virtud de la larga sucesión de vientos del norte y del noroeste, cerca del Ecuador. Hacia el anochecer vimos varios tiburones, y nos alarmamos un poco por la audacia con la que uno de gran tamaño se acercó a nosotros. En medio de uno de los tantos sacudones que nos sumergía profundamente bajo el agua en la cubierta, el monstruo pasó nadando por encima de nosotros y, coleteando por unos momentos sobre la escotilla, golpeó violentamente a Peters con su cola. Por fin, una fuerte ola lo arrastró lejos, para nuestro alivio. Si el clima hubiese estado más moderado, lo habríamos capturado fácilmente.

26 de julio. Esta mañana, al ver que el viento había amainado mucho, y que el mar estaba menos agitado, decidimos reanudar nuestros intentos para llegar a la despensa. Después de trabajar mucho durante todo el día, nos convencimos de que no podíamos sacar nada de allí, porque los mamparos de la habitación se habían roto durante la noche, y su contenido había sido desplazado hacia la cabina. Este descubrimiento, como podrán suponer, nos llenó de desesperación.

27 de julio. El mar está casi en calma, todavía sopla un suave viento del norte y del oeste. El sol salió con fuerza durante la tarde, por lo tanto nos dedicamos a secar nuestras ropas. Pudimos calmar nuestra sed y, por otra parte, sentimos mucho bienestar bañándonos en el mar; sin embargo, al hacerlo tuvimos que tomar muchas precauciones, por temor a los tiburones, algunos de los cuales vimos nadando en torno al bergantín durante el día.

28 de julio. Continúa el buen tiempo. El bergantín comienza a balan-

alarmingly that we feared she would eventually roll bottom up. Prepared ourselves as well as we could for this emergency, lashing our tortoise, water-jug, and two remaining jars of olives as far as possible over to the windward, placing them outside the hull, below the main-chains. The sea very smooth all day, with little or no wind.

July 29. A continuance of the same weather. Augustus's wounded arm began to evince symptoms of mortification. He complained of drowsiness and excessive thirst, but no acute pain. Nothing could be done for his relief beyond rubbing his wounds with a little of the vinegar from the olives, and from this no benefit seemed to be experienced. We did everything in our power for his comfort, and trebled his allowance of water.

July 30. An excessively hot day, with no wind. An enormous shark kept close by the hulk during the whole of the forenoon. We made several unsuccessful attempts to capture him by means of a noose. Augustus much worse, and evidently sinking as much from want of proper nourishment as from the effect of his wounds. He constantly prayed to be released from his sufferings, wishing for nothing but death. This evening we ate the last of our olives, and found the water in our jug so putrid that we could not swallow it at all without the addition of wine. Determined to kill our tortoise in the morning.

July 31. After a night of excessive anxiety and fatigue, owing to the position of the hulk, we set about killing and cutting up our tortoise. He proved to be much smaller than we had supposed, although in good condition—the whole meat about him not amounting to more than ten pounds. With a view of preserving a portion of this as long as possible, we cut it into fine pieces, and filled with them our three remaining olive-jars and the wine-bottle (all of which had been kept), pouring in afterward the vinegar from the olives. In this manner we put away about three pounds of the tortoise, intending not to touch it until we had consumed the rest. We concluded to restrict ourselves to about four ounces of the meat per day; the whole would thus last us thirteen days. A brisk shower, with severe thunder and lightning, came on about dusk, but lasted so short a time that we only succeeded in catching about half a pint of water. The whole of this, by common consent, was given to Augustus, who now appeared to be in the

cearse de un modo tan alarmante que tenemos miedo de que se tumbe. Nos preparamos para esta emergencia lo mejor que pudimos, lanzando lo más lejos posible nuestra tortuga, la jarra de agua, y los dos tarros de aceitunas que nos quedaban, colocándolos fuera del casco, por debajo de las cadenas principales. El mar, muy tranquilo todo el día, con poco o casi nada de viento.

29 de julio. Persiste el buen tiempo. El brazo herido de Augustus comienza a presentar síntomas de gangrena. Se queja de sed excesiva y de somnolencia, pero no tiene dolores agudos. No podemos hacer nada para aliviarlo, más que frotarle las heridas con un poco del vinagre de las aceitunas, cosa que al parecer no le hace ningún bien. Hicimos todo lo que estuvo a nuestro alcance para calmar su dolor. Y le triplicamos su ración de agua.

30 de julio. Un día excesivamente caluroso, sin viento. Un tiburón enorme se mantuvo cerca del barco toda la mañana. Varias veces intentamos, sin éxito, capturarlo con un lazo. Augustus está mucho peor, y decayendo más, evidentemente, por la falta de alimentos apropiados que por los efectos de sus heridas. Reza constantemente para calmar su sufrimiento, y no desea nada más que la muerte. Esta tarde comimos las últimas aceitunas, y encontramos el agua de nuestro cántaro tan putrefacta que no pudimos beberla sin añadirle vino. Estamos decididos a matar nuestra tortuga mañana por la mañana.

31 de julio. Después de una noche de gran ansiedad y fatiga, debido a la posición del casco, nos dispusimos a matar y descuartizar nuestra tortuga. Resultó ser más pequeña de lo que nos habíamos imaginado, pero está en buenas condiciones: toda su carne no debe pesar más de cinco kilogramos. Con el propósito de conservar una parte de ella el mayor tiempo posible, la cortamos en rodajas finas, y llenamos con ellas los tres tarros de aceitunas y la botella de vino (que habíamos conservado), agregándole luego el vinagre de las aceitunas. De esta manera tenemos en conserva un kilogramo y medio de la tortuga, pensando no tocarlo hasta que hayamos consumido el resto. Decidimos reducir nuestra ración a poco más de cien gramos al día; con lo cual la tortuga durará trece días. Al anochecer, nos sorprendió una tormenta con mucha lluvia acompañada de grandes truenos y relámpagos, pero duró tan poco que solo nos permitió recoger un cuarto litro de agua. De común acuerdo, se la dimos a Augustus, quien parecía estar en las últimas. Bebió el agua de

last extremity. He drank the water from the sheet as we caught it (we holding it above him as he lay so as to let it run into his mouth), for we had now nothing left capable of holding water, unless we had chosen to empty out our wine from the carboy, or the stale water from the jug. Either of these expedients would have been resorted to had the shower lasted.

The sufferer seemed to derive but little benefit from the draught. His arm was completely black from the wrist to the shoulder, and his feet were like ice. We expected every moment to see him breathe his last. He was frightfully emaciated; so much so that, although he weighed a hundred and twenty-seven pounds upon his leaving Nantucket, he now did not weigh more than *forty or fifty at the farthest*. His eyes were sunk far in his head, being scarcely perceptible, and the skin of his cheeks hung so loosely as to prevent his masticating any food, or even swallowing any liquid, without great difficulty.

August 1. A continuance of the same calm weather, with an oppressively hot sun. Suffered exceedingly from thirst, the water in the jug being absolutely putrid and swarming with vermin. We contrived, nevertheless, to swallow a portion of it by mixing it with wine—our thirst, however, was but little abated. We found more relief by bathing in the sea, but could not avail ourselves of this expedient except at long intervals, on account of the continual presence of sharks. We now saw clearly that Augustus could not be saved; that he was evidently dying. We could do nothing to relieve his sufferings, which appeared to be great. About twelve o'clock he expired in strong convulsions, and without having spoken for several hours. His death filled us with the most gloomy forebodings, and had so great an effect upon our spirits that we sat motionless by the corpse during the whole day, and never addressed each other except in a whisper. It was not until some time after dark that we took courage to get up and throw the body overboard. It was then loathsome beyond expression, and so far decayed that, as Peters attempted to lift it, an entire leg came off in his grasp. As the mass of putrefaction slipped over the vessel's side into the water, the glare of phosphoric light with which it was surrounded plainly discovered to us seven or eight large sharks, the clashing of whose horrible teeth, as their prey was torn to pieces among them, might have been heard at the distance of a mile. We shrunk within ourselves in the extremity of horror at the sound.

la sábana a medida que la íbamos recogiendo (sosteniéndola sobre él, que estaba acostado de manera que le caiga en la boca), porque no nos había quedado nada donde conservar el agua, a menos que decidiéramos vaciar el vino de la garrafa, o el agua podrida de la jarra. Cualquiera de estas soluciones hubiera tenido que ponerse en práctica si el aguacero continuaba.

Augustus no pareció sentir gran alivio con la bebida. Tenía el brazo completamente negro desde la muñeca hasta el hombro, y sus pies estaban fríos como el hielo. A cada momento esperábamos su último suspiro. Estaba espantosamente consumido, tanto que, aunque pesaba unos cincuenta y siete kilos al salir de Nantucket, ahora no debía pesar más de *veinte a veinticinco kilos.* Tiene los ojos tan profundamente hundidos en sus cuencas que apenas se le ven, y la piel de sus mejillas le cuelga tan floja que le impide masticar cualquier alimento o incluso beber cualquier líquido sin grandes dificultades.

1 de agosto. El tiempo continúa en calma, con un sol abrasador que nos agobia. Sufrimos mucho la sed, ya que el agua de la jarra está totalmente podrida y llena de gusanos. Sin embargo, nos vemos obligados a tomar un poco, mezclándola con vino; pero apenas nos calma. Encontramos más alivio cuando nos bañamos en el mar, pero solo podemos bañarnos muy de vez en cuando, debido a la presencia constante de los tiburones. Ahora vemos con claridad que Augustus no se salvará; que se está muriendo. No podemos hacer nada para aliviar su sufrimiento, que parece insoportable. A eso de las doce murió tras sufrir violentas convulsiones, y sin haber podido hablar durante varias horas. Su muerte nos llenó de los presentimientos más sombríos, y ejerció sobre nuestros espíritus una impresión tan poderosa que pasamos todo el día inmóviles junto al cadáver, sin decir nada. Fue poco después del anochecer que tomamos coraje para levantarnos y arrojar su cuerpo al mar. Aquello resultó espantoso, y repugnante más allá de lo expresable, porque su cuerpo estaba tan descompuesto que, cuando Peters intentó levantarlo, se le quedó una pierna entera entre las manos. Cuando la masa putrefacta se deslizó al mar por encima de la cubierta del barco, el resplandor de la luz fosfórica del agua que nos rodeaba nos dejó ver siete u ocho grandes tiburones, y oímos el crujir de aquellos horribles dientes, desgarrando la presa en pedazos; podía oírse a una milla de distancia. Ante lo sobrecogedor del ruido, nos retiramos aterrados.

August 2. The same fearfully calm and hot weather. The dawn found us in a state of pitiable dejection as well as bodily exhaustion. The water in the jug was now absolutely useless, being a thick gelatinous mass; nothing but frightful-looking worms mingled with slime. We threw it out, and washed the jug well in the sea, afterward pouring a little vinegar in it from our bottles of pickled tortoise. Our thirst could now scarcely be endured, and we tried in vain to relieve it by wine, which seemed only to add fuel to the flame, and excited us to a high degree of intoxication. We afterward endeavoured to relieve our sufferings by mixing the wine with seawater; but this instantly brought about the most violent retchings, so that we never again attempted it. During the whole day we anxiously sought an opportunity of bathing, but to no purpose; for the hulk was now entirely besieged on all sides with sharks—no doubt the identical monsters who had devoured our poor companion on the evening before, and who were in momentary expectation of another similar feast. This circumstance occasioned us the most bitter regret, and filled us with the most depressing and melancholy forebodings. We had experienced indescribable relief in bathing, and to have this resource cut off in so frightful a manner was more than we could bear. Nor, indeed, were we altogether free from the apprehension of immediate danger, for the least slip or false movement would have thrown us at once within reach of these voracious fish, who frequently thrust themselves directly upon us, swimming up to leeward. No shouts or exertions on our part seemed to alarm them. Even when one of the largest was struck with an axe by Peters, and much wounded, he persisted in his attempts to push in where we were. A cloud came up at dusk, but, to our extreme anguish, passed over without discharging itself. It is quite impossible to conceive our sufferings from thirst at this period. We passed a sleepless night, both on this account and through dread of the sharks.

August 3. No prospect of relief, and the brig lying still more and more along, so that now we could not maintain a footing upon deck at all. Busied ourselves in securing our wine and tortoise-meat, so that we might not lose them in the event of our rolling over. Got out two stout spikes from the forechains, and, by means of the axe, drove them into the hull to windward within a couple of feet of the water; this not being very far from the keel, as we were nearly upon our beam-ends. To these spikes we now lashed our provisions, as being more secure than their former position beneath the chains. Suffered

2 de agosto. Continúa el tiempo sumamente en calma y muy caluroso. La aurora nos sorprendió en un deplorable estado de abatimiento físico y moral. El agua de la jarra estaba ya totalmente estropeada, convertida en una especie de masa gelatinosa; una masa compuesta de gusanos y baba. La tiramos, lavamos la jarra hundiéndola en el mar, echándole luego un poco de vinagre de nuestros tarros de tortuga en conserva. Apenas podíamos soportar la sed y tratamos en vano de calmarla con vino, que es como echar leña al fuego, excitándonos hasta llegar a la embriaguez. Después procuramos aliviar nuestros sufrimientos mezclando el vino con agua de mar; pero esto nos provocó inmediatamente muchas náuseas, por lo tanto no volvimos a probar esta mezcla nunca más. Pasamos todo el día buscando con impaciencia una oportunidad para bañarnos, pero sin éxito; porque el barco estaba completamente asediado por tiburones; sin duda los mismos monstruos que habían devorado a nuestro pobre compañero la noche anterior, y estaban esperando otro festín semejante. Esta circunstancia nos produjo el sentimiento más desagradable, y nos llenó de presentimientos más deprimentes y melancólicos. Habíamos experimentado un gran alivio cuando nos bañábamos, y tener que privarnos de este recurso de una manera tan espantosa era más de lo que podíamos soportar. También nos preocupaba el peligro inmediato, ya que, el menor resbalón o movimiento en falso podía arrojarnos al alcance de aquellos monstruos voraces, que frecuentemente avanzaban hacia nosotros, nadando por sotavento. Ni siquiera nuestros chillidos o nuestros golpes parecían asustarlos. Aun cuando uno de los más grandes fue alcanzado por el hacha de Peters, hiriéndolo gravemente, persistía en sus intentos de lanzarse sobre nosotros. Al caer la noche una nube oscureció el cielo, pero por desgracia, pasó sin descargar agua. Es bastante imposible imaginar los sufrimientos que nos causa la sed en este momento. Pasamos la noche sin dormir, no solo por la sed sino también por el miedo a los tiburones.

3 de agosto. No hay perspectivas de salvación, y el bergantín se inclina cada vez más, de modo que ni siquiera podemos mantenernos de pie sobre cubierta. Nos ocupamos de atar el vino y la carne de tortuga, para no perderlos en caso de que el barco se dé vuelta. Arrancamos dos clavos de las cadenas de proa del trinquete, y con el hacha, los clavamos en el casco, por el lado de barlovento, quedando como medio metro dentro del agua, no muy lejos de la quilla, dado que ya estábamos casi de costado. Sujetamos nuestras provisiones a estos clavos, porque nos pareció que estarían más seguras allí que en el sitio donde las teníamos antes,

great agony from thirst during the whole day—no chance of bathing on account of the sharks, which never left us for a moment. Found it impossible to sleep.

August 4. A little before daybreak we perceived that the hulk was heeling over, and aroused ourselves to prevent being thrown off by the movement. At first the roll was slow and gradual, and we contrived to clamber over to windward very well, having taken the precaution to leave ropes hanging from the spikes we had driven in for the provision. But we had not calculated sufficiently upon the acceleration of the impetus; for presently the heel became too violent to allow of our keeping pace with it; and, before either of us knew what was to happen, we found ourselves hurled furiously into the sea, and struggling several fathoms beneath the surface, with the huge hull immediately above us.

In going under the water I had been obliged to let go my hold upon the rope; and finding that I was completely beneath the vessel, and my strength utterly exhausted, I scarcely made a struggle for life, and resigned myself, in a few seconds, to die. But here again I was deceived, not having taken into consideration the natural rebound of the hull to windward. The whirl of the water upward, which the vessel occasioned in rolling partially back, brought me to the surface still more violently than I had been plunged beneath. Upon coming up, I found myself about twenty yards from the hulk, as near as I could judge. She was lying keel up, rocking furiously from side to side, and the sea in all directions around was much agitated, and full of strong whirlpools. I could see nothing of Peters. An oil-cask was floating within a few feet of me, and various other articles from the brig were scattered about.

My principal terror was now on account of the sharks, which I knew to be in my vicinity. In order to deter these, if possible, from approaching me, I splashed the water vigorously with both hands and feet as I swam towards the hulk, creating a body of foam. I have no doubt that to this expedient, simple as it was, I was indebted for my preservation; for the sea all around the brig, just before her rolling over, was so crowded with these monsters, that I must have been, and really was, in actual contact with some of them during my progress. By great good fortune, however, I reached the side of the ves-

debajo de las cadenas. Sufrimos mucho la sed durante toda la jornada, porque no tuvimos ninguna oportunidad para bañarnos, ya que los tiburones no nos abandonaron ni un instante. Nos fue imposible dormir.

4 de agosto. Un poco antes del amanecer notamos que el casco se estaba dando vuelta, y nos despabilamos rápidamente para impedir que el movimiento nos arrojase al agua. Al principio el giro fue lento y gradual, y nos apresuramos a trepar a barlovento, después de haber tomado la precaución de dejar colgando unas cuerdas de los clavos en los que habíamos sujetado nuestras provisiones. Pero no calculamos bien la aceleración del impulso: y la inclinación se fue haciendo tan excesivamente violenta, que no pudimos contrarrestarla; y, antes de que nos diésemos cuenta de lo que sucedía, nos vimos lanzados bruscamente al mar, y tuvimos que dar varias brazadas debajo de la superficie, con el enorme casco justamente encima de nosotros.

Al encontrarme bajo el agua me vi obligado a soltar la cuerda; y viendo que estaba completamente debajo del barco, y casi sin fuerzas, apenas luché por mi vida, y me resigné a morir, en unos instantes. Pero volví a equivocarme, porque no había tenido en cuenta el rebote natural del casco por el lado de barlovento. El remolino ascendente del agua, que el barco generó al volverse parcialmente hacia atrás, me devolvió a la superficie mucho más bruscamente de lo que me había sumergido. Al llegar arriba me encontré, según pude calcular, a unos veinte metros del casco. El barco se hallaba con la quilla al aire, balanceándose violentamente de un lado hacia el otro, y el mar estaba muy agitado, girando en todas direcciones y formando grandes remolinos. No podía ver a Peters. Un barril de aceite flotaba a pocos metros de mí y varios otros artículos del bergantín estaban esparcidos por allí.

Mi mayor temor eran ahora los tiburones, porque sabía que se encontraban en los alrededores. Con el propósito de impedir, si era posible, que se acercasen a mí, sacudí vigorosamente el agua con los pies y las manos mientras nadaba hacia el barco, haciendo mucha espuma. Estoy seguro de que esta maniobra tan simple fue lo que me salvó la vida, ya que todo el mar alrededor del bergantín, momentos antes de darse vuelta, estaba tan plagado de aquellos monstruos que debí de estar, y realmente estuve, en contacto con algunos de ellos durante mi avance hacia el barco. Afortunadamente, llegué el costado de la embarca-

sel in safety, although so utterly weakened by the violent exertion I had used that I should never have been able to get upon it but for the timely assistance of Peters, who now, to my great joy, made his appearance (having scrambled up to the keel from the opposite side of the hull), and threw me the end of a rope—one of those which had been attached to the spikes.

Having barely escaped this danger, our attention was now directed to the dreadful imminency of another; that of absolute starvation. Our whole stock of provision had been swept overboard in spite of all our care in securing it; and seeing no longer the remotest possibility of obtaining more, we gave way both of us to despair, weeping aloud like children, and neither of us attempting to offer consolation to the other. Such weakness can scarcely be conceived, and to those who have never been similarly situated will, no doubt, appear unnatural; but it must be remembered that our intellects were so entirely disordered by the long course of privation and terror to which we had been subjected, that we could not justly be considered, at that period, in the light of rational beings. In subsequent perils, nearly as great, if not greater, I bore up with fortitude against all the evils of my situation, and Peters, it will be seen, evinced a stoical philosophy nearly as incredible as his present childlike supineness and imbecility—the mental condition made the difference.

The overturning of the brig, even with the consequent loss of the wine and turtle, would not, in fact, have rendered our situation more deplorable than before, except for the disappearance of the bedclothes by which we had been hitherto enabled to catch rainwater, and of the jug in which we had kept it when caught; for we found the whole bottom, from within two or three feet of the bends as far as the keel, together with the keel itself, *thickly covered with large barnacles, which proved to be excellent and highly nutritious food.* Thus, in two important respects, the accident we had so greatly dreaded proved a benefit rather than an injury; it had opened to us a supply of provisions, which we could not have exhausted, using it moderately, in a month; and it had greatly contributed to our comfort as regards position, we being much more at our ease, and in infinitely less danger, than before.

The difficulty, however, of now obtaining water blinded us to all the

ción sano y salvo, aunque tan debilitado por el violento ejercicio, que no hubiera podido subirme sin la oportuna ayuda de Peters, quien ahora, apareció ante mi vista (porque se había subido a la quilla por el lado opuesto del casco) y me arrojó la punta de una cuerda, una de las que fueron atadas a los clavos.

Ya libres de este peligro, nuestra atención se fijó en la espantosa inminencia de otro: nuestra absoluta inanición. Toda nuestra reserva de provisiones había sido arrasada por las olas, a pesar de todo el trabajo que habíamos hecho para asegurarlas; y al no ver ya ni la más remota posibilidad de obtener más, nos entregamos a la desesperación, llorando como niños, sin tratar de consolarnos el uno al otro. Es difícil imaginar una debilidad semejante, y quienes nunca se han hallado en una situación similar, la considerarán, sin duda, inverosímil; pero se debe recordar que nuestros cerebros estaban tan completamente trastornados por la larga serie de privaciones y terrores a los que habíamos estado sometidos que no podríamos ser considerados justamente en aquel tiempo como seres racionales. En peligros posteriores, casi tan grandes, o incluso mayores, soporté con entereza todos los males, y Peters, como se verá, dio muestras de una filosofía estoica casi tan increíble como su actual letargo infantil e imbecilidad... la condición mental marcó la diferencia.

El vuelco del bergantín, incluso con la consiguiente pérdida del vino y de la tortuga, en realidad, no hubieran empeorado mucho más nuestra situación, a no ser por la desaparición de las ropas de cama, con las que hasta ahora podíamos recoger el agua de lluvia, y la jarra que empleábamos para guardarla; porque encontramos todo el casco, desde medio metro a un metro de los nudos hasta la quilla, así como la quilla misma, *cubierta de una espesa capa de grandes caracolitos, que resultaron ser un alimento excelente y muy nutritivo.* Por lo tanto, en dos aspectos importantes, el accidente que tanto habíamos temido, nos benefició más de lo que nos perjudicó; nos proporcionó una reserva de provisiones que no se acabaría, consumiéndola con moderación, en un mes, y contribuyó en gran manera a nuestra comodidad en cuanto a posición se refiere, ya que nos encontrábamos mucho más a gusto y con mucho menos peligro que antes.

Sin embargo, la dificultad para conseguir agua nos impedía ver todos

benefits of the change in our condition. That we might be ready to avail ourselves, as far as possible, of any shower which might fall, we took off our shirts, to make use of them as we had of the sheets—not hoping, of course, to get more in this way, even under the most favourable circumstances, than half a gill at a time. No signs of a cloud appeared during the day, and the agonies of our thirst were nearly intolerable. At night Peters obtained about an hour's disturbed sleep, but my intense sufferings would not permit me to close my eyes for a single moment.

August 5. To-day, a gentle breeze springing up carried us through a vast quantity of seaweed, among which we were so fortunate as to find eleven small crabs, which afforded us several delicious meals. Their shells being quite soft, we ate them entire, and found that they irritated our thirst far less than the barnacles. Seeing no trace of sharks among the seaweed, we also ventured to bathe, and remained in the water for four or five hours, during which we experienced a very sensible diminution of our thirst. Were greatly refreshed, and spent the night somewhat more comfortably than before, both of us snatching a little sleep.

August 6. This day we were blessed by a brisk and continual rain, lasting from about noon until after dark. Bitterly did we now regret the loss of our jug and carboy; for, in spite of the little means we had of catching the water, we might have filled one, if not both of them. As it was, we contrived to satisfy the cravings of thirst by suffering the shirts to become saturated, and then wringing them so as to let the grateful fluid trickle into our mouths. In this occupation we passed the entire day.

August 7. Just at daybreak we both at the same instant descried a sail to the eastward, and *evidently coming towards us!* We hailed the glorious sight with a long, although feeble shout of rapture; and began instantly to make every signal in our power, by flaring the shirts in the air, leaping as high as our weak condition would permit, and even by hallooing with all the strength of our lungs, although the vessel could not have been less than fifteen miles distant. However, she still continued to near our hulk, and we felt that, if she but held her pres-

los beneficios del cambio de nuestra situación. Con el propósito de estar listos para aprovechar inmediatamente cualquier chaparrón que cayese, nos quitamos las camisas, para valernos de ellas como habíamos hecho con las sábanas, aunque, naturalmente, no esperábamos recoger por este medio, aun en las circunstancias más favorables, algo más que unos cincuenta mililitros cada vez. No hubo señales de nubes durante todo el día y nuestra agonía por la sed que sentíamos era casi intolerable. Por la noche, Peters consiguió dormir una hora, aunque muy inquieto; pero mi sufrimiento tan intenso no me dejó pegar un ojo ni un solo instante.

5 de agosto. Hoy, se levantó una suave brisa que nos acercó una gran cantidad de algas, entre las cuales tuvimos la suerte de encontrar once pequeños cangrejos, que nos proporcionaron varias deliciosas comidas. Como su caparazón era muy blando, los comimos enteros, y nos dimos cuenta de que nos daban menos sed que los caracolitos. Debido a que no encontramos ningún rastro de tiburones entre las algas, nos aventuramos a bañarnos, y permanecimos en el agua cuatro o cinco horas, durante las cuales experimentamos una sensible disminución de nuestra sed. Esto nos alivió bastante, y pasamos la noche más cómodos que la anterior, y los dos logramos conciliar un poco el sueño.

6 de agosto. Este día fuimos bendecidos por una lluvia abundante y continua, que duró desde el mediodía hasta el anochecer. Lamentamos profundamente la pérdida del jarro y de la garrafa; porque, a pesar de los pocos medios que teníamos para recoger el agua, hubiésemos podido llenar no solo una, sino ambas vasijas. Tal como estaban las cosas, para calmar los embates de la sed, nos tuvimos que contentar con dejar que las camisas se empapasen, y retorcerlas luego de modo que el precioso líquido se escurriese en nuestra boca. Pasamos todo el día ocupándonos de estos menesteres.

7 de agosto. Justamente al despuntar el día, mi compañero y yo, descubrimos, al mismo tiempo, una vela hacia el este, que *¡claramente se dirigía hacia nosotros!* Saludamos la gloriosa aparición con un prolongado aunque débil grito de alegría; e inmediatamente comenzamos a hacer todas las señales que podíamos, agitando las camisas al aire, saltando tan alto como nuestro débil estado nos lo permitía e incluso gritando con toda la fuerza de nuestros pulmones, aunque el barco debía de estar por lo menos a quince millas de distancia. Sin embargo, el buque seguía acercán-

ent course, she must eventually come so close as to perceive us. In about an hour after we first discovered her we could clearly see the people on her decks. She was a long, low, and rakish-looking topsail schooner, with a black ball in her foretopsail, and had, apparently, a full crew. We now became alarmed, for we could hardly imagine it possible that she did not observe us, and were apprehensive that she meant to leave us to perish as we were—an act of fiendish barbarity, which, however incredible it may appear, has been repeatedly perpetrated at sea, under circumstances very nearly similar, and by beings who were regarded as belonging to the human species.[2] In this instance, however, by the mercy of God, we were destined to be most happily deceived; for presently we were aware of a sudden commotion on the deck of the stranger, who immediately afterward run up a

2   The case of the brig Polly, of Boston, is one so much in point, and her fate, in many respects, so remarkably similar to our own, that I cannot forbear alluding to it here. This vessel, of one hundred and thirty tons burden, sailed from Boston, with a cargo of lumber and provisions, for Santa Croix, on the twelfth of December, 1811, under the command of Captain Casneau. There were eight souls on board besides the captain—the mate, four seamen, and the cook, together with a Mr. Hunt, and a negro girl belonging to him. On the fifteenth, having cleared the shoal of Georges, she sprung a leak in a gale of wind from the southeast, and was finally capsized; but, the mast going by the board, she afterward righted. They remained in this situation, without fire, and with very little provision, for the period of *one hundred and ninety-one days* (from December the fifteenth to June the twentieth) when Captain Casneau and Samuel Badger, the only survivers, were taken off the wreck by the Fame, of Hull, Captain Featherstone, bound home from Rio Janeiro. When picked up they were in latitude *28 N., longitude 13 W., having drifted above two thousand miles.* On the ninth of July the Fame fell in with the brig Dromeo, Captain Perkins, who landed the two sufferers in Kennebeck. The narrative from which we gather these details ends in the following words.

"It is natural to inquire how they could float such a vast distance, upon the most frequented part of the Atlantic, and not be discovered all this time. *They were passed by more than a dozen sail, one of which came so nigh them that they could distinctly see the people on deck and on the rigging looking at them; but, to the inexpressible disappointment of the starving and freezing men, they stifled the dictates of compassion, hoisted sail, and cruelly abandoned them to their fate.*"

dose a nuestro casco, y veíamos que, si mantenía ese rumbo, llegaría a aproximarse tanto que podría vernos. Aproximadamente una hora después de que lo descubrimos, pudimos ver con claridad a la gente sobre la cubierta. Era una goleta larga y baja, con la gavia muy inclinada hacia la popa, con una bola negra en el foque mayor, y tenía, aparentemente, la tripulación completa. Entonces comenzamos a alarmarnos, porque no podíamos imaginar que no nos vieran y tuvimos miedo de que nos dejasen abandonados a nuestra suerte, un acto de barbarie infernal que, por increíble que parezca, se había perpetrado repetidas veces en el mar, en circunstancias muy similares a la nuestra, y por seres a quienes considerábamos como pertenecientes a la especie humana.[5] Pero, en este caso, por la misericordia de Dios, estábamos destinados a llevarnos

5   El caso del bergantín Polly, de Boston es importante, y su destino, en muchos aspectos, es tan sorprendentemente similar al nuestro, que no puedo abstenerme de comentarlo aquí. Esta embarcación, de ciento treinta toneladas de carga, zarpó de Boston, con un cargamento de madera y provisiones, para Santa Cruz, el 12 de diciembre de 1811, al mando del capitán Casneau. Eran ocho almas a bordo además del capitán —el primer oficial, cuatro marineros, y el cocinero, junto al señor Hunt, y una muchacha negra de su propiedad—. El día quince, habiendo dejado atrás las aguas poco profundas de Georges, surgió una filtración durante un vendaval proveniente el sureste, y volcó; pero tras perder los mástiles por la borda, luego logró enderezarse. Permanecieron en esa situación, sin fuego, y escasa provisiones, por un período de ciento noventa y un días (desde el 15 de diciembre hasta el 20 de junio), cuando el capitán Casneau y Samuel Badger, los únicos sobrevivientes, fueron rescatados del naufragio por el Fame, de Hull, con el capitán Featherstone que regresaba de Río de Janeiro. Cuando los rescataron, se encontraban a 28° latitud N., longitud: 13° O., ¡habiéndose desviado más de dos mil millas! El 9 de julio el Fame se juntó con el bergantín Dromero, del capitán Perkins, quien desembarcó a los dos sobrevivientes en Kennebeck. La narración de la que obtenemos estos detalles finaliza con estas palabras: «Es natural preguntarse cómo pudieron flotar una distancia tan vasta, en la parte más transitada del Atlántico, sin ser descubiertos durante todo ese tiempo. *Más de una docena de embarcaciones pasaron a su lado, una de ellas se acercó tanto que pudieron ver claramente a las personas en la cubierta y en el aparejo mirándolos; pero para gran decepción de aquellos hombres hambrientos y muertos de frío, todos reprimieron los impulsos de la compasión, izaron sus velas y, cruelmente, los abandonaron a su suerte».*

British flag, and, hauling her wind, bore up directly upon us. In half an hour more we found ourselves in her cabin. She proved to be the Jane Guy, of Liverpool, Captain Guy, bound on a sealing and trading voyage to the South Seas and Pacific.

una agradable sorpresa, ya que, en seguida advertimos un repentino re-
vuelo en la cubierta del barco desconocido, el cual inmediatamente izó
una bandera inglesa y, ceñido por el viento, avanzó en línea recta hacia
nosotros. Media hora después, nos hallábamos en su cámara. Resultó
ser el Jane Guy, de Liverpool; su capitán, Guy, se encontraba en un viaje
comercial y de pesca en los mares del Sur y el océano Pacífico.

The Jane Guy was a fine-looking topsail schooner of a hundred and eighty tons burden. She was unusually sharp in the bows, and on a wind, in moderate weather, the fastest sailer I have ever seen. Her qualities, however, as a rough sea-boat, were not so good, and her draught of water was by far too great for the trade to which she was destined. For this peculiar service a larger vessel, and one of a light proportionate draught, is desirable—say a vessel of from three to three hundred and fifty tons. She should be barque-rigged, and in other respects of a different construction from the usual South Sea ships. It is absolutely necessary that she should be well armed. She should have, say ten or twelve twelve pound carronades, and two or three long twelves, with brass blunderbusses, and water-tight arm-chests for each top. Her anchors and cables should be of far greater strength than is required for any other species of trade, and, above all, her crew should be numerous and efficient—not less, for such a vessel as I have described, than fifty or sixty able-bodied men. The Jane Guy had a crew of thirty-five, all able seamen, besides the captain and mate, but she was not altogether as well armed or otherwise equipped as a navigator acquainted with the difficulties and dangers of the trade could have desired.

Captain Guy was a gentleman of great urbanity of manner, and of considerable experience in the southern traffic, to which he had devoted a great portion of his life. He was deficient, however, in energy, and, consequently, in that spirit of enterprise which is here so absolutely requisite. He was part owner of the vessel in which he sailed, and was invested with discretionary powers to cruise in the South Seas for any cargo which might come most readily to hand. He had on board, as usual in such voyages, beads, looking-glasses, tinder-works, axes, hatchets, saws, adzes, planes, chisels, gouges, gimlets, files, spokeshaves, rasps, hammers, nails, knives, scissors, razors, needles, thread, crockery-ware, calico, trinkets, and other similar articles.

The schooner sailed from Liverpool on the tenth of July, crossed the Tropic of Cancer on the twenty-fifth, in longitude twenty degrees west, and reached Sal, one of the Cape Verd Islands, on the twen-

CAPÍTULO XIV

La Jane Guy era una hermosa goleta de ciento ochenta toneladas de capacidad. Era extraordinariamente delgada en los costados y, con viento y tiempo moderado, era el velero más rápido que jamás había visto. Sin embargo, sus cualidades como buque no eran tan buenas, y su calado era demasiado grande para el comercio al que estaba destinada. Para esta función específica es conveniente un barco más grande, de un calado proporcionalmente ligero; es decir, un barco de trescientas a trescientas cincuenta toneladas. Debería estar aparejada como un barco y, en otros aspectos, debería tener una construcción diferente a la que tienen los barcos de los mares del Sur. Es absolutamente necesario que se encuentre bien armada. Debe tener, por ejemplo, diez o doce carronadas de cinco kilos y medio, y dos o tres cañones largos del doce, con bocas de bronce, y cajas herméticas en las partes superiores. Los anclajes y los cables deberán ser más resistentes que los que se utilizan en otros oficios; y, por sobre todo, para un barco como el que he descripto, su tripulación debe ser numerosa y calificada, más de cincuenta o sesenta hombres vigorosos y capaces. La Jane Guy tenía una tripulación de treinta y cinco hombres, todos ellos marineros habilidosos, además del capitán y del piloto; pero no estaba tan bien armada ni equipada, como un navegante conocedor de los peligros y dificultades del oficio hubiera deseado.

El capitán Guy era un caballero de muy buenos modales, y con mucha experiencia en el tráfico meridional, al que le había dedicado la mayor parte de su vida. Sin embargo, le faltaba energía y, en consecuencia, carecía del espíritu emprendedor que aquí es un requisito imprescindible. Era copropietario del barco que navegaba, y tenía plenos poderes para navegar por los mares del Sur con cualquier cargamento que llegase a sus manos. Como suele suceder en estos viajes, llevaba a bordo collares, espejos, eslabones, hachas, escotillas, sierras, azuelas, cepillos, cinceles, escofinas, taladros, limas, lijadoras, formones, martillos, clavos, cuchillos, tijeras, navajas de afeitar, agujas, hilo, vajilla, telas estampadas, baratijas y otros artículos similares.

La goleta zarpó de Liverpool el 10 de julio, cruzó el trópico de Cáncer el día veinticinco, a los 20° de longitud oeste, y llegó a Sal, una de las islas de Cabo Verde, el día veintinueve, donde cargó sal y otros artículos

ty-ninth, where she took in salt and other necessaries for the voyage. On the third of August she left the Cape Verds and steered southwest, stretching over towards the coast of Brazil so as to cross the equator between the meridians of twenty-eight and thirty degrees west longitude. This is the course usually taken by vessels bound from Europe to the Cape of Good Hope, or by that route to the East Indies. By proceeding thus they avoid the calms and strong contrary currents which continually prevail on the coast of Guinea, while, in the end, it is found to be the shortest track, as westerly winds are never wanting afterward by which to reach the Cape. It was Captain Guy's intention to make his first stoppage at Kerguelen's Land—I hardly know for what reason. On the day we were picked up the schooner was off Cape St. Roque, in longitude 31 W.; so that, when found, we had drifted probably, from north to south, not less than five-and-twenty degrees.

On board the Jane Guy we were treated with all the kindness our distressed situation demanded. In about a fortnight, during which time we continued steering to the southeast, with gentle breezes and fine weather, both Peters and myself recovered entirely from the effects of our late privation and dreadful suffering, and we began to remember what had passed rather as a frightful dream from which we had been happily awakened, than as events which had taken place in sober and naked reality. I have since found that this species of partial oblivion is usually brought about by sudden transition, whether from joy to sorrow or from sorrow to joy—the degree of forgetfulness being proportioned to the degree of difference in the exchange. Thus, in my own case, I now feel it impossible to realize the full extent of the misery which I endured during the days spent upon the hulk. The incidents are remembered, but not the feelings which the incidents elicited at the time of their occurrence. I only know that, when they did occur, I then thought human nature could sustain nothing more of agony.

We continued our voyage for some weeks without any incidents of greater moment than the occasional meeting with whaling-ships, and more frequently with the black or right whale, so called in contradistinction to the spermaceti. These, however, were chiefly found south of the twenty-fifth parallel. On the sixteenth of September, being in the vicinity of the Cape of Good Hope, the schooner en-

necesarios para el viaje. El día 3 de agosto abandonó las islas del Cabo Verde con rumbo al sudoeste, llegando hasta la costa de Brasil, a fin de cruzar el Ecuador entre los meridianos 28° y 30° de longitud oeste. Este es el rumbo que suelen seguir los barcos que van desde Europa al Cabo de Buena Esperanza, o que hacen la ruta a las Indias Orientales. Siguiendo este rumbo evitaban las corrientes contrarias calmas y fuertes que reinan constantemente en la costa de Guinea, en tanto que, al final, esta resulta ser la vía más corta, ya que nunca faltan los vientos del oeste mediante los cuales se llega al Cabo. La intención del capitán Guy era hacer su primera escala en la Tierra de Kerguelen, no sé bien por qué razón. El día que fuimos recogidos, la goleta se hallaba a la altura del cabo San Roque, a 31° de longitud oeste; así que, cuando nos dimos cuenta, habíamos desviado, probablemente, de norte a sur, *¡no menos de veinticinco grados!*

A bordo del Jane Guy fuimos tratados con toda la amabilidad que requería nuestra angustiosa situación. Aproximadamente a los quince días, mientras seguíamos rumbo al sudeste, con brisas suaves y buen clima, tanto Peters como yo nos recuperamos por completo de los efectos de nuestras privaciones pasadas y sufrimientos espantosos, y comenzamos a recordar lo que había sucedido, más como una pesadilla de la que felizmente habíamos despertado, que como acontecimientos que hubiesen sucedido en la realidad. Posteriormente he podido comprobar que esta especie de olvido parcial lo produce la repentina transición de la alegría a la pena, o de la pena a la alegría; y el grado de olvido es proporcional al grado de diferencia en el cambio. Por eso, en mi caso, ahora siento que me resulta imposible comprender la magnitud del sufrimiento que soporté durante los días que pasé en el barco. Se recuerdan los incidentes, pero no los sentimientos que nos produjeron en ese momento. Solo sé que, en aquel momento, cuando sucedieron, pensé que la naturaleza humana no podía soportar mayor grado de angustia.

Continuamos nuestro viaje durante varias semanas sin otros incidentes más que los ocasionales encuentros con barcos balleneros y más frecuentemente con ballenas negras o francas, llamadas así para distinguirlas de las espermaceti. Pero estas se encuentran principalmente, al sur del paralelo 25. El día 16 de septiembre, nos encontrábamos en las cercanías del Cabo de Buena Esperanza, cuando la goleta sufrió la

countered her first gale of any violence since leaving Liverpool. In this neighbourhood, but more frequently to the south and east of the promontory (we were to the westward), navigators have often to contend with storms from the northward which rage with great fury. They always bring with them a heavy sea, and one of their most dangerous features is the instantaneous chopping round of the wind, an occurrence almost certain to take place during the greatest force of the gale. A perfect hurricane will be blowing at one moment from the northward or northeast, and in the next not a breath of wind will be felt in that direction, while from the southwest it will come out all at once with a violence almost inconceivable. A bright spot to the southward is the sure forerunner of the change, and vessels are thus enabled to take the proper precautions.

It was about six in the morning when the blow came on with a white squall, and, as usual, from the northward. By eight it had increased very much, and brought down upon us one of the most tremendous seas I had then ever beheld. Everything had been made as snug as possible, but the schooner laboured excessively, and gave evidence of her bad qualities as a seaboat, pitching her forecastle under at every plunge, and with the greatest difficulty struggling up from one wave before she was buried in another. Just before sunset the bright spot for which we had been on the lookout made its appearance in the southwest, and in an hour afterward we perceived the little headsail we carried flapping listlessly against the mast. In two minutes more, in spite of every preparation, we were hurled on our beam-ends as if by magic, and a perfect wilderness of foam made a clear breach over us as we lay. The blow from the southwest, however, luckily proved to be nothing more than a squall, and we had the good fortune to right the vessel without the loss of a spar. A heavy cross sea gave us great trouble for a few hours after this, but towards morning we found ourselves in nearly as good condition as before the gale. Captain Guy considered that he had made an escape little less than miraculous.

On the thirteenth of October we came in sight of Prince Edward's Island, in latitude 46° 53' S., longitude 37° 46' E. Two days afterward we found ourselves near Possession Island, and presently passed the islands of Crozet, in latitude 42° 59' S., longitude 48° E. On the eighteenth we made Kerguelen's or Desolation Island, in the Southern In-

primera tormenta seria desde su salida de Liverpool. En estas aguas, pero con más frecuencia al sur y al este del cabo (nosotros estábamos al oeste), es donde, a menudo, los navegantes deben enfrentar tempestades del norte que se desencadenan con gran furia. Van siempre acompañadas de mar agitado, y una de sus características más peligrosas es el remolino constante del viento, que a veces se produce en lo más recio de la tempestad. En cualquier momento soplará un huracán de norte a noreste, y luego no se sentirá ni una ráfaga en esa dirección, mientras se aproxima desde el sudoeste con una violencia casi inconcebible. El indicio más seguro de que se avecina el cambio es un claro que se divisa hacia el sur, y los barcos aprovechan eso para tomar las debidas precauciones.

Eran las seis de la mañana, aproximadamente, cuando comenzó la tormenta con un oportuno chubasco procedente, como siempre, del norte. Hacia las ocho había aumentado mucho la intensidad, agitándose ante nosotros uno de los mares más tremendos que jamás he visto. Todo se había preparado con el mayor cuidado, pero la goleta sufría excesivamente, evidenciando sus malas cualidades como buque, inclinando el castillo de proa bajo el agua con cada balanceo, y elevándose con mayor dificultad ante el embate de una ola, antes de que fuese sumergida por la siguiente. Poco antes de la puesta del sol, el claro que habíamos estado buscando hizo su aparición por el sudoeste, y una hora después vimos a nuestra pequeña vela de proa flamear indiferente contra el mástil. Dos minutos más tarde, a pesar de nuestras precauciones, fuimos lanzados de costado, como por arte de magia, y un espantoso torbellino de espuma rompió sobre nosotros en ese instante. Sin embargo, el vendaval que procedía del sudoeste resultó ser por fortuna solo una ráfaga y tuvimos la buena suerte de enderezar el barco sin perder ni un palo. El mar muy agitado nos generó gran inquietud durante varias horas, pero hacia la madrugada nos hallábamos casi en tan buenas condiciones como antes de la tempestad. El capitán Guy consideró que se había salvado de milagro.

El 13 de octubre divisamos la isla del Príncipe Eduardo, que se halla a los 46° 53' de latitud sur, y 37° 46' de longitud este. Dos días después nos encontrábamos cerca de la isla Posesión, y ahora estábamos dejando atrás la isla de Crozet, a los 42° 59' de latitud sur, y 48° de longitud este. El día dieciocho llegamos a la isla de Kerguelen o isla de la Desolación,

dian Ocean, and came to anchor in Christmas Harbour, having four fathoms of water.

This island, or rather group of islands, bears southeast from the Cape of Good Hope, and is distant therefrom nearly eight hundred leagues. It was first discovered in 1772, by the Baron de Kergulen, or Kerguelen, a Frenchman, who, thinking the land to form a portion of an extensive southern continent, carried home information to that effect, which produced much excitement at the time. The government, taking the matter up, sent the baron back in the following year for the purpose of giving his new discovery a critical examination, when the mistake was discovered. In 1777, Captain Cook fell in with the same group, and gave to the principal one the name of Desolation Island, a title which it certainly well deserves. Upon approaching the land, however, the navigator might be induced to suppose otherwise, as the sides of most of the hills, from September to March, are clothed with very brilliant verdure. This deceitful appearance is caused by a small plant resembling saxifrage, which is abundant, growing in large patches on a species of crumbling moss. Besides this plant there is scarcely a sign of vegetation on the island, if we except some coarse rank grass near the harbour, some lichen, and a shrub which bears resemblance to a cabbage shooting into seed, and which has a bitter and acrid taste.

The face of the country is hilly, although none of the hills can be called lofty. Their tops are perpetually covered with snow. There are several harbours, of which Christmas Harbour is the most convenient. It is the first to be met with on the northeast side of the island after passing Cape François, which forms the northern shore, and, by its peculiar shape, serves to distinguish the harbour. Its projecting point terminates in a high rock, through which is a large hole, forming a natural arch. The entrance is in latitude 48° 40' S., longitude 69° 6' E. Passing in here, good anchorage may be found under the shelter of several small islands, which form a sufficient protection from all easterly winds. Proceeding on eastwardly from this anchorage you come to Wasp Bay, at the head of the harbour. This is a small basin, completely landlocked, into which you can go with four fathoms, and find anchorage in from ten to three, hard clay bottom. A ship might lie here with her best bower ahead all the year round without risk. To the westward, at the head of Wasp Bay, is a small stream of excellent

en el océano Índico meridional, y anclamos en Puerto de Navidad, con cuatro brazas de agua.

Esta isla, o más bien grupo de islas, está situado al sudeste del Cabo de Buena Esperanza, a unas ochocientas leguas, aproximadamente. Fue descubierta por primera vez en 1772, por el barón de Kergulen, o Kerguelen, de nacionalidad francesa, quien pensando que esta tierra formaba parte de un extenso continente meridional, llevó mucha información a su patria, produciendo gran repercusión en aquel tiempo. El gobierno, abordando este asunto, envió nuevamente al barón al año siguiente con el propósito de que hiciese un examen crítico de su descubrimiento, y fue entonces cuando se descubrió el error. En 1777, el capitán Cook llegó al mismo grupo de islas y le dio a la isla principal el nombre de Isla de la Desolación, título que ciertamente es muy merecido. Pero, al acercarse a tierra, el navegante podría ser inducido a suponer otra cosa, ya que las laderas de la mayor parte de las colinas, desde septiembre a marzo, están cubiertas de un verde muy brillante. Esta apariencia engañosa la produce una pequeña planta, parecida a la saxífraga, que es abundante y crece en amplias sectores sobre una especie de musgo blando. Además de esta planta, casi no existen vestigios de vegetación en la isla, a excepción de una hierba común y espesa, cerca del puerto, algunos líquenes y un arbusto que se asemeja a una planta de repollo que tiene un sabor amargo y agrio.

El aspecto de aquel terreno es montañoso, aunque ninguna de sus colinas puede decirse que es elevada. Sus picos están siempre cubiertos de nieve. Hay varios puertos, de los cuales Puerto Navidad es el más accesible. Es el primero que se encuentra en el lado noroeste de la isla después de pasar el cabo Francisco, que forma el lado septentrional y que sirve, por su forma peculiar, para señalar el puerto. Su punta termina en una roca muy alta, en la que se abre un gran agujero, que forma un arco natural. La entrada está a los 48° 40' de latitud sur y a los 69° 6' de longitud este. Al pasar por aquí, se puede encontrar un buen ancladero al abrigo de varios islotes, que forman protección suficiente contra todos los vientos del este. Avanzando hacia el este a partir de esta zona de anclaje, se llega a la Bahía de Wasp, a la entrada del puerto. Es una pequeña dársena, completamente cerrada por la tierra, en la que se puede entrar con cuatro brazas de agua y encontrar desde diez a tres brazas para el anclaje, con un fondo de arcilla compacto. Un barco puede permanecer allí todo el año, con su mejor ancla de proa, sin peligro. Hacia

water, easily procured.

Some seal of the fur and hair species are still to be found on Kerguelen's Island, and sea elephants abound. The feathered tribes are discovered in great numbers. Penguins are very plenty, and of these there are four different kinds. The royal penguin, so called from its size and beautiful plumage, is the largest. The upper part of the body is usually gray, sometimes of a lilach tint; the under portion of the purest white imaginable. The head is of a glossy and most brilliant black, the feet also. The chief beauty of the plumage, however, consists in two broad stripes of a gold colour, which pass along from the head to the breast. The bill is long, and either pink or bright scarlet. These birds walk erect, with a stately carriage. They carry their heads high, with their wings drooping like two arms, and, as their tails project from their body in a line with the legs, the resemblance to a human figure is very striking, and would be apt to deceive the spectator at a casual glance or in the gloom of the evening. The royal penguins which we met with on Kerguelen's Land were rather larger than a goose. The other kinds are the macaroni, the jackass, and the rookery penguin. These are much smaller, less beautiful in plumage, and different in other respects.

Besides the penguin many other birds are here to be found, among which may be mentioned seahens, blue peterels, teal, ducks, Port Egmont hens, shags, Cape pigeons, the nelly, seaswallows, terns, seagulls, Mother Carey's chickens, Mother Carey's geese, or the great peterel, and, lastly, the albatross.

The great peterel is as large as the common albatross, and is carnivorous. It is frequently called the break-bones, or osprey peterel. They are not at all shy, and, when properly cooked, are palatable food. In flying they sometimes sail very close to the surface of the water, with the wings expanded, without appearing to move them in the least degree, or make any exertion with them whatever.

The albatross is one of the largest and fiercest of the South Sea birds. It is of the gull species, and takes its prey on the wing, never coming on land except for the purpose of breeding. Between this bird

el oeste, a la entrada de la Bahía de Wasp, corre un pequeño arroyo con excelente agua, que uno puede obtener con facilidad.

En la isla de Kerguelen todavía se encuentran algunas focas de las especies de piel y pelo, y abundan los elefantes marinos. Se descubren grandes bandadas de aves. Son numerosísimos los pingüinos, de los cuales hay cuatro clases diferentes. El pingüino real, llamado así por su tamaño y su hermoso plumaje, es el más grande. La parte superior de su cuerpo es, usualmente, gris, y a veces tiene un matiz lila; la parte inferior es del blanco más puro que pueda imaginarse. La cabeza es de un color negro vistoso y muy brillante, como así también las patas. Pero la principal belleza del plumaje consiste en dos amplias franjas de color oro, que bajan desde la cabeza hasta el pecho. El pico es largo, a veces rosado y otras veces de color rojo vivo. Estas aves caminan erguidas; con pasos majestuosos. Llevan la cabeza alta, con las alas colgando como dos brazos, y como la cola se proyecta fuera del cuerpo, formando línea con las patas, la semejanza con la figura humana es muy sorprendente y podría engañar al espectador si le da una rápida mirada en medio de las sombras del crepúsculo. Los pingüinos reales que encontramos en la Tierra de Kerguelen eran algo más grandes que un ganso. Los otros géneros son el pingüino macaroni, el jackass y el pingüino de colonia. Son mucho más pequeños, de plumaje menos bello y diferentes en otros aspectos.

Además del pingüino, allí hay muchas otras aves, entre las que se pueden mencionar pájaros bobos, petreles azules, cercetas, patos, gallinas de Puerto Egmont, cormoranes, palomas de El Cabo, el Nelly, golondrinas de mar, gaviotas, pollos de Madre Carey o el gran petrel y, finalmente, el albatros.

El gran petrel es tan grande como el albatros común, y es carnívoro. Con frecuencia se le llama quebrantahuesos o águila pescadora. Estas aves no son esquivas del todo y, cuando se las cocina bien, constituyen un alimento sabroso. A veces, cuando vuelan, pasan muy junto a la superficie del agua con las alas extendidas, sin moverlas ni utilizarlas en apariencia.

El albatros es una de las aves más grandes y voraces de los mares del Sur. Pertenece a la especie de las gaviotas, y caza su presa al vuelo, sin posarse nunca en tierra excepto para alimentar a sus crías. Entre es-

and the penguin the most singular friendship exists. Their nests are constructed with great uniformity, upon a plan concerted between the two species—that of the albatross being placed in the centre of a little square formed by the nests of four penguins. Navigators have agreed in calling an assemblage of such encampments a rookery. These rookeries have been often described, but, as my readers may not all have seen these descriptions, and as I shall have occasion hereafter to speak of the penguin and albatross, it will not be amiss to say something here of their mode of building and living.

When the season for incubation arrives, the birds assemble in vast numbers, and for some days appear to be deliberating upon the proper course to be pursued. At length they proceed to action. A level piece of ground is selected, of suitable extent, usually comprising three or four acres, and situated as near the sea as possible, being still beyond its reach. The spot is chosen with reference to its evenness of surface, and that is preferred which is the least encumbered with stones. This matter being arranged, the birds proceed, with one accord, and actuated apparently by one mind, to trace out, with mathematical accuracy, either a square or other parallelogram, as may best suit the nature of the ground, and of just sufficient size to accommodate easily all the birds assembled, and no more—in this particular seeming determined upon preventing the access of future stragglers who have not participated in the labour of the encampment. One side of the place thus marked out runs parallel with the water's edge, and is left open for ingress or egress.

Having defined the limits of the rookery, the colony now begin to clear it of every species of rubbish, picking up stone by stone, and carrying them outside of the lines, and close by them, so as to form a wall on the three inland sides. Just within this wall a perfectly level and smooth walk is formed, from six to eight feet wide, and extending around the encampment—thus serving the purpose of a general promenade.

The next process is to partition out the whole area into small squares exactly equal in size. This is done by forming narrow paths, very smooth, and crossing each other at right angles throughout the entire extent of the rookery. At each intersection of these paths the nest of an albatross is constructed, and a penguin's nest in the centre

tas aves y el pingüino existe una amistad muy singular. Sus nidos están construidos con gran uniformidad conforme a un plan concertado entre las dos especies: el nido del albatros se encuentra en el centro de un pequeño cuadro formado por los nidos de cuatro pingüinos. Los navegantes han convenido en llamar al conjunto de estos campamentos, colonias. Estas colonias se han descripto más de una vez; pero como no todos mis lectores lo habrán leído, y como luego no tendré ocasión de hablar del pingüino y del albatros, me parece oportuno decir algo aquí acerca de su modo de vida y de cómo hacen sus nidos.

Cuando llega la época de la incubación, estas aves se reúnen en grandes cantidades y durante varios días parecen deliberar acerca del rumbo más apropiado a seguir. Luego, se lanzan a la acción. Eligen un trozo de terreno llano, de extensión apropiada, que suele comprender una o dos hectáreas, situado lo más cerca posible del mar, aunque siempre fuera de su alcance. Escogen el sitio en relación con la uniformidad de la superficie, y prefieren aquel que tiene menor cantidad de piedras. Una vez resuelta esta cuestión, las aves se dedican, de común acuerdo y movidas por una sola voluntad, a realizar, con exactitud matemática, un cuadrado o cualquier otro paralelogramo, como mejor lo requiera la naturaleza del terreno, de un tamaño suficiente para albergar cómodamente a todas las aves congregadas, y ninguna más; respecto a este punto, resuelven impedir la entrada a futuros vagabundos que no hayan participado en el trabajo del campamento. Uno de los lados señalado del lugar corre paralelo a la orilla del agua, y queda abierto para la entrada o la salida.

Luego de haber definido los límites de la colonia, comienzan a limpiar la zona librándola de toda clase de desechos, recogiendo piedra por piedra, y echándolas fuera de los límites, pero muy cerca de ellas, de modo que forman un muro sobre los tres lados interiores. Junto a este muro, por dentro, construyen una avenida perfectamente llana y lisa, de dos a dos metros y medio de ancho, que se extiende alrededor del campamento, que sirve para pasear.

El proceso siguiente consiste en dividir toda el área en pequeñas parcelas de tamaños exactamente iguales. Para ello construyen sendas angostas, muy lisas, que se cruzan en ángulos rectos por toda la extensión de la colonia. En cada intersección de estas sendas se construye el nido de un albatros, y en el centro de cada cuadrado, el nido de un pingüino,

of each square—thus every penguin is surrounded by four albatrosses, and each albatross by a like number of penguins. The penguin's nest consists of a hole in the earth, very shallow, being only just of sufficient depth to keep her single egg from rolling. The albatross is somewhat less simple in her arrangements, erecting a hillock about a foot high and two in diameter. This is made of earth, seaweed, and shells. On its summit she builds her nest.

The birds take especial care never to leave their nests unoccupied for an instant during the period of incubation, or, indeed, until the young progeny are sufficiently strong to take care of themselves. While the male is absent at sea in search of food, the female remains on duty, and it is only upon the return of her partner that she ventures abroad. The eggs are never left uncovered at all—while one bird leaves the nest, the other nestling in by its side. This precaution is rendered necessary by the thievish propensities prevalent in the rookery, the inhabitants making no scruple to purloin each other's eggs at every good opportunity.

Although there are some rookeries in which the penguin and albatross are the sole population, yet in most of them a variety of oceanic birds are to be met with, enjoying all the privileges of citizenship, and scattering their nests here and there, wherever they can find room, never interfering, however, with the stations of the larger species. The appearance of such encampments, when seen from a distance, is exceedingly singular. The whole atmosphere just above the settlement is darkened with the immense number of the albatross (mingled with the smaller tribes) which are continually hovering over it, either going to the ocean or returning home. At the same time a crowd of penguins are to be observed, some passing to and fro in the narrow alleys, and some marching, with the military strut so peculiar to them, around the general promenade-ground which encircles the rookery. In short, survey it as we will, nothing can be more astonishing than the spirit of reflection evinced by these feathered beings, and nothing surely can be better calculated to elicit reflection in every well-regulated human intellect.

On the morning after our arrival in Christmas Harbour the chief mate, Mr. Patterson, took the boats, and (although it was somewhat

de modo que cada pingüino está rodeado de cuatro albatros, y cada albatros, de un número igual de pingüinos. El nido del pingüino consiste en un agujero poco profundo, abierto en la tierra, lo suficientemente hondo para impedir que ruede el único huevo que pone la hembra. El del albatros es menos sencillo en su disposición, levantando un pequeño montículo de tierra de unos veinticinco centímetros de altura y cincuenta de diámetro. Este montículo lo hace con tierra, algas y conchas. En la cima, construye su nido.

Las aves tienen especial cuidado en no dejar los nidos desocupados ni un instante durante el período de incubación, e incluso, hasta que la cría es lo suficientemente fuerte para valerse por sí misma. Mientras el macho está ausente en el mar, buscando alimento, la hembra se queda cumpliendo con su deber, y solo cuando su compañero regresa, se aventura a salir. Los huevos nunca dejan de ser incubados; cuando un ave abandona el nido, la otra anida en su lugar. Esta precaución es indispensable debido a la tendencia que existe a la rapacidad; algo que prevalece en la colonia porque sus habitantes no tienen escrúpulo alguno en robarse los huevos unos a otros cuanto encuentran la ocasión.

Aunque existen algunas colonias en las que el pingüino y el albatros constituyen la única población, en la mayoría de ellas se encuentra una gran variedad de aves oceánicas, que gozan de todos los privilegios de ciudadanía, esparciendo sus nidos por acá y por allá, en cualquier parte que puedan encontrar lugar, pero sin dañar jamás los puestos de las especies mayores. El aspecto de tales campamentos, cuando se ven a distancia, es sumamente singular. Toda la atmósfera exactamente encima de la colonia se halla oscurecida por una multitud de albatros (mezclados con especies más pequeñas) que se ciernen continuamente sobre ella, ya sea cuando van al océano o cuando regresan al nido. Al mismo tiempo se observa una multitud de pingüinos, unos paseando arriba, otros abajo, por las calles angostas, y otros caminando con ese pasito militar que es tan característico, a lo largo del paseo general que rodea a la colonia. En resumen, de cualquier modo que se considere, no hay nada más asombroso que el espíritu de reflexión demostrado por estos seres cubiertos de plumas, y seguramente no hay nada mejor calculado para suscitar la meditación en toda la inteligencia humana.

La mañana después de nuestra llegada a Puerto Navidad, el jefe de cubierta, el señor Patterson, bajó los botes, y (aunque era el comienzo

early in the season) went in search of seal, leaving the captain and a young relation of his on a point of barren land to the westward, they having some business, whose nature I could not ascertain, to transact in the interior of the island. Captain Guy took with him a bottle, in which was a sealed letter, and made his way from the point on which he was set on shore towards one of the highest peaks in the place. It is probable that his design was to leave the letter on that height for some vessel which he expected to come after him. As soon as we lost sight of him we proceeded (Peters and myself being in the mate's boat) on our cruise around the coast, looking for seal. In this business we were occupied about three weeks, examining with great care every nook and corner, not only of Kerguelen's Land, but of the several small islands in the vicinity. Our labours, however, were not crowned with any important success. We saw a great many fur seal, but they were exceedingly shy, and, with the greatest exertions, we could only procure three hundred and fifty skins in all. Sea elephants were abundant, especially on the western coast of the main island, but of these we killed only twenty, and this with great difficulty. On the smaller islands we discovered a good many of the hair seal, but did not molest them. We returned to the schooner on the eleventh, where we found Captain Guy and his nephew, who gave a very bad account of the interior, representing it as one of the most dreary and utterly barren countries in the world. They had remained two nights on the island, owing to some misunderstanding, on the part of the second mate, in regard to the sending a jollyboat from the schooner to take them off.

de la temporada) fue en busca de focas, dejando al capitán y a un joven pariente suyo en un paraje de tierra inhóspita hacia el oeste, porque tenían que resolver algún asunto, cuya naturaleza yo ignoraba, en el interior de la isla. El capitán Guy se llevó una botella, dentro de la cual había una carta sellada, y se dirigió desde el punto en el que había desembarcado hacia uno de los picos más altos del lugar. Es probable que tuviese el propósito de dejar la carta en aquella altura para el capitán de algún barco que esperaba que llegase después. Tan pronto como lo perdimos de vista, empezamos (porque Peters y yo íbamos en el bote del primer piloto) nuestro viaje por mar alrededor de la costa, en busca de focas. Estuvimos ocupados unas tres semanas en esta tarea, examinando con gran cuidado cada esquina y cada rincón, no solo de la Tierra de Kerguelen, sino de varios islotes de las cercanías. Pero nuestros esfuerzos no fueron coronados por ningún éxito importante. Vimos muchísimas focas, pero todas tan esquivas que, con mucho esfuerzo, solo pudimos obtener trescientas cincuenta pieles en total. Los elefantes marinos abundaban, sobre todo en la costa oeste de la isla principal, pero solo matamos unos veinte y con mucha dificultad. En los islotes descubrimos una gran cantidad de focas, pero no las molestamos. El onceavo día volvimos a la goleta, donde encontramos al capitán Guy y a su sobrino, quienes nos dieron malas noticias del interior, describiéndolo como uno de los lugares más sombríos y desolados del mundo. Habían permanecido dos noches en la isla, debido a un error, por parte del segundo piloto, respecto al envío de un bote desde la goleta para llevarlos a bordo.

CHAPTER XV

On the twelfth we made sail from Christmas Harbour, retracing our way to the westward, and leaving Marion's Island, one of Crozet's group, on the larboard. We afterward passed Prince Edward's Island, leaving it also on our left; then, steering more to the northward, made, in fifteen days, the islands of Tristan d'Acunha, in latitude 37° 8' S., longitude 12° 8' W.

This group, now so well known, and which consists of three circular islands, was first discovered by the Portuguese, and was visited afterward by the Dutch in 1643, and by the French in 1767. The three islands together form a triangle, and are distant from each other about ten miles, there being fine open passages between. The land in all of them is very high, especially in Tristan d'Acunha, properly so called. This is the largest of the group, being fifteen miles in circumference, and so elevated that it can be seen in clear weather at the distance of eighty or ninety miles. A part of the land towards the north rises more than a thousand feet perpendicularly from the sea. A tableland at this height extends back nearly to the centre of the island, and from this tableland arises a lofty cone like that of Teneriffe. The lower half of this cone is clothed with trees of good size, but the upper region is barren rock, usually hidden among the clouds, and covered with snow during the greater part of the year. There are no shoals or other dangers about the island, the shores being remarkably bold and the water deep. On the northwestern coast is a bay, with a beach of black sand, where a landing with boats can be easily effected, provided there be a southerly wind. Plenty of excellent water may here be readily procured; also cod, and other fish, may be taken with hook and line.

The next island in point of size, and the most westwardly of the group, is that called the Inaccessible. Its precise situation is 37° 17' S. latitude, longitude 12° 24' W. It is seven or eight miles in circumference, and on all sides presents a forbidding and precipitous aspect. Its top is perfectly flat, and the whole region is steril, nothing growing upon it except a few stunted shrubs.

Nightingale Island, the smallest and most southerly, is in latitude 37° 26' S., longitude 12° 12' W. Off its southern extremity is a high

El duodécimo día zarpamos desde Puerto Navidad, desandando nuestro camino hacia el oeste y dejando a babor la isla de Marion, del archipiélago de Crozet. Luego pasamos la isla Príncipe Eduardo, dejándola también a nuestra izquierda; y luego, seguimos navegando más hacia el norte, hasta que llegamos, en quince días, a las islas de Tristán de Acuña, a 37° 8' de latitud sur y 12° 8' de longitud oeste.

Este archipiélago, ahora muy conocido, y que consta de tres islas circulares, fue descubierto primeramente por los portugueses, y visitado luego por los holandeses en 1643 y por los franceses en 1767. Las tres islas juntas forman un triángulo y están a unas diez millas de distancia, unas de otras, con pasos anchos entre ellas. En todas, la costa es muy alta, especialmente en la de Tristán de Acuña propiamente dicha. Esta es la más grande del grupo, ya que tiene quince millas de circunferencia, y se encuentra tan elevada que, cuando hay buen tiempo, se la puede divisar a una distancia de ochenta o noventa millas. Una parte de la costa hacia el norte se eleva a más de trescientos metros perpendicularmente sobre el mar. A esta altura se extiende una meseta casi hasta el centro de la isla, y desde esa meseta se alza un cono altísimo como el de Tenerife. La mitad inferior de este cono está cubierta de árboles de gran tamaño; pero la región superior es roca desnuda, por lo general oculta entre las nubes y cubierta de nieve durante la mayor parte del año. No hay bancos de arena ni otros peligros en los alrededores de la isla, las costas son notablemente escarpadas y de profundas aguas. En la costa del noroeste se encuentra una bahía, con una playa de arena negra donde se puede desembarcar fácilmente con botes, siempre que sople viento del sur. Allí se puede obtener gran cantidad de agua muy buena, y también se pesca bacalao y otros peces con caña y anzuelo.

La isla que le sigue en tamaño, y que se encuentra más al oeste del grupo, es llamada la Inaccesible. Su posición exacta es 37° 17' de latitud sur y 12° 24' de longitud oeste. Tiene siete u ocho millas de circunferencia, y presenta un aspecto escarpado e imponente por todos lados. La cumbre es completamente llana, y toda la región es árida, nada crece allí, excepto algunos arbustos raquíticos.

La isla Nightingale o isla del Ruiseñor, la más pequeña y meridional, se encuentra situada a 37° 26' de latitud sur y a 12° 12' de longitud oeste.

ledge of rocky islets; a few also of a similar appearance are seen to the northeast. The ground is irregular and steril, and a deep valley partially separates it.

The shores of these islands abound, in the proper season, with sea lions, sea elephants, the hair and fur seal, together with a great variety of oceanic birds. Whales are also plenty in their vicinity. Owing to the ease with which these various animals were here formerly taken, the group has been much visited since its discovery. The Dutch and French frequented it at a very early period. In 1790, Captain Patten, of the ship Industry, of Philadelphia, made Tristan d'Acunha, where he remained seven months (from August, 1790, to April, 1791) for the purpose of collecting sealskins. In this time he gathered no less than five thousand six hundred, and says that he would have had no difficulty in loading a large ship with oil in three weeks. Upon his arrival he found no quadrupeds, with the exception of a few wild goats— the island now abounds with all our most valuable domestic animals, which have been introduced by subsequent navigators.

I believe it was not long after Captain Patten's visit that Captain Colquhoun, of the American brig Betsey, touched at the largest of the islands for the purpose of refreshment. He planted onions, potatoes, cabbages, and a great many other vegetables, an abundance of all which are now to be met with.

In 1811, a Captain Heywood, in the Nereus, visited Tristan. He found there three Americans, who were residing upon the islands to prepare sealskins and oil. One of these men was named Jonathan Lambert, and he called himself the sovereign of the country. He had cleared and cultivated about sixty acres of land, and turned his attention to raising the coffee-plant and sugar-cane, with which he had been furnished by the American minister at Rio Janeiro. This settlement, however, was finally abandoned, and in 1817 the islands were taken possession of by the British government, who sent a detachment for that purpose from the Cape of Good Hope. They did not, however, retain them long; but, upon the evacuation of the country as a British possession, two or three English families took up their residence there independently of the government. On the twenty-fifth of March, 1824, the Berwick, Captain Jeffrey, from Lon-

En su extremo meridional sur hay un alto arrecife de islotes rocosos; se ven también algunos de un aspecto similar hacia el noreste. El terreno es irregular y árido, y está dividido parcialmente por un profundo valle.

En las costas de estas islas, durante la temporada adecuada, abundan leones, elefantes marinos, focas, y una gran variedad de aves oceánicas. También abundan las ballenas en sus cercanías. Debido a la facilidad con la que estos animales eran capturados en un principio, el grupo ha sido muy visitado desde su descubrimiento. Los holandeses y los franceses lo frecuentaron desde los primeros tiempos. En 1790, el capitán Patten, que comandaba el barco Industry, de Filadelfia, hizo un viaje a la isla Tristán de Acuña, y se quedó allí durante siete meses (desde agosto de 1790 hasta abril de 1791) con el objeto de recoger pieles de focas. Durante este tiempo recogió no menos de cinco mil seiscientas, y afirmó que no le hubiera costado ninguna dificultad cargar de aceite un barco grande en tres semanas. Cuando llegó no encontró cuadrúpedos, a excepción de unas cuantas cabras salvajes; ahora, la isla cuenta con todos nuestros más preciosos animales domésticos, introducidos por los navegantes que le sucedieron.

Creo que fue poco después de la visita del capitán Patten, que el capitán Colquhoun, al mando del bergantín americano Betsey, hizo escala en la isla más grande para aprovisionarse. Plantó cebollas, patatas, repollos y una gran cantidad de vegetales, que ahora abundan allí.

En 1811, el capitán Haywood, en el Nereus, visitó la isla Tristán. Se encontró allí con tres americanos, que residían en la isla para preparar aceite y pieles de foca. Uno de aquellos hombres se llamaba Jonathan Lambert, quien se asumía como soberano del territorio. Había limpiado y cultivado unos tres kilómetros cuadrados de tierra, y se dedicó a sembrar el café y la caña de azúcar que le había proporcionado el embajador americano en Río de Janeiro. Pero, finalmente, este asentamiento fue abandonado, y en 1817, el gobierno inglés tomó posesión de las islas, enviando un destacamento desde el Cabo de Buena Esperanza. Sin embargo, aquellos colonos no se quedaron mucho tiempo; pero, después del desalojo del territorio como posesión británica, dos o tres familias inglesas fijaron allí su residencia, independientemente del gobierno. El 25 de marzo de 1824, el Berwick, del capitán Jeffrey, que partió de Londres con destino a la Tierra de Van Diemen, arribó al lugar, donde

don to Van Diemen's Land, arrived at the place, where they found an Englishman of the name of Glass, formerly a corporal in the British artillery. He claimed to be supreme governor of the islands, and had under his control twenty-one men and three women. He gave a very favourable account of the salubrity of the climate and of the productiveness of the soil. The population occupied themselves chiefly in collecting sealskins and sea elephant oil, with which they traded to the Cape of Good Hope, Glass owning a small schooner. At the period of our arrival the governor was still a resident, but his little community had multiplied, there being fifty-six persons upon Tristan, besides a smaller settlement of seven on Nightingale Island. We had no difficulty in procuring almost every kind of refreshment which we required—sheep, hogs, bullocks, rabbits, poultry, goats, fish in great variety, and vegetables were abundant. Having come to anchor close in with the large island, in eighteen fathoms, we took all we wanted on board very conveniently. Captain Guy also purchased of Glass five hundred sealskins and some ivory. We remained here a week, during which the prevailing winds were from the northward and westward, and the weather somewhat hazy. On the fifth of November we made sail to the southward and westward, with the intention of having a thorough search for a group of islands called the Auroras, respecting whose existence a great diversity of opinion has existed.

These islands are said to have been discovered as early as 1762, by the commander of the ship Aurora. In 1790, Captain Manuel de Oyarvido, in the ship Princess, belonging to the Royal Philippine Company, sailed, as he asserts, directly among them. In 1794, the Spanish corvette Atrevida went with the determination of ascertaining their precise situation, and, in a paper published by the Royal Hydrographical Society of Madrid in the year 1809, the following language is used respecting this expedition. "The corvette Atrevida practised, in their immediate vicinity, from the twenty-first to the twenty-seventh of January, all the necessary observations, and measured by chronometers the difference of longitude between these islands and the port of Soledad in the Malvinas. The islands are three; they are very nearly in the same meridian; the centre one is rather low, and the other two may be seen at nine leagues distance." The observations made on board the Atrevida give the following results as the precise situation of each island. The most northern is in latitude 52° 37' 24" S., longitude 47° 43' 15" W.; the middle one in latitude 53° 2'

encontró a un inglés llamado Glass, en otro tiempo cabo de la artillería inglesa. Se arrogaba el título de gobernador supremo de las islas, y tenía bajo su mando a veintiún hombres y tres mujeres. Dio un informe muy favorable de la salubridad del clima y de la productividad del suelo. La población se ocupaba principalmente de recoger pieles de focas y aceite de elefante marino, que comerciaban con Cabo de Buena Esperanza, porque Glass era dueño de una pequeña goleta. Al momento de nuestra llegada, el gobernador aún residía allí, pero su pequeña comunidad se había multiplicado, había en la isla Tristán cincuenta y seis, además de un pequeño asentamiento de siete personas en la isla Nightingale. No encontramos ninguna dificultad para obtener todo tipo de provisiones que necesitábamos: ovejas, cerdos, bueyes, conejos, aves de corral, cabras, pescado en gran variedad y legumbres en abundancia. Ya que anclamos muy cerca de la isla grande, con dieciocho brazas de profundidad, cargamos a bordo prácticamente todo lo que necesitábamos. El capitán Guy le compró a Glass quinientas pieles de foca y cierta cantidad de marfil. Nos quedamos allí una semana, durante la cual predominaron los vientos del norte y del oeste, con un tiempo algo brumoso. El 5 de noviembre zarpamos hacia el sudoeste, con la intención de buscar de modo exhaustivo un grupo de islas llamadas las Auroras, sobre las cuales había existido una gran diversidad de opiniones.

Se dice que estas islas fueron descubiertas a principios de 1762 por el comandante del barco Aurora. En 1790, el capitán Manuel de Oyarvido, en el barco Princess, perteneciente a la Real Compañía de Filipinas, navegó, según afirma él, por estos lugares. En 1794, la corbeta española Atrevida partió con el propósito de determinar su situación exacta y, en un informe publicado por la Real Sociedad Hidrográfica de Madrid en el año 1809, se hablaba de esta expedición en los siguientes términos: «La corbeta Atrevida realizó, en sus cercanías, desde el veintiuno al 27 de enero, todas las observaciones necesarias y midió con cronómetros la diferencia de longitud existente entre estas islas y el puerto de Soledad, en Malvinas. Las islas son tres, están casi en el mismo meridiano; la del centro, algo más baja, y las otras dos se pueden ver a nueve leguas de distancia». Las observaciones hechas a bordo de la Atrevida dieron los siguientes resultados en cuanto a la exacta situación de cada isla. La más septentrional se halla a 52° 37' 24" de latitud sur, y a 47° 43' 15" de longitud oeste; la del centro, a 53° 2' 40" de latitud sur y a 47° 55' 15" de longitud oeste, y la más meridional, a 53° 15' 22" de latitud sur y a 47°

40" S., longitude 47° 55' 15" W.; and the most southern in latitude 53° 15' 22" S., longitude 47° 57' 15" W.

On the twenty-seventh of January, 1820, Captain James Weddel, of the British navy, sailed from Staten Land also in search of the Auroras. He reports that, having made the most diligent search, and passed not only immediately over the spots indicated by the commander of the Atrevida, but in every direction throughout the vicinity of these spots, he could discover no indication of land. These conflicting statements have induced other navigators to look out for the islands; and, strange to say, while some have sailed through every inch of sea where they are supposed to lie without finding them, there have been not a few who declare positively that they have seen them, and even been close in with their shores. It was Captain Guy's intention to make every exertion within his power to settle the question so oddly in dispute.[3]

We kept on our course, between the south and west, with variable weather, until the twentieth of the month, when we found ourselves on the debated ground, being in latitude 53° 15' S., longitude 47° 58' W.—that is to say, very nearly upon the spot indicated as the situation of the most southern of the group. Not perceiving any sign of land, we continued to the westward in the parallel of fifty-three degrees south, as far as the meridian of fifty degrees west. We then stood to the north as far as the parallel of fifty-two degrees south, when we turned to the eastward, and kept our parallel by double altitudes, morning and evening, and meridian altitudes of the planets and moon. Having thus gone eastwardly to the meridian of the western coast of Georgia, we kept that meridian until we were in the latitude from which we set out. We then took diagonal courses throughout the entire extent of sea circumscribed, keeping a lookout constantly at the masthead, and repeating our examination with the greatest care for a period of three weeks, during which the weather was remarkably pleasant and fair, with no haze whatsoever. Of course we were thoroughly satisfied that, whatever islands might have existed in this vicinity at any for-

3   Among the vessels which at various times have professed to meet with the Auroras may be mentioned the ship San Miguel, in 1769; the ship Aurora, in 1774; the brig Pearl, in 1779; and the ship Dolores, in 1790. They all agree in giving the mean latitude fifty-three degrees south.

57' 15" de longitud oeste.

El 27 de enero de 1820, el capitán James Weddel, de la Armada Británica, zarpó desde Staten-Land, también en busca de las Auroras. Él informó que, luego de haber realizado la búsqueda más minuciosa, y de haber pasado no solo inmediatamente por los puntos indicados por el comandante de la Atrevida, sino en todas las direcciones de aquellos lugares, no pudo encontrar indicio alguno de tierra. Estos informes contradictorios provocaron que otros navegantes quisieran buscar dichas islas y, curiosamente, mientras algunos navegantes recorrieron cada pulgada de mar donde suponía que podían estar, sin encontrarlas, algunos pocos declararon terminantemente haberlas visto; e incluso haber estado cerca de sus costas. La intención del capitán Guy era hacer todos los esfuerzos a su alcance para poner en claro esta cuestión tan discutida.[6]

Mantuvimos nuestro rumbo, entre el sur y el oeste, con tiempo variable, hasta el veinte del mismo mes, en que nos encontramos sobre el terreno en cuestión, hallándonos a 53° 15' de latitud sur, a 47° 58' de longitud oeste; es decir, muy cerca del sitio indicado como la ubicación del grupo más meridional. A pesar de que no vimos ningún rastro de tierra, continuamos hacia el oeste del paralelo 53° de latitud sur, hasta el meridiano 50° de longitud oeste. Luego subimos hacia el norte hasta el paralelo 52° de latitud sur, donde giramos hacia el este y mantuvimos nuestro paralelo por altitudes paralelas, mañana y noche, y altitudes meridionales de los planetas y la luna. Yendo, de este modo, hacia el este al meridiano de la costa occidental de Georgia, seguimos ese meridiano hasta volver a la latitud de donde habíamos partido. Seguimos entonces recorridos diagonales a través de toda la extensión del mar circunscripto, manteniendo un vigilante permanente en el tope del mástil, y repitiendo nuestro examen con gran cuidado por espacio de tres semanas, durante las cuales gozamos de un tiempo notablemente bueno y agradable, sin bruma alguna. Naturalmente, quedamos completamente convencidos de que, si habían existido alguna vez islas en

6   Entre los buques que en varias ocasiones afirmaron haberse encontrado con las Auroras, puede mencionarse el barco San Miguel, en 1769; el buque Aurora en 1774; el bergantín Pearl, en 1779; y el buque Dolores, en 1790. Todos coinciden en señalar una latitud media de 53° sur.

mer period, no vestige of them remained at the present day. Since my return home I find that the same ground was traced over with equal care in 1822 by Captain Johnson, of the American schooner Henry, and by Captain Morrell, in the American schooner Wasp—in both cases with the same result as in our own.

244

aquellos lugares en una época anterior, no quedaba ningún vestigio de ellas en la actualidad. Más tarde, al regresar a mi país supe que la misma ruta había sido seguida, con igual cuidado, en 1822, por el capitán Johnson, de la goleta americana Henry; y por el capitán Morrell, de la goleta americana Wasp, habiendo obtenido en ambos casos el mismo resultado que nosotros.

CHAPTER XVI

It had been Captain Guy's original intention, after satisfying himself about the Auroras, to proceed through the Strait of Magellan, and up along the western coast of Patagonia; but information received at Tristan d'Acunha induced him to steer to the southward, in the hope of falling in with some small islands said to lie about the parallel of 60° S., longitude 41° 20' W. In the event of his not discovering these lands, he designed, should the season prove favourable, to push on towards the pole. Accordingly, on the twelfth of December, we made sail in that direction. On the eighteenth we found ourselves about the station indicated by Glass, and cruised for three days in that neighbourhood without finding any traces of the islands he had mentioned. On the twenty-first, the weather being unusually pleasant, we again made sail to the southward, with the resolution of penetrating in that course as far as possible. Before entering upon this portion of my narrative, it may be as well, for the information of those readers who have paid little attention to the progress of discovery in these regions, to give some brief account of the very few attempts at reaching the southern pole which have hitherto been made.

That of Captain Cook was the first of which we have any distinct account. In 1772 he sailed to the south in the Resolution, accompanied by Lieutenant Furneaux in the Adventure. In December he found himself as far as the fifty-eighth parallel of south latitude, and in longitude 26° 57' E. Here he met with narrow fields of ice, about eight or ten inches thick, and running northwest and southeast. This ice was in large cakes, and usually it was packed so closely that the vessels had great difficulty in forcing a passage. At this period Captain Cook supposed, from the vast number of birds to be seen, and from other indications, that he was in the near vicinity of land. He kept on to the southward, the weather being exceedingly cold, until he reached the sixty-fourth parallel, in longitude 38° 14' E. Here he had mild weather, with gentle breezes, for five days, the thermometer being at thirty-six. In January, 1773, the vessels crossed the Antarctic circle, but did not succeed in penetrating much farther; for, upon reaching latitude 67° 15', they found all farther progress impeded by an immense body of ice, extending all along the southern horizon as far as the eye could reach. This ice was of every variety—and some large floes of it, miles in extent, formed a compact mass, rising eight-

La primera intención del capitán Guy había sido, luego de satisfacer su curiosidad respecto a las Auroras, avanzar por el estrecho de Magallanes y subir a lo largo de la costa occidental de la Patagonia; pero cierta información que recibió en Tristán de Acuña lo llevó a dirigirse hacia el sur, con la esperanza de arribar a alguno de los islotes que decían se hallaban alrededor del paralelo 60° de latitud sur, y a 45° 20' de longitud oeste. En el caso de que no descubriese estas tierras, se propuso, si la estación era favorable, avanzar hacia el polo. Por consiguiente, el 12 de diciembre zarpamos en esa dirección. El dieciocho estábamos cerca del lugar indicado por Glass y, durante tres días, navegamos por aquellos lugares sin hallar rastro alguno de las islas que él había mencionado. El veintiuno, como el tiempo era excepcionalmente agradable, zarpamos nuevamente hacia el sur, con la idea de seguir por ese rumbo lo más lejos posible. Antes de entrar en esta parte de mi relato, sería bueno, para información de aquellos lectores que hayan prestado poca atención al curso de los descubrimientos en estas regiones, brindarles una breve idea de los pocos intentos que se han hecho hasta ahora, para llegar al polo sur.

El del capitán Cook fue el primero del cual tenemos informes precisos. En 1772, navegó hacia el sur en el buque Resolution, acompañado del teniente Furneau, que comandaba el Adventure. En diciembre se encontraba en el paralelo 58° de latitud sur, y a 26° 57' de longitud este. Allí se encontró con unos bancos de hielo estrechos, de un espesor de veinticinco a treinta centímetros, deslizándose desde el noroeste hacia el sudeste. El hielo se elevaba en grandes masas y solía acumularse tanto, que el barco avanzaba con gran dificultad. En este tiempo, el capitán Cook supuso, por el gran número de aves que se veían y por otros indicios, que se hallaban en las inmediaciones de alguna porción de tierra. Mantuvo el rumbo hacia el sur; con temperaturas excesivamente frías, hasta alcanzar el paralelo 64°, a los 38° 14' de longitud este. Allí el clima era más agradable, con brisas suaves; durante cinco días, el termómetro marcaba 36° Farenheit. En enero de 1773, los barcos cruzaron el círculo Antártico; pero no consiguieron llegar más lejos, porque al alcanzar los 67° 15' de latitud se encontraron con un inmenso bloque de hielo que les impedía avanzar, y se extendía a lo largo del horizonte meridional hasta donde la vista podía llegar. Este glaciar era de carácter muy variado y algunos de esos inmensos campos de hielo flotantes, de millas

een or twenty feet above the water. It being late in the season, and no hope entertained of rounding these obstructions, Captain Cook now reluctantly turned to the northward.

In the November following he renewed his search in the Antarctic. In latitude 59° 40' he met with a strong current setting to the southward. In December, when the vessels were in latitude 67° 31', longitude 142° 54' W., the cold was excessive, with heavy gales and fog. Here also birds were abundant; the albatross, the penguin, and the peterel especially. In latitude 70° 23' some large islands of ice were encountered, and shortly afterward, the clouds to the southward were observed to be of a snowy whiteness, indicating the vicinity of field ice. In latitude 71° 10', longitude 106° 54' W., the navigators were stopped, as before, by an immense frozen expanse, which filled the whole area of the southern horizon. The northern edge of this expanse was ragged and broken, so firmly wedged together as to be utterly impassable, and extending about a mile to the southward. Behind it the frozen surface was comparatively smooth for some distance, until terminated in the extreme back-ground by gigantic ranges of ice mountains, the one towering above the other. Captain Cook concluded that this vast field reached the southern pole or was joined to a continent. Mr. J. N. Reynolds, whose great exertions and perseverance have at length succeeded in getting set on foot a national expedition, partly for the purpose of exploring these regions, thus speaks of the attempt of the Resolution. "We are not surprised that Captain Cook was unable to go beyond 71° 10', but we are astonished that he did attain that point on the meridian of 106° 54' west longitude. Palmer's Land lies south of the Shetland, latitude sixty-four degrees, and tends to the southward and westward farther than any navigator has yet penetrated. Cook was standing for this land when his progress was arrested by the ice; which, we apprehend, must always be the case in that point, and so early in the season as the sixth of January—and we should not be surprised if a portion of the icy mountains described was attached to the main body of Palmer's Land, or to some other portions of land lying farther to the southward and westward."

In 1803, Captains Kreutzenstern and Lisiausky were despatched by Alexander of Russia for the purpose of circumnavigating the

de extensión, formaban una masa compacta que se elevaba de cinco y medio a seis metros sobre el agua. Conforme avanzaba la estación, y sin esperanza de intentar bordear estos obstáculos, el capitán Cook giró con desgano hacia el norte.

En el mes de noviembre siguiente reanudó su búsqueda en el Antártico. A los 59° 40' de latitud encontró una fuerte corriente que se dirigía hacia el sur. En diciembre, cuando los barcos se hallaban a 67° 31' de latitud y a 142° 54' de longitud oeste, el frío era excesivo, con fuertes vendavales y densa niebla. Allí también abundaban las aves, especialmente el albatros, el pingüino y el petrel. A los 70° 23' de latitud encontraron algunas islas de hielo grandes, y un poco más lejos observaron que las nubes hacia el sur eran de una blancura nívea, indicando la proximidad de bancos de hielo. A los 70° 10' de latitud y a los 106° 54' de longitud oeste, los navegantes se detuvieron, como anteriormente, por la presencia de una inmensa extensión helada, que limitaba toda el área del horizonte meridional. El borde septentrional de aquella extensión era escabroso y quebrado, tan compacto que era prácticamente infranqueable, con una extensión aproximada de una milla hacia el sur. Más allá, la superficie helada era relativamente lisa hasta cierta distancia, hasta finalizar, a lo lejos, en una hilera de montañas de hielo gigantescas, descollando unas sobre otras. El capitán Cook dedujo que este extenso banco de hielo llegaba hasta el polo sur o que se unía con algún continente. El señor J. N. Reynolds, quien con grandes esfuerzos y perseverancia ha logrado poner en marcha una expedición nacional con el propósito de explorar estas regiones, habla así del intento del Resolution: «No nos sorprende que el capitán Cook no haya podido llegar más allá de los 70° 10'; pero nos asombra que alcanzase ese punto en el meridiano 106° 54' de longitud oeste. La tierra de Palmer está situada al sur de las Shetland, a sesenta y cuatro grados de latitud, y se extiende hacia el sur y hacia el oeste más allá de donde cualquier navegante haya llegado. Cook se dirigía hacia esa tierra cuando su avance fue detenido por el hielo, cosa que tememos sucederá siempre en ese punto, y en una fecha temprana de la estación como lo es el 6 de enero; y no nos sorprendería que una parte de las montañas de hielo descriptas estuviese unida al cuerpo principal de la Tierra de Palmer, o a algunas otras partes de tierra situadas más lejos hacia el sur y el oeste».

En 1803, los capitanes Kreutzenstern y Lisiausky fueron enviados por Alejandro desde Rusia con el propósito de circunnavegar el globo.

globe. In endeavouring to get south, they made no farther than 59° 58', in longitude 70° 15' W. They here met with strong currents setting eastwardly. Whales were abundant, but they saw no ice. In regard to this voyage, Mr. Reynolds observes that, if Kreutzenstern had arrived where he did earlier in the season, he must have encountered ice—it was March when he reached the latitude specified. The winds prevailing, as they do, from the southward and westward, had carried the floes, aided by currents, into that icy region bounded on the north by Georgia, east by Sandwich Land and the South Orkneys, and west by the South Shetland Islands.

In 1822, Captain James Weddell, of the British navy, with two very small vessels, penetrated farther to the south than any previous navigator, and this too, without encountering extraordinary difficulties. He states that although he was frequently hemmed in by ice before reaching the seventy-second parallel, yet, upon attaining it, not a particle was to be discovered, and that, upon arriving at the latitude of 74° 15', no fields, and only three islands of ice were visible. It is somewhat remarkable that, although vast flocks of birds were seen, and other usual indications of land, and although, south of the Shetlands, unknown coasts were observed from the masthead tending southwardly, Weddell discourages the idea of land existing in the polar regions of the south.

On the eleventh of January, 1823, Captain Benjamin Morrell, of the American schooner Wasp, sailed from Kerguelen's Land with a view of penetrating as far south as possible. On the first of February he found himself in latitude 64° 52' S., longitude 118° 27' E. The following passage is extracted from his journal of that date. "The wind soon freshened to an eleven-knot breeze, and we embraced this opportunity of making to the west; being however convinced that the farther we went south beyond latitude sixty-four degrees the less ice was to be apprehended, we steered a little to the southward, until we crossed the Antarctic circle, and were in latitude 69° 15' E. In this latitude there was no field ice, and very few ice islands in sight."

Under the date of March fourteenth I find also this entry. "The sea was now entirely free of field ice, and there were not more than a

Cuando intentaron llegar al sur, no pudieron pasar más allá de los 59°
58' y de los 70° 15' de longitud oeste. Allí encontraron fuertes corrientes
en dirección al este. Abundaban las ballenas, pero no vieron hielos. Con
relación a este viaje, el señor Reynolds observa que, si Kreutzenstern
hubiese llegado allí a principios de esa estación, habría encontrado hielos: corría el mes de marzo cuando alcanzó la latitud especificada. Los
vientos imperantes, cuando soplaban desde el sur hacia el oeste, habían
arrastrado los extensos campos de hielo flotantes, ayudados por las corrientes, hacia la región de hielos limitada al norte por Georgia, al este
por la Tierra de Sandwich, al sur por las islas Orkneys y al oeste por las
islas Shetland del Sur.

En 1822, el capitán James Wedell, de la Armada Británica, con dos
barcos muy pequeños, penetró mucho más al sur que cualquier otro
navegante anterior, sin encontrar dificultades extraordinarias. Este
marino afirma que, aunque con anterioridad, él estuvo frecuentemente
rodeado de hielos antes de alcanzar el paralelo 72°, al llegar no volvió a
descubrir ni un solo témpano, y que, al llegar a los 74° 15' de latitud, no
vio bancos de hielo, sino tan solo tres islas. Es bastante notable que, aunque hubiese visto grandes bandadas de aves y otros indicios habituales
de tierra, y a pesar de que, al sur de las Shetlands, el vigía observase
costas desconocidas que se extendían hacia el sur, Weddell descarta la
idea de que pueda existir un continente en las regiones polares del sur.

El 11 de enero de 1823, el capitán Benjamin Morrell, de la goleta
americana Wast, zarpó desde la tierra de Kerguelen con el propósito de
adentrarse lo más posible hacia el sur. El 1 de febrero se encontraba a
64° 52' de latitud sur; y a 118° 27' de longitud este. El siguiente pasaje
está tomado de su diario de aquella fecha. «El viento refresca muy pronto, convirtiéndose en una brisa de once nudos, y aprovechamos esta
oportunidad para dirigirnos hacia el oeste; convencidos de que cuanto
más avanzáramos hacia el sur pasando los sesenta y cuatro grados de
latitud, menos tendríamos que temer a los hielos, por lo tanto navegamos un poco más hacia el sur, hasta que cruzamos el círculo Antártico,
y estuvimos a 69° 15' de latitud este. En esta latitud no había ningún
banco de hielo, y muy pocas islas de hielo a la vista».

Con fecha 14 de marzo encuentro también esta anotación: «El mar
estaba completamente libre de bancos de hielo, y no hay más que una

dozen ice islands in sight. At the same time the temperature of the air and water was at least thirteen degrees higher (more mild) than we had ever found it between the parallels of sixty and sixty-two south. We were now in latitude 70° 14' S., and the temperature of the air was forty-seven, and that of the water forty-four. In this situation I found the variation to be 14° 27' easterly, per azimuth.... I have several times passed within the Antarctic circle on different meridians, and have uniformly found the temperature, both of the air and the water, to become more and more mild the farther I advanced beyond the sixty-fifth degree of south latitude, and that the variation decreases in the same proportion. While north of this latitude, say between sixty and sixty-five south, we frequently had great difficulty in finding a passage for the vessel between the immense and almost innumerable ice islands, some of which were from one to two miles in circumference, and more than five hundred feet above the surface of the water."

Being nearly destitute of fuel and water, and without proper instruments, it being also late in the season, Captain Morrell was now obliged to put back, without attempting any farther progress to the southward, although an entirely open sea lay before him. He expresses the opinion that, had not these overruling considerations obliged him to retreat, he could have penetrated, if not to the pole itself, at least to the eighty-fifth parallel. I have given his ideas respecting these matters somewhat at length, that the reader may have an opportunity of seeing how far they were borne out by my own subsequent experience.

In 1831, Captain Briscoe, in the employ of the Messieurs Enderby, whale-ship owners of London, sailed in the brig Lively for the South Seas, accompanied by the cutter Tula. On the twenty-eighth of February, being in latitude 66° 30' S., longitude 47° 31' E., he descried land, and "clearly discovered through the snow the black peaks of a range of mountains running E. S. E." He remained in this neighbourhood during the whole of the following month, but was unable to approach the coast nearer than within ten leagues, owing to the boisterous state of the weather. Finding it impossible to make farther discovery during this season, he returned northward to winter in Van Diemen's Land.

docena de islas de hielo a la vista. Al mismo tiempo, la temperatura del aire y del agua era por lo menos trece grados más alta (más templada) que la que habíamos encontrado entre el paralelo 60° y el 62° sur. Estábamos, entonces, a 70° 14' de latitud sur, y la temperatura del aire era de 47°, y la del agua 44° Farenheit. En esta situación, vi que la variación era de 14° 27' hacia el este, por acimut... He pasado varias veces dentro del círculo Antártico, por diferentes meridianos, y he observado constantemente que la temperatura, tanto la del aire como la del agua, era cada vez más templada a medida que avanzaba más allá de los 65° de latitud sur, y que la variación decrecía en la misma proporción. Mientras que al norte de esta latitud, es decir, entre los 60° y 65° sur, solíamos encontrar muchas dificultades para abrir paso al barco en medio de numerosas islas de hielo inmensas, algunas de las cuales tenían una o dos millas de circunferencia, y se elevaban por encima de la superficie del agua a más de ciento cincuenta metros».

Casi sin combustible ni agua, sin contar con los instrumentos adecuados, y estando avanzada la temporada, el capitán Morrell tuvo que retroceder, sin intentar el avance hacia el oeste a pesar de que, frente a él, el mar se hallaba completamente abierto. Él opina que, si no hubiese tenido que retroceder por estas cuestiones, podría haber penetrado casi hasta el polo mismo, hasta el paralelo ochenta y cinco. Yo he expresado sus ideas respecto a estos temas detalladamente, de modo que el lector pueda tener la oportunidad de ver hasta qué punto pude comprobarlas con mi propia experiencia posterior.

En 1831, el capitán Briscoe, en representación de los señores Enderby, propietarios de buques balleneros de Londres, zarparon en el bergantín Lively hacia los mares del Sur, acompañado por el guardacostas Tula. El 28 de febrero, encontrándose a 66° 30' latitud sur y 47° 31' longitud este, avistó tierra, y «con claridad descubrió picos negros del tamaño de una montaña en medio de la nieve en sentido este-sudeste». Permaneció en los alrededores durante el mes siguiente, pero solo pudo acercarse unas diez leguas de la costa, debido al mal estado del tiempo. Cuando supo que sería imposible realizar más descubrimientos durante esa temporada, regresó al norte, al invierno en la Tierra de Diemen.

In the beginning of 1832 he again proceeded southwardly, and on the fourth of February land was seen to the southeast in latitude 67° 15', longitude 69° 29' W. This was soon found to be an island near the headland of the country he had first discovered. On the twenty-first of the month he succeeded in landing on the latter, and took possession of it in the name of William IV., calling it Adelaide's Island, in honour of the English queen. These particulars being made known to the Royal Geographical Society of London, the conclusion was drawn by that body "that there is a continuous tract of land extending from 47° 30' E. to 69° 29' W. longitude, running the parallel of from sixty-six to sixty-seven degrees south latitude." In respect to this conclusion Mr. Reynolds observes, "In the correctness of it we by no means concur; nor do the discoveries of Briscoe warrant any such inference. It was within these limits that Weddell proceeded south on a meridian to the east of Georgia, Sandwich Land, and the South Orkney and Shetland Islands." My own experience will be found to testify most directly to the falsity of the conclusion arrived at by the society.

These are the principal attempts which have been made at penetrating to a high southern latitude, and it will now be seen that there remained, previous to the voyage of the Jane, nearly three hundred degrees of longitude in which the Antarctic circle had not been crossed at all. Of course a wide field lay before us for discovery, and it was with feelings of most intense interest that I heard Captain Guy express his resolution of pushing boldly to the southward.

A principios de 1832, continuó viaje hacia el sur, y el 4 de febrero se lo vio en el sudeste, en latitud 67º 15' y 69º 29' longitud oeste. Pronto se descubrió que era una isla cerca del cabo del país que había descubierto al principio. El día veintiuno del mes logró desembarcar en esta última, y tomó posesión de ella en nombre de Guillermo IV, llamándola Isla de Adelaida, en honor a la reina de Inglaterra. Estos detalles fueron comunicados a la Real Sociedad Geográfica de Londres, cuya conclusión fue «que existe un tramo continuo que se extiende desde los 47º 30' de longitud este hasta los 69º 29' de longitud oeste, recorriendo el paralelo entre los 66º y 67º de latitud sur». Respecto a esta conclusión, el señor Reynolds observa: «No estamos de acuerdo con su exactitud; tampoco los descubrimientos de Briscoe justifican tal deducción. Fue dentro de estos límites que Weddell avanzó hacia el sur siguiendo un meridiano al este de las islas Georgia, de la Tierra Sandwich, de las Orkney y Shetland». Mi propia experiencia atestigua más directamente la falsedad de la conclusión a la que llegó la mencionada sociedad científica.

Estos son los principales intentos que se han realizado de penetrar en las remotas latitudes del sur, y ahora se verá que estaban allí, antes del viaje de la Jane, cerca de trescientos grados de longitud en el círculo Antártico que no habían sido cruzados. Naturalmente, se extiende ante nosotros un amplio campo por descubrir, y escuché con mucho interés al capitán Guy expresar su decisión de avanzar resueltamente hacia el sur.

CHAPTER XVII

We kept our course southwardly for four days after giving up the search for Glass's Islands, without meeting with any ice at all. On the twenty-sixth, at noon, we were in latitude 63° 23' S., longitude 41° 25' W. We now saw several large ice islands, and a floe of field ice, not, however, of any great extent. The winds generally blew from the southeast, or the northeast, but were very light. Whenever we had a westerly wind, which was seldom, it was invariably attended with a rain squall. Every day we had more or less snow. The thermometer, on the twenty-seventh, stood at thirty-five.

January 1, 1828. This day we found ourselves completely hemmed in by the ice, and our prospects looked cheerless indeed. A strong gale blew, during the whole forenoon, from the northeast, and drove large cakes of the drift against the rudder and counter with such violence that we all trembled for the consequences. Towards evening, the gale still blowing with fury, a large field in front separated, and we were enabled, by carrying a press of sail, to force a passage through the smaller flakes into some open water beyond. As we approached this space we took in sail by degrees, and having at length got clear, lay to under a single reefed foresail.

January 2. We had now tolerably pleasant weather. At noon we found ourselves in latitude 69° 10' S., longitude 42° 20' W., having crossed the Antarctic circle. Very little ice was to be seen to the southward, although large fields of it lay behind us. This day we rigged some sounding gear, using a large iron pot capable of holding twenty gallons, and a line of two hundred fathoms. We found the current setting to the north, about a quarter of a mile per hour. The temperature of the air was now about thirty-three. Here we found the variation to be 14° 28' easterly, per azimuth.

January 5. We had still held on to the southward without any very great impediments. On this morning, however, being in latitude 73° 15' E., longitude 42° 10' W., we were again brought to a stand by an immense expanse of firm ice. We saw, nevertheless, much open water to the southward, and felt no doubt of being able to reach it eventually. Standing to the eastward along the edge of the floe, we

Mantuvimos nuestro rumbo hacia el sur durante cuatro días, luego de renunciar a la búsqueda de las islas de Glass, sin encontrar nada de hielo. El veintiséis, al mediodía, nos hallábamos a 63° 23' de latitud sur y a 45° 25' de longitud oeste. Entonces vimos varias islas de hielo grandes, y un témpano de hielo que no era, por cierto, de gran extensión. Los vientos soplaban generalmente del sudeste o del norte, pero eran muy suaves. Siempre que teníamos viento del oeste, lo que sucedía raras veces, iba acompañado invariablemente de rachas de lluvia. Todos los días nevaba un poco. El día veintisiete, el termómetro marcaba 35° Farenheit.

1 de enero de 1828. Hoy nos vimos completamente rodeados por los hielos, y nuestras perspectivas parecían en realidad muy desalentadoras. Un fuerte vendaval sopló durante toda la mañana, procedente del nordeste, y lanzó grandes témpanos contra el timón y la ventanilla con tal violencia, que todos temblábamos por las consecuencias. Al anochecer, mientras el vendaval soplaba aún con furia, un gran témpano de hielo se rompió frente a nosotros y pudimos, haciendo fuerza de vela, abrirnos paso entre los pedazos más pequeños hasta más allá del mar abierto. Mientras nos acercábamos a este lugar fuimos arriando gradualmente las velas y, cuando al fin nos vimos libres, nos pusimos al pairo con una sola vela de trinquete con rizos.

2 de enero. Tenemos un tiempo bastante agradable. Al mediodía nos hallábamos a 69° 10' de latitud sur y a 42° 20' de longitud oeste, luego de cruzar el círculo Antártico. Vimos muy pocos hielos hacia el sur, aunque grandes témpanos se divisaban a popa. Este día arreglamos unos equipos de sondeo, utilizando una gran olla de hierro de una capacidad de setenta y cinco litros, y un cable de doscientas brazas. Encontramos la corriente que se dirigía hacia el norte, a casi un cuarto de milla por hora. La temperatura del aire era hoy de unos 33°. Hemos comprobado que la variación era de 14° 28' hacia el este, por acimut.

5 de enero. Continuamos avanzando hacia el sur con grandes impedimentos. Sin embargo, esta mañana, cuando nos hallábamos a 73° 15' de latitud sur y a 42° 10' de longitud oeste, nos encontramos de nuevo ante una inmensa extensión de hielo firme. No obstante, vimos el mar más abierto hacia el sur, y no nos cabía duda alguna de que llegaríamos a alcanzarlo. Manteniéndonos hacia el este, a lo largo del borde del tém-

at length came to a passage of about a mile in width, through which we warped our way by sundown. The sea in which we now were was thickly covered with ice islands, but had no field ice, and we pushed on boldly as before. The cold did not seem to increase, although we had snow very frequently, and now and then hail squalls of great violence. Immense flocks of the albatross flew over the schooner this day, going from southeast to northwest.

January 7. The sea still remained pretty well open, so that we had no difficulty in holding on our course. To the westward we saw some icebergs of incredible size, and in the afternoon passed very near one whose summit could not have been less than four hundred fathoms from the surface of the ocean. Its girth was probably, at the base, three quarters of a league, and several streams of water were running from crevices in its sides. We remained in sight of this island two days, and then only lost it in a fog.

January 10. Early this morning we had the misfortune to lose a man overboard. He was an American, named Peter Vredenburgh, a native of New-York, and was one of the most valuable hands on board the schooner. In going over the bows his foot slipped, and he fell between two cakes of ice, never rising again. At noon of this day we were in latitude 78° 30', longitude 40° 15' W. The cold was now excessive, and we had hail squalls continually from the northward and eastward. In this direction also we saw several more immense icebergs, and the whole horizon to the eastward appeared to be blocked up with field ice, rising in tiers, one mass above the other. Some driftwood floated by during the evening, and a great quantity of birds flew over, among which were Nellies, peterels, albatrosses, and a large bird of a brilliant blue plumage. The variation here, per azimuth, was less than it had been previously to our passing the Antarctic circle.

January 12. Our passage to the south again looked doubtful, as nothing was to be seen in the direction of the pole but one apparently limitless floe, backed by absolute mountains of ragged ice, one precipice of which arose frowningly above the other. We stood to the westward until the fourteenth, in the hope of finding an entrance.

January 14. This morning we reached the western extremity of the

pano de hielo, llegamos por último a un paso de casi una milla, a través del cual nos abrimos camino al ponerse el sol. El mar en el cual nos hallábamos estaba en aquel momento densamente cubierto de islas de hielo; pero como no había témpanos, avanzamos resueltamente como antes. El frío no parecía aumentar, aunque nevase con frecuencia, y ocasionalmente cayesen ráfagas de granizo violentas. Inmensas bandadas de albatros volaron hoy sobre la goleta, yendo de sudeste a noroeste.

7 de enero. El mar se mantuvo bastante tranquilo, casi despejado, de modo que proseguimos nuestra ruta sin dificultad. Hacia el oeste vimos algunos icebergs de un tamaño increíble, y por la tarde pasamos muy cerca de uno cuya cima no tendría menos de cuatrocientas brazas sobre la superficie del océano. Su contorno era probablemente, en la base, de tres mil seiscientos, y varias corrientes de agua pasaban por las grietas en los costados. Durante dos días tuvimos esta isla a la vista y solamente la perdimos cuando desapareció en medio de la niebla.

10 de enero. Esta mañana temprano hemos tenido la desgracia de perder a un hombre por la borda. Era un americano llamado Peter Vredenburgh, nacido en New York, y uno de los mejores marineros a bordo de la goleta. Al pasar por la proa resbaló y cayó entre dos masas de hielo, y no volvió a aparecer. Al mediodía de hoy estábamos a 78° 30' de latitud y a 40° 15' de longitud oeste. Ahora hacía demasiado frío, y teníamos ráfagas de granizo continuamente provenientes del norte y del este. En esta dirección también habíamos visto varios icebergs inmensos, y todo el horizonte hacia el este parecía estar bloqueado por un campo de hielo, elevándose y sobreponiéndose en masas como un anfiteatro. Durante la noche vimos algunos bloques de madera flotando, y una gran cantidad de aves revoloteaban encima de ellos, entre las cuales había nellies, petreles, albatros y un pájaro enorme de plumaje azul brillante. Aquí, la variación, por acimut, era menor que la que hubo antes de nuestro paso por el círculo Antártico.

12 de enero. Nuestro paso hacia el sur se vuelve dudoso, porque en dirección al polo solo vemos un témpano aparentemente ilimitado, respaldado por una verdadera cordillera de hielo, en la que un precipicio se elevaba bruscamente sobre otro. Navegamos hacia el oeste hasta el día catorce, con la esperanza de encontrar una entrada.

14 de enero. Esta mañana llegamos al extremo oeste del témpano que

field which had impeded us, and, weathering it, came to an open sea, without a particle of ice. Upon sounding with two hundred fathoms, we here found a current setting southwardly at the rate of half a mile per hour. The temperature of the air was forty-seven, that of the water thirty-four. We now sailed to the southward, without meeting any interruption of moment until the sixteenth, when, at noon, we were in latitude 81° 21', longitude 42° W. We here again sounded, and found a current setting still southwardly, and at the rate of three quarters of a mile per hour. The variation per azimuth had diminished, and the temperature of the air was mild and pleasant, the thermometer being as high as fifty-one. At this period not a particle of ice was to be discovered. All hands on board now felt certain of attaining the pole.

January 17. This day was full of incident. Innumerable flights of birds flew over us from the southward, and several were shot from the deck; one of them, a species of pelican, proved to be excellent eating. About midday a small floe of ice was seen from the masthead off the larboard bow, and upon it there appeared to be some large animal. As the weather was good and nearly calm, Captain Guy ordered out two of the boats to see what it was. Dirk Peters and myself accompanied the mate in the larger boat. Upon coming up with the floe, we perceived that it was in the possession of a gigantic creature of the race of the Arctic bear, but far exceeding in size the largest of these animals. Being well armed, we made no scruple of attacking it at once. Several shots were fired in quick succession, the most of which took effect, apparently, in the head and body. Nothing discouraged, however, the monster threw himself from the ice, and swam, with open jaws, to the boat in which were Peters and myself. Owing to the confusion which ensued among us at this unexpected turn of the adventure, no person was ready immediately with a second shot, and the bear had actually succeeded in getting half his vast bulk across our gunwale, and seizing one of the men by the small of his back, before any efficient means were taken to repel him. In this extremity nothing but the promptness and agility of Peters saved us from destruction. Leaping upon the back of the huge beast, he plunged the blade of a knife behind the neck, reaching the spinal marrow at a blow. The brute tumbled into the sea lifeless, and without a struggle, rolling over Peters as he fell. The latter soon recovered himself, and a rope being thrown him, he secured the carcass before entering

nos había impedido el paso y, esquivándolo, llegamos a mar abierto, sin una partícula de hielo. Al sondar con un cable de doscientas brazas, descubrimos una corriente en dirección al sur a una velocidad de media milla por hora. La temperatura del aire era de 47° F.; la del agua, de 34° F. Navegamos hacia el sur sin encontrar en ningún momento alguna interrupción, hasta el día dieciséis, cuando, al mediodía, nos encontrábamos a 81° 21' de latitud y a 42° de longitud oeste. Aquí volvimos a sondear, y descubrimos una corriente que se dirigía también hacia el sur, y a una velocidad de tres cuartos de milla por hora. La variación por acimut había disminuido, y la temperatura del aire era suave y agradable, marcando el termómetro hasta 51° F. En ese momento no se veía ni una partícula de hielo. Toda la gente a bordo estaba ahora segura de que íbamos a llegar al polo.

17 de enero. Este día estuvo lleno de incidentes. Innumerables bandadas de aves revoloteaban sobre nosotros hacia el sur, y a varias le hemos disparado desde cubierta; una de ellas, una especie de pelícano, que resultó ser un alimento excelente. Hacia el mediodía, el vigía vio un pequeño témpano de hielo por el lado de babor, y sobre el cual parecía haber un animal de gran tamaño. Como el clima era agradable y calmo, el capitán Guy ordenó que lancen al agua dos botes para ver qué clase de animal era. Dick, Peters y yo acompañamos al primer oficial en el bote más grande. Al llegar al témpano de hielo, vemos que estaba ocupado por un gigantesco oso polar, cuyo tamaño era más grande de lo habitual en estos animales. Como íbamos bien armados, no dudamos en atacarlo de inmediato. Disparamos varios tiros de manera secuencial, la mayoría de los cuales lo alcanzaron, al parecer, en la cabeza y en el cuerpo. Sin desfallecer, no obstante, el monstruo se arrojó al agua desde el hielo, y nadando con la boca abierta se dirigió al bote en el que estábamos Peters y yo. Debido a la confusión que se generó entre nosotros ante el inesperado giro de la aventura, nadie estaba listo para disparar inmediatamente un segundo tiro, y el oso logró apoyar la mitad de su cuerpo inmenso sobre nuestra borda, y agarró a uno de los hombres por los riñones, antes de que pudiésemos hacer algo para ahuyentarlo. En esta instancia tan peligrosa, solo nos salvó de la muerte la rapidez y agilidad de Peters. Saltando sobre el lomo de la enorme bestia, le clavó el cuchillo por detrás del cuello, llegando hasta la médula espinal con un solo golpe. La bestia cayó muerta al mar y, sin ofrecer resistencia, arrastró a Peters en su caída. Él se recuperó rápidamente, le arrojamos una cuerda y ató al animal antes de entrar en el bote. Entonces volvimos

the boat. We then returned in triumph to the schooner, towing our trophy behind us. This bear, upon admeasurement, proved to be full fifteen feet in his greatest length. His wool was perfectly white, and very coarse, curling tightly. The eyes were of a blood red, and larger than those of the Arctic bear—the snout also more rounded, rather resembling the snout of the bulldog. The meat was tender, but excessively rank and fishy, although the men devoured it with avidity, and declared it excellent eating.

Scarcely had we got our prize alongside, when the man at the masthead gave the joyful shout of "land on the starboard bow!" All hands were now upon the alert, and, a breeze springing up very opportunely from the northward and eastward, we were soon close in with the coast. It proved to be a low rocky islet, of about a league in circumference, and altogether destitute of vegetation, if we except a species of prickly pear. In approaching it from the northward, a singular ledge of rock is seen projecting into the sea, and bearing a strong resemblance to corded bales of cotton. Around this ledge to the westward is a small bay, at the bottom of which our boats effected a convenient landing.

It did not take us long to explore every portion of the island, but, with one exception, we found nothing worthy of observation. In the southern extremity, we picked up near the shore, half buried in a pile of loose stones, a piece of wood, which seemed to have formed the prow of a canoe. There had been evidently some attempt at carving upon it, and Captain Guy fancied that he made out the figure of a tortoise, but the resemblance did not strike me very forcibly. Besides this prow, if such it were, we found no other token that any living creature had ever been here before. Around the coast we discovered occasional small floes of ice—but these were very few. The exact situation of this islet (to which Captain Guy gave the name of Bennet's Islet, in honour of his partner in the ownership of the schooner) is 82° 50' S. latitude, 42° 20' W. longitude.

We had now advanced to the southward more than eight degrees farther than any previous navigators, and the sea still lay perfectly open before us. We found, too, that the variation uniformly decreased as we proceeded, and, what was still more surprising, that the temperature of the air, and latterly of the water, became milder.

triunfantes a la goleta, remolcando nuestro trofeo. El oso, luego de medirlo, resultó tener casi cinco metros de longitud. Su pelaje era completamente blanco, muy áspero y rizado. Sus ojos eran de color rojo como la sangre, y más grandes que los del oso polar Ártico; el hocico, también más redondeado, se parecía al de un bulldog. La carne era tierna, pero excesivamente rancia y con olor a pescado, sin embargo, los hombres la devoraron con avidez y la calificaron como excelente.

Apenas habíamos llevado nuestra presa a bordo, cuando el vigía lanzó el alegre grito de «¡tierra a estribor!». Todos los marineros se pusieron en alerta, y como se había levantado oportunamente una brisa del norte y este, nos acercamos pronto a la costa. Resultó ser un islote bajo y rocoso, como de una legua de circunferencia, y totalmente desprovisto de vegetación, a excepción de una especie de tuna. Al acercarnos por el norte, vimos un singular arrecife que avanzaba en el mar y se parecía mucho a los fardos de algodón. Rodeando este arrecife hacia el oeste encontramos una pequeña bahía, donde nuestros botes pudieron amarrar con comodidad.

No nos llevó mucho tiempo explorar todos los parajes de la isla, pero, con una sola excepción, no encontramos nada digno de ser observado. En el extremo sur, recogimos cerca de la orilla, medio sepultado en una pila de piedras esparcidas, un trozo de madera que parecía haber sido la proa de una canoa. Evidentemente, habían intentado tallar algo en ella, y el capitán Guy imaginó que era la figura de una tortuga, pero el parecido no me convenció del todo. Aparte de esta proa, si es que lo era, no encontramos ningún otro indicio de que un ser vivo hubiese estado allí nunca antes. Alrededor de la costa, descubrimos algunos témpanos, pero eran muy escasos. La ubicación exacta del islote (al cual el capitán Guy le dio el nombre de Islote de Bennett, en honor a su socio copropietario de la goleta) era de 82° 50' de latitud sur y 42° 20' de longitud oeste.

En este momento habíamos avanzado hacia el sur más de ocho grados de distancia que todos los navegantes anteriores, y el mar se extendía aún completamente abierto ante nosotros. También advertimos que la variación disminuía uniformemente a medida que avanzábamos y, lo que resultaba aún más sorprendente, era que la temperatura del

The weather might even be called pleasant, and we had a steady but very gentle breeze always from some northern point of the compass. The sky was usually clear, with now and then a slight appearance of thin vapour in the southern horizon—this, however, was invariably of brief duration. Two difficulties alone presented themselves to our view; we were getting short of fuel, and symptoms of scurvy had occurred among several of the crew. These considerations began to impress upon Captain Guy the necessity of returning, and he spoke of it frequently. For my own part, confident as I was of soon arriving at land of some description upon the course we were pursuing, and having every reason to believe, from present appearances, that we should not find it the steril soil met with in the higher Arctic latitudes, I warmly pressed upon him the expediency of persevering, at least for a few days longer, in the direction we were now holding. So tempting an opportunity of solving the great problem in regard to an Antarctic continent had never yet been afforded to man, and I confess that I felt myself bursting with indignation at the timid and ill-timed suggestions of our commander. I believe, indeed, that what I could not refrain from saying to him on this head had the effect of inducing him to push on. While, therefore, I cannot but lament the most unfortunate and bloody events which immediately arose from my advice, I must still be allowed to feel some degree of gratification at having been instrumental, however remotely, in opening to the eye of science one of the most intensely exciting secrets which has ever engrossed its attention.

aire, y posteriormente la del agua, se hacían más templadas. El tiempo podía decirse que era agradable, y soplaba una brisa constante pero apacible, que provenía siempre desde algún punto septentrional de la brújula. El cielo, en general, estaba despejado, solo de cuando en cuando, aparecía en el horizonte meridional, un vapor muy tenue pero de breve duración. Solo dos dificultades se presentaban ante nuestra vista; escaseaba el combustible, y habían aparecido síntomas de escorbuto en varios hombres de la tripulación. Estas situaciones comenzaban a influir en el ánimo del capitán Guy quien sintió la necesidad de regresar, y hablaba de eso con frecuencia. Por mi parte, como me sentía confiado de que llegaríamos prontamente a tierra por la ruta que seguíamos, y como tenía toda clase de razones para creer, por las presentes apariencias, que no hallaríamos el suelo estéril encontrado en las latitudes árticas más elevadas, defendí calurosamente la idea de perseverar, al menos durante unos días, en la dirección que habíamos seguido hasta entonces. Una oportunidad tan tentadora de resolver el gran problema respecto al continente antártico no se le había presentado aún a ningún hombre, y confieso que me sentí lleno de indignación ante las sugerencias temerosas e inoportunas de nuestro capitán. En realidad, creo que no pude evitar marcarle este punto y eso tuvo por efecto incentivarlo a seguir adelante. Por eso, aunque no pueda menos que lamentar los acontecimientos desdichados y sangrientos que acarreó inmediatamente mi consejo, debe permitírseme sentir cierta satisfacción por haber sido el instrumento indirecto, que reveló a los ojos de la ciencia uno de los secretos más intensamente emocionantes que hayan captado su atención.

CHAPTER XVIII

January 18. This morning[4] we continued to the southward, with the same pleasant weather as before. The sea was entirely smooth, the air tolerably warm and from the northeast, the temperature of the water fifty-three. We now again got our sounding-gear in order, and, with a hundred and fifty fathoms of line, found the current setting towards the pole at the rate of a mile an hour. This constant tendency to the southward, both in the wind and current, caused some degree of speculation, and even of alarm, in different quarters of the schooner, and I saw distinctly that no little impression had been made upon the mind of Captain Guy. He was exceedingly sensitive to ridicule, however, and I finally succeeded in laughing him out of his apprehensions. The variation was now very trivial. In the course of the day we saw several large whales of the right species, and innumerable flights of the albatross passed over the vessel. We also picked up a bush, full of red berries, like those of the hawthorn, and the carcass of a singular-looking land-animal. It was three feet in length, and but six inches in height, with four very short legs, the feet armed with long claws of a brilliant scarlet, and resembling coral in substance. The body was covered with a straight silky hair, perfectly white. The tail was peaked like that of a rat, and about a foot and a half long. The head resembled a cat's, with the exception of the ears—these were flapped like the ears of a dog. The teeth were of the same brilliant scarlet as the claws.

January 19. To-day, being in latitude 83° 20', longitude 43° 5' W. (the sea being of an extraordinarily dark colour), we again saw land from the masthead, and, upon a closer scrutiny, found it to be one

---

4   The terms morning and evening, which I have made use of to avoid confusion in my narrative, as far as possible, must not, of course, be taken in their ordinary sense. For a long time past we had had no night at all, the daylight being continual. The dates throughout are according to nautical time, and the bearings must be understood as per compass. I would also remark in this place, that I cannot, in the first portion of what is here written, pretend to strict accuracy in respect to dates, or latitudes and longitudes, having kept no regular journal until after the period of which this first portion treats. In many instances I have relied altogether upon memory.

CAPÍTULO XVIII

18 de enero. Esta mañana[7] continuamos hacia el sur, con el mismo clima agradable que antes. El mar está completamente calmo, el viento razonablemente templado y procedente del nordeste, y la temperatura del agua es de 53° F. Realizamos otra vez nuestra operación de sondeo y, con un cable de ciento cincuenta brazas, encontramos que la corriente va en dirección al polo a una velocidad de una milla por hora. Esta tendencia constante hacia el sur, tanto del viento como de la corriente, es motivo de reflexión, e incluso de alarma, entre la tripulación de la goleta. Se ve claramente que al capitán Guy le ha impresionado bastante esta circunstancia. A pesar de que a él le preocupaba caer en el ridículo, logré que se riese de sus propios temores. La variación ahora era muy poca. En el curso del día vimos varias ballenas francas grandes, e innumerables bandadas de albatros sobrevolaron el barco. También recogimos un arbusto, lleno de frutos rojos, como los del espino blanco, y el cuerpo de un animal terrestre de extraña apariencia. Tenía metro y medio de largo y unos quince centímetros de alto, con cuatro patas muy cortas, y las pezuñas tenían largas garras de color carmesí, muy parecido al coral. El cuerpo estaba cubierto de un pelo sedoso y liso, completamente blanco. La cola era afilada como la de una rata, y de unos sesenta centímetros de largo. La cabeza se parecía a la de un gato, a excepción de las orejas, que colgaban como las de un perro. Los dientes eran del mismo color que las uñas.

19 de enero. Hoy, encontrándonos a 83° 20' de latitud y a 43° 5' de longitud oeste (el mar tenía un color oscuro extraordinario), hemos vuelto a ver tierra desde el mástil mayor, y luego de un examen minucioso re-

7   Los términos mañana y tarde, que utilicé para evitar confusiones en mi narración no deben tomarse, por supuesto, en la medida de lo posible, en su forma literal. Durante mucho tiempo no habíamos tenido noche alguna, ya que la luz del día era continua. Las fechas en todo el relato se ajustan a la hora náutica, y los rumbos deben entenderse conforme a la brújula. También debo remarcar aquí, que no puedo, en la primera parte de lo que está escrito aquí, pretender una exactitud estricta con respecto a las fechas, o latitudes y longitudes, ya que no llevé un diario regular hasta después del período al que se refiere esta parte. En muchas ocasiones he confiado totalmente en mi memoria.

of a group of very large islands. The shore was precipitous, and the interior seemed to be well wooded, a circumstance which occasioned us great joy. In about four hours from our first discovering the land we came to anchor in ten fathoms, sandy bottom, a league from the coast, as a high surf, with strong ripples here and there, rendered a nearer approach of doubtful expediency. The two largest boats were now ordered out, and a party, well armed (among whom were Peters and myself), proceeded to look for an opening in the reef which appeared to encircle the island. After searching about for some time, we discovered an inlet, which we were entering, when we saw four large canoes put off from the shore, filled with men who seemed to be well armed. We waited for them to come up, and, as they moved with great rapidity, they were soon within hail. Captain Guy now held up a white handkerchief on the blade of an oar, when the strangers made a full stop, and commenced a loud jabbering all at once, intermingled with occasional shouts, in which we could distinguish the words Anamoo-moo! and Lama-Lama! They continued this for at least half an hour, during which we had a good opportunity of observing their appearance.

In the four canoes, which might have been fifty feet long and five broad, there were a hundred and ten savages in all. They were about the ordinary stature of Europeans, but of a more muscular and brawny frame. Their complexion a jet black, with thick and long woolly hair. They were clothed in skins of an unknown black animal, shaggy and silky, and made to fit the body with some degree of skill, the hair being inside, except where turned out about the neck, wrists, and ankles. Their arms consisted principally of clubs, of a dark, and apparently very heavy wood. Some spears, however, were observed among them, headed with flint, and a few slings. The bottoms of the canoes were full of black stones about the size of a large egg.

When they had concluded their harangue (for it was clear they intended their jabbering for such), one of them who seemed to be the chief stood up in the prow of his canoe, and made signs for us to bring our boats alongside of him. This hint we pretended not to understand, thinking it the wiser plan to maintain, if possible, the in-

sultó ser una isla dentro de un grupo de islas muy grandes. La costa era escarpada, y el interior parecía estar lleno de árboles, circunstancia que nos alegró mucho. Aproximadamente cuatro horas después de nuestro primer descubrimiento de esta tierra, anclamos, con diez brazas y fondo arenoso a una legua de distancia de la costa, ya que una violenta resaca, con fuertes remolinos aquí y allá, hacía peligrosa la aproximación. Se nos ordenó echar al agua los dos botes mayores, y un grupo bien armado (en el cual estábamos Peters y yo) se encargó de buscar una abertura en el arrecife que parecía circundar la isla.

Después de haber buscado durante algún tiempo, descubrimos una entrada, por la cual ingresaríamos, cuando vimos cuatro grandes canoas que salían de la orilla, llenas de hombres que parecían estar bien armados. Esperamos que se acercaran y, como maniobraban con gran rapidez, no tardaron nada en ponerse al nuestro alcance. El capitán Guy, entonces, alzó un pañuelo blanco en la punta de un remo, y allí fue que los extranjeros se detuvieron de pronto y comenzaron rápidamente a hablar en voz alta, intercalando gritos aislados entre los cuales podíamos distinguir las palabras «¡Anamoo-moo!» y «¡Lama-Lama!». Continuaron así por lo menos media hora, durante la cual tuvimos la oportunidad de observar su aspecto.

En las cuatro canoas, que podían tener unos quince metros de largo, y uno y medio de ancho, había ciento diez bárbaros en total. Tenían la estatura media de los europeos, pero eran de contextura más musculosa y robusta. Su tez era color negro azabache, con el pelo espeso, largo y lanudo. Iban vestidos con pieles negras de un animal desconocido, tupidas y sedosas, ajustadas al cuerpo con cierta habilidad, quedando el pelo adentro, excepto alrededor del cuello, las muñecas y los tobillos. Sus armas consistían principalmente en garrotes, de una madera oscura y al parecer muy pesada. También vimos en poder de algunos de ellos lanzas punta de piedra y algunas hondas. El fondo de las canoas estaba lleno de piedras negras de un tamaño aproximado al de un huevo grande.

Cuando concluyeron su arenga (pues era evidente que para ellos era eso), uno de ellos, que parecía ser el jefe, se irguió en la proa de su canoa y nos hizo señas de que avancemos con nuestros botes al lado del suyo. Simulamos no entender esta señal, pensando que el plan más sensato era mantener, dentro de lo posible, cierta distancia entre nosotros, pues

terval between us, as their number more than quadrupled our own. Finding this to be the case, the chief ordered the three other canoes to hold back, while he advanced towards us with his own. As soon as he came up with us he leaped on board the largest of our boats, and seated himself by the side of Captain Guy, pointing at the same time to the schooner, and repeating the words Anamoo-moo! and La-ma-Lama! We now put back to the vessel, the four canoes following at a little distance.

Upon getting alongside the chief evinced symptoms of extreme surprise and delight, clapping his hands, slapping his thighs and breast, and laughing obstreperously. His followers behind joined in his merriment, and for some minutes the din was so excessive as to be absolutely deafening. Quiet being at length restored, Captain Guy ordered the boats to be hoisted up, as a necessary precaution, and gave the chief (whose name we soon found to be Too-wit) to understand that we could admit no more than twenty of his men on deck at one time. With this arrangement he appeared perfectly satisfied, and gave some directions to the canoes, when one of them approached, the rest remaining about fifty yards off. Twenty of the savages now got on board, and proceeded to ramble over every part of the deck, and scramble about among the rigging, making themselves much at home, and examining every article with great inquisitiveness.

It was quite evident that they had never before seen any of the white race—from whose complexion, indeed, they appeared to recoil. They believed the Jane to be a living creature, and seemed to be afraid of hurting it with the points of their spears, carefully turning them up. Our crew were much amused with the conduct of Too-wit in one instance. The cook was splitting some wood near the galley, and, by accident, struck his axe into the deck, making a gash of considerable depth. The chief immediately ran up, and pushing the cook on one side rather roughly, commenced a half whine, half howl, strongly indicative of sympathy in what he considered the sufferings of the schooner, patting and smoothing the gash with his hand, and washing it from a bucket of seawater which stood by. This was a degree of ignorance for which we were not prepared, and for my part I could not help thinking some of it affected.

su número era cuatro veces mayor que el nuestro. Adivinando este propósito, el jefe ordenó a las otras tres canoas que permaneciesen atrás, mientras él avanzaba hacia nosotros en la suya. Tan pronto como llegó, saltó a bordo de la mayor de nuestras canoas y se sentó al lado del capitán Guy, señalando al mismo tiempo la goleta, y repitiendo las palabras «¡Anamoomoo!» y «¡Lama-Lama!». Luego volvimos hacia el barco, las cuatro canoas nos seguían a corta distancia.

Al llegar a nuestro lado, el jefe dio claras muestras de sorpresa extrema y gran deleite, batiendo sus palmas, golpeándose los muslos y el pecho, y riendo escandalosamente. Sus seguidores se unieron a su alegría, y durante unos minutos el alboroto fue tan excesivo, que nos ensordeció por completo. Tranquilo al fin por hallarse en el barco, el capitán Guy ordenó que fuesen izados los botes, por precaución, y dio a entender al jefe (cuyo nombre descubrimos pronto que era Too-wit) que no podía admitir más de veinte de sus hombres en la cubierta simultáneamente. Pareció completamente satisfecho con esto, y dio algunas órdenes a las canoas, entonces una de ellas se acercó, quedando las demás a unos cincuenta metros de distancia. Veinte bárbaros subieron a bordo y se pusieron a dar vueltas por todas partes sobre cubierta, trepando por el aparejo, comportándose como si estuvieran en su casa y examinando cada objeto con gran curiosidad.

Era totalmente evidente que no habían visto nunca a seres de la raza blanca, cuyo cutis parecía, en realidad, repugnarles. Creían que la Jane era un ser viviente, y parecían tener miedo de herirla con la punta de sus lanzas, que volvían cuidadosamente hacia arriba. Nuestra tripulación se divirtió mucho con la conducta de Too-wit en un principio. El cocinero estaba cortando leña cerca de la cocina y, por casualidad, clavó su hacha en la cubierta, abriendo una hendidura de considerable profundidad. El jefe acudió en seguida, y empujando hacia un lado de manera algo brusca al cocinero, comenzó a emitir como un quejido, algo similar a un aullido, que denotaba de modo enérgico la simpatía con que consideraba los sufrimientos de la goleta, acariciando y alisando la hendidura con sus manos, y lavándola con un cubo de agua de mar que estaba al lado. Esto revelaba un grado de ignorancia para el que no estábamos preparados, y por mi parte no pude menos que pensar que había en ello cierta simulación.

When the visiters had satisfied, as well as they could, their curiosity in regard to our upper works, they were admitted below, when their amazement exceeded all bounds. Their astonishment now appeared to be far too deep for words, for they roamed about in silence, broken only by low ejaculations. The arms afforded them much food for speculation, and they were suffered to handle and examine them at leisure. I do not believe that they had the least suspicion of their actual use, but rather took them for idols, seeing the care we had of them, and the attention with which we watched their movements while handling them. At the great guns their wonder was redoubled. They approached them with every mark of the profoundest reverence and awe, but forbore to examine them minutely. There were two large mirrors in the cabin, and here was the acme of their amazement. Too-wit was the first to approach them, and he had got in the middle of the cabin, with his face to one and his back to the other, before he fairly perceived them. Upon raising his eyes and seeing his reflected self in the glass, I thought the savage would go mad; but, upon turning short round to make a retreat, and beholding himself a second time in the opposite direction, I was afraid he would expire upon the spot. No persuasions could prevail upon him to take another look; but, throwing himself upon the floor, with his face buried in his hands, he remained thus until we were obliged to drag him upon deck.

The whole of the savages were admitted on board in this manner, twenty at a time, Too-wit being suffered to remain during the entire period. We saw no disposition to thievery among them, nor did we miss a single article after their departure. Throughout the whole of their visit they evinced the most friendly manner. There were, however, some points in their demeanour which we found it impossible to understand: for example, we could not get them to approach several very harmless objects—such as the schooner's sails, an egg, an open book, or a pan of flour. We endeavoured to ascertain if they had among them any articles which might be turned to account in the way of traffic, but found great difficulty in being comprehended. We made out, nevertheless, what greatly astonished us, that the islands abounded in the large tortoise of the Gallipagos, one of which we saw in the canoe of Too-wit. We saw also some biche de mer in the hands of one of the savages, who was greedily devouring it in its natural state. These anomalies, for they were such when considered

Cuando los visitantes, en la medida de lo posible, vieron satisfecha su curiosidad con respecto a nuestro trabajo, fueron recibidos abajo, donde su asombro superó todos los límites. Su asombro parecía ahora demasiado profundo para ser expresado con palabras, porque deambulaban en silencio, solamente exclamando en voz baja. Las armas les provocaron muchos motivos de reflexión, y se les permitió que las manejaran y las examinaran con tranquilidad. Creo que no abrigaban la menor sospecha sobre su verdadero uso, sino que más bien las tomaban como ídolos, viendo cómo las cuidábamos y la atención con que vigilábamos sus movimientos mientras las manejaban. Ante los grandes cañones su sorpresa se redobló. Se acercaron a ellos con expresión de profundo respeto y temor, pero se abstuvieron de examinarlos minuciosamente. Había dos grandes espejos en la cámara, que fueron para ellos una inmensa sorpresa. Too-wit fue el primero en acercarse a ellos, y había llegado al centro de la cámara, de cara a uno de ellos y de espaldas al otro, antes de haberlos visto realmente. Al levantar los ojos y verse reflejado en la luna, creí que iba a volverse loco; pero, cuando se volvió rápidamente para retirarse y se contempló de nuevo en la dirección opuesta, temí que muriese allí mismo. No hubo manera de convencerlo para que se mirara otra vez; sino que, arrojándose al suelo, ocultó su cara entre las manos y permaneció así hasta que nos vimos obligados a arrastrarlo sobre la cubierta.

Todos los bárbaros fueron admitidos a bordo de este modo, en grupos de veinte, permitiéndole a Too-wit permanecer allí durante todo el tiempo. No vimos en ellos ninguna inclinación al robo, ni desapareció un solo objeto después de su partida. A lo largo de su visita, dieron muestras de la mayor cordialidad. Sin embargo, había algunos detalles en su comportamiento que nos fue imposible comprender; por ejemplo, no logramos que se acercasen a diversos objetos inofensivos, tales como las velas de la goleta, un huevo, un libro abierto o un cuenco de harina. Intentamos averiguar si poseían algunos artículos que pudieran ser objeto de tráfico, pero nos resultó muy difícil hacernos entender. Sin embargo, descubrimos con gran asombro que en las islas abundaba la enorme tortuga de las Galápagos, una de las cuales vimos en la canoa de Too-wit. Vimos también como uno de ellos tenía en sus manos un bicho de mar y se lo devoraba con avidez tal como estaba. Estas anomalías —las considerábamos como tales en relación a la latitud— indujeron al capitán Guy a realizar una exploración por la comarca, con la esperanza

in regard to the latitude, induced Captain Guy to wish for a thorough investigation of the country, in the hope of making a profitable speculation in his discovery. For my own part, anxious as I was to know something more of these islands, I was still more earnestly bent on prosecuting the voyage to the southward without delay. We had now fine weather, but there was no telling how long it would last; and being already in the eighty-fourth parallel, with an open sea before us, a current setting strongly to the southward, and the wind fair, I could not listen with any patience to a proposition of stopping longer than was absolutely necessary for the health of the crew and the taking on board a proper supply of fuel and fresh provisions. I represented to the captain that we might easily make this group on our return, and winter here in the event of being blocked up by the ice. He at length came into my views (for in some way, hardly known to myself, I had acquired much influence over him), and it was finally resolved that, even in the event of our finding biche de mer, we should only stay here a week to recruit, and then push on to the southward while we might. Accordingly we made every necessary preparation, and, under the guidance of Too-wit, got the Jane through the reef in safety, coming to anchor about a mile from the shore, in an excellent bay, completely landlocked, on the southeastern coast of the main island, and in ten fathoms of water, black sandy bottom. At the head of this bay there were three fine springs (we were told) of good water, and we saw abundance of wood in the vicinity. The four canoes followed us in, keeping, however, at a respectful distance. Too-wit himself remained on board, and, upon our dropping anchor, invited us to accompany him on shore, and visit his village in the interior. To this Captain Guy consented; and ten savages being left on board as hostages, a party of us, twelve in all, got in readiness to attend the chief. We took care to be well armed, yet without evincing any distrust. The schooner had her guns run out, her boarding-nettings up, and every other proper precaution was taken to guard against surprise. Directions were left with the chief mate to admit no person on board during our absence, and, in the event of our not appearing in twelve hours, to send the cutter, with a swivel, round the island in search of us.

At every step we took inland the conviction forced itself upon us that we were in a country differing essentially from any hitherto visited by civilized men. We saw nothing with which we had been formerly conversant. The trees resembled no growth of either the torrid, the

de obtener una especulación rentable. Por mi parte, ansioso por conocer algo más de estas islas, me sentía aún más inclinado a proseguir el viaje hacia el sur sin demora. Gozábamos por el momento de buen tiempo, pero nada podía garantizarnos cuánto iba a durar; y encontrándonos ya en el paralelo 84°, con un mar abierto ante nosotros, una corriente que se dirigía impetuosamente hacia el sur y buen viento, no podía aceptar ninguna idea de detenernos más que por lo estrictamente necesario para el bien de la salud de la tripulación y para abastecernos de combustible y de provisiones frescas. Le hice ver al capitán que nos sería fácil detenernos en aquel grupo de islas a nuestro regreso, y pasar el invierno allí en caso de ser bloqueados por los hielos. Al final él estuvo de acuerdo conmigo (no sé por qué había desarrollado gran influencia sobre él) y por último se resolvió que, aún en el caso de que encontrásemos bichos de mar, solo permaneceríamos allí una semana para abastecernos, y luego nos dirigiríamos hacia el sur hasta donde pudiésemos. Por consiguiente, hicimos los preparativos necesarios y, bajo la guía de Too-wit, condujimos la Jane entre los arrecifes sin tropiezos, echando el ancla a una milla de la costa, aproximadamente, en una bahía excelente, completamente rodeada de tierra, en la costa sudeste de la isla principal, y con diez brazas de agua y un fondo arenoso negro. En el extremo de esta bahía corrían tres arroyuelos (según nos dijeron) de agua buena, y vimos abundantes bosques en las cercanías. Las cuatro canoas nos seguían, manteniendo, sin embargo, una respetuosa distancia. Too-wit permanecía a bordo, y cuando echamos el ancla, nos invitó a acompañarlo a la orilla para visitar su aldea por dentro. El capitán Guy accedió; y diez de ellos quedaron a bordo como rehenes, mientras que un grupo de nosotros, doce en total, se dispuso a seguir al jefe. Con cuidado fuimos bien armados, aunque sin demostrar desconfianza. La goleta había puesto sus cañones en posición de tiro, habíamos izado las redes de embarque y se habían tomado todas las precauciones necesarias para defendernos de cualquier sorpresa. Se le dio instrucciones al primer oficial para que no admitiese a nadie a bordo durante nuestra ausencia y, en el caso de que no apareciésemos al cabo de doce horas, debía enviar al patrullero alrededor de la isla con un eslabón giratorio, para buscarnos.

Cada paso que dábamos por aquella tierra adquiríamos la forzosa convicción de que nos hallábamos en una comarca esencialmente diferente de todas las visitadas hasta entonces por hombres civilizados. Nada de lo que veíamos nos era familiar. Los árboles no se parecían

temperate, or the northern frigid zones, and were altogether unlike those of the lower southern latitudes we had already traversed. The very rocks were novel in their mass, their colour, and their stratification; and the streams themselves, utterly incredible as it may appear, had so little in common with those of other climates, that we were scrupulous of tasting them, and, indeed, had difficulty in bringing ourselves to believe that their qualities were purely those of nature. At a small brook which crossed our path (the first we had reached) Too-wit and his attendants halted to drink. On account of the singular character of the water, we refused to taste it, supposing it to be polluted; and it was not until some time afterward we came to understand that such was the appearance of the streams throughout the whole group. I am at a loss to give a distinct idea of the nature of this liquid, and cannot do so without many words. Although it flowed with rapidity in all declivities where common water would do so, yet never, except when falling in a cascade, had it the customary appearance of limpidity. It was, nevertheless, in point of fact, as perfectly limpid as any limestone water in existence, the difference being only in appearance. At first sight, and especially in cases where little declivity was found, it bore resemblance, as regards consistency, to a thick infusion of gum Arabic in common water. But this was only the least remarkable of its extraordinary qualities. It was not colourless, nor was it of any one uniform colour—presenting to the eye, as it flowed, every possible shade of purple, like the hues of a changeable silk. This variation in shade was produced in a manner which excited as profound astonishment in the minds of our party as the mirror had done in the case of Too-wit. Upon collecting a basinful, and allowing it to settle thoroughly, we perceived that the whole mass of liquid was made up of a number of distinct veins, each of a distinct hue; that these veins did not commingle; and that their cohesion was perfect in regard to their own particles among themselves, and imperfect in regard to neighbouring veins. Upon passing the blade of a knife athwart the veins, the water closed over it immediately, as with us, and also, in withdrawing it, all traces of the passage of the knife were instantly obliterated. If, however, the blade was passed down accurately between two veins, a perfect separation was effected, which the power of cohesion did not immediately rectify. The phenomena of this water formed the first definite link in that vast chain of apparent miracles with which I was destined to be at length encircled.

a ninguno de los que crecían en zonas tórridas, templadas o frías del norte, y se diferenciaban por completo de los que habíamos encontrado en las latitudes meridionales más bajas que acabábamos de atravesar. Las rocas mismas eran distintas por su tamaño, su color y su estratificación; y los arroyos, por increíble que esto parezca, tenían tan poco en común con los de otros climas, que teníamos reticencia a beber de ellos, e incluso nos resultaba difícil pensar que sus cualidades fuesen puramente naturales. En un pequeño arroyo que cruzaba nuestro camino (el primero que encontramos), Too-wit y sus acompañantes se detuvieron para beber. Dada la naturaleza tan particular del agua, nos negamos a probarla, suponiendo que estaba contaminada, y solo después de un buen rato logramos comprender que aquél era el aspecto de los arroyos en todo el archipiélago. No sé cómo dar una idea clara de la naturaleza de aquel líquido, ni puedo hacerlo sin emplear muchas palabras. Aunque fluyese con rapidez por todas las pendientes, como cualquier arroyo normal, no tenía nunca, excepto cuando caía como una cascada, la transparencia habitual del agua. Sin embargo, era en realidad tan límpida como cualquier agua calcárea existente, la diferencia radicaba solo en su aspecto. A primera vista, y especialmente en los casos en que el declive era poco pronunciado, se parecía, en cuanto a su consistencia, a una densa disolución de goma arábiga en agua común. Pero esta era la menos importante de sus extraordinarias cualidades. No era incolora, pero tampoco tenía un color uniforme, cuando fluía, se podían ver todos los matices posibles del color púrpura, como los visos de una seda tornasolada. Esta variación en el matiz se producía de una manera tal que generaba un asombro tan profundo en nuestros espíritus como los espejos lo habían hecho en el de Too-wit. Al recogerla en un recipiente y dejarla decantar, observamos que toda la masa de líquido estaba compuesta por distintas vetas, cada una de una tonalidad diferente; que estas vetas no se mezclaban; y que su cohesión era perfecta respecto a sus propias partículas, e imperfecta respecto a las vetas próximas. Pasando la hoja de un cuchillo a través de las vetas, el agua se cerraba inmediatamente, como ocurría a nuestro paso, y al sacarlo, todas las huellas del paso del cuchillo se borraban al instante. Sin embargo, cuando la hoja se interponía cuidadosamente entre las vetas, la separación perfecta que se verificaba no cesaba inmediatamente por la fuerza de cohesión. El fenómeno de esta agua fue el primer eslabón concreto de una vasta cadena de milagros aparentes que por algún tiempo se presentarían ante mi vista.

CHAPTER XIX

We were nearly three hours in reaching the village, it being more than nine miles in the interior, and the path lying through a rugged country. As we passed along, the party of Too-wit (the whole hundred and ten savages of the canoes) was momentarily strengthened by smaller detachments, of from two to six or seven, which joined us, as if by accident, at different turns in the road. There appeared so much of system in this that I could not help feeling distrust, and I spoke to Captain Guy of my apprehensions. It was now too late, however, to recede, and we concluded that our best security lay in evincing a perfect confidence in the good faith of Too-wit. We accordingly went on, keeping a wary eye upon the manoeuvres of the savages, and not permitting them to divide our numbers by pushing in between. In this way, passing through a precipitous ravine, we at length reached what we were told was the only collection of habitations upon the island. As we came in sight of them, the chief set up a shout, and frequently repeated the word Klock-Klock; which we supposed to be the name of the village, or perhaps the generic name for villages.

The dwellings were of the most miserable description imaginable, and, unlike those of even the lowest of the savage races with which mankind are acquainted, were of no uniform plan. Some of them (and these we found belonged to the Wampoos or Yampoos, the great men of the land) consisted of a tree cut down at about four feet from the root, with a large black skin thrown over it, and hanging in loose folds upon the ground. Under this the savage nestled. Others were formed by means of rough limbs of trees, with the withered foliage upon them, made to recline, at an angle of forty-five degrees, against a bank of clay, heaped up, without regular form, to the height of five or six feet. Others, again, were mere holes dug in the earth perpendicularly, and covered over with similar branches, these being removed when the tenant was about to enter, and pulled on again when he had entered. A few were built among the forked limbs of trees as they stood, the upper limbs being partially cut through, so as to bend over upon the lower, thus forming thicker shelter from the weather. The greater number, however, consisted of small shallow caverns, apparently scratched in the face of a precipitous ledge of dark stone, resembling fuller's earth, with which three sides of the village was bounded. At the door of each of these primitive caverns was a small

Tardamos casi tres horas en llegar a la aldea, que se hallaba a unos quince kilómetros hacia el interior, y el camino atravesaba una zona escarpada. Mientras caminábamos, el grupo de Too-wit (los ciento diez bárbaros de las canoas) se reforzaba a cada instante con pequeños grupos, de dos a seis o siete hombres, que se nos unían, como por casualidad, en las diferentes curvas del camino. En todo aquello existía una especie de propósito que me hizo sentir desconfianza, y le comenté mis inquietudes al capitán Guy. Pero ya era demasiado tarde para retroceder y convinimos que lo mejor para nuestra seguridad era demostrar confianza absoluta en la buena fe de Too-wit. Por lo tanto continuamos, vigilando con sumo cuidado las maniobras de los bárbaros, sin permitirles que dividan nuestras filas irrumpiendo entre ellas. De este modo, al atravesar un barranco escarpado, llegamos al fin a un grupo de viviendas que, según nos dijeron, eran las únicas existentes en las islas. Cuando las teníamos a la vista, el jefe dio un grito, repitiendo con frecuencia la palabra «Klock-klock», que supusimos sería el nombre de aquella aldea, o tal vez el nombre genérico de todas ellas.

Las cabañas tenían el aspecto más miserable que pueda imaginarse, y, diferenciándose en esto incluso de las razas salvajes más inferiores que la humanidad haya conocido, no estaban construidas siguiendo un plan uniforme. Algunas de ellas (las pertenecientes a los wampoos o yampoos, grandes personajes de la isla) consistían en un árbol cortado a un metro de la raíz, aproximadamente, con una enorme piel negra echada por encima, que colgaba suelta sobre el suelo. Debajo de ella se acurrucaba el bárbaro. Otras estaban hechas con ramas rugosas de árboles, llenas de hojas secas, dispuestas de modo que se reclinaban, formando un ángulo de cuarenta y cinco grados, contra un banco de arcilla amontonado, sin forma definida, hasta una altura de metro y medio a dos metros. Otras, incluso, eran simples agujeros cavados perpendicularmente en la tierra y cubiertos con ramas parecidas, que el habitante tenía que apartar al entrar y debía colocar nuevamente cuando había entrado. Algunas estaban construidas entre las ramas bifurcadas de los árboles, tal como crecían, cortando a medias las ramas superiores, de modo que cayesen sobre las inferiores, formando así un cobijo más denso contra el mal tiempo. Pero la mayoría consistía en pequeñas cavernas, poco profundas, talladas al parecer en la cara de un escarpado arrecife de piedra negra, cortada a pico, y muy parecida a la arcilla ab-

rock, which the tenant carefully placed before the entrance upon leaving his residence, for what purpose I could not ascertain, as the stone itself was never of sufficient size to close up more than a third of the opening.

This village, if it were worthy of the name, lay in a valley of some depth, and could only be approached from the southward, the precipitous ledge of which I have already spoken cutting off all access in other directions. Through the middle of the valley ran a brawling stream of the same magical-looking water which has been described. We saw several strange animals about the dwellings, all appearing to be thoroughly domesticated. The largest of these creatures resembled our common hog in the structure of the body and snout; the tail, however, was bushy, and the legs slender as those of the antelope. Its motion was exceedingly awkward and indecisive, and we never saw it attempt to run. We noticed also several animals very similar in appearance, but of a greater length of body, and covered with a black wool. There were a great variety of tame fowls running about, and these seemed to constitute the chief food of the natives. To our astonishment we saw black albatross among these birds in a state of entire domestication, going to sea periodically for food, but always returning to the village as a home, and using the southern shore in the vicinity as a place of incubation. There they were joined by their friends the pelicans as usual, but these latter never followed them to the dwellings of the savages. Among the other kinds of tame fowls were ducks, differing very little from the canvass-back of our own country, black gannets, and a large bird not unlike the buzzard in appearance, but not carnivorous. Of fish there seemed to be a great abundance. We saw, during our visit, a quantity of dried salmon, rock cod, blue dolphins, mackerel, blackfish, skate, conger eels, elephant-fish, mullets, soles, parrotfish, leather-jackets, gurnards, hake, flounders, paracutas, and innumerable other varieties. We noticed, too, that most of them were similar to the fish about the group of the Lord Auckland Islands, in a latitude as low as fifty-one degrees south. The Gallipago tortoise was also very plentiful. We saw but few wild animals, and none of a large size, or of a species with which we were familiar. One or two serpents of a formidable aspect crossed our path, but the natives paid them little attention, and we concluded that they were not venomous.

sorbente, que rodeaba tres lados de la aldea. En la entrada de cada una de aquellas cavernas primitivas había una roca pequeña, que el ocupante colocaba cuidadosamente delante de la abertura cuando abandonaba su residencia, ignoro con qué fin, dado que la piedra nunca era del tamaño suficiente sino para cerrar una tercera parte de la abertura.

Esta aldea, si merece dicho nombre, estaba situada en un valle de cierta profundidad, al cual solo se podía acceder desde el sur, porque el arrecife escabroso del cual ya he hablado cortaba todo acceso desde otras direcciones. Por el centro del valle corría un arroyo torrentoso, cuya agua tenía la apariencia mágica que ya he descripto. Alrededor de las viviendas vimos varios animales extraños, todos al parecer perfectamente domesticados. El más grande era parecido a nuestro cerdo común, tanto en la estructura del cuerpo como en el hocico; pero el rabo era peludo, y las patas, delgadas como las del antílope. Su marcha era muy torpe e indecisa, y nunca lo vimos correr. Encontramos también otros animales de aspecto muy similar, pero con cuerpos más alargados y cubiertos de lana negra. Había una gran variedad de pollos merodeando por los alrededores, y que parecían ser el alimento principal de los nativos. Con gran sorpresa vimos albatros negros entre aquellas aves completamente domesticadas, que iban periódicamente al mar en busca de alimento, pero regresaban siempre a la aldea como si fuese su hogar, y utilizaban la orilla sur, más cercana, como lugar de incubación. Allí se unían sus amigos los pelícanos, como de costumbre; pero estos no los seguían nunca hasta las viviendas de los nativos. Entre otras clases de aves domésticas había patos, que diferían muy poco del pato marino de nuestro país, alcatraces negros y un pájaro grande bastante parecido al buitre en apariencia, pero que no era carnívoro. Parecía haber allí abundante pescado. Durante nuestra visita vimos una gran cantidad de salmones secos, bacalaos, delfines azules, caballas, rayas, congrios, elefantes marinos, salmonetes, lenguados, pez loro, rubios, merluzas, lenguados y muchas otras variedades. También observamos que en su mayoría se parecían a los peces que se encuentran en los parajes del grupo de las islas de Lord Auckland, a una latitud tan baja como los 51° sur. La tortuga de las Galápagos también abundaba. Vimos pocos animales salvajes, y ninguno de gran tamaño o de una especie que nos fuera familiar. Una o dos serpientes de terrible aspecto se cruzaron en nuestro camino; pero los nativos le prestaron poca atención, por lo cual dedujimos que no eran venenosas.

As we approached the village with Too-wit and his party, a vast crowd of the people rushed out to meet us, with loud shouts, among which we could only distinguish the everlasting Anamoo-moo! and Lama-Lama! We were much surprised at perceiving that, with one or two exceptions, these new comers were entirely naked, the skins being used only by the men of the canoes. All the weapons of the country seemed also to be in the possession of the latter, for there was no appearance of any among the villagers. There were a great many women and children, the former not altogether wanting in what might be termed personal beauty. They were straight, tall, and well formed, with a grace and freedom of carriage not to be found in civilized society. Their lips, however, like those of the men, were thick and clumsy, so that, even when laughing, the teeth were never disclosed. Their hair was of a finer texture than that of the males. Among these naked villagers there might have been ten or twelve who were clothed, like the party of Too-wit, in dresses of black skin, and armed with lances and heavy clubs. These appeared to have great influence among the rest, and were always addressed by the title Wampoo. These, too, were the tenants of the black skin palaces. That of Too-wit was situated in the centre of the village, and was much larger and somewhat better constructed than others of its kind. The tree which formed its support was cut off at a distance of twelve feet or thereabout from the root, and there were several branches left just below the cut, these serving to extend the covering, and in this way prevent its flapping about the trunk. The covering, too, which consisted of four very large skins fastened together with wooden skewers, was secured at the bottom with pegs driven through it and into the ground. The floor was strewed with a quantity of dry leaves by way of carpet.

To this hut we were conducted with great solemnity, and as many of the natives crowded in after us as possible. Too-wit seated himself on the leaves, and made signs that we should follow his example. This we did, and presently found ourselves in a situation peculiarly uncomfortable, if not indeed critical. We were on the ground, twelve in number, with the savages, as many as forty, sitting on their hams so closely around us that, if any disturbance had arisen, we should have found it impossible to make use of our arms, or indeed to have risen on our feet. The pressure was not only inside the tent, but outside, where probably was every individual on the whole island, the crowd being prevented from trampling us to death only by the incessant ex-

Cuando nos acercábamos a la aldea con Too-wit y su grupo, una gran multitud de gente vino a nuestro encuentro, gritando fuerte, pero nosotros solo distinguíamos los eternos «¡Anamoo moo!» y «¡Lama-Lama!». Nos sorprendió mucho ver que, a excepción de uno o dos, los recién llegados iban completamente desnudos, ya que las pieles solo las usaban los hombres de las canoas. Todas las armas del país parecían estar en posesión de estos últimos, porque los de la aldea no tenían ninguna. Había muchas mujeres y niños, las primeras dotadas de lo que puede llamarse belleza personal. Eran altas, erguidas, bien constituidas y tenían una gracia y una desenvoltura que no se encuentra en la sociedad civilizada. Sin embargo, sus labios, al igual que los de los hombres, eran gruesos y sin gracia, hasta el punto de que ni siquiera al reír se le veían los dientes. Su cabello era más fino que el de los hombres. Entre todos aquellos bárbaros desnudos podría haber diez o doce que estaban vestidos, como los del grupo de Too-wit, con pieles negras y armados con lanzas y garrotes pesados. Parecían tener gran influencia sobre el resto, y siempre se dirigían a ellos con el título de «Wampoo». También eran ellos los que habitaban los palacios de las pieles negras. El de Too-wit estaba situado en el centro de la aldea, y era mucho más grande y, de algún modo, mejor construido que los demás. El árbol que constituía su soporte había sido cortado a una distancia aproximada de tres metros y medio de la raíz, y justamente debajo del corte habían dejado varias ramas que servían para extender el techo e impedir de este modo que flamease contra el tronco. Además, el techo, que consistía en cuatro pieles muy grandes unidas entre sí por broches de madera, estaba asegurado en su base con estacas que atravesaban la piel y se hundían en la tierra. El suelo estaba sembrado de abundante cantidad de hojas secas para crear una alfombra.

Fuimos llevados a esta cabaña con gran solemnidad, y en ella entraron todos los indígenas posibles. Too-wit se sentó sobre las hojas, y nos hizo señas para que imitáramos su ejemplo. Así lo hicimos, y nos sentimos entonces en una situación especialmente incómoda, si no crítica. Éramos doce en total en el suelo, junto a los bárbaros, que eran cuarenta, sentados y tan apretados a nuestro alrededor que, si hubiese surgido algún disturbio, nos habría sido imposible hacer uso de nuestras armas o incluso hubiese sido difícil ponernos de pie. La tensión no estaba solo dentro de la tienda, sino también afuera, donde probablemente se hallaban todos los habitantes de la isla, y únicamente los continuos esfuerzos y los gritos de Too-wit impedían que la multitud nos atropellase has-

ertions and vociferations of Too-wit. Our chief security lay, however, in the presence of Too-wit himself among us, and we resolved to stick by him closely, as the best chance of extricating ourselves from the dilemma, sacrificing him immediately upon the first appearance of hostile design.

After some trouble a certain degree of quiet was restored, when the chief addressed us in a speech of great length, and very nearly resembling the one delivered in the canoes, with the exception that the Anamoo-moos! were now somewhat more strenuously insisted upon than the Lama-Lamas! We listened in profound silence until the conclusion of his harangue, when Captain Guy replied by assuring the chief of his eternal friendship and good-will, concluding what he had to say by a present of several strings of blue beads and a knife. At the former the monarch, much to our surprise, turned up his nose with some expression of contempt; but the knife gave him the most unlimited satisfaction, and he immediately ordered dinner. This was handed into the tent over the heads of the attendants, and consisted of the palpitating entrails of a species of unknown animal, probably one of the slim-legged hogs which we had observed in our approach to the village. Seeing us at a loss how to proceed, he began, by way of setting us an example, to devour yard after yard of the enticing food, until we could positively stand it no longer, and evinced such manifest symptoms of rebellion of stomach as inspired his majesty with a degree of astonishment only inferior to that brought about by the looking-glasses. We declined, however, partaking of the delicacies before us, and endeavoured to make him understand that we had no appetite whatever, having just finished a hearty déjeuner.

When the monarch had made an end of his meal, we commenced a series of cross-questioning in every ingenious manner we could devise, with a view of discovering what were the chief productions of the country, and whether any of them might be turned to profit. At length he seemed to have some idea of our meaning, and offered to accompany us to a part of the coast where he assured us the biche de mer (pointing to a specimen of that animal) was to be found in great abundance. We were glad at this early opportunity of escaping from the oppression of the crowd, and signified our eagerness to proceed. We now left the tent, and, accompanied by the whole population of the village, followed the chief to the southeastern extremity of the

ta matarnos. Sin embargo, nuestra seguridad dependía de la presencia de Too-wit entre nosotros, por lo que decidimos mantenernos junto a él como la única oportunidad de salvarnos, decididos a sacrificarlo inmediatamente ante la primera manifestación de hostilidad.

Luego de algunos problemas, se logró cierta tranquilidad cuando el jefe nos dedicó un discurso muy extenso, y que se parecía mucho al que nos dedicó en las canoas, con la excepción de que los «¡Anamoo-moos!» ahora eran pronunciados más vigorosamente que los «¡Lama-Lamas!». Escuchamos en profundo silencio hasta que terminó su arenga; entonces el capitán Guy respondió asegurándole al jefe su eterna amistad y buena voluntad, concluyendo su respuesta con el regalo de unos collares de perlas azules y un cuchillo. Al recibir los collares, el rey, para nuestro asombro, levantó la nariz con expresión de desprecio; pero el cuchillo le causó ilimitada satisfacción, e inmediatamente ordenó que sirvieran la comida. La misma fue servida en la tienda por encima de la cabeza de los asistentes, y consistía en las entrañas palpitantes de un extraordinario animal desconocido, probablemente uno de aquellos cerdos de patas delgadas que habíamos observado al acercarnos a la aldea. Viendo que no sabíamos cómo arreglárnoslas, comenzó, como para darnos ejemplo, a devorar a grandes bocados el alimento tentador, hasta que no pudimos soportar por más tiempo aquel espectáculo, y dimos muestras de náuseas muy evidentes, que inspiraron en su majestad un asombro algo inferior al que le habían causado los espejos. Sin embargo, nos negamos a compartir las exquisiteces que nos ponían delante, y nos esforzamos por hacerle comprender que no teníamos apetito, ya que acabábamos de tomar un desayuno sustancioso. Cuando el monarca terminó su comida, comenzamos a hacerle una serie de preguntas de la manera más ingeniosa que pudimos imaginar, con el propósito de descubrir cuáles eran los principales productos del país, por si podíamos sacar provecho de algunos de ellos. Por fin, pareció comprender lo que queríamos decirle, y se ofreció a acompañarnos hasta una parte de la costa donde nos aseguró (señalando a un ejemplar de aquel animal) que encontraríamos ese pepino de mar en abundancia. Estábamos encantados de aprovechar esta primera oportunidad de librarnos de los apretujones de la multitud y manifestamos nuestra impaciencia por ponernos en marcha. Luego salimos de la tienda y, acompañados por toda la población de la aldea, seguimos al jefe hasta el extremo sudeste de la isla, no muy lejos de la bahía donde estaba anclado nuestro barco. Es-

island, not far from the bay where our vessel lay at anchor. We waited here for about an hour, until the four canoes were brought round by some of the savages to our station. The whole of our party then getting into one of them, we were paddled along the edge of the reef before mentioned, and of another still farther out, where we saw a far greater quantity of biche de mer than the oldest seaman among us had ever seen in those groups of the lower latitudes most celebrated for this article of commerce. We stayed near these reefs only long enough to satisfy ourselves that we could easily load a dozen vessels with the animal if necessary, when we were taken alongside the schooner, and parted with Too-wit after obtaining from him a promise that he would bring us, in the course of twenty-four hours, as many of the canvass-back ducks and Gallipago tortoises as his canoes would hold. In the whole of this adventure we saw nothing in the demeanour of the natives calculated to create suspicion, with the single exception of the systematic manner in which their party was strengthened during our route from the schooner to the village.

peramos allí cerca de una hora, hasta que las cuatro canoas fueron traídas por algunos de los bárbaros hacia donde estábamos nosotros. Todo nuestro grupo embarcó en una de ellas, y fuimos conducidos a lo largo del arrecife antes mencionado, y luego hacia otro más apartado, donde vimos tanta cantidad de pepinos de mar como jamás nuestros marineros más viejos habían visto en aquellos archipiélagos de latitudes inferiores, tan conocidos por este artículo de comercio. Permanecimos junto a aquellos arrecifes solo el tiempo suficiente para convencernos de que hubiéramos podido cargar fácilmente una docena de barcos con aquel animal en caso de necesidad, mientras íbamos a lo largo de la goleta y nos despedimos de Too-wit, después de hacerle prometer que nos traería, en el plazo de veinticuatro horas, tantos patos marinos y tortugas de los Galápagos como pudieran cargar en sus canoas. En toda esta aventura no percibimos nada en la conducta de los nativos que suscite sospechas, a excepción de la forma sistemática en la que habían reforzado su grupo durante nuestro trayecto desde la goleta hasta la aldea.

CHAPTER XX

The chief was as good as his word, and we were soon plentifully supplied with fresh provision. We found the tortoises as fine as we had ever seen, and the ducks surpassed our best species of wild fowl, being exceedingly tender, juicy, and well-flavoured. Besides these, the savages brought us, upon our making them comprehend our wishes, a vast quantity of brown celery and scurvy grass, with a canoe-load of fresh fish and some dried. The celery was a treat indeed, and the scurvy grass proved of incalculable benefit in restoring those of our men who had shown symptoms of disease. In a very short time we had not a single person on the sick-list. We had also plenty of other kinds of fresh provision, among which may be mentioned a species of shellfish resembling the muscle in shape, but with the taste of an oyster. Shrimps, too, and prawns were abundant, and albatross and other birds' eggs with dark shells. We took in, too, a plentiful stock of the flesh of the hog which I have mentioned before. Most of the men found it a palatable food, but I thought it fishy and otherwise disagreeable. In return for these good things we presented the natives with blue beads, brass trinkets, nails, knives, and pieces of red cloth, they being fully delighted in the exchange. We established a regular market on shore, just under the guns of the schooner, where our barterings were carried on with every appearance of good faith, and a degree of order which their conduct at the village of Klock-klock had not led us to expect from the savages.

Matters went on thus very amicably for several days, during which parties of the natives were frequently on board the schooner, and parties of our men frequently on shore, making long excursions into the interior, and receiving no molestation whatever. Finding the ease with which the vessel might be loaded with biche de mer, owing to the friendly disposition of the islanders, and the readiness with which they would render us assistance in collecting it, Captain Guy resolved to enter into negotiation with Too-wit for the erection of suitable houses in which to cure the article, and for the services of himself and tribe in gathering as much as possible, while he himself took advantage of the fine weather to prosecute his voyage to the

El jefe era un hombre de palabra, e inmediatamente nos suministró provisiones frescas en abundancia. Encontramos que las tortugas eran más exquisitas de lo que pudiéramos haber imaginado, y los patos superaron a nuestras mejores especies de aves silvestres, ya que eran sumamente tiernos, jugosos y de un sabor excelente. Aparte de esto, los bárbaros nos trajeron, una vez que les hicimos comprender nuestros deseos, una gran cantidad de apio negro y coclearia (una hierba contra el escorbuto), además de una canoa cargada de pescado fresco y seco. El apio fue realmente un deleite, y la coclearia resultó ser un beneficio incalculable para que se recuperen algunos de nuestros hombres que presentaban síntomas de escorbuto. En muy poco tiempo no había ni una sola persona en la lista de enfermos. Nos dieron también muchas otras provisiones frescas, entre las cuales pueden mencionarse una especie de mariscos parecidos por su forma a los mejillones, pero con el sabor de las ostras. También abundaban las gambas y las langostinas, así como los huevos de albatros y otras aves de cáscara oscura en abundancia. Asimismo embarcamos una buena carga de carne del cerdo que he mencionado anteriormente. La mayoría de nuestros hombres la encontraron muy sabrosa, pero a mí me pareció que tenía un olor a pescado, por demás desagradable. A cambio de aquellas buenas cosas, les ofrecimos a los nativos collares de perlas azules, chucherías de metal, clavos, cuchillos y retazos de tela roja, sintiéndose ellos muy complacidos con el cambio. Establecimos un mercado periódico en la costa, justamente bajo los cañones de la goleta, donde se llevaba a cabo el trueque con toda apariencia de buena fe, y ordenadamente; conducta que en la aldea de Klock-klock no esperábamos de los bárbaros.

Los asuntos marcharon así muy amistosamente por varios días, durante los cuales los grupos de nativos acudían con frecuencia a bordo de la goleta, y nuestro grupo de hombres que se hallaban frecuentemente en la costa hacían largas excursiones por el interior sin ser molestados. Viendo la facilidad con que el barco podía cargarse con pepino de mar, gracias a la amistosa disposición de los isleños y a la prontitud con que nos prestaban su ayuda para recogerlo, el capitán Guy decidió entrar en negociaciones con Too-wit para la construcción de casas adecuadas para salar lo obtenido, dada la utilidad que tanto él como la tribu obtendrían al recoger la mayor cantidad posible, mientras el capitán Guy aprovechaba el buen tiempo para seguir viaje hacia el sur. Cuando le

southward. Upon mentioning this project to the chief he seemed very willing to enter into an agreement. A bargain was accordingly struck, perfectly satisfactory to both parties, by which it was arranged that, after making the necessary preparations, such as laying off the proper grounds, erecting a portion of the buildings, and doing some other work in which the whole of our crew would be required, the schooner should proceed on her route, leaving three of her men on the island to superintend the fulfilment of the project, and instruct the natives in drying the biche de mer. In regard to terms, these were made to depend upon the exertions of the savages in our absence. They were to receive a stipulated quantity of blue beads, knives, red cloth, and so forth, for every certain number of piculs of the biche de mer which should be ready on our return.

A description of the nature of this important article of commerce, and the method of preparing it, may prove of some interest to my readers, and I can find no more suitable place than this for introducing an account of it. The following comprehensive notice of the substance is taken from a modern history of a voyage to the South Seas.

> "It is that mollusca from the Indian Seas which is known in commerce by the French name bouche de mer (a nice morsel from the sea). If I am not much mistaken, the celebrated Cuvier calls it gasteropeda pulmonifera. It is abundantly gathered in the coasts of the Pacific Islands, and gathered especially for the Chinese market, where it commands a great price, perhaps as much as their much-talked of edible bird's nests, which are probably made up of the gelatinous matter picked up by a species of swallow from the body of these molluscæ. They have no shell, no legs, nor any prominent part, except an absorbing and an excretory, opposite organs; but, by their elastic wings, like caterpillars or worms, they creep in shallow waters, in which, when low, they can be seen by a kind of swallow, the sharp bill of which, inserted in the soft animal, draws a gummy and filamentous substance, which, by drying, can be wrought into the solid walls of their nest. Hence the name of gasteropeda pulmonifera.

> "This mollusca is oblong, and of different sizes, from three to eighteen inches in length; and I have seen a few that were not less than two feet long. They are nearly round, a little flattish on one side,

mencionó su proyecto al jefe, este pareció muy dispuesto a concertar un acuerdo. Se estipuló, entonces, un pacto, perfectamente satisfactorio para ambas partes, por el cual se decidió que, después de realizados los preparativos necesarios, tales como el señalamiento de los terrenos apropiados, la construcción de una parte de los albergues y algunas otras obras para las cuales sería utilizada toda nuestra tripulación, la goleta reanudaría su ruta, dejando tres de sus hombres en la isla para vigilar el cumplimiento del proyecto e instruir a los nativos en la salazón del pepino de mar. Las cláusulas del compromiso dependerían de la actividad de los bárbaros durante nuestra ausencia. Ellos debían recibir una cantidad estipulada de collares de perlas azules, cuchillos, tela roja, etc., a cambio de una determinada cantidad de kilos de pepino de mar que debía estar preparado a nuestro regreso.

Una descripción de la naturaleza de este importante artículo de comercio y su forma de prepararlo puede resultar interesante para mis lectores, y no encuentro mejor ocasión para ocuparme del asunto. La siguiente y extensa noticia en esta materia está tomada de una moderna historia de un viaje a los mares del Sur.

Se trata de aquel molusco de los mares de la India que se conocen en el comercio con el nombre francés de *bouche de mer* (un delicioso bocado de mar). Si no estoy muy equivocado, el famoso Cuvier lo llama *gasteropeda pulmonifera*. Se recoge en abundancia en las costas de las islas del Pacífico, y especialmente para el mercado chino, donde cotiza a un precio alto, quizá tanto como esos nidos de pájaros comestibles tan renombrados, que están hechos de una materia gelatinosa recogida por una especie de golondrina del cuerpo de estos moluscos. No tienen concha, patas ni ninguna parte prominente, excepto dos órganos opuestos, uno absorbente y otro excretorio; pero, gracias a sus alas elásticas, como las orugas o gusanos, se arrastran hacia las aguas poco profundas, en las que, cuando baja la marea, pueden ser vistos por una clase de golondrinas, cuyo pico agudo se clava en la parte blanda del animal, extrae una sustancia gomosa y filamentosa que, al secarse, se convierte en las sólidas paredes de su nido. De aquí el nombre de *gasteropeda pulmonifera*.

Este molusco es alargado, y de diferentes tamaños, mide de siete a cuarenta y seis centímetros de largo; y he visto algunos que tenían hasta sesenta centímetros. Eran casi redondos, un poco aplastados

which lies next the bottom of the sea; and they are from one to eight inches thick. They crawl up into shallow water at particular seasons of the year, probably for the purpose of gendering, as we often find them in pairs. It is when the sun has the most power on the water, rendering it tepid, that they approach the shore; and they often go up into places so shallow, that, on the tide's receding, they are left dry, exposed to the heat of the sun. But they do not bring forth their young in shallow water, as we never see any of their progeny, and the full-grown ones are always observed coming in from deep water. They feed principally on that class of zoophytes which produce the coral.

"The biche de mer is generally taken in three or four feet water; after which they are brought on shore, and split at one end with a knife, the incision being one inch or more, according to the size of the mollusca. Through this opening the entrails are forced out by pressure, and they are much like those of any other small tenant of the deep. The article is then washed, and afterward boiled to a certain degree, which must not be too much or too little. They are then buried in the ground for four hours, then boiled again for a short time, after which they are dried, either by the fire or the sun. Those cured by the sun are worth the most; but where one picul (133⅓ lbs.) can be cured that way, I can cure thirty piculs by the fire. When once properly cured, they can be kept in a dry place for two or three years without any risk; but they should be examined once in every few months, say four times a year, to see if any dampness is likely to affect them.

"The Chinese, as before stated, consider biche de mer a very great luxury, believing that it wonderfully strengthens and nourishes the system, and renews the exhausted system of the immoderate voluptuary. The first quality commands a high price in Canton, being worth ninety dollars a picul; the second quality seventy-five dollars; the third fifty dollars; the fourth thirty dollars; the fifth twenty dollars; the sixth twelve dollars; the seventh eight dollars; and the eighth four dollars; small cargoes, however, will often bring more in Manilla, Singapore, and Batavia."

del lado más próximo al fondo del mar, y su grosor es de dos a veinticinco centímetros. Se arrastran hacia las aguas poco profundas en determinadas estaciones del año, probablemente para reproducirse, ya que se los ve muy a menudo en pares. Cuando el sol cae con más fuerza sobre el agua, templándola, es cuando se acercan a la orilla; y suelen ir a sitios tan pocos profundos que, cuando la marea baja, se quedan en seco, expuestos al calcr del sol. Pero no engendran sus crías en aguas poco profundas, porque no hemos visto nunca allí ninguna de ellas, y siempre que se los ha observado remontando de las aguas profundas habían alcanzado ya su pleno desarrollo. Se alimentan principalmente de esa clase de zoófitos que producen el coral.

El pepino de mar se pesca generalmente a metro o poco más de un metro de profundidad; luego lo llevan a la orilla y lo abren por un lado con un cuchillo, haciendo una incisión de más o menos un tres centímetros, según el tamaño del molusco. A través de esa abertura, haciendo presión, le sacan las entrañas, que se parecen mucho a las de los pequeños habitantes del mar. Luego se lava el animal y después se cuece a cierta temperatura, que no debe ser ni muy elevada ni muy baja. Se los entierra durante cuatro horas, luego se los cocina nuevamente durante un rato, y finalmente se ponen a secar, ya sea al fuego o al sol. Los curados al sol son los mejores; pero mientras de este modo se puede curar un picul (60 kilogramos), se pueden secar treinta picules por medio del fuego. Una vez que están curados adecuadamente, se pueden conservar en un sitio seco durante dos o tres años sin peligro alguno; pero hay que examinarlos cada tanto, unas cuatro veces al año, para ver si la humedad no los está afectando.

Los chinos, como antes se ha dicho, consideran al pepino de mar como una comida de lujo, creyendo que es un alimento asombrosamente fortificante y nutritivo, y que reanima los organismos agotados por la lujuria desmedida. Los de primera calidad alcanzan un precio elevado en el Cantón, vendiéndose a noventa dólares el picul; los de segunda calidad, a setenta y cinco dólares; los de tercera, a cincuenta dólares; los de cuarta, a treinta dólares; los de quinta, a veinte dólares; los de sexta, a doce dólares; los de séptima, a ocho dólares, y los de octava, a cuatro dólares; sin embargo, los pequeños cargamentos producen con frecuencia más en Manila, Singapur y

An agreement having been thus entered into, we proceeded immediately to land everything necessary for preparing the buildings and clearing the ground. A large flat space near the eastern shore of the bay was selected, where there was plenty both of wood and water, and within a convenient distance of the principal reefs on which the biche de mer was to be procured. We now all set to work in good earnest, and soon, to the great astonishment of the savages, had felled a sufficient number of trees for our purpose, getting them quickly in order for the framework of the houses, which in two or three days were so far under way that we could safely trust the rest of the work to the three men whom we intended to leave behind. These were John Carson, Alfred Harris, and —— Peterson (all natives of London, I believe), who volunteered their services in this respect.

By the last of the month we had everything in readiness for departure. We had agreed, however, to pay a formal visit of leavestaking to the village, and Too-wit insisted so pertinaciously upon our keeping the promise, that we did not think it advisable to run the risk of offending him by a final refusal. I believe that not one of us had at this time the slightest suspicion of the good faith of the savages. They had uniformly behaved with the greatest decorum, aiding us with alacrity in our work, offering us their commodities frequently without price, and never, in any instance, pilfering a single article, although the high value they set upon the goods we had with us was evident by the extravagant demonstrations of joy always manifested upon our making them a present. The women especially were most obliging in every respect, and, upon the whole, we should have been the most suspicious of human beings had we entertained a single thought of perfidy on the part of a people who treated us so well. A very short while sufficed to prove that this apparent kindness of disposition was only the result of a deeply-laid plan for our destruction, and that the islanders for whom we entertained such inordinate feelings of esteem were among the most barbarous, subtle, and bloodthirsty wretches that ever contaminated the face of the globe.

It was on the first of February that we went on shore for the pur-

Batavia.

Habiendo llegado, entonces, a un acuerdo, procedimos inmediatamente a desembarcar todo lo necesario para preparar los albergues y limpiar el terreno. Elegimos una gran explanada cerca de la costa oriental de la bahía, donde había agua y madera en abundancia, y a una distancia prudencial de los arrecifes principales en los que podía recogerse el pepino de mar. Todos nos pusimos a trabajar seriamente y, en poco tiempo, ante el gran asombro de los bárbaros, habíamos derribado un número suficiente de árboles para lograr nuestro propósito, colocándolos rápidamente en orden para el armazón de las casas, las cuales estuvieron, en dos o tres días, tan avanzadas que pudimos entregar con toda confianza el resto de la obra a los tres hombres que nos proponíamos dejar allí. Estos eran John Carson, Alfred Harris y... Peterson (todos ellos nacidos en Londres, según creo), quienes se ofrecieron voluntariamente para semejante servicio.

A fin de mes teníamos hechos todos los preparativos para la partida. Sin embargo, habíamos convenido en realizar una visita formal a la aldea como despedida, y Too-wit insistió con tanta tenacidad en que mantuviéramos nuestra promesa, que no creímos prudente correr el riesgo de ofenderlo con una respuesta negativa. Creo que ninguno de nosotros tenía, en aquel momento, la más ligera sospecha sobre la buena fe de los bárbaros. Todos ellos se habían comportado con la mayor corrección, ayudándonos con celeridad en nuestro trabajo, ofreciéndonos sus mercancías, a menudo gratis, y nunca, en ningún caso, hurtaron un solo objeto, a pesar de que el valor de los artículos que teníamos en nuestro poder era, evidentemente alto dadas las extravagantes demostraciones de alegría que manifestaban siempre que les hacíamos un regalo. Las mujeres, especialmente, eran muy serviciales en todo y, por sobre todo, hubiésemos sido los seres humanos más desconfiados si hubiésemos albergado tan solo la idea de traición por parte de un pueblo que nos trataba tan bien. Poco tiempo fue suficiente para demostrarnos que aquella disposición de aparente amabilidad era tan solo el resultado de un plan concienzudamente estudiado para nuestra destrucción, y que los isleños, que nos inspiraban excesivos sentimientos de estima, pertenecían a la raza de los más bárbaros, astutos y sanguinarios malvados que jamás hayan contaminado la faz de la tierra.

Fue el 1 de febrero cuando fuimos a la costa con el fin de visitar la

pose of visiting the village. Although, as said before, we entertained not the slightest suspicion, still no proper precaution was neglected. Six men were left in the schooner with instructions to permit none of the savages to approach the vessel during our absence, under any pretence whatever, and to remain constantly on deck. The boarding-nettings were up, the guns double-shotted with grape and canister, and the swivels loaded with canisters of musket-balls. She lay, with her anchor apeak, about a mile from the shore, and no canoe could approach her in any direction without being distinctly seen and exposed to the full fire of our swivels immediately.

The six men being left on board, our shore-party consisted of thirty-two persons in all. We were armed to the teeth, having with us muskets, pistols, and cutlasses, besides each a long kind of seaman's knife, somewhat resembling the Bowie knife now so much used throughout our western and southern country. A hundred of the black skin warriors met us at the landing for the purpose of accompanying us on our way. We noticed, however, with some surprise, that they were now entirely without arms; and, upon questioning Too-wit in relation to this circumstance, he merely answered that Mattee non we pa pa si—meaning that there was no need of arms where all were brothers. We took this in good part, and proceeded.

We had passed the spring and rivulet of which I before spoke, and were now entering upon a narrow gorge leading through the chain of soapstone hills among which the village was situated. This gorge was very rocky and uneven, so much so that it was with no little difficulty we scrambled through it on our first visit to Klock-klock. The whole length of the ravine might have been a mile and a half, or probably two miles. It wound in every possible direction through the hills (having apparently formed, at some remote period, the bed of a torrent), in no instance proceeding more than twenty yards without an abrupt turn. The sides of this dell would have averaged, I am sure, seventy or eighty feet in perpendicular altitude throughout the whole of their extent, and in some portions they arose to an astonishing height, overshadowing the pass so completely that but little of the light of day could penetrate. The general width was about forty feet, and occasionally it diminished so as not to allow the passage of more than five or six persons abreast. In short, there could be no place in the world better adapted for the consummation of an ambuscade, and it

aldea. Aunque, como ya se ha dicho antes, no tuviéramos la más ligera sospecha, no olvidamos tomar las debidas precauciones. Seis hombres permanecieron en la goleta con instrucciones de no dejar que ninguno de los bárbaros se acercase durante nuestra ausencia, bajo ningún pretexto, y de permanecer siempre sobre cubierta. Se recogieron las redes de embarque, los cañones recibieron doble carga de metralla y los pedreros se cargaron con cartuchos de mosquetes y balas de fusiles. El barco estaba anclado, con su ancla a pique, casi a una milla de la costa, y ninguna canoa podía acercarse a él desde ninguna dirección sin ser vista claramente y quedar expuesta de inmediato al fuego graneado de nuestros pedreros. Al dejar seis hombres a bordo, nuestro equipo estaba compuesto por treinta y dos personas en total. Estábamos armados hasta los dientes con fusiles, pistolas y machetes; además, cada uno llevaba una especie de cuchillo de marinero largo, parecido al cuchillo de monte tan usado ahora en las comarcas meridionales y occidentales de nuestro país. Un centenar de guerreros con pieles negras salió a nuestro encuentro al desembarcar, para acompañarnos por el camino. Advertimos, sin embargo, con alguna sorpresa, que iban completamente desarmados y cuando le preguntamos a Too-wit acerca de esta circunstancia, contestó simplemente que *«Mattee non we pa pa si»*, lo cual significa que nadie necesita armas donde todos son hermanos. Tomamos esto en buen sentido, y seguimos adelante.

Habíamos pasado el manantial y el arroyo del que les he hablado antes, y entrábamos ahora en una angosta garganta que serpenteaba a través de la cadena de colinas de esteatita, entre las cuales estaba situada la aldea. Esta garganta era muy rocosa e irregular, hasta el punto de que con mucha dificultad pudimos franquearla en nuestra primera visita a Klock-klock. El barranco en toda su extensión podría tener unos dos o tres kilómetros de largo. En toda su longitud abundaban las curvas (que al parecer había formado, en alguna época remota, el lecho de un arroyo), y en ningún caso podíamos avanzar más de veinte metros sin encontrarnos con una curva abrupta. Estoy seguro de que las laderas de aquel valle se elevaban, en término medio, a veinte o veinticinco metros de altura y estaban cortadas casi a pico, y en algunos sitios se alzaban a una altura asombrosa, oscureciendo el paso tan por completo, que apenas penetraba la luz del día. El ancho general era de unos doce metros, y a veces disminuía hasta no permitir el paso de más de cinco o seis personas de frente. En pocas palabras, no podía haber lugar alguno en el mundo más propicio para una emboscada, y era más que natural que

was no more than natural that we should look carefully to our arms as we entered upon it. When I now think of our egregious folly, the chief subject of astonishment seems to be, that we should have ever ventured, under any circumstances, so completely into the power of unknown savages as to permit them to march both before and behind us in our progress through this ravine. Yet such was the order we blindly took up, trusting foolishly to the force of our party, the unarmed condition of Too-wit and his men, the certain efficacy of our fire-arms (whose effect was yet a secret to the natives), and, more than all, to the long-sustained pretension of friendship kept up by these infamous wretches. Five or six of them went on before, as if to lead the way, ostentatiously busying themselves in removing the larger stones and rubbish from the path. Next came our own party. We walked closely together, taking care only to prevent separation. Behind followed the main body of the savages, observing unusual order and decorum.

Dirk Peters, a man named Wilson Allen, and myself were on the right of our companions, examining, as we went along, the singular stratification of the precipice which overhung us. A fissure in the soft rock attracted our attention. It was about wide enough for one person to enter without squeezing, and extended back into the hill some eighteen or twenty feet in a straight course, sloping afterward to the left. The height of the opening, as far as we could see into it from the main gorge, was perhaps sixty or seventy feet. There were one or two stunted shrubs growing from the crevices, bearing a species of filbert, which I felt some curiosity to examine, and pushed in briskly for that purpose, gathering five or six of the nuts at a grasp, and then hastily retreating. As I turned, I found that Peters and Allen had followed me. I desired them to go back, as there was not room for two persons to pass, saying they should have some of my nuts. They accordingly turned, and were scrambling back, Allen being close to the mouth of the fissure, when I was suddenly aware of a concussion resembling nothing I had ever before experienced, and which impressed me with a vague conception, if indeed I then thought of anything, that the whole foundations of the solid globe were suddenly rent asunder, and that the day of universal dissolution was at hand.

mirásemos cuidadosamente nuestras armas al entrar en el barranco. Cuando recuerdo ahora aquella enorme locura, lo que más me asombra es que nos arriesgamos en aquellas circunstancias, poniéndonos a disposición de unos bárbaros desconocidos hasta el extremo de permitirles marchar delante y detrás de nosotros a lo largo del camino. Sin embargo, fue tal el orden que seguimos ciegamente, confiando con mucha ingenuidad en la fuerza de nuestro destacamento, y de que Too-wit y sus hombres iban desarmados, estando muy seguros de la eficacia de nuestras armas de fuego (cuyos efectos eran aún un secreto para los nativos) y, más que nada, en la simulación de amistad mantenida durante largo tiempo por aquellos infames miserables. Cinco o seis de ellos iban adelante como guiándonos, con ostentosa dedicación, apartando del camino las piedras grandes y los desechos. A continuación marchaba nuestro grupo. Caminábamos muy juntos, teniendo cuidado de evitar toda separación. Detrás venía el grupo principal de los bárbaros, que respetaba un orden y una compostura inusitados.

Dirk Peters, un hombre llamado Wilson Allen, y yo íbamos a la derecha de nuestros compañeros, examinando, mientras caminábamos, la singular estratificación del precipicio que sobresalía. Una grieta en la roca blanda atrajo nuestra atención. Era bastante ancha para que pudiese entrar una persona sin ser apretada, y se extendía por dentro de la montaña unos cinco y medio o seis metros en línea recta, inclinándose luego a la izquierda. La altura de la grieta, hasta donde se podía ver por dentro desde la garganta principal, era tal vez de dieciocho a veinte metros. Entre las hendiduras crecían dos o tres arbustos achaparrados, que parecían una especie de avellano, por los que sentí la curiosidad de examinar, y me adelanté rápidamente con este propósito, arrancando cinco o seis frutos en un ramillete y luego me retiré rápidamente. Cuando volvía, vi que Peters y Allen me habían seguido. Les rogué que retrocediesen, ya que no había lugar para que pasaran dos personas, y les dije que les daría alguno de mis frutos. Se volvieron, Allen se encontraba junto a la boca de la hendidura y se estaban deslizando hacia atrás, cuando sentí de repente una conmoción que no se parecía a nada de lo que yo había experimentado hasta entonces, y que me hizo creer que se desplomaban hasta los cimientos del globo y que había llegado el día de la destrucción universal.

CHAPTER XXI

As soon as I could collect my scattered senses, I found myself near-ly suffocated, and grovelling in utter darkness among a quantity of loose earth, which was also falling upon me heavily in every direc-tion, threatening to bury me entirely. Horribly alarmed at this idea, I struggled to gain my feet, and at length succeeded. I then remained motionless for some moments, endeavouring to conceive what had happened to me, and where I was. Presently I heard a deep groan just at my ear, and afterward the smothered voice of Peters calling to me for aid in the name of God. I scrambled one or two paces forward, when I fell directly over the head and shoulders of my companion, who, I soon discovered, was buried in a loose mass of earth as far as his middle, and struggling desperately to free himself from the pres-sure. I tore the dirt from around him with all the energy I could com-mand, and at length succeeded in getting him out.

As soon as we sufficiently recovered from our fright and surprise to be capable of conversing rationally, we both came to the conclu-sion that the walls of the fissure in which we had ventured had, by some convulsion of nature, or probably from their own weight, caved in overhead, and that we were consequently lost for ever, being thus entombed alive. For a long time we gave up supinely to the most in-tense agony and despair, such as cannot be adequately imagined by those who have never been in a similar situation. I firmly believe that no incident ever occurring in the course of human events is more adapted to inspire the supremeness of mental and bodily distress than a case like our own, of living inhumation. The blackness of dark-ness which envelops the victim, the terrific oppression of lungs, the stifling fumes from the damp earth, unite with the ghastly consid-erations that we are beyond the remotest confines of hope, and that such is the allotted portion of the dead, to carry into the human heart a degree of appalling awe and horror not to be tolerated—never to be conceived.

At length Peters proposed that we should endeavour to ascertain precisely the extent of our calamity, and grope about our prison; it being barely possible, he observed, that some opening might be yet

CAPÍTULO XXI

Tan pronto como pude recuperar mis sentidos alterados, me encontré casi ahogado arrastrándome en la más absoluta oscuridad en medio de una masa de tierra desmoronada, que caía sobre mí pesadamente por todas partes, amenazando con sepultarme por completo. Terriblemente alarmado por esta idea, me esforcé por apoyar nuevamente los pies, consiguiéndolo al fin. Permanecí entonces inmóvil durante unos instantes, intentando comprender lo que me había sucedido, y dónde estaba. Enseguida oí un profundo gemido junto a mi oído y, poco después, la voz sofocada de Peters pidiéndome auxilio en nombre de Dios. Me arrastré uno o dos pasos hacia adelante, y caí directamente sobre la cabeza y los hombros de mi compañero, quien, como pude ver, estaba sepultado hasta la mitad de su cuerpo, bajo una masa de tierra desmoronada y luchaba desesperadamente por librarse de aquella opresión. Aparté la tierra que había a su alrededor con toda la fuerza que tenía, y finalmente logré sacarlo de allí.

Ni bien nos recobramos del susto y de nuestro asombro, hasta el punto de ser capaces de conversar racionalmente, ambos llegamos a la conclusión de que las paredes de la fisura por la que habíamos entrado se habían derrumbado desde lo alto, por algún movimiento de la naturaleza o probablemente por su propio peso, y que, por lo tanto, estábamos perdidos para siempre, ya que habíamos quedado enterrados vivos. Durante un buen rato nos entregamos a la angustia y desesperación más intensas, como nunca podrán imaginar quienes no se hayan encontrado jamás en una situación semejante. Yo creía firmemente que ninguno de los incidentes que podían ocurrir en el curso de la existencia humana iba a ser tan propicio para inspirar el sumo dolor físico y mental como nuestro caso, de vernos enterrados en vida. La negrura de la oscuridad que envuelve a la víctima, la terrorífica opresión de los pulmones, las emanaciones sofocantes de la tierra húmeda unidas a la aterradora consideración de que nos hallábamos más allá de los remotos confines de la esperanza, y de que compartíamos así la región de los muertos, causaba en el corazón humano un grado tal de espanto y terror, que resulta intolerable como jamás podrá concebirse.

Por fin, Peters propuso que intentáramos conocer exactamente el alcance de nuestra desgracia, arañando alrededor de nuestra prisión, porque observó que no era imposible que hallásemos alguna abertura

left us for escape. I caught eagerly at this hope, and, arousing myself to exertion, attempted to force my way through the loose earth. Hardly had I advanced a single step before a glimmer of light became perceptible, enough to convince me that, at all events, we should not immediately perish for want of air. We now took some degree of heart, and encouraged each other to hope for the best. Having scrambled over a bank of rubbish which impeded our farther progress in the direction of the light, we found less difficulty in advancing, and also experienced some relief from the excessive oppression of lungs which had tormented us. Presently we were enabled to obtain a glimpse of the objects around, and discovered that we were near the extremity of the straight portion of the fissure, where it made a turn to the left. A few struggles more, and we reached the bend, when, to our inexpressible joy, there appeared a long seam or crack extending upward a vast distance, generally at an angle of about forty-five degrees, although sometimes much more precipitous. We could not see through the whole extent of this opening; but, as a good deal of light came down it, we had little doubt of finding at the top of it (if we could by any means reach the top) a clear passage into the open air.

I now called to mind that three of us had entered the fissure from the main gorge, and that our companion, Allen, was still missing; we determined at once to retrace our steps and look for him. After a long search, and much danger from the farther caving in of the earth above us, Peters at length cried out to me that he had hold of our companion's foot, and that his whole body was deeply buried beneath the rubbish, beyond a possibility of extricating him. I soon found that what he said was too true, and that, of course, life had been long extinct. With sorrowful hearts, therefore, we left the corpse to its fate, and again made our way to the bend.

The breadth of the seam was barely sufficient to admit us, and, after one or two ineffectual efforts at getting up, we began once more to despair. I have before said that the chain of hills through which ran the main gorge was composed of a species of soft rock resembling soapstone. The sides of the cleft we were now attempting to ascend were of the same material, and so excessively slippery, being wet, that we could get but little foothold upon them even in their least precipitous parts; in some places, where the ascent was nearly perpen-

por donde escapar. Me uní ansiosamente a esta esperanza y, juntando toda mi energía, intenté abrirme camino en medio de la tierra desmoronada. Apenas había avanzado un paso cuando un rayo de luz se hizo visible, hasta convencerme de que, en todo caso, no moriríamos de inmediato por falta de aire. Nos sentimos un poco reanimados y procuramos alentarnos mutuamente esperando lo mejor. Luego de trepar sobre un montón de escombros que impedía nuestro paso en dirección a la luz, encontramos menos dificultad para avanzar y también experimentamos cierto alivio ante la excesiva opresión que torturaba nuestros pulmones. Luego pudimos mirar de reojo los objetos que nos rodeaban, y descubrimos que estábamos cerca del borde de la parte recta de la fisura, allí donde doblaba hacia la izquierda. Un poco más de esfuerzo y llegaríamos a la curva, donde, para alegría nuestra, aparecía una larga rendija o grieta que se extendía hacia arriba, a una gran distancia, en general, en un ángulo de unos cuarenta y cinco grados, aunque a veces fuera más escarpado. No podíamos ver a través de toda la extensión de esta abertura; pero penetraba suficiente luz como para que no tuviésemos la menor duda de encontrar en lo alto de esa abertura (si es que podíamos llegar por algún medio hasta allí) una salida al aire libre.

Entonces me di cuenta de que éramos tres los que habíamos entrado en la fisura desde la garganta principal, y descubrí que nuestro compañero, Allen, continuaba perdido todavía: decidimos volver rápidamente sobre nuestros pasos para buscarlo. Luego de una larga búsqueda, con el inminente peligro de que se desplomase la tierra sobre nosotros, Peters me gritó al fin que había asido uno de los pies de nuestro compañero, y que todo su cuerpo estaba profundamente sepultado debajo de los escombros, sin posibilidad de sacarlo. Pronto comprobé que era muy cierto lo que decía y que, por consiguiente, su vida se había extinguido hacía largo rato. Con el corazón destrozado, abandonamos, entonces, el cuerpo a su destino y de nuevo nos abrimos paso hacia la curva.

El ancho de la rendija era apenas suficiente para permitirnos pasar, y, después de uno o dos esfuerzos infructuosos para subir, empezamos una vez más a desesperarnos. Ya lo he dicho antes, que la cadena de colinas entre las cuales corría la garganta principal estaba formada por una especie de roca blanda parecida a la esteatita. Los costados de la grieta por la que intentábamos trepar ahora eran de la misma materia, y estaban tan resbaladizos, porque estaban húmedos, que apenas podíamos afirmar los pies en las partes menos escabrosas; la dificultad

dicular, the difficulty was, of course, much aggravated; and, indeed, for some time we thought it insurmountable. We took courage, however, from despair; and what, by dint of cutting steps in the soft stone with our Bowie knives, and swinging, at the risk of our lives, to small projecting points of a harder species of slaty rock which now and then protruded from the general mass, we at length reached a natural platform, from which was perceptible a patch of blue sky, at the extremity of a thickly-wooded ravine. Looking back now, with somewhat more leisure, at the passage through which we had thus far proceeded, we clearly saw, from the appearance of its sides, that it was of late formation, and we concluded that the concussion, whatever it was, which had so unexpectedly overwhelmed us, had also, at the same moment, laid open this path for escape. Being quite exhausted with exertion, and, indeed, so weak that we were scarcely able to stand or articulate, Peters now proposed that we should endeavour to bring our companions to the rescue by firing the pistols which still remained in our girdles—the muskets as well as cutlasses had been lost among the loose earth at the bottom of the chasm. Subsequent events proved that, had we fired, we should have sorely repented it; but, luckily, a half suspicion of foul play had by this time arisen in my mind, and we forbore to let the savages know of our whereabouts.

After having reposed for about an hour, we pushed on slowly up the ravine, and had gone no great way before we heard a succession of tremendous yells. At length we reached what might be called the surface of the ground; for our path hitherto, since leaving the platform, had lain beneath an archway of high rock and foliage, at a vast distance overhead. With great caution we stole to a narrow opening, through which we had a clear sight of the surrounding country, when the whole dreadful secret of the concussion broke upon us in one moment and at one view.

The spot from which we looked was not far from the summit of the highest peak in the range of the soapstone hills. The gorge in which our party of thirty-two had entered ran within fifty feet to the

se agravaba, naturalmente, donde el ascenso era casi perpendicular, y a veces creíamos, realmente, que eran infranqueables. Sin embargo, sacamos fuerzas de nuestra desesperación y, tras tallar escalones en la piedra blanda con nuestros cuchillos de monte, y colgándonos, arriesgando nuestras vidas, de unas pequeñas prominencias formadas por una especie de roca gris más dura, que sobresalían acá y allá de la masa general, logramos llegar por fin a una plataforma natural, desde la cual se divisaba un pedazo de cielo azul, al fondo de una cima densamente poblada de árboles.

Mirando ahora hacia atrás, con algo más de tranquilidad, el paso por el que habíamos caminado, vimos claramente, por el aspecto de sus laderas, que era de reciente formación, y de ello dedujimos que la sacudida, de cualquier naturaleza que fuese, que nos había sepultado tan repentinamente, había abierto también, al mismo tiempo, este paso para escapar. Hallándonos completamente exhaustos por el esfuerzo y, en realidad, tan débiles que apenas podíamos mantenernos en pie o articular palabra, Peters propuso entonces que intentásemos pedir socorro a nuestros compañeros disparando las pistolas que seguían aún en nuestros cintos, ya que los fusiles, así como los machetes, los habíamos perdido entre la tierra desprendida que cayó al fondo del precipicio. Los acontecimientos posteriores probaron que, de haber disparado, nos hubiéramos arrepentido de ello; pero afortunadamente surgió en mi mente una suerte de sospecha de la jugada infame, y nos abstuvimos de dar a conocer a los bárbaros el sitio donde nos encontrábamos.

Luego de descansar durante casi una hora, nos deslizamos lentamente hacia la parte alta del barranco, y no habíamos caminado mucho, cuando oímos una serie de aullidos tremendos. Finalmente, alcanzamos lo que podría llamarse la superficie del terreno; porque nuestro sendero hasta ese momento, desde que habíamos abandonado la plataforma, corría por debajo de una bóveda de altas rocas y follaje, a gran distancia de nuestras cabezas. Con gran cautela nos arrastramos hasta una estrecha abertura, a través de la cual divisábamos un amplio paraje de la comarca circundante, y todo el espantoso misterio de aquella conmoción se nos reveló de pronto en un instante y a primera vista.

El lugar desde donde mirábamos no estaba lejos de la cumbre del pico más alto de la cordillera de colinas de esteatita. La garganta en la que había entrado nuestro grupo de treinta y dos hombres se internaba

left of us. But, for at least one hundred yards, the channel or bed of this gorge was entirely filled up with the chaotic ruins of more than a million tons of earth and stone that had been artificially tumbled within it. The means by which the vast mass had been precipitated were not more simple than evident, for sure traces of the murderous work were yet remaining. In several spots along the top of the eastern side of the gorge (we were now on the western) might be seen stakes of wood driven into the earth. In these spots the earth had not given way; but throughout the whole extent of the face of the precipice from which the mass had fallen, it was clear, from marks left in the soil resembling those made by the drill of the rock-blaster, that stakes similar to those we saw standing had been inserted, at not more than a yard apart, for the length of perhaps three hundred feet, and ranging at about ten feet back from the edge of the gulf. Strong cords of grape vine were attached to the stakes still remaining on the hill, and it was evident that such cords had also been attached to each of the other stakes. I have already spoken of the singular stratification of these soapstone hills; and the description just given of the narrow and deep fissure through which we effected our escape from inhumation will afford a further conception of its nature. This was such that almost every natural convulsion would be sure to split the soil into perpendicular layers or ridges running parallel with one another; and a very moderate exertion of art would be sufficient for effecting the same purpose. Of this stratification the savages had availed themselves to accomplish their treacherous ends. There can be no doubt that, by the continuous line of stakes, a partial rupture of the soil had been brought about, probably to the depth of one or two feet, when, by means of a savage pulling at the end of each of the cords (these cords being attached to the tops of the stakes, and extending back from the edge of the cliff), a vast leverage power was obtained, capable of hurling the whole face of the hill, upon a given signal, into the bosom of the abyss below. The fate of our poor companions was no longer a matter of uncertainty. We alone had escaped from the tempest of that overwhelming destruction. We were the only living white men upon the island.

unos quince metros a nuestra izquierda. Pero, en una extensión de unos cien metros, el canal o lecho de aquella garganta estaba completamente llena de ruinas caóticas de más de un millón de toneladas de tierra y piedra que habían sido volcadas en ella artificialmente. El medio por el que aquella gran masa había sido precipitada era tan sencillo como evidente, porque quedaban aún huellas claras de aquella obra asesina. En varios lugares a lo largo de la parte superior de la ladera este de la garganta (estábamos en aquel momento en la ladera oeste) podían verse estacas de madera clavadas en el suelo. En estos sitios la tierra no había cedido, pero, a lo largo de toda la extensión de la superficie del precipicio desde donde la masa había caído, era evidente, por las señales existentes en el suelo, parecidas a las que hace la perforadora de roca, que unas estacas semejantes a las que estábamos viendo habían sido clavadas, a no más de un metro de distancia unas de otras, en una longitud de tal vez cien metros, y alineadas a unos tres metros más allá del borde de la bahía. Largas hileras de vid estaban adheridas aún a las estacas existentes en la colina, y era evidente que semejantes ligamentos habían sido adheridos a cada una de las otras estacas. Ya he hablado de la singular estratificación de estas colinas de esteatita; y la descripción que acabo de dar de la estrecha y profunda fisura a través de la cual nos libramos de ser enterrados vivos proporcionará una idea más completa de su naturaleza. Era tal que, cualquier movimiento natural podía, sin duda, dividirlo en capas perpendiculares o líneas de división paralelas entre sí, y un esfuerzo moderado podía servir también para conseguir el mismo resultado. Los bárbaros se habían servido de esta estratificación para lograr sus fines traicioneros. No cabe ninguna duda, por la línea continua de estacas, de que había tenido lugar una ruptura parcial del suelo, probablemente a una profundidad de treinta o sesenta centímetros, y que un bárbaro tirando desde el extremo de cada uno de estos cordones (cordones que estaban adheridos a la punta de las estacas y que se extendían detrás del borde de la barranca), conseguía una enorme potencia de palanca capaz de lanzar, a una señal dada, toda la ladera de la colina al fondo del abismo. El destino de nuestros pobres compañeros ya no era cuestión de incertidumbre. Solo nosotros nos habíamos librado de la tempestad de aquella destrucción aniquiladora. Éramos los únicos hombres blancos con vida en la isla.

Our situation, as it now appeared, was scarcely less dreadful than when we had conceived ourselves entombed for ever. We saw before us no prospect but that of being put to death by the savages, or of dragging out a miserable existence in captivity among them. We might, to be sure, conceal ourselves for a time from their observation among the fastnesses of the hills, and, as a final resort, in the chasm from which we had just issued; but we must either perish in the long Polar winter through cold and famine, or be ultimately discovered in our efforts to obtain relief.

The whole country around us seemed to be swarming with savages, crowds of whom, we now perceived, had come over from the islands to the southward on flat rafts, doubtless with a view of lending their aid in the capture and plunder of the Jane. The vessel still lay calmly at anchor in the bay, those on board being apparently quite unconscious of any danger awaiting them. How we longed at that moment to be with them! either to aid in effecting their escape, or to perish with them in attempting a defence. We saw no chance even of warning them of their danger without bringing immediate destruction upon our own heads, with but a remote hope of benefit to them. A pistol fired might suffice to apprize them that something wrong had occurred; but the report could not possibly inform them that their only prospect of safety lay in getting out of the harbour forthwith—it could not tell them that no principles of honour now bound them to remain, that their companions were no longer among the living. Upon hearing the discharge they could not be more thoroughly prepared to meet the foe, who were now getting ready to attack, than they already were, and always had been. No good, therefore, and infinite harm, would result from our firing, and, after mature deliberation, we forbore.

Our next thought was to attempt a rush towards the vessel, to seize one of the four canoes which lay at the head of the bay, and endeavour to force a passage on board. But the utter impossibility of succeeding in this desperate task soon became evident. The country, as I said before, was literally swarming with the natives, skulking among the bushes and recesses of the hills, so as not to be observed from the schooner. In our immediate vicinity especially, and blockading

CAPÍTULO XXII

Nuestra situación, tal como se nos presentaba ahora, era apenas menos aterradora que cuando creímos estar enterrados para siempre. No veíamos ante nosotros más perspectivas que la de ser ejecutados por los bárbaros, o la de llevar una vida miserable en cautiverio entre ellos. Desde luego, podíamos ocultarnos por un tiempo entre la espesura de los montes o, como último recurso, en el barranco de donde acabábamos de salir; pero moriríamos de frío y de hambre durante el largo invierno polar, o seríamos descubiertos finalmente al esforzarnos por llegar hasta los indígenas.

La comarca entera se veía como un hormiguero de indígenas que, ahora veíamos, habían llegado desde las islas hasta la parte sur en balsas nuevas, sin duda con el propósito de prestar su ayuda en la captura y saqueo de la Jane. El barco aún permanecía tranquilamente anclado en la bahía, porque los que estaban a bordo no parecían darse cuenta en absoluto de que algún peligro los amenazara. ¡Cómo ansiábamos, en aquel momento, estar con ellos! Tanto para llevar a cabo la fuga, como para morir con ellos al intentar defenderlos. No veíamos ninguna posibilidad de advertirles acerca del peligro sin provocar nuestra muerte inmediata, pero con alguna remota esperanza de hacerles un beneficio. Un disparo de pistola habría bastado para informarles que había ocurrido algo malo; pero este aviso podía no hacerles comprender que su única perspectiva de salvación consistía en levantar las anclas de manera inmediata, ni decirles que ningún principio de honor los obligaba ahora a quedarse, puesto que sus compañeros ya no se contaban entre los vivos. Aunque oyesen la descarga, no por eso iban a encontrarse mejor preparados para enfrentarse con el enemigo, que estaba ahora dispuesto para el ataque, mucho más de lo que lo habían estado antes. Por eso, ningún bien, y sí un daño infinito, podía resultar de nuestro disparo, y, luego de una profunda reflexión, nos abstuvimos de hacerlo.

Nuestra siguiente idea fue intentar dirigirnos con prisa hacia el barco, apoderarnos de una de las cuatro canoas que estaban a la entrada de la bahía, y abrirnos paso a la fuerza hasta la goleta. Pero la absoluta imposibilidad de conseguirlo mediante esta tarea desesperada se hizo evidente enseguida. La comarca, como he dicho antes, estaba colmada literalmente de nativos, acechando entre los arbustos y escondites de las colinas de modo que no se pudiesen ver desde la goleta. Especial-

the sole path by which we could hope to attain the shore in the proper point, were stationed the whole party of the black skin warriors, with Too-wit at their head, and apparently only waiting for some re-enforcement to commence his onset upon the Jane. The canoes, too, which lay at the head of the bay were manned with savages, unarmed, it is true, but who undoubtedly had arms within reach. We were forced, therefore, however unwillingly, to remain in our place of concealment, mere spectators of the conflict which presently ensued.

In about half an hour we saw some sixty or seventy rafts, or flatboats, with outriggers, filled with savages, and coming round the southern bight of the harbour. They appeared to have no arms except short clubs, and stones which lay in the bottom of the rafts. Immediately afterward another detachment, still larger, approached in an opposite direction, and with similar weapons. The four canoes, too, were now quickly filled with natives, starting up from the bushes at the head of the bay, and put off swiftly to join the other parties. Thus, in less time than I have taken to tell it, and as if by magic, the Jane saw herself surrounded by an immense multitude of desperadoes evidently bent upon capturing her at all hazards.

That they would succeed in so doing could not be doubted for an instant. The six men left in the vessel, however resolutely they might engage in her defence, were altogether unequal to the proper management of the guns, or in any manner to sustain a contest at such odds. I could hardly imagine that they would make resistance at all, but in this was deceived; for presently I saw them get springs upon the cable, and bring the vessel's starboard broadside to bear upon the canoes, which by this time were within pistol range, the rafts being nearly a quarter of a mile to windward. Owing to some cause unknown, but most probably to the agitation of our poor friends at seeing themselves in so hopeless a situation, the discharge was an entire failure. Not a canoe was hit or a single savage injured, the shots striking short and ricochêting over their heads. The only effect produced upon them was astonishment at the unexpected report and smoke, which was so excessive that for some moments I almost thought they would abandon their design entirely, and return to the shore. And this they would most likely have done had our men followed up their broadside by a discharge of small arms, in which, as the canoes were

mente muy cerca de nosotros, y bloqueando la única senda por la que podíamos esperar alcanzar la orilla en su punto adecuado, estaba apostada toda la banda de los guerreros de pieles negras, con Too-wit a su cabeza, y al parecer esperando tan solo algún refuerzo para emprender el abordaje de la Jane. También las canoas que se hallaban a la entrada de la bahía estaban tripuladas por salvajes, desarmados, es cierto, pero teniéndolas, sin duda, al alcance de la mano. Por lo tanto, nos vimos obligados, contra nuestra voluntad, a quedarnos en nuestro escondite, como simples espectadores del conflicto que pronto se inició.

Al cabo de media hora vimos sesenta o setenta balsas, o barcas planas, sin aparejos, llenas de indígenas que llegaban desde la parte sur de la bahía. No parecían tener más armas que unos garrotes cortos, y piedras amontonadas en el fondo de las balsas. Acto seguido, otro grupo, aún más numeroso, apareció en dirección opuesta y con armas similares. Además, las cuatro canoas se llenaron rápidamente de nativos, que salían entre los arbustos, a la entrada de la bahía, avanzando con celeridad, para unirse a los demás. De esa manera, en menos tiempo del que he tardado en decirlo, y como por arte de magia, la Jane se vio cercada por una inmensa multitud de forajidos evidentemente resueltos a tomarla a toda costa.

Que lo consiguieran era algo que no podíamos dudar ni por un instante. Los seis hombres que habíamos dejado en el barco, aunque luchasen resueltamente en su defensa, eran, en conjunto, pocos para el manejo adecuado de los cañones o para sostener un combate en tales circunstancias de desigualdad. Difícilmente podía imaginar que opondrían resistencia alguna; pero en esto me equivoqué, porque enseguida vi que recogían amarras, ubicándola del lado de estribor, de modo que la andanada cayese sobre las canoas, que estaban entonces a tiro de pistola, dado que las balsas estaban como a un cuarto de milla a sotavento. Por alguna causa desconocida, pero muy probablemente dada la agitación de nuestros pobres amigos al verse en una situación tan desesperada, la descarga falló por completo. Ninguna canoa fue alcanzada y ningún indígena fue herido, ya que al quedar corto el disparo hizo fuego de rebote por sobre sus cabezas. El único efecto que produjo en ellos fue de asombro ante el humo y la inesperada detonación, un asombro tan excesivo, que por unos momentos llegué a pensar que iban a abandonar de lleno su propósito e iban a regresar a la orilla. Y es lo más probable que hubieran hecho, si nuestros hombres hubiesen sostenido la andanada con

now so near at hand, they could not have failed in doing some execution, sufficient, at least, to deter this party from a farther advance, until they could have given the rafts also a broadside. But, in place of this, they left the canoe party to recover from their panic, and, by looking about them, to see that no injury had been sustained, while they flew to the larboard to get ready for the rafts.

The discharge to larboard produced the most terrible effect. The star and double-headed shot of the large guns cut seven or eight of the rafts completely asunder, and killed, perhaps, thirty or forty of the savages outright, while a hundred of them, at least, were thrown into the water, the most of them dreadfully wounded. The remainder, frightened out of their senses, commenced at once a precipitate retreat, not even waiting to pick up their maimed companions, who were swimming about in every direction, screaming and yelling for aid. This great success, however, came too late for the salvation of our devoted people. The canoe party were already on board the schooner to the number of more than a hundred and fifty, the most of them having succeeded in scrambling up the chains and over the boarding nettings even before the matches had been applied to the larboard guns. Nothing could now withstand their brute rage. Our men were borne down at once, overwhelmed, trodden under foot, and absolutely torn to pieces in an instant.

Seeing this, the savages on the rafts got the better of their fears, and came up in shoals to the plunder. In five minutes the Jane was a pitiable scene indeed of havoc and tumultuous outrage. The decks were split open and ripped up; the cordage, sails, and everything moveable on deck demolished as if by magic; while, by dint of pushing at the stern, towing with the canoes, and hauling at the sides, as they swam in thousands around the vessel, the wretches finally forced her on shore (the cable having been slipped), and delivered her over to the good offices of Too-wit, who, during the whole of the engagement, had maintained, like a skilful general, his post of security and reconnoissance among the hills, but, now that the victory was completed to his satisfaction, condescended to scamper down with his warriors of the black skin, and become a partaker in the spoils.

Too-wit's descent left us at liberty to quit our hiding-place and rec-

una descarga de fusilería. Porque, como las canoas estaban tan cerca de ellos, no hubiesen dejado de causar alguna baja, suficiente al menos, para impedir que aquella banda avanzase más, hasta que ellos hubiesen largado otra andanada sobre las balsas. Pero, en cambio, dejaron a los hombres de las canoas que se recuperasen del pánico y, mirando a su alrededor, pudieron ver que no habían sufrido daño alguno, mientras ellos corrían a babor para prepararse contra las balsas.

La descarga de babor produjo el efecto más terrible. La metralla y la doble carga de los cañones de gran calibre partieron por la mitad a siete u ocho balsas, matando quizá a treinta o cuarenta indígenas en ese acto, mientras que un centenar, por lo menos, era arrojado al agua, casi todos mortalmente heridos. Los restantes, despavoridos por completo, iniciaron inmediatamente una retirada acelerada, sin siquiera esperar para recoger a sus compañeros mutilados, que nadaban en todas direcciones, lanzando gritos y aullidos de socorro. Sin embargo, este gran triunfo llegó demasiado tarde para salvar a nuestros fieles compañeros. La banda de las canoas ya estaba a bordo de la goleta con más de ciento cincuenta hombres, la mayoría de los cuales habían logrado trepar por las cadenas y por las redes de embarque, incluso antes de que las mechas hubieran sido aplicadas a los cañones de babor. Nada podía hacer frente a su furia brutal. Nuestros hombres fueron derribados rápidamente, aplastados, pisoteados y hechos pedazos en un instante.

Al ver esto, los bárbaros de las balsas se repusieron de su espanto, y acudieron en manada para saquear. En cinco minutos la Jane fue escenario lamentable de una devastación y saqueo tumultuoso. Los puentes fueron cortados y hundidos: el cordaje, las velas y todas las cosas movibles sobre cubierta fueron demolidos como por arte de magia, mientras que, a fuerza de empujar por la popa, arrastrándola con las canoas y remolcándola por los lados, porque eran miles los que nadaban alrededor del barco, los miserables consiguieron finalmente hacerla encallar en la orilla (pues la amarra había sido liberada), y la entregaron a los buenos delegados de Too-wit, quien, durante todo el combate, había permanecido como un experto general en su puesto de seguridad y observación sobre las colinas; pero ahora que había logrado la victoria, se dignó a unirse con sus guerreros de piel negra y participar en el saqueo.

El descenso de Too-wit nos permitió abandonar nuestro escondite y

onnoitre the hill in the vicinity of the chasm. At about fifty yards from the mouth of it we saw a small spring of water, at which we slaked the burning thirst that now consumed us. Not far from the spring we discovered several of the filbert-bushes which I mentioned before. Upon tasting the nuts we found them palatable, and very nearly resembling in flavour the common English filbert. We collected our hats full immediately, deposited them within the ravine, and returned for more. While we were busily employed in gathering these, a rustling in the bushes alarmed us, and we were upon the point of stealing back to our covert, when a large black bird of the bittern species strugglingly and slowly arose above the shrubs. I was so much startled that I could do nothing, but Peters had sufficient presence of mind to run up to it before it could make its escape, and seize it by the neck. Its struggles and screams were tremendous, and we had thoughts of letting it go, lest the noise should alarm some of the savages who might be still lurking in the neighbourhood. A stab with a Bowie knife, however, at length brought it to the ground, and we dragged it into the ravine, congratulating ourselves that, at all events, we had thus obtained a supply of food enough to last us for a week.

We now went out again to look about us, and ventured a considerable distance down the southern declivity of the hill, but met with nothing else which could serve us for food. We therefore collected a quantity of dry wood and returned, seeing one or two large parties of the natives on their way to the village, laden with the plunder of the vessel, and who, we were apprehensive, might discover us in passing beneath the hill.

Our next care was to render our place of concealment as secure as possible, and, with this object, we arranged some brushwood over the aperture which I have before spoken of as the one through which we saw the patch of blue sky, on reaching the platform from the interior of the chasm. We left only a very small opening, just wide enough to admit of our seeing the bay, without the risk of being discovered from below. Having done this, we congratulated ourselves upon the security of the position; for we were now completely excluded from observation, as long as we chose to remain within the ravine itself, and not venture out upon the hill. We could perceive no traces of the savages having ever been within this hollow; but, indeed, when we came to reflect upon the probability that the fissure through which

hacer un reconocimiento por la colina en las cercanías del barranco. A unos cincuenta metros de la boca vimos un pequeño manantial, en el que aplacamos la sed ardiente que nos consumía. No muy lejos del manantial descubrimos varios avellanos de los que ya he hablado. Al probar sus frutos, los encontramos agradables y de un sabor muy parecido al de la avellana común inglesa. Llenamos nuestros sombreros inmediatamente, las depositamos en el valle y volvimos por más. Mientras las recogíamos con prisa, nos alarmó un movimiento que advertimos en los arbustos, y cuando estábamos a punto de escabullirnos hacia nuestro escondite, un ave negra enorme de la especie de las garzas reales se elevó lenta y pesadamente por encima de los matorrales. Me sentí tan sorprendido que no sabía qué hacer, pero Peters tuvo la suficiente entereza como para lanzarse sobre ella antes de que pudiera escapar, agarrándola por el cuello. Sus forcejeos y chillidos eran impresionantes, y pensamos soltarla, por miedo a que el ruido alarmase a alguno de los bárbaros que podían estar emboscados en las cercanías. Pero un golpe certero dado con un cuchillo de monte lo derribó al suelo, y lo arrastramos hacia el valle, felicitándonos de que, en todo caso, habíamos conseguido una provisión de alimento que nos duraría para una semana.

Salimos nuevamente para observar a nuestro alrededor, y nos arriesgamos a recorrer una distancia considerable por la ladera sur de la colina, pero no encontramos nada más que pudiera servirnos como alimento. Por lo tanto, recogimos una buena cantidad de madera seca y regresamos, viendo uno o dos grupos de nativos dirigiéndose hacia la aldea, cargados con el botín del barco, y quienes, temíamos, podían descubrirnos al pasar por detrás de la colina.

Nuestra inmediata preocupación fue hacer nuestro escondite lo más seguro posible, y para ello, colocamos algunas matas sobre la abertura de la cual he hablado antes, aquella por la que habíamos visto un pedazo de cielo azul, al llegar a la plataforma desde el interior del abismo. Solo dejamos un pequeño agujero lo suficientemente ancho como para poder ver la bahía, sin el riesgo de ser descubiertos desde abajo. Una vez hecho esto, nos alegramos por la seguridad de nuestra posición; ya que ahora estaríamos completamente a salvo, sin ser observados, durante el tiempo que quisiéramos permanecer en el barranco, sin aventurarnos a subir a la colina. No observamos ningún rastro de que los salvajes hubiesen estado alguna vez dentro de aquel agujero; pero cuando reflexionamos en la probabilidad de que la fisura a través de la cual habíamos

we attained it had been only just now created by the fall of the cliff opposite, and that no other way of attaining it could be perceived, we were not so much rejoiced at the thought of being secure from molestation as fearful lest there should be absolutely no means left us for descent. We resolved to explore the summit of the hill thoroughly, when a good opportunity should offer. In the mean time we watched the motions of the savages through our loophole.

They had already made a complete wreck of the vessel, and were now preparing to set her on fire. In a little while we saw the smoke ascending in huge volumes from her main-hatchway, and, shortly afterward, a dense mass of flame burst up from the forecastle. The rigging, masts, and what remained of the sails caught immediately, and the fire spread rapidly along the decks. Still a great many of the savages retained their stations about her, hammering with large stones, axes, and cannon balls at the bolts and other copper and iron work. On the beach, and in canoes and rafts, there were not less, altogether, in the immediate vicinity of the schooner, than ten thousand natives, besides the shoals of them who, laden with booty, were making their way inland and over to the neighbouring islands. We now anticipated a catastrophe, and were not disappointed. First of all there came a smart shock (which we felt distinctly where we were as if we had been slightly galvanized), but unattended with any visible signs of an explosion. The savages were evidently startled, and paused for an instant from their labours and yellings. They were upon the point of recommencing, when suddenly a mass of smoke puffed up from the decks, resembling a black and heavy thunder-cloud—then, as if from its bowels, arose a tall stream of vivid fire to the height, apparently, of a quarter of a mile—then there came a sudden circular expansion of the flame—then the whole atmosphere was magically crowded, in a single instant, with a wild chaos of wood, and metal, and human limbs—and, lastly, came the concussion in its fullest fury, which hurled us impetuously from our feet, while the hills echoed and re-echoed the tumult, and a dense shower of the minutest fragments of the ruins tumbled headlong in every direction around us.

The havoc among the savages far exceeded our utmost expectation, and they had now, indeed, reaped the full and perfect fruits of their treachery. Perhaps a thousand perished by the explosion, while at least an equal number were desperately mangled. The whole sur-

llegado allí se hubiese formado recientemente por el derrumbamiento del acantilado opuesto, y de que no hubiese otro camino para llegar a ella, nos sentimos menos alegres ante la idea de estar seguros y un tanto más aterrados porque no nos habían dejado en absoluto medio alguno para el descenso. Decidimos explorar la cumbre de toda la colina cuando se nos presentase una buena oportunidad. Mientras tanto, vigilábamos los movimientos de los bárbaros a través de la hendidura.

Ya habían devastado por completo el barco y se disponían ahora a prenderlo fuego. En poco tiempo vimos la humareda ascender en enormes nubes desde la escotilla principal y, poco después, una densa masa de llamas brotó del castillo de proa. El aparejo, los mástiles y lo que quedaba de las velas ardió inmediatamente, y el fuego se propagó, rápidamente, a lo largo de los puentes. Todavía permanecían en sus puestos alrededor del barco una gran multitud de indígenas; lanzando grandes piedras, hachas y balas de cañón en los pernos y en las forjas de hierro y cobre. En la playa, a bordo de las canoas y balsas, había, en los alrededores de la goleta, no menos de diez mil nativos, además de las bandas que, cargadas con su botín, se encaminaban hacia el interior o hacia las islas vecinas. Preveíamos entonces una catástrofe, y no estábamos equivocados. Primero sobrevino una repentina sacudida (que sentimos como si hubiésemos sufrido una ligera descarga eléctrica), pero que no fue seguida por ningún signo visible de explosión. Los bárbaros se quedaron evidentemente sorprendidos, e interrumpieron por un instante su tarea y sus aullidos. Estaban a punto de reanudarla, cuando de repente una masa de humo surgió de los puentes, parecía una nube de tormenta negra y pesada, y luego, como si saliese de sus entrañas, se elevó una gran columna de llama viva, hasta una altura, aparentemente, de trescientos metros; después, hubo una súbita expansión circular de la llama; luego, toda la atmósfera quedó mágicamente poblada, en un solo instante, de un caos siniestro de madera, metal y miembros humanos; y, por último, vino la conmoción en la máxima expresión de furia, que nos derribó impetuosamente, mientras los ecos en las colinas multiplicaban el tumulto, y una densa lluvia de pequeños fragmentos de los restos caía a gran velocidad por todas partes a nuestro alrededor.

La destrucción entre los bárbaros superó todas nuestras expectativas, y habían cosechado, en verdad, los frutos maduros y perfectos de su traición. Tal vez un millar de hombres perecieron debido a la explosión, mientras que, por lo menos, un número similar quedó mutilado. Toda

face of the bay was literally strewn with the struggling and drowning wretches, and on shore matters were even worse. They seemed utterly appalled by the suddenness and completeness of their discomfiture, and made no efforts at assisting one another. At length we observed a total change in their demeanour. From absolute stupor they appeared to be, all at once, aroused to the highest pitch of excitement, and rushed wildly about, going to and from a certain point on the beach, with the strangest expressions of mingled horror, rage, and intense curiosity depicted on their countenances, and shouting, at the top of their voices, Tekeli-li! Tekeli-li!

Presently we saw a large body go off into the hills, whence they returned in a short time, carrying stakes of wood. These they brought to the station where the crowd was the thickest, which now separated so as to afford us a view of the object of all this excitement. We perceived something white lying on the ground, but could not immediately make out what it was. At length we saw that it was the carcass of the strange animal with the scarlet teeth and claws which the schooner had picked up at sea on the eighteenth of January. Captain Guy had had the body preserved for the purpose of stuffing the skin and taking it to England. I remember he had given some directions about it just before our making the island, and it had been brought into the cabin and stowed away in one of the lockers. It had now been thrown on shore by the explosion; but why it had occasioned so much concern among the savages was more than we could comprehend. Although they crowded around the carcass at a little distance, none of them seemed willing to approach it closely. By-and-by the men with the stakes drove them in a circle around it, and, no sooner was this arrangement completed, than the whole of the vast assembly rushed into the interior of the island, with loud screams of Tekeli-li! Tekeli-li!

la superficie de la bahía estaba literalmente cubierta de aquellos miserables, luchando y ahogándose, mientras en la orilla el asunto era aún peor. Parecían horrorizados ante el repentino y absoluto desconcierto, y no hacían esfuerzo alguno para socorrerse mutuamente. Al final, observamos un cambio total en su comportamiento. De un estupor absoluto, parecieron pasar de pronto al grado más alto de excitación, y se lanzaron enloquecidamente, corriendo de acá para allá, a un cierto lugar de la bahía, con las más extrañas expresiones de horror, de rabia y de intensa curiosidad pintadas en sus rostros, y gritando con toda la fuerza de sus pulmones: «¡Tekeli-li! ¡Tekeli-li!».

Pronto vimos que un nutrido grupo se retiraba hacia las colinas, de donde retornaron al rato con estacas de madera. Las llevaron al sitio donde la multitud estaba más amontonada, y que entonces se separó como para revelarnos el objeto de toda aquella excitación. Pudimos ver algo blanco en el suelo, pero no supimos inmediatamente lo que era. Al final, vimos que se trataba de la osamenta del extraño animal de dientes y garras de color escarlata que la goleta había recogido del mar el día 18 de enero. El capitán Guy había hecho conservar el cuerpo con la intención de disecar la piel y llevarlo a Inglaterra. Recuerdo que me había dado algunas instrucciones acerca de ello, precisamente antes de nuestra llegada a la isla, y lo habíamos llevado a la cámara metiéndolo en una de las alacenas. Había sido despedido hasta la orilla por la explosión; pero algo que iba más allá de lo que nosotros podíamos comprender era por qué causaba tanta inquietud entre los bárbaros. Aunque se amontonaran alrededor de la osamenta, a poca distancia, ninguno parecía desear acercarse del todo. Pronto los hombres de las estacas clavaron estas en círculo alrededor del esqueleto, y tan pronto como terminaron de hacerlo, toda la inmensa multitud se precipitó hacia el interior de la isla, lanzando aquellos fuertes gritos de «¡Tekeli-li! ¡Tekeli-li!».

CHAPTER XXIII

During the six or seven days immediately following we remained in our hiding-place upon the hill, going out only occasionally, and then with the greatest precaution, for water and filberts. We had made a kind of pent-house on the platform, furnishing it with a bed of dry leaves, and placing in it three large flat stones, which served us for both fireplace and table. We kindled a fire without difficulty by rubbing two pieces of dry wood together, the one soft, the other hard. The bird we had taken in such good season proved excellent eating, although somewhat tough. It was not an oceanic fowl, but a species of bittern, with jet black and grizzly plumage, and diminutive wings in proportion to its bulk. We afterward saw three of the same kind in the vicinity of the ravine, apparently seeking for the one we had captured; but, as they never alighted, we had no opportunity of catching them.

As long as this fowl lasted we suffered nothing from our situation; but it was now entirely consumed, and it became absolutely necessary that we should look out for provision. The filberts would not satisfy the cravings of hunger, afflicting us, too, with severe gripings of the bowels, and, if freely indulged in, with violent headache. We had seen several large tortoises near the seashore to the eastward of the hill, and perceived they might be easily taken, if we could get at them without the observation of the natives. It was resolved, therefore, to make an attempt at descending.

We commenced by going down the southern declivity, which seemed to offer the fewest difficulties, but had not proceeded a hundred yards before (as we had anticipated from appearances on the hill-top) our progress was entirely arrested by a branch of the gorge in which our companions had perished. We now passed along the edge of this for about a quarter of a mile, when we were again stopped by a precipice of immense depth, and, not being able to make our way along the brink of it, we were forced to retrace our steps by the main ravine.

We now pushed over to the eastward, but with precisely similar fortune. After an hour's scramble, at the risk of breaking our necks,

Durante los seis o siete días siguientes permanecimos dentro de nuestro escondite en la colina, saliendo solo algunas veces, y tomando muchas precauciones para buscar agua y avellanas. Habíamos hecho una especie de piso sobre la plataforma, cubriéndolo con un lecho de hojas secas, y colocando sobre él tres grandes piedras planas, que nos servían tanto de chimenea como de mesa. Encendimos fuego sin dificultad frotando dos trozos de madera seca, uno blando y otro duro. El ave que habíamos cazado en el apogeo de la estación nos proporcionó una excelente comida, aunque su carne era algo dura. No se trataba de un ave oceánica, sino de una especie de garza real, de un plumaje negro azabache y parduzco, y alas pequeñas en proporción a su tamaño. Luego vimos tres de la misma especie en las proximidades del barranco, que parecían buscar a la que habíamos capturado; pero, como no llegaron a posarse, no tuvimos ocasión de cazarlas.

Mientras nos duró la carne de esta ave, no sufrimos nada por nuestra situación; pero cuando la consumimos por completo se nos hizo absolutamente necesario salir en busca de alimento. Las avellanas no satisfacían la sensación de hambre y, además, nos causaban fuertes cólicos y, si las ingeríamos en abundancia, nos provocaba fuertes dolores de cabeza. Habíamos visto algunas tortugas grandes cerca de la orilla, al este de la colina, y observamos que podíamos agarrarlas fácilmente si lográbamos llegar allí sin ser descubiertos por los nativos. Decidimos, entonces, intentar una salida.

Comenzamos descendiendo a lo largo de la ladera sur, que parecía presentar menos dificultades; pero habíamos avanzado tan solo cien metros cuando nuestra marcha (como habíamos previsto por lo observado desde la cumbre de la colina) fue interrumpida por una rama del barranco en el que habían perecido nuestros compañeros. Pasamos al lado del borde de esta garganta por espacio de un cuarto de milla, cuando fuimos detenidos nuevamente por un precipicio de inmensa profundidad y, como nos era imposible abrirnos paso a lo largo de su margen, nos vimos obligados a volver sobre nuestros pasos por el barranco principal.

Nos dirigimos luego hacia el lado este, pero con una suerte parecida. Luego de trepar durante una hora, con riesgo de rompernos el cuello,

we discovered that we had merely descended into a vast pit of black granite, with fine dust at the bottom, and whence the only egress was by the rugged path in which we had come down. Toiling again up this path, we now tried the northern edge of the hill. Here we were obliged to use the greatest possible caution in our manoeuvres, as the least indiscretion would expose us to the full view of the savages in the village. We crawled along, therefore, on our hands and knees, and, occasionally, were even forced to throw ourselves at full length, dragging our bodies along by means of the shrubbery. In this careful manner we had proceeded but a little way, when we arrived at a chasm far deeper than any we had yet seen, and leading directly into the main gorge. Thus our fears were fully confirmed, and we found ourselves cut off entirely from access to the world below. Thoroughly exhausted by our exertions, we made the best of our way back to the platform, and, throwing ourselves upon the bed of leaves, slept sweetly and soundly for some hours.

For several days after this fruitless search we were occupied in exploring every part of the summit of the hill, in order to inform ourselves of its actual resources. We found that it would afford us no food, with the exception of the unwholesome filberts, and a rank species of scurvy grass which grew in a little patch of not more than four rods square, and would be soon exhausted. On the fifteenth of February, as near as I can remember, there was not a blade of this left, and the nuts were growing scarce; our situation, therefore, could hardly be more lamentable.[5] On the sixteenth we again went round the walls of our prison, in hope of finding some avenue of escape, but to no purpose. We also descended the chasm in which we had been overwhelmed, with the faint expectation of discovering, through this channel, some opening to the main ravine. Here, too, we were disappointed, although we found and brought up with us a musket.

On the seventeenth we set out with the determination of examining more thoroughly the chasm of black granite into which we had made our way in the first search. We remembered that one of the

5   This day was rendered remarkable by our observing in the south several huge wreaths of the grayish vapour I have before spoken of.

descubrimos que habíamos descendido simplemente a una extensa cima de granito negro, cuyo fondo estaba cubierto de un polvo fino, y desde la cual no había más salida que la senda escarpada por donde habíamos bajado. Remontamos nuevamente esta senda, dirigiéndonos al borde septentrional del monte. Allí tuvimos que emplear las mayores precauciones posibles en nuestras maniobras, ya que la menor imprudencia podía exponernos de lleno a la vista de los bárbaros del pueblo. Por lo tanto, gateamos apoyados sobre nuestras manos y rodillas, y a veces nos veíamos obligados a acostarnos, arrastrando nuestro cuerpo y agarrándonos de los arbustos. Con todos estos cuidados habíamos avanzado un corto trecho, cuando llegamos a un abismo más profundo aún que los que habíamos encontrado hasta entonces, y que conducía directamente a la garganta principal. Vimos así plenamente confirmados nuestros temores, y nos hallábamos completamente aislados y sin acceso a la comarca de abajo. Casi extenuados por nuestro esfuerzo, retrocedimos lo mejor que pudimos hasta la plataforma, y arrojándonos sobre el lecho de hojas, nos dormimos tranquila y profundamente durante unas horas.

Durante varios días, luego de esta infructuosa búsqueda, nos ocupamos de explorar cada una de las partes de la cima de la colina, con el fin de conocer cuáles eran sus recursos reales. Descubrimos que no nos proporcionaría alimento alguno, excepto las avellanas poco saludables y una especie de coclearia agria, que crecía en una pequeña parcela de unos veinte metros cuadrados, y que pronto hubiésemos agotado. El 15 de febrero, por lo que puedo recordar, no quedaba ya ni una hoja, y las avellanas empezaban a escasear; por eso, nuestra situación no podía ser más deplorable.[8] El día dieciséis volvimos a recorrer los muros de nuestra prisión, con la esperanza de hallar alguna salida; pero fue en vano. Bajamos también al barranco en el que habíamos sido sepultados, con la leve esperanza de descubrir, a través de este paso, alguna abertura que diese a la garganta principal. También aquí nos vimos defraudados, aunque encontramos un fusil y lo recogimos.

El día diecisiete salimos resueltos a examinar con más minuciosidad el abismo de granito negro por el que habíamos caminado en nuestra primera búsqueda. Recordábamos que una de las fisuras que había en

8   Este día fue notable por haber observado, al sur, varios remolinos enormes del vapor grisáceo del cual he hablado.

fissures in the sides of this pit had been but partially looked into, and we were anxious to explore it, although with no expectation of discovering here any opening.

We found no great difficulty in reaching the bottom of the hollow as before, and were now sufficiently calm to survey it with some attention. It was, indeed, one of the most singular-looking places imaginable, and we could scarcely bring ourselves to believe it altogether the work of nature. The pit, from its eastern to its western extremity, was about five hundred yards in length, when all its windings were threaded; the distance from east to west in a straight line not being more (I should suppose, having no means of accurate examination) than forty or fifty yards. Upon first descending into the chasm, that is to say, for a hundred feet downward from the summit of the hill, the sides of the abyss bore little resemblance to each other, and, apparently, had at no time been connected, the one surface being of the soapstone and the other of marl, granulated with some metallic matter. The average breadth, or interval between the two cliffs, was probably here sixty feet, but there seemed to be no regularity of formation. Passing down, however, beyond the limit spoken of, the interval rapidly contracted, and the sides began to run parallel, although, for some distance farther, they were still dissimilar in their material and form of surface. Upon arriving within fifty feet of the bottom, a perfect regularity commenced. The sides were now entirely uniform in substance, in colour, and in lateral direction, the material being a very black and shining granite, and the distance between the two sides, at all points facing each other, exactly twenty yards. The precise formation of the chasm will be best understood by means of a delineation taken upon the spot; for I had luckily with me a pocketbook and pencil, which I preserved with great care through a long series of subsequent adventure, and to which I am indebted for memoranda of many subjects which would otherwise have been crowded from my remembrance.

las paredes de este pozo solo había sido examinada parcialmente, y nos sentimos impacientes por explorarla, aunque no tuviésemos esperanza de descubrir ninguna salida.

No encontramos muchas dificultades para llegar al fondo del pozo, como ya habíamos hecho antes, y estábamos lo suficientemente tranquilos para explorarlo con la mayor atención posible. En realidad, era uno de los sitios más singulares que se pueda imaginar, y nos era difícil convencernos de que se trataba puramente de una obra de la naturaleza.

El abismo, desde el extremo este al oeste tenía unos cuatrocientos cincuenta metros de longitud, siguiendo todas sus curvas; la distancia de este a oeste, en línea recta, no sería más de unos treinta y cinco a cuarenta y cinco metros (por lo que pude calcular, pues no tenía instrumentos exactos de medición). Al principio de nuestro descenso, es decir, hasta unos treinta metros a partir de la cumbre de la colina, las paredes del barranco tenían poca semejanza entre sí, y no parecían haber estado unidas nunca; una de las superficies era de esteatita, y la otra era de marga, granulada con no sé qué materia metálica. El ancho, en promedio, o espacio entre los dos acantilados, era probablemente de unos veinte metros, pero no parecía haber allí ninguna regularidad en su formación. Sin embargo, más abajo, pasado el límite del que he hablado, el espacio se achicaba rápidamente, y los costados comenzaban a ser paralelos, aunque todavía en cierto lugar volvían a ser diferentes en su materia y en la forma de su superficie. Al llegar a unos quince metros del fondo, comenzaba a verse una regularidad perfecta. Los lados eran ahora completamente uniformes en su sustancia, color y dirección lateral, ya que la materia era un granito muy negro y brillante y la distancia entre las dos caras en todos sus puntos era exactamente de veinte metros. La forma exacta del barranco se comprenderá mejor mediante un dibujo tomado sobre el terreno, ya que afortunadamente yo llevaba un cuaderno de bolsillo y un lápiz, que he conservado con mucho cuidado a lo largo de toda la serie de aventuras que siguieron, y a los cuales debo notas sobre muchos asuntos que, de otra manera, se hubieran borrado de mi memoria.

Figure 1.

This figure (see figure 1) gives the general outlines of the chasm, without the minor cavities in the sides, of which there were several, each cavity having a corresponding protuberance opposite. The bottom of the gulf was covered to the depth of three or four inches with a powder almost impalpable, beneath which we found a continuation of the black granite. To the right, at the lower extremity, will be noticed the appearance of a small opening; this is the fissure alluded to above, and to examine which more minutely than before was the object of our second visit. We now pushed into it with vigour, cutting away a quantity of brambles which impeded us, and removing a vast heap of sharp flints somewhat resembling arrowheads in shape. We were encouraged to persevere, however, by perceiving some little light proceeding from the farther end. We at length squeezed our way for about thirty feet, and found that the aperture was a low and regularly-formed arch, having a bottom of the same impalpable powder as that in the main chasm. A strong light now broke upon us, and, turning a short bend, we found ourselves in another lofty chamber, similar to the one we had left in every respect but longitudinal form. Its general figure is here given. (See figure 2.)

Imagen 1.

Esta imagen (ver imagen 1) indica el contorno general de la cima, sin las cavidades menores de los costados, que eran varias, ya que cada una de ellas correspondía a una saliente opuesta. El fondo del abismo estaba cubierto, hasta una profundidad de tres o cuatro pulgadas, de un polvo casi intangible, debajo del cual encontramos una prolongación del granito negro. A la derecha, en el extremo inferior, se observará una pequeña abertura; es la fisura a la que he aludido anteriormente, y cuyo examen más minucioso era el objeto de nuestra segunda visita. Nos lanzamos, entonces, por ella con energía, cortando un montón de zarzas que obstruían nuestro paso, y apartando un cúmulo de piedras filosas, algo parecidas en su forma a las puntas de una flecha. No obstante, nos sentimos animados a seguir, cuando percibimos una ligera luz que provenía de la última extremidad. Nos abrimos camino, por fin, arrastrándonos en un espacio de unos diez metros, y vimos que la abertura era una bóveda baja, de forma regular, cuyo fondo era del mismo polvo intangible que el que formaba el barranco principal. Una luz fuerte nos encandiló y, girando por una de las curvas, nos encontramos en otra cavidad elevada, parecida a la que acabábamos de dejar en todos los aspectos, menos en su forma longitudinal. Doy aquí su forma general. (Ver imagen 2).

Figure 2.

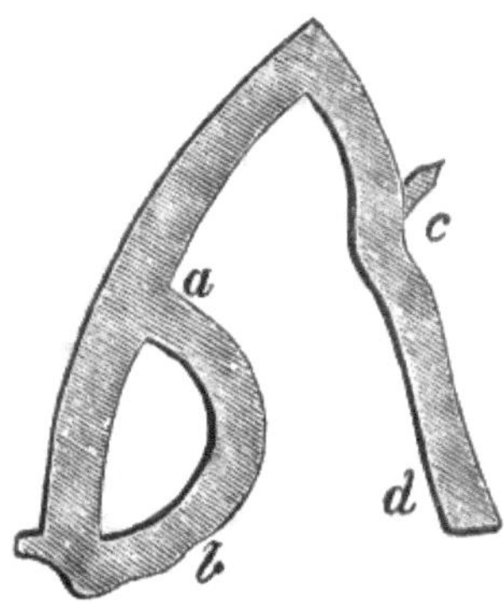

The total length of this chasm, commencing at the opening a and proceeding round the curve b to the extremity d, is five hundred and fifty yards. At c we discovered a small aperture similar to the one through which we had issued from the other chasm, and this was choked up in the same manner with brambles and a quantity of the white arrowhead flints. We forced our way through it, finding it about forty feet long, and emerged into a third chasm. This, too, was precisely like the first, except in its longitudinal shape, which was thus. (See figure 3.)

Figure 3 and figure 5.

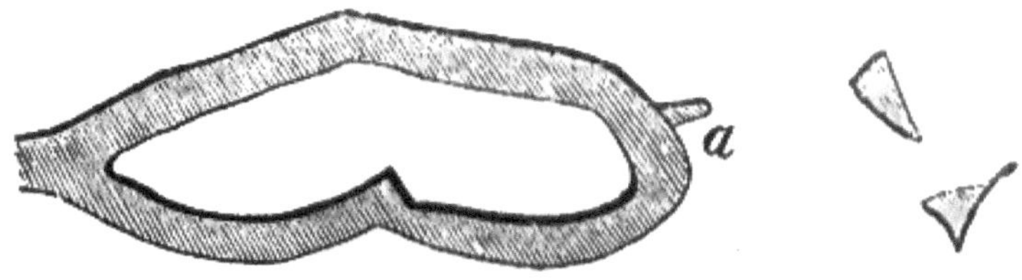

We found the entire length of the third chasm three hundred and twenty yards. At the point a was an opening about six feet wide, and

Imagen 2.

La longitud total de esta cima, comenzando en la abertura *a* y dando la vuelta por la curva *b* hasta el extremo *d*, es de unos quinientos cincuenta metros.

En *c* descubrimos una pequeña abertura semejante a aquella por la que habíamos salido del otro barranco y esta se hallaba obstruida de la misma manera con zarzas y un montón de piedras blancas como puntas de flecha. Nos abrimos camino a través de ella, viendo que tenía unos doce metros de largo, y que daba a un tercer barranco. Este era exactamente igual al primero, excepto en su forma longitudinal, que era de este modo. (Ver imagen 3).

Imágenes 3 y 5.

La longitud total del tercer barranco era de unos trescientos metros. En el punto *a* había una abertura de unos dos metros de ancho que pe-

extending fifteen feet into the rock, where it terminated in a bed of marl, there being no other chasm beyond, as we had expected. We were about leaving this fissure, into which very little light was admitted, when Peters called my attention to a range of singular-looking indentures in the surface of the marl forming the termination of the cul-de-sac. With a very slight exertion of the imagination, the left, or most northerly of these indentures might have been taken for the intentional, although rude, representation of a human figure standing erect, with outstretched arm. The rest of them bore also some little resemblance to alphabetical characters, and Peters was willing, at all events, to adopt the idle opinion that they were really such. I convinced him of his error, finally, by directing his attention to the floor of the fissure, where, among the powder, we picked up, piece by piece, several large flakes of the marl, which had evidently been broken off by some convulsion from the surface where the indentures were found, and which had projecting points exactly fitting the indentures; thus proving them to have been the work of nature. Figure 4. presents an accurate copy of the whole.

Figure 4.

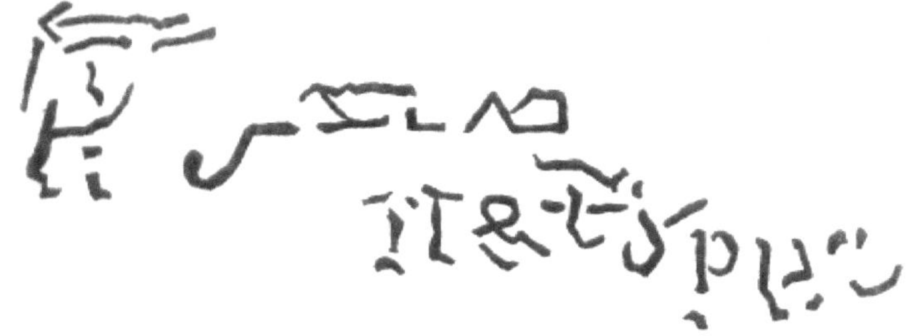

After satisfying ourselves that these singular caverns afforded us no means of escape from our prison, we made our way back, dejected and dispirited, to the summit of the hill. Nothing worth mentioning occurred during the next twenty-four hours, except that, in examining the ground to the eastward of the third chasm, we found two triangular holes of great depth, and also with black granite sides. Into these holes we did not think it worth while to attempt descending, as they had the appearance of mere natural wells, without outlet. They were each about twenty yards in circumference, and their shape, as

netraba más de cuatro metros en la roca, donde terminaba en una capa de marga, y no había ningún otro abismo más allá, como esperábamos. Estábamos a punto de abandonar esta fisura, en la que entraba muy poca luz, cuando Peters captó mi atención para mostrarme una hilera de escritos de singular aspecto en la superficie de la marga que formaba la terminación del callejón sin salida. Con un poco de imaginación, el tallado de la izquierda, es decir, el que se hallaba más al norte de aquellos escritos, podía tomarse como una deliberada, aunque burda, representación de una figura humana en posición erecta, con un brazo extendido. Los demás tenían también alguna pequeña semejanza con los caracteres alfabéticos, y Peters estaba dispuesto, en todo caso, a aceptar que eran realmente tales. Lo convencí de su error, finalmente, dirigiendo su atención hacia el suelo de la hendidura, donde, entre el polvo, recogimos, trozo por trozo, varios fragmentos gruesos de marga, que evidentemente habían saltado hacia afuera debido a algún movimiento de la superficie donde se veían las tallas. Esto probaba que aquello era obra de la naturaleza. La imagen 4 muestra una copia exacta del conjunto.

Imagen 4.

Después de convencernos de que aquellas singulares cavernas no nos proporcionaban ningún medio para escapar de nuestra prisión, volvimos sobre nuestros pasos, desalentados y abatidos, hasta la cumbre de la colina. Durante las próximas veinticuatro horas no sucedió nada que merezca mencionarse, excepto que, al examinar el terreno en la parte este del tercer barranco, encontramos dos agujeros triangulares de una gran profundidad, y cuyas paredes también eran de granito negro. No creímos que valiese la pena intentar descender a estos agujeros, porque tenían la apariencia de simples pozos naturales, sin salida. Cada uno de

well as relative position in regard to the third chasm, is shown in figure 5.

ellos tenía casi veinte metros de circunferencia, y su forma, así como su posición con respecto a la tercera cima, se muestra en la imagen 5.

CHAPTER XXIV

On the twentieth of the month, finding it altogether impossible to subsist any longer upon the filberts, the use of which occasioned us the most excruciating torment, we resolved to make a desperate attempt at descending the southern declivity of the hill. The face of the precipice was here of the softest species of soapstone, although nearly perpendicular throughout its whole extent (a depth of a hundred and fifty feet at the least), and in many places even overarching. After long search we discovered a narrow ledge about twenty feet below the brink of the gulf; upon this Peters contrived to leap, with what assistance I could render him by means of our pocket-handkerchiefs tied together. With somewhat more difficulty I also got down; and we then saw the possibility of descending the whole way by the process in which we had clambered up from the chasm when we had been buried by the fall of the hill—that is, by cutting steps in the face of the soapstone with our knives. The extreme hazard of the attempt can scarcely be conceived; but, as there was no other resource, we determined to undertake it.

Upon the ledge where we stood there grew some filbert-bushes; and to one of these we made fast an end of our rope of handkerchiefs. The other end being tied round Peters's waist, I lowered him down over the edge of the precipice until the handkerchiefs were stretched tight. He now proceeded to dig a deep hole in the soapstone (as far in as eight or ten inches), sloping away the rock above to the height of a foot, or thereabout, so as to allow of his driving, with the butt of a pistol, a tolerably strong peg into the levelled surface. I then drew him up for about four feet, when he made a hole similar to the one below, driving in a peg as before, and having thus a resting-place for both feet and hands. I now unfastened the handkerchiefs from the bush, throwing him the end, which he tied to the peg in the uppermost hole, letting himself down gently to a station about three feet lower than he had yet been, that is, to the full extent of the handkerchiefs. Here he dug another hole, and drove another peg. He then drew himself up, so as to rest his feet in the hole just cut, taking hold with his hands upon the peg in the one above. It was now necessary to untie the handkerchiefs from the topmost peg, with the view of fastening them to the second; and here he found that an error had been committed in cutting the holes at so great a distance apart. However,

El día veinte de aquel mes, viendo que era desde todo punto imposible subsistir más tiempo a base de avellanas, cuyo consumo nos ocasionaba los dolores más agudos, decidimos hacer un intento desesperado para bajar por la vertiente sur de la colina. La pared del precipicio era allí de la especie más blanda de esteatita, aunque casi perpendicular a lo largo de toda su extensión (de unos cincuenta metros de profundidad, por lo menos), y en muchos lugares esta incluso sobresalía en forma abovedada. Luego de una larga búsqueda, descubrimos un reborde angosto a unos seis metros por debajo de la orilla de la cima, al que Peters consiguió saltar con la ayuda que pude prestarle mediante nuestros pañuelos atados. Con mayor dificultad también bajé yo; y vimos entonces la posibilidad de descender todo el camino con el procedimiento que habíamos empleado para subir del abismo en que nos había sepultado el derrumbamiento de la colina; es decir, abriendo escalones con nuestros cuchillos en la pared de esteatita. Apenas puede uno imaginarse lo arriesgado que era ese intento; pero, como no había otro recurso, decidimos intentarlo.

Sobre el reborde en el que estábamos situados crecían algunos avellanos, y atamos nuestra cuerda de pañuelos a uno de ellos. Con la otra punta sujeta alrededor de la cintura de Peters, lo fui bajando desde el borde del precipicio hasta que los pañuelos estuvieron tirantes. Entonces él se puso a cavar un hoyo profundo en la esteatita (como de unos veinticinco o treinta centímetros), horadando la roca por la parte de arriba, a unos treinta centímetros de altura, más o menos, de modo que le permitiese fijar, con la culata de la pistola, una estaca bastante fuerte. Entonces lo alcé unos cuatro metros más arriba, e hizo un agujero similar al de abajo, clavando en él otra estaca como la anterior, teniendo así un punto de apoyo para sus pies y sus manos. Desaté los pañuelos del arbusto, arrojándole la punta a él, que la ató a la estaca del agujero superior; dejándose luego deslizar suavemente unos diez metros más abajo que la primera vez, es decir, hasta donde llegaban los pañuelos. Allí abrió otro agujero y fijó otra estaca. Se levantó, de modo que sus pies quedasen justamente en el agujero que acababa de abrir; metiendo con sus manos la estaca en el de más arriba. Ahora era necesario desatar los pañuelos de la estaca superior, con el fin de atarlos a la segunda; y aquí se dio cuenta de que había cometido un error al abrir los agujeros a tanta distancia. Sin embargo, después de uno o dos intentos arriesgados

after one or two unsuccessful and dangerous attempts at reaching the knot (having to hold on with his left hand while he laboured to undo the fastening with his right), he at length cut the string, leaving six inches of it affixed to the peg. Tying the handkerchiefs now to the second peg, he descended to a station below the third, taking care not to go too far down. By these means (means which I should never have conceived of myself, and for which we were indebted altogether to Peters's ingenuity and resolution) my companion finally succeeded, with the occasional aid of projections in the cliff, in reaching the bottom without accident.

It was some time before I could summon sufficient resolution to follow him; but I did at length attempt it. Peters had taken off his shirt before descending, and this, with my own, formed the rope necessary for the adventure. After throwing down the musket found in the chasm, I fastened this rope to the bushes, and let myself down rapidly, striving, by the vigour of my movements, to banish the trepidation which I could overcome in no other manner. This answered sufficiently well for the first four or five steps; but presently I found my imagination growing terribly excited by thoughts of the vast depth yet to be descended, and the precarious nature of the pegs and soapstone holes which were my only support. It was in vain I endeavoured to banish these reflections, and to keep my eyes steadily bent upon the flat surface of the cliff before me. The more earnestly I struggled *not to think,* the more intensely vivid became my conceptions, and the more horribly distinct. At length arrived that crisis of fancy, so fearful in all similar cases, the crisis in which we begin to anticipate the feelings with which we *shall* fall—to picture to ourselves the sickness, and dizziness, and the last struggle, and the half swoon, and the final bitterness of the rushing and headlong descent. And now I found these fancies creating their own realities, and all imagined horrors crowding upon me in fact. I felt my knees strike violently together, while my fingers were gradually yet certainly relaxing their grasp. There was a ringing in my ears, and I said, "This is my knell of death!" And now I was consumed with the irrepressible desire of looking below. I could not, I would not, confine my glances to the cliff; and, with a wild, indefinable emotion half of horror, half of a relieved oppression, I threw my vision far down into the abyss. For one moment my fingers clutched convulsively upon their hold, while, with the movement, the faintest possible idea of ultimate escape wandered, like a

e infructuosos para llegar al nudo (teniendo que sujetarse con la mano izquierda, mientras que con la derecha procuraba desatarlo), cortó al fin la cuerda, dejando un trozo de seis pulgadas sujeto a la estaca. Atando luego los pañuelos a la segunda estaca, descendió un trecho más por debajo de la tercera, procurando no bajar demasiado. Gracias a esto (que a mí nunca se me hubiese ocurrido, y que le debemos totalmente al ingenio y la intrepidez de Peters), mi compañero logró al fin, ayudándose a veces con los salientes de la pared, llegar al fondo del precipicio sin problemas.

Pasó un rato antes de que yo pudiese reunir el valor suficiente para seguirlo; pero al fin me decidí. Peters se había quitado su camisa antes de bajar, y uniéndola a la mía formé la cuerda necesaria para la aventura. Después de tirar el fusil que encontramos en el abismo, sujeté aquella cuerda a los arbustos, y me dejé caer rápidamente, procurando, con el vigor de mis movimientos, dominar el miedo. Esto me dio bastante buen resultado en los primeros cuatro o cinco escalones; pero en seguida mi imaginación se sintió terriblemente excitada pensando en la inmensa profundidad a la que tenía que descender aún y en la precaria naturaleza de las estacas y de los agujeros de esteatita, que eran mi único soporte. En vano me esforzaba por apartar aquellos pensamientos y por mantener mis ojos fijos en la superficie lisa del abismo que tenía ante mis ojos. Cuanto más ansiosamente intentaba *no pensar*, más intensamente vivas se volvían mis ideas, y más terriblemente claras. Al final, llegó la crisis de la imaginación, tan espantosa en estos casos, esa crisis en la que comenzamos a sentir por anticipado lo que sentiremos cuando *caigamos*, imaginándonos el malestar, el vértigo, la lucha final, el desvanecimiento y la amargura del descenso apresurado y precipitado. Y comprendí entonces que aquellas fantasías creaban sus propias realidades y que todos los horrores imaginados se volcaban sobre mí en realidad. Sentí que mis rodillas se entrechocaban con violencia, mientras mis dedos soltaban gradual pero inevitablemente su presa. Me zumbaban los oídos y dije: «¡Es el llamado de la muerte!». Y me consumía un deseo irresistible de mirar hacia abajo. No podía, no quería limitar mis miradas al abismo; y, con una emoción desenfrenada e indefinida, mitad de pánico, y mitad de alivio, dirigí mi vista hacia el abismo. Por un momento mis dedos se aferraron convulsivamente a su sostén, mientras, con el movimiento, la idea cada vez más débil de una última y posible liberación se alejó, como una sombra, por mi mente; y un ins-

shadow, through my mind—in the next my whole soul was pervaded with *a longing to fall;* a desire, a yearning, a passion utterly uncontrollable. I let go at once my grasp upon the peg, and, turning half round from the precipice, remained tottering for an instant against its naked face. But now there came a spinning of the brain; a shrill-sounding and phantom voice screamed within my ears; a dusky, fiendish, and filmy figure stood immediately beneath me; and, sighing, I sunk down with a bursting heart, and plunged within its arms.

I had swooned, and Peters had caught me as I fell. He had observed my proceedings from his station at the bottom of the cliff; and, perceiving my imminent danger, had endeavoured to inspire me with courage by every suggestion he could devise; although my confusion of mind had been so great as to prevent my hearing what he said, or being conscious that he had even spoken to me at all. At length, seeing me totter, he hastened to ascend to my rescue, and arrived just in time for my preservation. Had I fallen with my full weight, the rope of linen would inevitably have snapped, and I should have been precipitated into the abyss; as it was, he contrived to let me down gently, so as to remain suspended without danger until animation returned. This was in about fifteen minutes. On recovery, my trepidation had entirely vanished; I felt a new being, and, with some little further aid from my companion, reached the bottom also in safety.

We now found ourselves not far from the ravine which had proved the tomb of our friends, and to the southward of the spot where the hill had fallen. The place was one of singular wildness, and its aspect brought to my mind the descriptions given by travellers of those dreary regions marking the site of degraded Babylon. Not to speak of the ruins of the disruptured cliff, which formed a chaotic barrier in the vista to the northward, the surface of the ground in every other direction was strewn with huge tumuli, apparently the wreck of some gigantic structures of art; although, in detail, no semblance of art could be detected. Scoria were abundant, and large shapeless blocks of the black granite, intermingled with others of marl,[6] and both granulated with metal. Of vegetation there were no traces what-

6   The marl was also black; indeed, we noticed no light-coloured substances of any kind upon the island.

tante después mi alma entera se sintió invadida por *las ganas de caer;* un deseo, un anhelo, una pasión totalmente irrefrenable. De pronto solté la estaca y, girando el cuerpo a medias sobre el precipicio, permanecí un segundo vacilante frente a su superficie desnuda. Pero entonces se produjo una convulsión en mi cerebro; una voz de sonido penetrante y fantasmal resonó en mis oídos; una figura oscura, diabólica y tenue se paró inmediatamente bajo mis pies; y, suspirando, sentí estallar mi corazón y me desplomé en sus brazos.

Me había desmayado, y Peters me sostuvo cuando caía. Había observado mis movimientos desde su posición en el fondo del abismo; y, dándose cuenta del peligro inminente, había intentado inspirarme valor por todos los medios que se le podían ocurrir; pero la confusión de mi mente era tan grande, que me impidió oír lo que me dijo, o ser consciente de lo que me decía. Al final, al verme vacilar, se apresuró a subir para auxiliarme, y llegó en el momento preciso para salvarme. Si hubiese caído con todo mi peso, la cuerda de lino se habría roto indefectiblemente, y me hubiera precipitado en el abismo; cuando esto sucedió, Peters se las ingenió para sostenerme con cuidado de modo que permanecí suspendido fuera de peligro hasta que me recuperé, cosa que sucedió al cabo de unos quince minutos. Al recobrar el conocimiento, mi temblor había desaparecido por completo; me sentí como un nuevo ser humano y, con una pequeña ayuda de mi compañero, llegué al fondo sano y salvo.

Entonces nos encontrábamos no muy lejos del barranco que se había convertido en la tumba de nuestros amigos, y hacia el sur del lugar donde la colina se había derrumbado. El lugar era muy agreste, y su aspecto trajo a mi mente las descripciones hechas por los viajeros de aquellas aterradoras regiones que señalaban el emplazamiento de las ruinas de Babilonia. Sin mencionar los escombros del acantilado destrozado, que formaban una barrera caótica hacia el norte, la superficie del terreno en todas las demás direcciones estaba sembrada de enormes túmulos, que parecían las ruinas de algunas gigantescas construcciones de arte, aunque, en detalle, no se veía nada que pareciese artístico. Abundaban las escorias, y grandes bloques de granito negro sin forma definida que se mezclaban con otros de arcilla,[9] ambos granulados con metal. No ha-

9   La arcilla también era negra; de hecho, no notamos ninguna sustancia de color claro en la isla.

soever throughout the whole of the desolate area within sight. Several immense scorpions were seen, and various reptiles not elsewhere to be found in the high latitudes.

As food was our most immediate object, we resolved to make our way to the seacoast, distant not more than half a mile, with a view of catching turtle, several of which we had observed from our place of concealment on the hill. We had proceeded some hundred yards, threading our route cautiously between the huge rocks and tumuli, when, upon turning a corner, five savages sprung upon us from a small cavern, felling Peters to the ground with a blow from a club. As he fell the whole party rushed upon him to secure their victim, leaving me time to recover from my astonishment. I still had the musket, but the barrel had received so much injury in being thrown from the precipice that I cast it aside as useless, preferring to trust my pistols, which had been carefully preserved in order. With these I advanced upon the assailants, firing one after the other in quick succession. Two savages fell, and one, who was in the act of thrusting a spear into Peters, sprung to his feet without accomplishing his purpose. My companion being thus released, we had no further difficulty. He had his pistols also, but prudently declined using them, confiding in his great personal strength, which far exceeded that of any person I have ever known. Seizing a club from one of the savages who had fallen, he dashed out the brains of the three who remained, killing each instantaneously with a single blow of the weapon, and leaving us completely masters of the field.

So rapidly had these events passed, that we could scarcely believe in their reality, and were standing over the bodies of the dead in a species of stupid contemplation, when we were brought to recollection by the sound of shouts in the distance. It was clear that the savages had been alarmed by the firing, and that we had little chance of avoiding discovery. To regain the cliff, it would be necessary to proceed in the direction of the shouts; and even should we succeed in arriving at its base, we should never be able to ascend it without being seen. Our situation was one of the greatest peril, and we were hesitating in which path to commence a flight, when one of the savages whom I had shot, and supposed dead, sprang briskly to his feet, and attempted to make his escape. We overtook him, however, before he had advanced many paces, and were about to put him to death, when

bía ningún vestigio de vegetación en toda la extensión inhóspita que se alcanzaba a ver. Vimos algunos escorpiones inmensos, y varios reptiles que no se encuentran habitualmente en latitudes altas.

Dado que el alimento era nuestro objetivo inmediato, decidimos encaminarnos hacia la costa, que estaba tan solo a media milla, con el propósito de cazar tortugas, algunas de las cuales habíamos observado desde nuestro escondite en la colina. Habíamos avanzado unos cien metros, deslizándonos cautelosamente entre las enormes rocas y túmulos, cuando, al doblar en una curva, cinco bárbaros se lanzaron sobre nosotros desde una pequeña caverna, derribando a Peters al suelo de un garrotazo. Cuando cayó, todo el grupo se abalanzó sobre él para asegurar a su víctima, dándome tiempo para recuperarme de mi asombro. Yo todavía tenía el fusil, pero el cañón había quedado tan estropeado al arrojarlo desde el precipicio, que lo dejé a un lado como inútil, prefiriendo confiar en mis pistolas, que habían sido conservadas cuidadosamente en buen estado. Avancé con ellas hacia los asaltantes, disparándolas sucesivamente. Dos bárbaros cayeron, y otro, que estaba por atravesar a Peters con su lanza, saltó a sus pies sin conseguir llevar a cabo su propósito. Cuando mi compañero se liberó, no tuvimos mayores dificultades. Él también conservaba sus pistolas, pero le pareció prudente no utilizarlas, confiando en su gran fuerza personal, que superaba a la de todas las personas que he conocido en mi vida. Apoderándose del garrote de uno de los bárbaros muertos, les voló la tapa de los sesos a los tres restantes, matándolos instantáneamente de un solo mazazo, y así nos adueñamos por completo del campo.

Estos acontecimientos sucedieron con tanta rapidez, que apenas podíamos creer que eran reales, y permanecimos de pie ante los cadáveres en una especie de contemplación estúpida, cuando unos gritos que se oyeron a la distancia nos hicieron volver a la realidad. Era evidente que los bárbaros habían sido alertados por los disparos y que teníamos pocas probabilidades de no ser descubiertos. Para volver a ganar el barranco hubiera sido necesario avanzar en la dirección de los gritos, y aunque hubiésemos logrado llegar a su base, nunca hubiéramos podido subir sin ser vistos. Nuestra situación era muy peligrosa, y dudábamos en qué dirección comenzar la huída, cuando uno de los bárbaros contra quien yo había disparado, y al que creía muerto, se puso de pie súbitamente e intentó huir. Pero lo atrapamos antes de que hubiese dado unos pasos, y estábamos a punto de matarlo, cuando Peters sugirió que po-

Peters suggested that we might derive some benefit from forcing him to accompany us in our attempt at escape. We therefore dragged him with us, making him understand that we would shoot him if he offered resistance. In a few minutes he was perfectly submissive, and ran by our sides as we pushed in among the rocks, making for the seashore.

So far, the irregularities of the ground we had been traversing hid the sea, except at intervals, from our sight, and, when we first had it fairly in view, it was, perhaps, two hundred yards distant. As we emerged into the open beach we saw, to our great dismay, an immense crowd of the natives pouring from the village, and from all visible quarters of the island, making towards us with gesticulations of extreme fury, and howling like wild beasts. We were upon the point of turning upon our steps, and trying to secure a retreat among the fastnesses of the rougher ground, when I discovered the bows of two canoes projecting from behind a large rock which ran out into the water. Towards these we now ran with all speed, and, reaching them, found them unguarded, and without any other freight than three of the large Gallipago turtles and the usual supply of paddles for sixty rowers. We instantly took possession of one of them, and, forcing our captive on board, pushed out to sea with all the strength we could command.

We had not made, however, more than fifty yards from the shore before we became sufficiently calm to perceive the great oversight of which we had been guilty in leaving the other canoe in the power of the savages, who, by this time, were not more than twice as far from the beach as ourselves, and were rapidly advancing to the pursuit. No time was now to be lost. Our hope was, at best, a forlorn one, but we had none other. It was very doubtful whether, with the utmost exertion, we could get back in time to anticipate them in taking possession of the canoe; but yet there was a chance that we could. We might save ourselves if we succeeded, while not to make the attempt was to resign ourselves to inevitable butchery.

The canoe was modelled with the bow and stern alike, and, in place of turning it round, we merely changed our position in paddling. As soon as the savages perceived this they redoubled their yells, as well as their speed, and approached with inconceivable rapidity. We

díamos obtener algún beneficio obligándolo a acompañarnos en nuestra tentativa de escape.

Lo arrastramos, entonces, con nosotros, haciéndole comprender que lo mataríamos si ofrecía resistencia. En pocos minutos se hallaba completamente sometido, y corrió a nuestro lado mientras avanzábamos entre las rocas, en dirección a la costa.

Hasta ese momento, las irregularidades del terreno nos habían ocultado el mar, excepto a intervalos; cuando al fin lo vimos claramente por primera vez, se hallaba, quizás, a doscientos metros de distancia. Cuando salimos al descubierto en la bahía vimos, con gran espanto, una inmensa multitud de nativos que venían desde la aldea, y desde todos los lugares visibles de la isla, dirigiéndose hacia nosotros con gestos de furia extrema, y aullando como fieras. Estábamos a punto de dar la vuelta e intentar ponernos a resguardo en los refugios del accidentado terreno, cuando descubrí las proas de dos canoas que sobresalían por detrás de una gran roca que se prolongaba dentro del agua. Corrimos hacia ellas a toda velocidad y, al alcanzarlas, vimos que estaban desocupadas, sin más carga que tres tortugas de Galápagos y la acostumbrada provisión de remos para sesenta remeros. Sin demora, nos apoderamos de una de ellas y, obligando a embarcar a nuestro cautivo, nos lanzamos al mar con toda la fuerza que teníamos.

Pero no habíamos hecho más de cincuenta metros de la orilla cuando recobramos la calma suficiente como para darnos cuenta del gran error que habíamos cometido al dejar la otra canoa en poder de los bárbaros, quienes, en este momento, se hallaban a no más del doble de distancia que nosotros de la playa, y avanzaban rápidamente. No había tiempo que perder. En el mejor de los casos, nuestra esperanza era impotencia, pero no teníamos otra alternativa. Era muy dudoso que, haciendo un esfuerzo supremo, pudiésemos llegar con la suficiente antelación para apoderarnos de la canoa; pero todavía existía una oportunidad. Si lo conseguíamos, podíamos salvarnos; mientras que, si no lo intentábamos, teníamos que resignarnos a una inevitable carnicería.

Nuestra canoa tenía la proa y la popa iguales, y en lugar de girar, cambiamos simplemente el movimiento del remo. Tan pronto como los bárbaros se dieron cuenta de eso, redoblaron sus aullidos, así como su velocidad, acercándose con una rapidez inconcebible. Sin embargo, no-

pulled, however, with all the energy of desperation, and arrived at the contested point before more than one of the natives had attained it. This man paid dearly for his superior agility, Peters shooting him through the head with a pistol as he approached the shore. The foremost among the rest of his party were probably some twenty or thirty paces distant as we seized upon the canoe. We at first endeavoured to pull her into the deep water, beyond the reach of the savages, but, finding her too firmly aground, and there being no time to spare, Peters, with one or two heavy strokes from the butt of the musket, succeeded in dashing out a large portion of the bow and of one side. We then pushed off. Two of the natives by this time had got hold of our boat, obstinately refusing to let go, until we were forced to despatch them with our knives. We were now clear off, and making great way out to sea. The main body of the savages, upon reaching the broken canoe, set up the most tremendous yell of rage and disappointment conceivable. In truth, from everything I could see of these wretches, they appeared to be the most wicked, hypocritical, vindictive, bloodthirsty, and altogether fiendish race of men upon the face of the globe. It is clear we should have had no mercy had we fallen into their hands. They made a mad attempt at following us in the fractured canoe, but, finding it useless, again vented their rage in a series of hideous vociferations, and rushed up into the hills.

We were thus relieved from immediate danger, but our situation was still sufficiently gloomy. We knew that four canoes of the kind we had were at one time in the possession of the savages, and were not aware of the fact (afterward ascertained from our captive) that two of these had been blown to pieces in the explosion of the Jane Guy. We calculated, therefore, upon being yet pursued, as soon as our enemies could get round to the bay (distant about three miles) where the boats were usually laid up. Fearing this, we made every exertion to leave the island behind us, and went rapidly through the water, forcing the prisoner to take a paddle. In about half an hour, when we had gained, probably, five or six miles to the southward, a large fleet of the flat-bottomed canoes or rafts was seen to emerge from the bay, evidently with the design of pursuit. Presently they put back, despairing to overtake us.

sotros remábamos con toda la energía de la desesperación, y llegamos al sitio disputado antes de que llegasen los nativos. Un solo bárbaro había llegado a él. Este hombre pagó muy cara su mayor agilidad, ya que Peters le disparó un pistoletazo en la cabeza cuando se acercaba a la orilla. Los más adelantados del resto del grupo se hallaban probablemente a unos veinte o treinta pasos de distancia cuando nos apoderamos de la canoa. En primer lugar, nos esforzamos por empujarla hacia dentro del agua, fuera del alcance de los bárbaros, pero, al ver que estaba muy encallada y que no había tiempo para perder, Peters, logró hacer saltar una buena porción de la proa y uno de los costados dándole uno o dos golpes enérgicos con la culata del fusil. Entonces, la empujamos mar adentro. Mientras tanto, dos de los nativos se habían apoderado de nuestra barca, negándose obstinadamente a soltarla, hasta que nos vimos obligados a matarlos con nuestros cuchillos. Ahora la situación se había despejado, y avanzamos rápidamente hacia el mar. Al llegar a la canoa rota, el grupo principal de bárbaros, lanzó los gritos de furia y frustración más tremendos que se puedan concebir. En verdad, por lo que he podido saber de aquellos desdichados, es que pertenecían a la raza humana más malvada, hipócrita, vengativa, sanguinaria y completamente diabólica que existe sobre la faz de la tierra. Es evidente que no hubieran tenido ninguna misericordia con nosotros si hubiésemos caído en sus manos. Hicieron una loca tentativa para seguirnos en la canoa averiada; pero, al ver que no servía, expresaron de nuevo su furia con un griterío espantoso y corrieron de nuevo hacia sus colinas.

De esta manera, nos habíamos librado del peligro inmediato, pero nuestra situación seguía siendo bastante sombría. Sabíamos que cuatro de las canoas que teníamos habían estado en un momento determinado en poder de los bárbaros, e ignorábamos el hecho (que posteriormente nos informó nuestro prisionero) de que dos de ellas habían volado en pedazos durante la explosión de la Jane Guy. Por consiguiente, calculábamos que, no obstante, seríamos perseguidos tan pronto como nuestros enemigos diesen la vuelta a la bahía (distante unas tres millas), donde los botes se hallaban habitualmente amarrados. Temiendo esto, hicimos todo lo posible para dejar la isla atrás, y avanzamos velozmente sobre el agua, obligando al prisionero a tomar un remo. En aproximadamente media hora, cuando habíamos recorrido quizás cinco o seis millas hacia el sur, vimos una nutrida flota de balsas o de canoas planas que venían de la bahía con el evidente propósito de perseguirnos. Inmediatamente se replegaron, desesperados por encontrarnos.

We now found ourselves in the wide and desolate Antarctic Ocean, in a latitude exceeding eighty-four degrees, in a frail canoe, and with no provision but the three turtles. The long Polar winter, too, could not be considered as far distant, and it became necessary that we should deliberate well upon the course to be pursued. There were six or seven islands in sight belonging to the same group, and distant from each other about five or six leagues; but upon neither of these had we any intention to venture. In coming from the northward in the Jane Guy we had been gradually leaving behind us the severest regions of ice—this, however little it may be in accordance with the generally-received notions respecting the Antarctic, was a fact experience would not permit us to deny. To attempt, therefore, getting back, would be folly—especially at so late a period of the season. Only one course seemed to be left open for hope. We resolved to steer boldly to the southward, where there was at least a probability of discovering other lands, and more than a probability of finding a still milder climate.

So far we had found the Antarctic, like the Arctic Ocean, peculiarly free from violent storms or immoderately rough water; but our canoe was, at best, of frail structure, although large, and we set busily to work with a view of rendering her as safe as the limited means in our possession would admit. The body of the boat was of no better material than bark—the bark of a tree unknown. The ribs were of a tough osier, well adapted to the purpose for which it was used. We had fifty feet room from stem to stern, from four to six in breadth, and in depth throughout four feet and a half—the boats thus differing vastly in shape from those of any other inhabitants of the Southern Ocean with whom civilized nations are acquainted. We never did believe them the workmanship of the ignorant islanders who owned them; and some days after this period discovered, by questioning our captive, that they were in fact made by the natives of a group to the southwest of the country where we found them, having fallen accidentally into the hands of our barbarians. What we could do for the security of our boat was very little indeed. Several wide rents were discovered near both ends, and these we contrived to patch up with pieces of woollen jacket. With the help of the superfluous paddles, of which there were a great many, we erected a kind of framework about

CAPÍTULO XXV

Nos encontrábamos ahora en el océano Antártico, extenso y desolado, a una latitud que excedía los 84°, en una canoa frágil y sin más provisiones que las tres tortugas. Además, el largo invierno polar no podía considerarse lejano, y era imprescindible debatir sobre la ruta que debíamos seguir. Teníamos a la vista seis o siete islas, que pertenecían al mismo grupo y estaban a cinco o seis leguas unas de otras; pero no teníamos la menor intención de arriesgarnos por ellas. Al venir desde el norte en la Jane Guy habíamos ido dejando gradualmente detrás de nosotros las zonas glaciares más severas; y, aunque esto no se encuentre de acuerdo con las ideas generalmente admitidas acerca del Antártico; era un hecho que la experiencia no nos permitía negar. Por lo tanto, intentar volver sería una locura, sobre todo en una época tan avanzada de la estación. Solo una ruta parecía quedar abierta a la esperanza. Con determinación, decidimos dirigirnos hacia el sur, donde existía al menos la oportunidad de descubrir tierras, y una gran probabilidad de dar con un clima más templado.

Hasta aquí habíamos observado tanto el océano Antártico, como el océano Ártico, libre en particular de tormentas violentas o de oleaje muy revuelto; pero nuestra canoa era, en el mejor de los casos, de estructura frágil, aunque grande, y nos pusimos a trabajar intensamente, para hacerla tan segura como los limitados medios de los que disponíamos nos lo permitían. El cuerpo de la barca era de corteza, la corteza de un árbol desconocido. Las cuadernas eran de un mimbre resistente, muy bien adaptado para el uso que se le iba a dar. De proa a popa teníamos un espacio de unos quince metros, por metro y medio a dos de ancho, con una profundidad total de metro y medio, diferenciándose mucho por su forma de las de los demás habitantes de los mares del Sur con quienes tienen trato las naciones civilizadas. Nunca creímos que fueran obra de los ignorantes isleños que las poseían, y unos días después descubrimos, interrogando a nuestro prisionero, que en realidad habían sido construidas por los nativos de un archipiélago al sudoeste de la región donde las encontramos, quien había caído accidentalmente en manos de nuestros bárbaros. Poco podíamos hacer por la seguridad de nuestra barca, en verdad. Descubrimos algunas grietas anchas cerca de ambos extremos, y nos las ingeniamos para taparlas con trozos de nuestras chaquetas de lana. Con ayuda de los remos sobrantes, de los

the bow, so as to break the force of any seas which might threaten to fill us in that quarter. We also set up two paddle-blades for masts, placing them opposite each other, one by each gunwale, thus saving the necessity of a yard. To these masts we attached a sail made of our shirts—doing this with some difficulty, as here we could get no assistance from our prisoner whatever, although he had been willing enough to labour in all the other operations. The sight of the linen seemed to affect him in a very singular manner. He could not be prevailed upon to touch it or go near it, shuddering when we attempted to force him, and shrieking out Tekeli-li!

Having completed our arrangements in regard to the security of the canoe, we now set sail to the south southeast for the present, with the view of weathering the most southerly of the group in sight. This being done, we turned the bow full to the southward. The weather could by no means be considered disagreeable. We had a prevailing and very gentle wind from the northward, a smooth sea, and continual daylight. No ice whatever was to be seen; nor did I ever see one particle of this after leaving the parallel of Bennet's Islet. Indeed, the temperature of the water was here far too warm for its existence in any quantity. Having killed the largest of our tortoises, and obtained from him not only food, but a copious supply of water, we continued on our course, without any incident of moment, for perhaps seven or eight days, during which period we must have proceeded a vast distance to the southward, as the wind blew constantly with us, and a very strong current set continually in the direction we were pursuing.

March 1.[7] Many unusual phenomena now indicated that we were entering upon a region of novelty and wonder. A high range of light gray vapour appeared constantly in the southern horizon, flaring up occasionally in lofty streaks, now darting from east to west, now from west to east, and again presenting a level and uniform summit—in short, having all the wild variations of the Aurora Borealis.

7   For obvious reasons I cannot pretend to strict accuracy in these dates. They are given principally with a view to perspicuity of narration, and as set down in my pencil memoranda.

que había muchos allí, levantamos una especie de armazón en torno a la proa para amortiguar la fuerza de las olas que podían amenazar con inundarnos por ese lado. Armamos también dos remos a modo de mástiles, colocándolos uno frente a otro; uno en cada borda, evitándonos así la necesidad de una verga. Atamos a estos mástiles una vela hecha con nuestras camisas, cosa que nos costó un poco de trabajo, porque no podíamos pedirle ayuda a nuestro prisionero para nada, aunque nos la había prestado con buena voluntad para trabajar en todas las demás actividades. La vista de la tela blanca parecía impresionarlo de una manera singular. No pudimos convencerlo de que la tocara o se acercase a ella, porque se ponía a temblar cuando intentábamos obligarlo, gritando: «*¡Tekeli-li!*».

Cuando terminamos nuestros arreglos relativos a la seguridad de la canoa, zarpamos hacia el sudeste por el momento, con la intención de sortear la isla más meridional del archipiélago que se hallaba a la vista. Después de hacer esto, pusimos proa al sur sin dudar. El tiempo no podía considerarse desagradable. Había una brisa suave y constante procedente del norte, un mar en calma y luz del día continuo. No se veían hielos por ninguna parte; ni siquiera habíamos visto un solo témpano después de atravesar el paralelo del islote Bennet. En realidad, la temperatura del agua allí era demasiado templada para que pudiese existir hielo. Después de matar a la tortuga más grande, y obtener de ella no solo alimento, sino también una buena provisión de agua, continuamos nuestra ruta, sin ningún incidente por el momento, durante siete u ocho días tal vez, durante los cuales avanzamos una gran distancia hacia el sur, porque el viento soplaba continuamente a nuestro favor, y una corriente muy fuerte nos llevó constantemente en la dirección que deseábamos.

1 de marzo.[10] Muchos fenómenos inusitados nos indicaban que ahora estábamos entrando en una región nueva y maravillosa. Una franja elevada de vapor gris aparecía constantemente en el horizonte sur, reavivándose a veces con rayos majestuosos, moviéndose de este a oeste, y en otras ocasiones, en dirección contraria, uniéndose en la cumbre, formando una sola línea. En una palabra, mostrando todas las variacio-

---

10 Por razones obvias no puedo pretender una exactitud estricta en estas fechas. Se presentan principalmente con el fin de lograr cierta claridad en la narración y tal como están anotados a mano en mis apuntes.

The average height of this vapour, as apparent from our station, was about twenty-five degrees. The temperature of the sea seemed to be increasing momentarily, and there was a very perceptible alteration in its colour.

March 2. To-day, by repeated questioning of our captive, we came to the knowledge of many particulars in regard to the island of the massacre, its inhabitants, and customs—but with these how can I now detain the reader? I may say, however, that we learned there were eight islands in the group—that they were governed by a common king, named Tsalemon or Psalemoun, who resided in one of the smallest of the islands—that the black skins forming the dress of the warriors came from an animal of huge size to be found only in a valley near the court of the king—that the inhabitants of the group fabricated no other boats than the flat-bottomed rafts; the four canoes being all of the kind in their possession, and these having been obtained, by mere accident, from some large island to the southwest—that his own name was Nu-Nu—that he had no knowledge of Bennet's Islet—and that the appellation of the island we had left was Tsalal. The commencement of the words Tsalemon and Tsalal was given with a prolonged hissing sound, which we found it impossible to imitate, even after repeated endeavours, and which was precisely the same with the note of the black bittern we had eaten upon the summit of the hill.

March 3. The heat of the water was now truly remarkable, and its colour was undergoing a rapid change, being no longer transparent, but of a milky consistency and hue. In our immediate vicinity it was usually smooth, never so rough as to endanger the canoe—but we were frequently surprised at perceiving, to our right and left, at different distances, sudden and extensive agitations of the surface—these, we at length noticed, were always preceded by wild flickerings in the region of vapour to the southward.

March 4. To-day, with the view of widening our sail, the breeze from the northward dying away perceptibly, I took from my coat-pocket a white handkerchief. Nu-Nu was seated at my elbow, and the linen accidentally flaring in his face, he became violently affected with convulsions. These were succeeded by drowsiness and stupor, and low

nes de la aurora boreal. La altura media de aquel vapor, tal como se veía desde donde estábamos, era de unos veinticinco grados. La temperatura del mar parecía aumentar por momentos, alterándose perceptiblemente el color del agua.

2 de marzo. Hoy, gracias a un insistente interrogatorio realizado a nuestro prisionero, nos hemos enterado de muchos detalles relacionados con la isla de la masacre, sus habitantes y sus costumbres; pero ¿puedo detener ahora al lector con estas cosas? Solo diré, no obstante, que supimos que el archipiélago estaba formado por ocho islas; que estaban gobernadas por un rey común, llamado Tsalemon o Psalemoun, quien residía en una de las islas más pequeñas; que las pieles negras con las que se vestían los guerreros provenían de un animal enorme que se encontraba únicamente en un valle, cerca de la residencia del rey; que los habitantes de esa tribu no construían otros botes más que aquellas balsas planas; las cuatro canoas era todo lo que poseían de otra clase, y las habían obtenido, por mero accidente, en una isla grande situada al sudeste; que el nombre de nuestro prisionero era Nu-Nu; que no tenía conocimiento alguno del islote de Bennet; y que el nombre de la isla que había dejado era Tsalal. El comienzo de las palabras «Tsalemon» y «Tsalal» se pronunciaba con un prolongado sonido sibilante, que nos resultó imposible imitar, pese a nuestros repetidos esfuerzos, sonido que era precisamente del mismo tono que el lanzado por la garza negra que comimos en la cumbre de la colina.

3 de marzo. El calor del agua era ahora realmente intenso, y su color estaba experimentando un cambio rápido, perdiendo su transparencia, adquiriendo en cambio una tonalidad lechosa y opaca. A nuestro alrededor reinaba la calma, nunca se agitaba tanto como para poner en peligro la canoa; pero nos sorprendíamos con frecuencia al percibir, a nuestra derecha y a nuestra izquierda, a diferentes distancias, alteraciones repentinas y extensas de la superficie, las cuales, como advertimos por último, iban siempre precedidas de extrañas fluctuaciones en la zona de vapor, hacia el sur.

4 de marzo. Hoy, con objetivo de agrandar nuestra vela, mientras la brisa del norte se apagaba sensiblemente, saqué del bolsillo de mi chaqueta un pañuelo blanco. Nu-Nu estaba sentado a mi lado, y cuando la tela rozó, por casualidad, su cara, comenzó a tener convulsiones. Estas fueron seguidas de un estado de letargo y somnolencia, y unos peque-

murmurings of Tekeli-li! Tekeli-li!

March 5. The wind had entirely ceased, but it was evident that we were still hurrying on to the southward, under the influence of a powerful current. And now, indeed, it would seem reasonable that we should experience some alarm at the turn events were taking—but we felt none. The countenance of Peters indicated nothing of this nature, although it wore at times an expression I could not fathom. The Polar winter appeared to be coming on—but coming without its terrors. I felt a numbness of body and mind—a dreaminess of sensation—but this was all.

March 6. The gray vapour had now arisen many more degrees above the horizon, and was gradually losing its grayness of tint. The heat of the water was extreme, even unpleasant to the touch, and its milky hue was more evident than ever. To-day a violent agitation of the water occurred very close to the canoe. It was attended, as usual, with a wild flaring up of the vapour at its summit, and a momentary division at its base. A fine white powder, resembling ashes—but certainly not such—fell over the canoe and over a large surface of the water, as the flickering died away among the vapour and the commotion subsided in the sea. Nu-Nu now threw himself on his face in the bottom of the boat, and no persuasions could induce him to arise.

March 7. This day we questioned Nu-Nu concerning the motives of his countrymen in destroying our companions; but he appeared to be too utterly overcome by terror to afford us any rational reply. He still obstinately lay in the bottom of the boat; and, upon our reiterating the questions as to the motive, made use only of idiotic gesticulations, such as raising with his forefinger the upper lip, and displaying the teeth which lay beneath it. These were black. We had never before seen the teeth of an inhabitant of Tsalal.

March 8. To-day there floated by us one of the white animals whose appearance upon the beach at Tsalal had occasioned so wild a commotion among the savages. I would have picked it up, but there came over me a sudden listlessness, and I forbore. The heat of the water still increased, and the hand could no longer be endured within it. Peters spoke little, and I knew not what to think of his apathy. Nu-Nu

ños murmullos que decían: «*¡Tekeli-li! ¡Tekeli-li!*».

5 de marzo. El viento había cesado por completo; pero era evidente que seguíamos yendo rápidamente hacia el sur, bajo la influencia de una corriente poderosa. Y ahora, por cierto, hubiera sido razonable que experimentásemos alguna alarma ante el giro que estaban tomando los acontecimientos, pero no sentimos ninguna. El rostro de Peters no indicaba nada de este tipo, aunque a veces tuviera una expresión que yo no podía comprender. El invierno polar parecía acercarse, pero llegaba sin alertas. Yo sentía cierta insensibilidad en cuerpo y espíritu —una sensación de irrealidad—, pero eso era todo.

6 de marzo. El vapor gris se había elevado ahora muchos grados por encima del horizonte, e iba perdiendo gradualmente su tinte grisáceo. El calor del agua era extremo, incluso desagradable al tacto y su tono lechoso se volvió más evidente que nunca. Hoy tuvo lugar una alteración violenta sobre la amplia superficie del agua, muy cerca de la canoa. Iba acompañada, como de costumbre, por un estallido del vapor en la cima, y una división momentánea en la base. Un polvillo blanco, muy fino, parecido a la ceniza, cayó sobre la canoa y sobre una gran superficie del agua, mientras el destello se disipaba entre el vapor y la conmoción se apaciguaba en el mar. Nu-Nu, entonces, se tiró al fondo de la barca tapándose el rostro y no hubo manera de convencerlo para que se levantase.

7 de marzo. Hoy le preguntamos a Nu-Nu acerca de los motivos que impulsaron a sus compatriotas a matar a nuestros compañeros; pero parecía demasiado dominado por el terror como para darnos una respuesta razonable. Seguía obstinadamente en el fondo de la barca y al repetirle nuestras preguntas respecto al motivo de la matanza, solo respondía con gestos idiotas, tales como levantar con el dedo índice su labio superior y mostrar los dientes. Eran negros. Hasta ahora nunca habíamos visto los dientes de un habitante de Tsalal.

8 de marzo. Hoy flotó cerca de nosotros uno de esos animales blancos cuya aparición en la playa de Tsalal habría ocasionado gran conmoción entre los bárbaros. Yo lo hubiese levantado, pero de repente el desinterés se apoderó de mí, y desistí. La temperatura del agua seguía aumentando, y ya no podía mantener la mano dentro del agua por mucho tiempo. Peters habló poco, y yo no sabía qué pensar de su apatía. Nu-Nu

breathed, and no more.

March 9. The white ashy material fell now continually around us, and in vast quantities. The range of vapour to the southward had arisen prodigiously in the horizon, and began to assume more distinctness of form. I can liken it to nothing but a limitless cataract, rolling silently into the sea from some immense and far-distant rampart in the heaven. The gigantic curtain ranged along the whole extent of the southern horizon. It emitted no sound.

March 21. A sullen darkness now hovered above us—but from out the milky depths of the ocean a luminous glare arose, and stole up along the bulwarks of the boat. We were nearly overwhelmed by the white ashy shower which settled upon us and upon the canoe, but melted into the water as it fell. The summit of the cataract was utterly lost in the dimness and the distance. Yet we were evidently approaching it with a hideous velocity. At intervals there were visible in it wide, yawning, but momentary rents, and from out these rents, within which was a chaos of flitting and indistinct images, there came rushing and mighty, but soundless winds, tearing up the enkindled ocean in their course.

March 22. The darkness had materially increased, relieved only by the glare of the water thrown back from the white curtain before us. Many gigantic and pallidly white birds flew continuously now from beyond the veil, and their scream was the eternal Tekeli-li! as they retreated from our vision. Hereupon Nu-Nu stirred in the bottom of the boat; but, upon touching him, we found his spirit departed. And now we rushed into the embraces of the cataract, where a chasm threw itself open to receive us. But there arose in our pathway a shrouded human figure, very far larger in its proportions than any dweller among men. And the hue of the skin of the figure was of the perfect whiteness of the snow.

no hacía más que suspirar.

9 de marzo. Toda la ceniza caía ahora incesantemente sobre nosotros, y en grandes cantidades. La cordillera de vapor hacia el sur se había elevado asombrosamente en el horizonte, y comenzaba a tomar una forma más clara. Solo puedo compararla con una catarata ilimitada, precipitándose silenciosamente en el mar desde alguna inmensa y muy lejana muralla que se alzaba en el cielo. La gigantesca cortina corría a lo largo de toda la extensión del horizonte sur. No producía ruido alguno.

21 de marzo. Sombrías tinieblas flotaban sobre nosotros; pero de las profundidades brumosas del océano surgió un resplandor luminoso que se deslizó por los costados del bote. Estábamos casi abrumados por aquella lluvia de cenizas blanquecinas que caía sobre nosotros y sobre la canoa, pero que se deshacía al caer en el agua. La cima de la catarata se perdía por completo en la oscuridad y en la distancia. Pero era evidente que nos acercábamos a ella a una velocidad espantosa. Por momentos se veía en ella unas grietas anchas y profundas, y desde esas grietas, en su interior, había un caos de imágenes flotantes y confusas, soplaban vientos impetuosos e imponentes, aunque silenciosos, rompiendo, a su paso, el océano encendido.

22 de marzo. La oscuridad había aumentado sensiblemente, atenuada solamente por el resplandor del agua reflejando la cortina blanca que teníamos adelante. Muchas aves gigantescas y pájaros de color blanco pálido volaban sin cesar por detrás del velo, y su grito era el eterno «¡Tekeli-li!» cuando se alejaban de nuestra vista. Inmediatamente después, Nu-Nu se revolcó en el fondo de la barca; pero al tocarlo vimos que su espíritu había partido. Entonces corrimos al abrazo de la catarata, donde se abrió un abismo para recibirnos. Pero he aquí que en nuestro camino surgió una figura humana amortajada, de un tamaño mucho más grande que las de cualquier habitante de la tierra. Y el color de su piel tenía la perfecta blancura de la nieve.

NOTE

The circumstances connected with the late sudden and distressing death of Mr. Pym are already well known to the public through the medium of the daily press. It is feared that the few remaining chapters which were to have completed his narrative, and which were retained by him, while the above were in type, for the purpose of revision, have been irrecoverably lost through the accident by which he perished himself. This, however, may prove not to be the case, and the papers, if ultimately found, will be given to the public.

No means have been left untried to remedy the deficiency. The gentleman whose name is mentioned in the preface, and who, from the statement there made, might be supposed able to fill the vacuum, has declined the task—this for satisfactory reasons connected with the general inaccuracy of the details afforded him, and his disbelief in the entire truth of the latter portions of the narration. Peters, from whom some information might be expected, is still alive, and a resident of Illinois, but cannot be met with at present. He may hereafter be found, and will, no doubt, afford material for a conclusion of Mr. Pym's account.

The loss of the two or three final chapters (for there were but two or three) is the more deeply to be regretted, as, it cannot be doubted, they contained matter relative to the Pole itself, or at least to regions in its very near proximity; and as, too, the statements of the author in relation to these regions may shortly be verified or contradicted by means of the governmental expedition now preparing for the Southern Ocean.

On one point in the Narrative some remarks may be well offered; and it would afford the writer of this appendix much pleasure if what he may here observe should have a tendency to throw credit, in any degree, upon the very singular pages now published. We allude to the chasms found in the island of Tsalal, and to the whole of the figures upon pages 182, 183, 184, 185 [Chapter XXIII].

Mr. Pym has given the figures of the chasms without comment, and speaks decidedly of the indentures found at the extremity of the most easterly of these chasms as having but a fanciful resemblance

Las circunstancias relacionadas con la repentina y lamentable muerte del señor Pym, son ya de conocimiento el público, gracias a los medios de prensa. Se teme que los capítulos restantes que debían completar su narración, y que había dejado a un lado para revisarlos, mientras los precedentes se encontraban en prensa, se hayan perdido irremediablemente a consecuencia de la catástrofe en la que él mismo pereció. Sin embargo, bien pudiera ser que no fuera este el caso, y si el manuscrito se encontrase al fin, se dará a conocer al público.

Se han intentado todos los medios para remediar esa falta. El caballero cuyo nombre se ha citado en el prefacio, y al cual se hubiera supuesto capaz, según lo que de él se dice, de llenar el vacío, ha rechazado la ejecución de semejante tarea, por razones suficientes derivadas de la inexactitud de los detalles que le fueron comunicados, y de su relativa desconfianza en la verdad absoluta de las últimas partes del relato. Peters, del cual se podría esperar alguna información, vive aún y reside en Illinois; pero por el momento no ha podido ser localizado. Se lo podrá ubicar en el futuro, y sin duda alguna proporcionará documentos para completar el relato del señor Pym.

La pérdida de dos o tres capítulos (porque no fueron más de dos o tres), es una pérdida más que lamentable dado que contenían, sin lugar a dudas, información relacionada al polo en sí mismo o, al menos, a las regiones más próximas a él; y las afirmaciones del autor acerca de dichas regiones podrían ser verificadas o contradichas próximamente por la expedición al océano Antártico que prepara en estos días el gobierno.

En un punto de la narración se podrían presentar algunas observaciones, y será muy placentero para el autor de este apéndice, si sus reflexiones dan por resultado cierto crédito a las muy singulares páginas recientemente publicadas. Nos referimos a los abismos descubiertos en la isla de Tsalal y del conjunto de las imágenes contenidas en el capítulo XXIII.

El señor Pym presenta los dibujos de dichos abismos sin comentarios, y concluye resueltamente que los huecos hallados en la extremidad de la cima situada más al este, solo tienen una semejanza fan-

to alphabetical characters, and, in short, as being positively not such. This assertion is made in a manner so simple, and sustained by a species of demonstration so conclusive (viz., the fitting of the projections of the fragments found among the dust into the indentures upon the wall), that we are forced to believe the writer in earnest; and no reasonable reader should suppose otherwise. But as the facts in relation to all the figures are most singular (especially when taken in connexion with statements made in the body of the narrative), it may be as well to say a word or two concerning them all—this, too, the more especially as the facts in question have, beyond doubt, escaped the attention of Mr. Poe.

Figure 1, then, figure 2, figure 3, and figure 5, when conjoined with one another in the precise order which the chasms themselves presented, and when deprived of the small lateral branches or arches (which, it will be remembered, served only as means of communication between the main chambers, and were of totally distinct character), constitute an Ethiopian verbal root—the root ⸢⸣ "To be shady"—whence all the inflections of shadow or darkness.

In regard to the "left or most northwardly" of the indentures in figure 4, it is more than probable that the opinion of Peters was correct, and that the hieroglyphical appearance was really the work of art, and intended as the representation of a human form. The delineation is before the reader, and he may, or may not, perceive the resemblance suggested; but the rest of the indentures afford strong confirmation of Peters's idea. The upper range is evidently the Arabic verbal root ⸢⸣ "To be white," whence all the inflections of brilliancy and whiteness. The lower range is not so immediately perspicuous. The characters are somewhat broken and disjointed; nevertheless, it cannot be doubted that, in their perfect state, they formed the full Egyptian word Π&℧ΥΡΗC, "The region of the south." It should be observed that these interpretations confirm the opinion of Peters in regard to the "most northwardly" of the figures. The arm is outstretched towards the south.

tasiosa con caracteres alfabéticos y, en pocas palabras, no son letras. Semejante afirmación es hecha de manera tan sencilla, y sostenida por una especie de demostración tan concluyente (a saber, al ajuste de los fragmentos encontrados en el polvo, cuyos salientes se acomodaban exactamente en las incisiones del muro), que nos vemos obligados a creer en la buena fe del escritor, y ningún lector sensato puede dudar que no sea así. Pero como todo lo que concierne a todas las figuras es más que singular (particularmente cuando se las compara con ciertos detalles del contexto del relato), no estará por demás examinar algo de lo dicho en el conjunto de los hechos, y esto nos parece tanto más apropiado dado que los mismos han escapado, sin duda, a la atención del señor Pym.

De este modo, las figuras 1, 2, 3 y 5, unidas unas con otras en el orden preciso según el cual se presentan las mismas cimas, y cuando se las despoja de las ramificaciones laterales o galerías abovedadas (las que, como recordarán, servían simplemente de medio de comunicación entre las galerías principales y eran caracteres totalmente diferentes), constituyen una palabra —la raíz verbal etíope   , que significa «estar en tinieblas»—, de donde derivan todos los vocablos que tienen que ver con la sombra y las tinieblas.

En cuanto a las hendiduras situadas «más a la izquierda y en dirección norte», en la figura 4, es más probable que la opinión de Peters fuera acertada, y que su aspecto jeroglífico fuese verdaderamente una obra de arte y una representación intencional de la forma humana. El lector tiene el dibujo ante sus ojos; y puede advertir o no el parecido indicado; pero la serie de hendiduras proporciona una poderosa confirmación de la idea de Peters. El segmento superior es, evidentemente, la palabra de raíz árabe   , «Ser blanco», de donde parten todos los derivados relacionados con el esplendor y la blancura. El segmento inferior no es tan nítido ni tan fácil de entender. Los caracteres se encuentran un tanto quebrados y desunidos; no obstante, no hay ninguna duda de que en su estado perfecto formasen de manera completa la palabra egipcia completa ΠϤΥΡΗϹ, o sea «La región del sur». Obsérvese que estas interpretaciones confirman la opinión de Peters en lo que respecta a la figura «situada más al norte». El brazo se extiende hacia el sur.

Conclusions such as these open a wide field for speculation and exciting conjecture. They should be regarded, perhaps, in connexion with some of the most faintly-detailed incidents of the narrative; although in no visible manner is this chain of connexion complete. Tekeli-li! was the cry of the affrighted natives of Tsalal upon discovering the carcass of the white animal picked up at sea. This also was the shuddering exclamation of the captive Tsalalian upon encountering the white materials in possession of Mr. Pym. This also was the shriek of the swift-flying, white, and gigantic birds which issued from the vapoury white curtain of the South. Nothing white was to be found at Tsalal, and nothing otherwise in the subsequent voyage to the region beyond. It is not impossible that "Tsalal," the appellation of the island of the chasms, may be found, upon minute philological scrutiny, to betray either some alliance with the chasms themselves, or some reference to the Ethiopian characters so mysteriously written in their windings.

"I have graven it within the hills, and my vengeance upon the dust within the rock."

Tales conclusiones abren un vasto campo a la fantasía y a conjeturas por demás apasionantes. Quizás se deben contrastar con algunos incidentes menos detallados del relato; aunque el encadenamiento de las comparaciones, a la vista, no está completo. «¡Tekeli-li!» era el grito de los nativos de Tsalal aterrorizados al descubrir el cadáver del animal *blanco* recogido en el mar. «¡Tekeli-li!» era asimismo la exclamación de terror del cautivo tsalaliano al descubrir los objetos *blancos* pertenecientes al señor Pym. Era también el grito de los pájaros gigantescos que emergían de la cortina *blanca* de vapor del sur. Nada *bianco* se podía encontrar en Tsalal, así como tampoco se encontró en el siguiente viaje hacia la región. No sería extraño que «Tsalal», el nombre de la isla de los abismos, sometido a un minucioso análisis filológico, revelase algún parentesco con las cimas alfabéticas, o alguna relación con los caracteres etíopes tan misteriosamente escritos en sus ondulaciones.

«Esto he grabado en las montañas, y mi venganza está escrita en el polvo de la Roca».

CLÁSICOS EN ESPAÑOL

Esperamos que haya disfrutado esta lectura. ¿Quiere leer otra obra de nuestra colección de *Clásicos en español*?

En nuestro Club del Libro encontrarás artículos relacionados con los libros que publicamos y la literatura en general. ¡Suscríbete en nuestra página web y te ofrecemos un ebook gratis por mes!

Recibe tu copia totalmente gratuita de nuestro *Club del libro* en rosettaedu.com/pages/club-del-libro

ROSETTA EDU

CLÁSICOS EN ESPAÑOL

Una habitación propia se estableció desde su publicación como uno de los libros fundamentales del feminismo. Basado en dos conferencias pronunciadas por Virginia Woolf en colleges para mujeres y ampliado luego por la autora, el texto es un testamento visionario, donde tópicos característicos del feminismo por casi un siglo son expuestos con claridad tal vez por primera vez.

Oscar Wilde escribe una sola novela, *El retrato de Dorian Gray*, ésta fue el objeto de una crítica moralizante mordaz por parte de sus contemporáneos que no pudieron ver que dentro de una trama perfectamente compuesta se escondía toda la tragedia del romanticismo. Cien años después no ha perdido su impacto original y sigue siendo un texto fundamental para los debates sobre la estética y la moral.

Otra vuelta de tuerca es una de las novelas de terror más difundidas en la literatura universal y cuenta una historia absorbente, siguiendo a una institutriz a cargo de dos niños en una gran mansión en la campiña inglesa que parece estar embrujada. Los detalles de la descripción y la narración en primera persona van conformando un mundo que puede inspirar genuino terror.

rosettaedu.com

EDICIONES BILINGÜES

En una atmósfera constante de misterio y amenaza, *El corazón de las tinieblas* narra el peligroso viaje de Marlow por un río (sin duda el Congo aunque no es nombrado en el relato) africano. Lo que el marino puede observar en su viaje le horroriza, le deja perplejo, y pone en tela de juicio las bases mismas de la civilización y la naturaleza humana.

Durante décadas, y acercándose a su centenario, *El gran Gatsby* ha sido considerada una obra maestra de la literatura y candidata al título de «Gran novela americana» por su dominio al mostrar la pura identidad americana junto a un estilo distinto y maduro. La edición bilingüe permite apreciar los detalles del texto original y constituye un paso obligado para aprender el inglés en profundidad.

En *La señora Dalloway* Virginia Woolf relata un día en la vida de Clarissa Dalloway, una señora de la clase alta casada con un miembro del parlamento inglés, y de un ex-combatiente que lucha contra su enfermedad mental. La innovación de la novela es la corriente de consciencia: Woolf sigue el pensamiento de cada personaje, siendo excelente a la hora de narrar emociones, asociaciones y sentimientos.

rosettaedu.com

www.ingramcontent.com/pod-product-compliance
Lightning Source LLC
Chambersburg PA
CBHW031306210726

48287CB00005B/1441